Markus Ostermair

Der Sandler

Roman

btb

Der Autor dankt der Bayerischen Akademie des Schreibens,
der Landeshauptstadt München
und dem Ministerium für Wissenschaft, Forschung und Kultur
des Landes Brandenburg
für die Förderung seiner Arbeit an diesem Roman.

FSC www.fsc.org
MIX
Papier aus verantwortungsvollen Quellen
FSC® C014496

Penguin Random House Verlagsgruppe FSC® N001967

1. Auflage
Genehmigte Taschenbuchausgabe August 2022
btb Verlag in der Penguin Random House Verlagsgruppe GmbH
Neumarkter Straße 28, 81673 München

Covergestaltung: semper smile, München
nach einem Entwurf von Judith Hilgenstöhler
unter Verwendung eines Fotos von © Brunel Johnson / unsplash
Druck und Einband: GGP Media GmbH, Pößneck
MK · Herstellung: sc
Printed in Germany
ISBN 978-3-442-77196-7

www.btb-verlag.de
www.facebook.com/btbverlag

Für Judith
*sowie meine Lehrer*innen,*
die bezahlten und unbezahlten

TAG

Karl ist immer noch ein aufrechter Mann

Das darf man eigentlich niemandem erzählen, denkt Karl. Seine Kollegen würden ihn auslachen, wenn er sagt, dass er als kleiner Junge doch tatsächlich mal davon geträumt hatte, in einer Bank zu arbeiten. Damals hatten das weiße Hemd, die Krawatte, die schwarze Hose und die Schuhe aus Leder Eindruck auf ihn gemacht. Der Filialleiter der Raiffeisen war groß gewachsen, gut aussehend und an jedem Tag besser angezogen als sein Vater an Sonntagen. Und er hatte ihm immer kleine Geschenke gemacht, weil der kleine Karl so gut im Rechnen war. Das hatte sich herumgesprochen im Dorf.

»Du kannst aber gut mit Zahlen!«, sagte der Mann zu ihm und strich ihm über das noch blonde Haar. »Aus dem wird mal was«, ging der Blick hoch zu seiner Mutter, die immer ein wenig rot dabei wurde.

Jetzt steht er da und muss lachen, weil er schon seit weiß Gott wie vielen Jahren nicht mehr daran gedacht hat. Seine Narbe im Gesicht spannt ein wenig und er steckt seine Karte in den Schlitz. Eine blickdichte Glaswand trennt den Vorraum mit den Automaten vom Empfangsraum für Kunden. Die schlafen alle noch und können sich noch zwei-, dreimal in ihren blütenweißen Federbetten rumdrehen, bevor der Wecker klingelt.

Er wird seine Ruhe haben. Keiner wird hinter ihm warten und ihn nervös machen. Nur die beiden Kameras in den Ecken haben ein Auge auf ihn, aber das stört ihn nicht weiter. Sind sowieso überall. Der erste Automat ist falsch: nur für Münzeinzahlungen. Büroklammern, Knöpfe und Beilagscheiben zählen nicht. In den zweiten schiebt er seine Karte und hat einen Moment Geduld. Der Vorgang ist in Bearbeitung.

Heute muss es da sein, das Geld! Wenn es heut nicht da ist, dann –.

Was dann?

Dann sieht er sich schon in die Franziskanerstraße marschieren und sich beschweren, weil heute Freitag ist, und …

Ihm wird ein Menü zur Auswahl angezeigt. Zur Sicherheit drückt er den Knopf neben Kontostandsabfrage. Er will die Zahl sehen, schwarz auf weiß in den Bildschirm eingemeißelt. Er gibt seine Geheimzahl ein, 2357, und bestätigt. Er kann gut mit dieser Zahl. Alle einstelligen Primzahlen in ihrer natürlichen Reihenfolge. Auf dem Tastenfeld malt man erst nach rechts und dann eine Treppe abwärts.

Der verfügbare Betrag erscheint: 382 Euro, Quersumme 13, und ein paar Zerquetschte. Na bitte! Damit lässt sich arbeiten. Zurück zum Hauptmenü, dann Auszahlung. Fünfzig Piepen will er und endlich raus hier, an die frische Luft. Und er hat auch schon eine genaue Vorstellung von dem, was ihm da gleich die Kehle hinablaufen wird. Er spürt die Dose Franziskaner, wie sie im Parka gegen seine Brust drückt. Sie ist sein Zaumzeug, das ihn so lange in der Spur halten wird, bis die Geschäfte aufmachen.

Der Automat spuckt zuerst die Karte wieder aus und dann den Schein, ein nagelneues Stück Papier, als wäre es gerade frisch gedruckt worden. In Karls Rücken sagt der Automat »Vielen Dank! Auf Wiedersehen« und die Tür erkennt von selbst, was Karl will. Sie macht ihm den Weg frei, als ob das ihre Bestimmung wäre.

Der Morgenhimmel ist so hell, dass er die Augen schließen muss. Die Sonne ist über die Dächer gekrochen und er dreht ihr den Rücken zu. Es zischt, als Karl das Siegel bricht. Er schlürft den Schaum vom Dosenrand und legt dabei den Kopf in den Nacken. Fast die halbe Dose lässt er in sich hineinlaufen, bevor er sie auf den Boden stellt und sich mit dem Ärmel über den Mund fährt. Es wird wieder ein heißer Tag werden. Er bindet sich den Pullover um den Bauch, denn so schwitzt er etwas weniger. Den Parka lässt er an, weil er nicht in den Rucksack passt. Alles wieder aufsatteln. Die Dose steckt er zurück in die Innentasche seiner Jacke, wo sie exakt hineinpasst und wegen des Trageriemens vom Rucksack wie festgezurrt steht. Das gibt ihm ein gutes und sicheres Gefühl.

Er setzt sich in Bewegung. Es geht Richtung Bonifaz, wo es für jeden was umsonst gibt, der sich an die Öffnungszeiten und Hausordnung hält und die biblische Laienmalerei an den mit abwaschbarer Tapete beklebten Wänden erträgt. Neues Testament, der Gang nach Emmaus: Mit Blindheit waren sie geschlagen, während der Getötete wie ein Lebender neben ihnen einherging, aber sie erkannten ihn nicht mit den Augen, sondern zuerst mit dem Magen, als er das Brot brach und es unter ihnen verteilte. Im Bonifaz ist es zwar muffig, weil so heiß kann es gar nicht sein, dass es nicht voll wird, aber dort hat man auch Ablenkung und muss den Tag nicht allein rumbringen. Lenz wird er dort wohl kaum treffen, der ist mal wieder seit Wochen von der Bildfläche verschwunden, aber vielleicht ist Albert da und vertreibt einem die Zeit mit Geschichten wie letztens, über das Internet der Dinge, wo dann jede einzelne Bierflasche von selber meldet, wenn sie irgendwo abgestellt wird. Die haben dann einen Chip unterm Etikett, der das Signal sendet, und so weiß jeder Flaschensammler in der Umgebung, wo es was zu holen gibt. Optimale Ausbeute also, dank Routenplaner, der einem den kürzesten Weg aufzeigt. Genauso mit offenen Gartenlauben und Garagen. Wenn man will und natürlich das entsprechende Telefon sein Eigen nennen kann, dann braucht man nicht mehr draußen oder in der Pille schlafen, behauptete der Albert mit seinem Sprung im linken Brillenglas, der nun schon bald Einjähriges feiern kann. Alle anderen grinsten und winkten ab, weil sie genau wussten, dass er nur darauf wartete, um dann sagen zu können, dass es schon noch alle sehen werden, wie viele schusslige und unbedarfte Gartenlaubenbesitzer es in dieser Stadt gibt. Es folgte eine dramatische Pause, bevor er mit prophetisch in die Höhe gerecktem Finger schloss, dass, wenn wir es selber nicht mehr erleben, dann halt unsere Kinder und Kindeskinder, ihr werdet schon sehen.

So einen Schmarrn hat er wahrscheinlich aus den Büchern, die er liest, und wo er dann immer meint, dass die Leute das erfahren sollten, als ob das sein Bildungsauftrag sei. Und tatsächlich hat er manchmal sogar Klassiker in der Tasche wie Shakespeare, aber Karl glaubt, dass es reiner Zufall ist. Ein Perry Rhodan tut es auch. Trotzdem merkt man ihm an, dass er früher richtig was auf dem Kasten hatte. Bibelfest ist er. Und er kann noch Gedichte aufsagen von früher: Dies ist meine Mütze, dies ist mein Mantel, hier mein Einwegrasierer aus orangefarbenem Hartplastik. Abwendig hängt der Mond im Dunst, mein Herz geht durch die Feuersbrunst in glasig harte Kälte. Aber zwei, drei Flaschen Rotwein mag er halt auch. Dann geht das wirre Gerede los, selten über seine Frau, die Hure, die die Worte nicht wert ist, sonst über die Hinterlist Kafkas in der Strafkolonie – das Wasser hätte die öligen Hände des Offiziers eh nicht reinigen können, aber der Sand!, der Sand!, der habe es vollbracht! –, über Edgar und König Lears Töchter, über den Zusammenhang zwischen dreizehnter und sechsundzwanzigster Sure des Korans. Selbst wenn man nüchtern wäre, würde man nichts mehr kapieren. Man muss ihn dann reden lassen, nicken und reden lassen. Das Geschwätz überprüfen tut eh keiner, was wahrscheinlich der Grund dafür ist, warum Albert so ohne Punkt und Komma labern kann.

Auf Höhe Johannisplatz beginnt es, in Karls Schuhen ein wenig wehzutun, das hat er gestern schon gemerkt. Links ist das Leder zu starr und der Falz drückt ihm bei jedem Schritt die Zehen ab. Er hatscht mehr, als er geht. An der Ampel gibt es »Tiefenentspannung für Ihre Seele. Traditionelle

Thai-Massage, gerne auch bei Ihnen zu Hause.« Das Foto der jungen Thailänderin wurde von allzu gierigen Abreißern der Telefonnummer ganz zerfetzt. Ihr halbes Gesicht fehlt.

Am Stromverteilerkasten steht geschrieben: »ACAB«.

Zustimmung auf Aufklebern: »Halb Harlaching hasst die Polizei!« »Banden bilden«.

Daneben ein Plakat: The Lisbon Girls spielen im Kafe Kult, und ein Aufkleber behauptet, dass Weihnachten im Herzen entschieden werde, Gott.de.

Im Rinnstein der Wörthstraße liegt eine Phiole von Berberil mit künstlichen Tränen und Karl hört Vögel zwitschern, sieht aber keine, weil er auf den Boden schaut. Nur weißer Vogeldreck unter einer Laterne und ausgetrocknete Hundescheiße mitten im Weg, ein Teil von einer Ferse plattgedrückt als der Haufen noch frisch war, und dann im Wetz- und Stempelschritt weiter geradeaus, weil kein Gras in der Nähe ist. Man kann die Spuren lesen. Man kann die Ideallinie verlassen und einen Bogen machen. Die Fliegen stört das nicht.

In der Comenius bekommt er Gegenwind. Eine Bäckerei treibt ihm Geruch in die Nase: Quarktaschen aus Blätterteig, Nussschnecken mit Zucker glasiert, hinter einer Scheibe, gegen die Wespen prallen, nachdem sie vom Überguss gekostet haben. Warme Laugenstangen, die sich in seiner Magensäure auflösen könnten. Doch Karl bleibt standhaft und trinkt noch ein Schlückchen. Dann biegt er in die Sedanstraße. Immer Richtung Isar.

Wir wandern, wir wandern, von einem Ort zum andern.

Gleich am zweiten Haus ist das Betteln und Hausieren verboten, wo du doch so gern reingegangen wärst, jedem bis unters Dach hättest du einen schönen guten Morgen gewünscht und ihm deine Geschichte erzählt. Karl, man redet mit dir.

Am Briefkasten sucht ein junges, aber solventes Ehepaar eine Drei- bis Vierzimmerwohnung für sich und seinen ruhigen, reinrassigen Kurzhaar-Weimaraner. Die Kaltschmerzgrenze wäre Zweizwei. »Herren 18 €, Damen 26 €. Auch ohne Termin.« Am Boden fragt sich ein Zettel in fetten Buchstaben, ob Christen und Muslime zum selben Gott beten. Die Antwort steht im Kleingedruckten. Zwischen den Autos liegt eine Flasche Augustiner ohne Hals, aber dafür mit scharfen Kanten, die tief ins Fleisch schneiden können. Drüben, direkt vor der Tür des Fotografen, stehen noch zwei, die sind ganz geblieben, und eine leere Flasche Sekt, die nichts wert ist. Er wechselt die Seite, bückt sich und sammelt sie ein.

In übermenschlicher Größe, schwarz und weiß, blicken Leute aus dem Schaufenster auf Karl herab: Bewerbung, Hochzeit, Familie. Ein junger Mann mit vollem schwarzem Haar und Anzug und Krawatte und einem Hemd und einem Lächeln, das Falten ins Fleisch wirft. Ein Traum in Weiß, den auch Karl einmal geträumt hat. Bedeutungsschwangere Umarmung der Frau, deren Rücken sich an den Bauch ihres frischgebackenen Ehemannes schmiegt. Stationen eines Lebens, die man gern festhalten möchte, am liebsten für immer, den Kindern vererben, auf dass sie sie rahmen und ehren. Auf dem dritten Bild, im Familienverbund: Enkel, Tochter, Opa, Mutter, Vater, Tante, seiet fruchtbar und mehret euch, denn Du sollst nicht töten, Karl, wo sind deine Fotos?

Sie sind irgendwo, unauffindbar. Das hat er nicht mehr in seiner Gewalt. Vielleicht hat Johanna das Album weggeworfen oder es steht in einem Schrank, ist in einer Kiste in einem Keller, auf dem Dachboden.

Er weiß noch, wann und wo die Fotos gemacht wurden. Sie standen unter einem Baum. Es gab Umarmungen, Küsse, Albernheiten. Seine Wange berührte ihre Wange, während er dem Fotografen zusah und ihn eine stille Aufregung durchfuhr bei dem Gedanken an sein Glück. Nach der Hochzeit klebt man die Bilder ein, damit man sie in einem Jahr wiederfindet. Man küsst einander, streichelt ihr über den Bauch.

Auch das Foto seiner kleinen Tochter Elisabeth ist fort. Er trug es immer bei sich, selbst als er schon soff wie ein Loch ohne Boden. Jahre waren es damals schon, seit er sie das letzte Mal gesehen hatte. Die Natur hatte ihren Lauf genommen, sie war gewachsen, sah ganz anders aus, hatte wohl eine Sprache gefunden. Ihre Wangen waren abgerundet, sie steckte nicht mehr ihre Faust in ihren Mund. Aber irgendwann war das Foto nicht mehr da, wo es hätte sein sollen. Der ganze Geldbeutel war weg. Ob gestohlen oder einfach liegen gelassen, das wusste Karl nicht. Das Geld war ihm egal, aber das Foto war etwas, mit dem man sich hätte beerdigen lassen können.

Jetzt sucht er mit der Hand nach etwas Halt in seiner Jacke und wird fündig. Er will nicht, dass ihn seine Tochter je so sieht. Frühmorgens schon am Tropf hängen. Ein ewiges Hohlkreuz, um den letzten Rest noch herauszuschütteln. Seit Tagen nicht geduscht. Die Jeans dreckig und abgewetzt, schon ein wenig gelb im Schritt.

Erkennen würde sie dich sowieso nicht. Dafür war sie noch zu klein, als du gingst, als Johanna dich verließ, weil sie sich selbst und Elisabeth vor dir schützen wollte, weil es nicht mehr auszuhalten war mit dir, deinen Schuldgefühlen, deiner apathischen Sauferei. Er weiß nicht, was sie ihr von ihm erzählt hat, ob sie überhaupt weiß, dass es ihn gibt. Er hat noch manchmal angerufen, viele Jahre ist das schon her. Mit ein wenig Mut im Blut, wollte reden, wollte ihre beiden Stimmen hören, glaubte, so etwas wie einen Anspruch darauf zu haben. Aber sie hat dich gefragt, warum du ihr das immer wieder antust. Du hörtest die Tränen aus ihren Augen treten, du hörtest einen erstickten Atemzug, »Ruf bitte nicht mehr an«, eine Stimme, die bricht, ein Auflegen aus Zement.

Karl tritt ans Fenster heran. Es gibt eine Spiegelung und er stellt die leere Dose auf den kleinen Fenstervorsprung. Mit beiden Händen streicht er sich den Parka glatt, als stünde er vor einer Einlasskontrolle. Nein, so soll Elisabeth ihren Vater nicht sehen! Irgendwann einmal will er seine Tochter suchen und ihr alles erklären, wenn sie älter ist und ihn vielleicht verstehen kann, aber dazu muss er sich erst einmal gefangen haben, sein Leben zurück in eine sichere Spur bringen. Er beugt sich nach vorne und massiert die Narbe in seinem Gesicht. Immer wenn er sich im Spiegel sieht, kommt sie ihm wieder zu Bewusstsein. Seine Kollegen würden es ihm wahrscheinlich nicht glauben, wenn er ihnen sagen würde, dass er sie manchmal ganz vergisst, wo sie doch jedem sofort ins Auge sticht, zumindest die obere. Die Narbe am Hals ist von seinem Bart verdeckt, aber im Gesicht schimmert die Wulst durch, weil auf ihr nichts mehr wachsen will. Sie geht senkrecht, fast wie mit einem Lineal gezogen, von der Lippe hoch zum linken Nasenflügel, wo sie zum Jochbein hin nach oben ausbricht und erst knapp neben dem Auge im Sand verläuft. Seit vier Jahren trägt er sie nun, als gerechte Strafe, wie er anfangs empfand, weshalb er nie ein Wort darüber verlor. Der Täter blieb ein Phantom. Der Bruchteil einer Sekunde hatte für Karl nicht ausgereicht, sich sein Gesicht zu merken, aber seine Stimme, die hatte sich eingebrannt in sein Hirn, kurz bevor der auf ihn mit einem Weizenglas einschlug wie mit einem Hammer, zweimal, sodass die Ärzte Mühe hatten, Karl das Leben zu retten. Diese Stimme würde er unter tausenden heraushören, auch wenn sie nur diesen einen Satz gesagt hatte: »Bleib stehen, du Sau!«

Wie über ein Reibeisen gingen diese Worte, als ob der Kehlkopf die Töne nicht bildete, sondern er wetzte sie ab stattdessen, ja fräste sie hohl, sodass nur noch ein trockenes Krächzen übrig blieb, bei dem Karl wohl auch ohne die Schläge den Geschmack von Blut im Mund gehabt hätte. Aber so sprudelte es aus seinem Kopf in den Schnee, suppte durch den Verband und verklumpte nach und nach entlang der Fäden zu einer Art Wünschelrute, die nun bei jedem Wetterumbruch zuverlässig ausschlägt.

»Barometer-Karl! Ein Doppelname für den Schmied seines Glücks!« So hat Albert ihn, ein paar Wochen nachdem er aus dem Spital entlassen worden war, getauft, indem er Karl mit etwas Weißwein besprengte und ihm einen Zeitungsartikel hinhielt: »Grausige Tat im Obdachlosenmilieu erschüttert München zur Vorweihnachtszeit!« Die Taufe musste sein, sagte Albert, da Karl immer gejammert hatte, wenn ein neues Tief sich bildete und große Luftmassen sich wälzten, hoch über ihren Köpfen. »Das ist eine Gabe«, sagte Albert, »du musst akzeptieren, wer du jetzt bist.« Seitdem weiß Karl schon lange vorher, was erst noch passieren wird: Dem zieht's und pumpert's im Gesicht, wenn sich der Druck ändert. Zumindest war es früher der Fall. Doch nun ist der Himmel über der Stadt schon seit zwei Monaten endlos blau. Da kann er massieren, wie er will.

Dann, ohne Vorwarnung, geht im Schaufenster das Licht an. Als hätte man ihn ertappt, zuckt er zurück. Er versucht, die Augen scharf zu stellen, aber kann nichts erkennen hinter dem Glas. Das Licht geht wieder aus. Ohne Grund.

Einem ersten Impuls folgend beginnt er zu laufen, obwohl es schmerzt, links an den Zehen und in den Knien, weil die Flaschen in der Tüte dagegenschlagen und er es nicht mehr gewohnt ist, besonders nicht mit dieser Unwucht von Rucksack auf dem Rücken, die verzögert seinen Bewegungen folgt. Seine Arme rudern, doch er gibt nicht nach. Er beißt die Zähne zusammen, bis zur nächsten Ecke ist er unaufhaltsam.

Das war ein Schuss vor den Bug. Er hat da ja beinahe Wurzeln geschlagen und die Leute wollen nicht, dass ein Penner vor ihrem Schaufenster herumlungert. Noch dazu, wenn er hineinstarrt, ohne Grund. Womöglich stand der Fotograf schon minutenlang hinter der Scheibe und hat überlegt, wie er dich am besten loswird. Licht ein, Licht aus. Und du tust ihm noch den Gefallen, läufst weg wie ein aufgescheuchtes Insekt. Du kannst dort stehen bleiben, Karl. Die Straße gehört dir.

Stoßweises Keuchen, das vom Grund seiner Lunge aufsteigt und sich wie die Flügelschläge eines Schmetterlings in der Luft verliert. Es brennt im Hals. Er hustet alles Feuchte in seinem Rachen zusammen und spuckt aus, während drüben die von der Straßenreinigung die Mülleimer abfahren. Sie tragen professionelle Signalwesten in Orange und dazu Handschuhe. Der Wagen hält, zwei Männer schwärmen aus, es geht alles wie am Fließband und zeigt Karl an, dass hier nicht mehr viel zu holen ist.

Die Rolltreppe hinab zur U-Bahn läuft an, als Karl auf das Metall tritt. Auf ihrer Seitenverkleidung steht mit dickem schwarzem Stift zunächst ein unleserliches Gekritzel, dann »make love not business«. Daneben ein Paar Eier mit Schwanz, bis auf die Striche für Eichel und Loch in einem Schwung durchgezogen. Und während Karl zwei Aufkleber auf dem schwarzen Gummiband des Handlaufs liest – »Gegen den modernen Fußball!« »ChAos verbreiten!« –, schießt es ihm durch den Kopf, dass er beim Fotografen gerade ein Verlustgeschäft eingefahren hat: Zwei Flaschen Bier für je acht Cent gegen seine Dose zu fünfundzwanzig Cent das teure Stück getauscht, vollkommen hirnlos, vollkommen ohne Not! Er dreht sich um und fährt nun rückwärts nach unten. Ein kurzes Abwägen, aber es ist ihm die Mühe nicht wert. Sollen doch die Straßenkehrer damit glücklich werden.

In acht, nein sieben Minuten kommt die U-Bahn. Zeit genug eigentlich für eine Bilanzkorrektur, aber Karl hat keine Lust mehr auf »die da oben«, denkt er und muss grinsen. Lieber hier unten seine Ruhe haben, als sich oben womöglich anpöbeln lassen. Erst letzte Woche gab es Streit um eine Dose Energy mit einem Rentner, dem es jetzt vermutlich nasser reingeht, als er sich das je hätte ausmalen können. Der ging das Pfandsammeln deshalb generalstabsmäßig an, mit Rad und Anhänger samt Greifarm für die tiefen Container. Und da spiele es keine Rolle, wer näher dran war, denn er habe sie ganz klar als Erster gesehen. Karl blieb die Spucke weg. Seine Kaumuskulatur war nicht so geölt wie die seines Kontrahenten. Und während Karl noch an einer Verteidigungsstrategie laborierte à la »Wer zuerst kommt …«, schaffte der Typ mit seinem noch agilen Rentnerrücken vollendete Tatsachen und korrigierte mit dieser Geste Karls noch unausgesprochene Sentenz zu »Wer zuerst sich bückt!« Karls Spucke kam nicht wieder, auch nicht, als der Typ im Gehen noch abfällige Vermutungen darüber anstellte, wofür Karl das Geld wohl verpulvert hätte.

Tss, diese Nochzuhauseschläfer! Kennen keine Grenzen.

Immer noch drei Minuten und Karls Magen rumort schon. Er geht bis ans Ende vom Gleis, weil er nicht mit den Leuten warten will, die jetzt die Treppe herunterkommen.

Auf dem Werbebildschirm erscheint eine lachende Madonna, die ihr neues Album präsentiert. Alt ist sie geworden, denkt Karl, der ihr Gesicht vom Gleisende her ein wenig verzerrt wahrnimmt. Er meint, früher ein Magazin besessen zu haben, in dem er sie nackt gesehen hat. Nur Schuhe hatte sie an und ging rauchend, voller Anmut, eine Straße entlang, rechts Wüstensand, links vorbeifahrende Autos, aber vielleicht täuscht er sich auch. Es folgen Promi-News, ein roter Teppich, Blitzlichtgewitter, aber den Text kann er nicht mehr lesen, denn der Bildschirm wird schwarz.

U-Bahn fährt ein.

Die Luft, die der Zug im Tunnel wie ein Pflug den Schnee vor sich herschiebt, fährt durch Karls Haare. Er genießt das immer. An solch heißen Tagen ist ein Bahnsteig unter der Erde ein guter Rückzugsort, und wenn man nicht einsteigt, fahren die U-Bahnen im Fünf-Minuten-Takt an einem vorbei wie die Rotorblätter eines riesenhaften Ventilators.

Er hofft, dass der letzte Wagen nicht ganz so voll ist, aber zum Bahnhof sind es nur ein paar Stationen. Zur Not kann er die auch stehen, obwohl er sich wegen seines Rucksacks immer etwas nach vorne beugen muss. Am Bahnhof will er sich dann einen Klaren kaufen für später, denn auch dieser Tag hat vierundzwanzig Stunden. Und dann schnurstracks zum Ehemaligentreffen ins Bonifaz und endlich was Festes zwischen die Kiemen kriegen.

Die Tür geht auf und fast alle Plätze sind besetzt. Ganz hinten wäre noch einer frei, aber das hieße, er müsste sich durchzwängen, aufpassen, dass er niemandem auf die Füße tritt. Das lohnt nicht. Außerdem machen eh alle etwas Platz. Schau, man drängt sich für dich bis in den Gang hinein.

»Zurückbleiben, bitte! Die Türen schließen.«

Und während sich die Bahn nun wieder in Bewegung setzt und er überlegt, was er aus der Kleiderkammer alles braucht – eine neue Hose vielleicht, Socken wären gut und Schuhe und Unterhose sowieso –, geschieht ein kleines Wunder mit Karl: Die Trägheit, diese Schicksalsgöttin, hat noch was gutzumachen bei ihm. Sie fährt wie ein Ruck durch ihn und alle anderen, die ihren sicher geglaubten Stand verlieren und nun versuchen, sich festzuhalten. Doch ihm, und nur ihm, der gebückt steht, greift sie unter die Arme und richtet ihn ganz und gar auf, so als ob keinerlei Last auf seinen Schultern läge. Er kippt nicht um. Es geschieht alles im richtigen Maß. Bombenfest und aufrecht steht er da, während die Bahn im Tunnel langsam ihre Höchstgeschwindigkeit erreicht.

Lage, Lage, Lage

Karl hat sich zwar wieder gefangen, doch er hat am Bahnhof viel Zeit vertrödelt. Er hat einen Billigwodka erstanden und die Flasche gleich angebrochen, sich den Mund ausgewaschen, die Geschmacksknospen auf seiner Zunge umspült und desinfiziert, damit er gleich aus dem Eintopf jede einzelne Zutat herausschmecken kann. Das hat länger gedauert, als es hätte dauern müssen, aber so spät ist es ja auch wieder nicht. Nur mit einem Sitzplatz könnte es eng werden.

Bei den Fußgängerampeln hat er die grüne Welle erwischt und nun sieht er schon das blaue Schild »Karlstraße« in der Sonne blitzen, bei dem er in einem längst vergangenen Delirium doch tatsächlich einmal gedacht hatte, man hätte sie nach ihm benannt, Karl Maurer, dem Drittbesten seines Jahrgangs, dessen Name in der Zeitung stand, samt kleinem Foto, auf dem man ihn zwar kaum erkennen konnte, das seine Mutter aber trotzdem ausschnitt und in das Familienalbum legte. Der Erste aus der näheren Verwandtschaft, der an die Universität gehen sollte. Sie glühte vor Stolz, wie Karl im Delirium glühte, aber das weiß er jetzt nicht mehr, weil sein Hirn nichts speicherte, sondern nur damit beschäftigt war, in der Vergangenheit zu wühlen.

Er geht vorbei am Maklerbüro Meier & Seitz, »Die Lenbachgärten: Wohnen in bester Gesellschaft und leben im Geiste der Könige. Investieren Sie in Ihre Zukunft, denn Land ist eine Währung, die jeder Krise trotzt«. Vorbei an den Buchsbäumen, die hier säuberlich alle zwei Wochen zu hüfthohen Würfeln gestutzt werden, vorbei an einer grünen Wand aus Sträuchern, wo eine Staude anscheinend krank ist und langsam vertrocknet. Wie ein fauler Zahn sticht sie aus der Reihe. Die Hausverwaltung wird bei der Gartenbaufirma anrufen und Garantieansprüche geltend machen. Es wird jemand kommen und das Bäumchen samt Wurzel herausreißen. Vielleicht wird sich auch entweder Meier oder Seitz höchstpersönlich drum kümmern, denkt Karl, dessen Magen knurrt, weil er bisher nur das feuchte Zeug aus Melasse bekommen hat, das ihm langsam aber sicher zu Kopf steigt und alles etwas leichter macht. Wie so oft vernachlässigt Karl die Nahrungsaufnahme. Wie so oft wird er aber gleich so viel essen, dass er danach in einen Verdauungsschlaf fällt, aus dem man ihn nur mit Gewalt wird wecken können. Er braucht diesen Schlaf, weil die Nächte meist viel zu kurz sind, ja er gönnt sich diesen Schlaf, weil er ein Vergessen bedeutet. An nichts denken müssen und trotzdem vergeht die Zeit. Und es ist ja nicht so, dass er etwas versäumen würde. Dieser Tag wird nichts Neues hervorbringen für Karl. Er wird den vielen Tagen davor gleichen wie eine Null der anderen. Trinken, essen, schlafen. Und hoffentlich ein Stuhlgang während der Öffnungszeiten. Den Rest des Tages verbringt er mit Warten. Auch seine Haare und Nägel werden wachsen. Womöglich drückt sich auch ein Zehennagel wieder langsam ins Fleisch, aber das wird er sehen, wenn es so weit ist. Falls noch ein Platz auf der Duschliste frei ist, dann wird er auch das heute tun, denkt er und schwankt durchs Haupttor der Abtei.

Ganz vorne lehnt Christoph allein an der Mauer und isst einen Apfel. Und wie immer starrt Karl viel zu lange hin, obwohl er ihn ja schon kennt. Als es noch Menschenzoos gab und Schausteller mit Zwergen und Schlangenmenschen durchs Land zogen, wäre auch Christoph auf einem Plakat gelandet: der Koloss von Ramersdorf, bestaunen Sie diesen Berg aus Fleisch. Er hat die Elefantenkrankheit. Mit ihren Wucherungen gleichen seine Beine Baumstämmen. Immer schon hat es Karl die Sprache verschlagen, weil er noch nie jemanden gesehen hat, der auch nur annähernd so aus den Fugen geraten ist. Diese erzwungene Einsamkeit mag er sich nicht einmal vorstellen, denn zur Krankheit gehören auch Ausdünstungen, die keine Nase ertragen kann. Nur seine eigene wird es können müssen, denkt er und sieht Wolfgang in der Nähe des Brunnens stehen. Er scheint auf irgendwen zu warten, während er sich mit einem Kaffeerührstäbchen aus Holz die Fingernägel putzt. Wie ein Werbebanner steht er da: Eine Saturn-Geiz-ist-geil-Kappe schützt den Schädel vorm Hitzschlag, ein Jägermeister-T-Shirt mit Zwölfender hat die Belegschaft drin vielleicht auf dumme Gedanken gebracht und er musste deshalb raus, da hat selbst das große, über allem thronende Kreuz die Hausherren nicht besänftigen können. Er streift das Hölzchen am Hosenbein ab und steckt es sich doch tatsächlich danach ins Ohr, um auch dort den Dreck herauszukratzen.

»He, Meister!« Wolfgang schnipst das Stäbchen weg und winkt Karl mit einer scharfen Kopfbewegung zu sich. Er greift nach hinten und zieht aus der Gesäßtasche eine Zeitung hervor: »Da! Schau her! Schwarz auf weiß!« Mit der verkehrten Seite seiner Hand klatscht er drauf. »Aus jeder Wolke kommt ein Blitz! Und über uns is' alles blau. Was is' jetzt los? Spürst du immer noch nichts?«

Karl, der wirklich was in den Magen braucht und dessen Knie wackeln, als wären sie aus Pudding, streift den Rucksack ab und setzt sich auf den Rand des Brunnens. Die letzten paar Meter kam er sich vor, als stiege er auf einen Achttausender und die Sauerstoffflasche hätte gerade ihren letzten Pfiff getan. Seine Hände krallen sich in den Stein, während er mit geschlossenen Augen versucht, wieder in die Spur zu kommen. Auch Wolfgang merkt, dass Karl gerade nicht ganz auf der Höhe ist, und hält ihm das gute Ende einer Butterbreze hin.

»Da, nimm! Gab vorher ein ganzes Tablett voll. Ganz frisch, von heute Morgen!«

Karl greift zu und zerkaut den weichen Laugenteig mit ordentlich Butter drauf. Sofort setzt das Hirnkarussell zum Bremsen an und er bedankt sich, zeigt aber an, dass er noch einen Moment braucht.

»Was steht da?«

»Schau! Überall blitzt es, aber am Himmel nicht mal ein einziger Wolkenfetzen. Wie geht das zusammen, frag ich dich.«

Karl schluckt den letzten Bissen hinunter und nimmt ihm die Zeitung aus der Hand. Jetzt kommen sie auf einmal alle wieder angekrochen, denkt er sich und pult mit der Zunge etwas Teig unter der Oberlippe hervor. Wochenlang war man auf ihn nicht mehr angewiesen. Die Zeitung, die man auf einem Sitz an der Bushaltestelle fand, konnte schließlich schon eine Woche alt sein, doch ihr Wetterbericht galt immer noch. Sonne, so weit das Auge reichte. Früher, in der alten Zeit, lange vor Torricelli und Pascal, vor Richardsons Bemühungen, der atmosphärischen Komplexität mittels Numerik Herr zu werden, vor den Wettersatelliten und Supercomputern wäre Barometer-Karl ein wichtiger Mann gewesen. Er hätte mit dem Fuß auf die trockene Erde gestampft und es wenige Stunden später regnen lassen. Man hätte ihm gehuldigt, ihm Opfer dargebracht, um ihn nicht zu erzürnen, Brot und Wein, das beste Fleisch. Eine Heerschar von Exegeten hätte seine weintriefenden Orakelsprüche in den Dürreperioden ausgelegt, denn es gibt keine höhere Kunst als Zeit zu schinden, wenn man obenauf ist. Karl jedoch leidet am Fluch der späten Geburt und muss sich mit seinen Prophezeiungen gegen eine ganze Batterie von Meteorologen behaupten.

»Und die ist sicher von heute?«

»Ja, meinst du, die ham mir ins Hirn geschissn, oder was?«

Karl beschwichtigt. Ein ähnliches Bild hat er gestern schon gesehen: graue Wolken und Ausrufezeichen daneben. Er kann verstehen, dass sich jetzt alle wieder Sorgen machen. Nicht, dass man sich nachmittags mal langlegt im Park bei Vogelgesang und schönstem Wetter und auf einmal schwemmt es einen den Rinnstein hinab oder man wird nachts in seinem Zelt von einem Baum erschlagen, weil es so stürmt. Die Leute wollen Gewissheit. Aber Barometer-Karl, der Wetterfühlige, fühlt nichts! Ihm ist als Allererstem die Gewissheit stiften gegangen und aus dem Hut zaubern kann er sie nicht.

»Nein«, sagt er verlegen und befühlt mit zwei Fingern die Wulst, als wolle er ihren Puls prüfen. In der Hauptsache geht es ihm darum, nicht leichtfertig zu wirken. »Ich spüre noch nichts. Wenn sich was tut, dann bist du der Erste, der's erfährt. Ich warte ja selber schon die ganze Zeit drauf, das kannst mir glauben.«

Wolfgang brummt und zuckt mit den Schultern. Dann kramt er eine Schachtel mit Zigarillos aus der Hosentasche hervor und hält sie Karl hin. Dankend greift er zu und wartet, bis sein Kollege sich seinen angesteckt hat und nun ihm die Flamme vors Gesicht hält.

Gestern schon wollte er der Zeitung mit ihren Behauptungen recht geben, als ihn jeder Kollege, den er traf, plötzlich wieder nach dem Wetter fragte. Doch er blieb standhaft und sagte, sie sollten nicht alles glauben, was in der Zeitung steht. Damit waren sie zufrieden. Nur Karl selbst machte sich Sorgen, denn er hatte schließlich einen Ruf zu verlieren. Vielleicht hatte er in dieser Dürre wirklich seine Gabe eingebüßt – es könnte sich ja verwachsen haben, wer weiß? – und bald würde ein mächtiges Gewitter kommen und ihn Lügen strafen. Und dann würde Tief nach Tief über ihn hinwegziehen und er wäre nicht schlauer als alle anderen.

Der mit Vanille aromatisierte Rauch kitzelt Karl im Rachen und er muss husten wie ein Schuljunge. Wolfgang klopft ihm auf den Rücken.

Noch hat es nicht geregnet. Und Karl gilt immer noch als Wahrsager, doch die Angst, dass seine Narbe ihn im Stich lassen könnte, die bleibt. Er hat sich schon zu sehr daran gewöhnt, dass ihn alle nach dem Wetter fragen und ihm auch hin und wieder als Gegenleistung was anbieten, einen Schluck Schnaps oder diesen Glimmstängel hier. Er würde sein Wissen aber auch ohne diese Gefälligkeiten teilen. So kommt man ins Reden und es vergeht einem die Zeit nicht so öde. Und auch die Aufmerksamkeit, die man ihm schenkt, freut ihn. Gebraucht zu werden kann einem über den Tag helfen, jahrelang.

Karl richtet sich wieder auf und sucht schon nach neuen Rechtfertigungen, warum er ihm jetzt noch keinen

Wolkenbruch vorhersagen kann, doch Wolfgang ist schon anderweitig beschäftigt. Die weißhaarige Dagmar kommt mit ihrem Rollator aus der Tür und Wolfgang scheint nur auf sie gewartet zu haben. Sie ist fast jeden Tag hier, weil sie eine Geschichtenerzählerin ist, die Publikum braucht. Mit ein paar Flaschen Oettinger, die sie im Körbchen ihres Wagens unter einem Geschirrtuch versteckt hält, erkauft sie sich ein wenig Gesellschaft für später auf der Parkbank. Karl kennt ihre Geschichten schon in- und auswendig: Der Aufschwung nach dem Krieg, eine schöne Zeit sei das gewesen, sorgenfrei, vielleicht die schönste ihres Lebens, aber leider habe Gott in seinen unergründlichen Wegen sie und ihren Mann, er ruhe in Frieden und das ewige Licht leuchte ihm, nicht mit Kindern gesegnet. Also pflegte sie ihren Vater, den Kriegsheimkehrer, später dann auch ihre Mutter und die ihres Mannes, Altersschwachsinn. Zwischendrin immer Wallfahrten nach Altötting oder Lourdes. Die Schwarze Muttergottes von Tschenstochau.

Obwohl ihr Leben auserzählt ist, findet sie immer durstige Zuhörer. Diesmal ist es eben Wolfgang, der sich gleich hinunter zum Körbchen bückt, damit sie nicht so schwer schieben muss. Er lädt sogar ein, mit einer Kopfbewegung, ohne sie zu fragen, doch Karl winkt ab. Er ist versorgt und außerdem fährt das Hirnkarussell wieder an, weil er nur dünne Selbstgedrehte gewohnt ist und das Stück Breze bloß ein Strohfeuer war.

Der Eintopf

Karl tritt über die Schwelle und schon gibt es was zu schlucken für ihn. Im Pförtnerhäuschen hockt Michael Urbaniak mit seinem Vorbiss und der dicken Brille mit Einschliff, die er andauernd auf seinem fettigen Zinken hochschieben muss.

Früher ein Kollege von Karl, jetzt anscheinend Hausmeister hier, wie seine grüne Latzhose anzeigt. Er hat nur ein paar Sommermonate lang Platte gemacht und dann jeden Tag in der Mission so laut geschnarcht, dass er in Nullkommanix den Hass der ganzen Belegschaft auf sich gezogen hat. Der Thekendienst musste ihm immer fast die Brille vom Schädel schütteln, um ihn wach zu kriegen. Und beim Schmatzen war es ähnlich, jeder einzelne Kauvorgang war quer durch den Raum zu hören. Er scheint Karl nicht mehr zu kennen, jedenfalls zeigt er keine Reaktion, sondern schaut nur stumpfsinnig durch ihn hindurch. Auch Karl macht kein Aufhebens um die alten Zeiten, die es eh nie gab.

Drinnen ist es fast bis auf den letzten Platz gefüllt, einige sitzen sogar im Gang, um etwas Frischluft zu erhaschen. Es ist, als liefe man trotz offener Fenster und Türen gegen eine Wand. Die Strahlen der Sonne, die Herdplatten, die dampfenden Kessel, die Industriespülmaschinen, die Kocher für Tee und Kaffee, die Ausdünstungen von Pi mal Daumen zweiundvierzig ungewaschenen Männern und einem Dutzend Frauen plus Personal. Karl kennt das zwar nicht anders, aber er hat trotzdem kurz Schnappatmung.

Der Saal erinnert ihn immer an Schullandheime. Die Plastiktabletts, die Messer nicht zu scharf, eher zum Drücken als zum Schneiden, nicht dass sich noch einer wehtut oder den anderen absticht. Die Holztische mit weißer Folie beklebt, auf der die Flecken gar nicht so eintrocknen können, dass sie nicht abwischbar wären. Polsterlose Holzstühle mit fester Lehne, ideal für elastische Kinderkörper, gut stapelbar, auch umgedreht auf den Tischen, damit man dann die Sauerei auf dem blauen Linoleumboden zusammenkehren und aufwischen kann: Brotränder, Salz, zerkaute Holzstäbchen, Haare, abgebissene Nägel, hie und da Wundschorf oder Nasendreck. E-kel-haft. Wie immer sind die Leute bunt zusammengewürfelt und oft haben die Sozialarbeiter alle Hände voll zu tun, das Geschehen im Griff zu behalten. Im Eskalationsfall können sie sich immer auf die Hausordnung berufen, die im Schaukasten aushängt. Diebstahl ist genauso tabu wie Randale, Schlägereien und die Androhungen von körperlicher sowie psychischer Gewalt. Außerdem ist hinter der Türschwelle rauch- und alkoholfreie Zone. Aber genau wie auf Klassenfahrt hat jeder Schnaps mit hereingeschmuggelt, auch Karl, der Ex-Lehrer, den jetzt aber nur der Hunger umtreibt.

Es ist ruhiger, als er erwartet hat. Die Hitze hat die Leute lahmgelegt. Er bleibt stehen und schaut, neben wem er es aushalten kann und, so man ihn lässt, auch einschlafen will. Ganz vorne, direkt an der Wand sitzt die Glaubenskongregation. Vier Typen, die in einer Tour von Gott reden und dem Paradies, diesem letzten aller Notnägel, den sie mit einer solchen Gewissheit sehen können, als würde seine Spitze ins Diesseits ragen, weil Er drüben den Hammer einmal zu doll geschwungen hat. Sie jedenfalls werden für all das hier entschädigt werden, so viel ist sicher. Einer von ihnen trägt Hausschuhe, als wolle er es immer noch nicht wahrhaben.

Am letzten Tisch der ersten Reihe sitzt Emil Fendtland, bei dessen Anblick Karl ein Schrecken in die Glieder fährt. Der muss gestern Nacht überfallen worden sein, beide Unterarme hat er im Gips, die Hände noch ganz braun vor Jod. Auch im Gesicht ein Bluterguss und Schürfwunden. Diese Scheißwelt, in der es immer die trifft, die es am wenigsten treffen dürfte. Emil ist einer der ruhigsten Menschen, die Karl kennt, wobei kennen zu viel gesagt ist, denn Emil spricht kaum mit jemandem. Meistens sieht man ihn in der Mission, wo er sich vor die Rollstühle stellt und gegen die Wand schaut. Selbst an der Theke kommt er kaum ins Reden. Immer nur die Bestellung, Brot und Tee, ein leises Danke mit Verbeugung, bevor er in seine Ecke verschwindet. In einem Anflug von Solidarität würde Karl sich jetzt gerne zu ihm setzen und mit ihm reden, doch alle Stühle sind besetzt.

Ganz hinten winkt jemand, es ist Albert, bei dem sogar noch ein Platz frei ist. Und auch Jürgen sitzt mit am Tisch. Karl grüßt freudig zurück und gestikuliert, dass er gleich kommt.

Albert ist einer der wenigen in diesem Scheiterhaufen hier, den Karl als einen wahren Freund bezeichnen würde. Im Grunde seines Herzens ist auch er ein Einzelgänger, trotz seiner Erzählsucht.

Nur Theater, sagt er.

Die Langeweile ist der Erzfeind, sagt er.

Die Langeweile hat eh immer schon einen Fuß in der Tür, aber sie darf niemals vollends Einzug halten, sagt er. Sonst bricht sie dich.

Es hat lange gedauert, bis sie einander wirklich kennenlernten. Anfangs hat Karl ihn nur für einen Clown gehalten, nichts weiter. So ähnlich wie den Jürgen, der sich gern selbst seine Spitznamen verleiht. Je nach Tagesform ist er mal Bullenmagnet, mal Scheißemagnet, meist ist es ein und dasselbe. Jürgen hat tatsächlich nur Schwachsinn im Kopf. Der macht sich für eine gute Show vor allen zum Affen. Das liegt an der Jugend, gerade einmal Mitte zwanzig ist er. Und trotzdem steckt der Karren bei dem genauso tief im Dreck wie bei allen anderen hier. Vielleicht sogar noch tiefer, weil er drückt und wohl auch sonst alles mitnimmt, was er kriegen kann. Seine Eltern haben es verbockt, heißt es, obwohl sie stinken vor Geld. Großes Bauunternehmen bei Regensburg. Arschlochvater, heißt es. Mutter so kalt, als läge sie schon in der Kühlung.

Drauf geschissen, sagt Jürgen.

Albert dagegen ist in seinem Alter, und als sie dann mal allein waren, hat Karl doch sofort Vertrauen zu ihm gefasst, weil er auch zuhören kann. Karl hat ihn sogar bis in sein Innerstes blicken lassen und ihm von dem Unfall erzählt, von dem kleinen Jungen – Marcel hieß er –, der ihm vors Auto gelaufen ist. Von den Schreien der Mutter, von den Blicken der Kollegen im Lehrerzimmer, vom Getuschel in der Klasse, wenn er mit zittriger Hand was an die Tafel schreiben wollte. Darüber redet Karl sonst nicht, weil es keinen was angeht. Aber irgendwem musste er sich mal anvertrauen, nicht um es loszuwerden, aber damit wenigstens einer weiß, wie es ihm geht. Albert weiß von Johanna und seiner Tochter, die er im Stich gelassen hat. Er weiß von den Umarmungen seiner Frau, mit denen sie ihm Trost und Halt geben wollte, aus denen ihm aber nur seine eigene Kälte entgegenschlug. Das neue Leben seiner Tochter war ständig Anklage und Erinnerung an den dumpfen Klang des Aufschlags auf der Motorhaube. Es schnürte ihm die Kehle zu, Elisabeth im Arm zu halten, ihr über den Kopf zu streicheln, dessen weiche Fontanellen mit der Zeit doch nur zu Sollbruchstellen verknöchern werden. Albert weiß vom Verfahren, in dem ein Gutachter die Unausweichlichkeit des Unfalls bescheinigte. Der Bremsweg spreche eine deutliche Sprache, hieß es, was ihm zwar im Namen des Volkes einen Freispruch einbrachte, aber doch nichts half.

Karl weihte Albert ein, gerade weil er ein völlig Unbeteiligter war. Nur vor so einem gaben seine Lunge und sein Stimmapparat ein solches Geständnis überhaupt her. Albert unterbrach ihn damals nicht. Er ließ ihn reden und reden, und schwieg auch dann, als er fertig war. Keine halbgaren Aufmunterungsversuche à la Schulterklopfer mit einem Das-wird-schon-wieder, kein Nachfragen, damit man die Stille nicht aushalten muss. Er rieb ihm über den Rücken und nahm ihn in den Arm. Ohne Worte.

Später war Albert auch ehrlich zu ihm, aber seine Geschichte kam ihm nicht so schwer über die Lippen. Bei ihm war es ganz einfach: Seine Frau war schuld. Beziehungsweise war er schuld, dass er sich überhaupt auf so eine eingelassen hat. Er wollte nicht viel vom Leben. »Es war ja alles da«, sagte er. »Wieso also buckeln und arschkriechen?«, fragte er. Man hätte ruhig so weiterleben können, ohne Probleme. Noch ein, zwei Kinder in die Welt setzen und fertig. Aber er hat ja unbedingt eine Hure heiraten müssen, die bloß aufs Geld aus war. Betrogen hat sie ihn, erst mit einem Autohändler, dann mit einem Anwalt. Ab da war es aus. »Arschlecken«, sagte er und schlug die Beuge seines rechten Arms in die linke Hand, damit es klatschte und der Arm besser nach oben einklappte.

Irgendwann hat Albert ihn mal einen Brief von seiner Frau lesen lassen. Karl war das unangenehm und er überflog die vier Seiten nur, auf denen sie sich lang und breit dafür entschuldigte, dass sie ihn verlassen hatte. Sie habe zu spät erkannt, was für ein toller Kerl er doch war. Sie geißelte sich selbst als charakterlos, als nichtswürdig und flehte ihn um Verzeihung an. Ob er sie denn vielleicht wieder zurücknehmen würde?

Albert glühte vor Genugtuung. Als er den Brief wieder einsteckte, rief er triumphierend, dass sie darauf lange warten könne. Einen Albert hintergeht man nur einmal! Und wie Karl seinen Freund so sah, der seinen eigenen Worten nickend Nachdruck verlieh, entschied er sich fürs Mitspielen. Natürlich hatte Karl gleich erkannt, dass es Alberts eigene Handschrift war auf diesen vier Seiten. Aber was hätte es denn gebracht, wenn er das gesagt hätte? Nun gut, auch er hatte also einen Hau weg. Das haben viele. Und wenn es ihm guttut? Wer ist er denn überhaupt, ihn mit der Wirklichkeit zu konfrontieren? Wer ein Freund ist, der schluckt das!

Karl holt sich einen großen Teller Eintopf mit zwei Scheiben Brot und einen Tee und versucht so wenig wie möglich davon zu verschütten auf seinem Weg ins hinterste Eck.

Er setzt sich gegenüber von Jürgen hin, der sich die Nase zuhält. Tatsächlich stinkt es ein wenig und Albert erklärt, dass dies noch die Fußausdünstungen von Christoph sind. »Der saß hier ganz allein, hat aber dann wohl gemerkt, dass er den ganzen Betrieb aufhält, und ist abgedampft.«

Der Vierte im Bunde ist, Karl muss glatt zweimal hinschauen, Rainer. Auf den Tischgenossen hätte er gern verzichtet. Das ist einer von der gefährlichen Sorte, der von jetzt auf gleich explodieren kann. Knapp einen Kopf größer als Karl ist er, mit breiten Schultern und Fäusten wie Kokosnüssen. Mit seinen buschigen grauen Koteletten sieht er ein wenig aus wie ein Wolf.

Karl weiß nicht, ob er das Albert erzählt hat, wie der Rainer mal ausgeflippt ist. In der Pille war das, im Café Bleifrei. Er saß damals neben ihm und war gerade dabei wegzudösen, als Rainer aufstand und sich einen Tee holte, schön dampfend. Er setzt sich, schlägt die Beine übereinander und schüttet dann den ganzen Schwall ins Gesicht von Karls Gegenüber. Einfach so! Keine Erklärung, kein Garnichts. Zurückgelehnt, einen Arm lässig auf der Lehne, so als säße er daheim auf dem Sofa und er schaut sich das an wie im Fernsehen, wie der andere schreit und schreit und sich gar nicht mehr einkriegt. Da war keine Angst, dass ihm der Verbrühte an die Gurgel geht. Er kam gar nicht auf die Idee sich davonzumachen, nicht einmal, als der Wachdienst kam. Vielleicht gab es da eine alte Rechnung, Karl weiß es nicht. Er selbst jedenfalls hat sich vor Schreck böse das Knie angehauen.

Karl tut jetzt einfach so, als sehe er Rainer gar nicht, und hofft, dass er einen guten Tag hat. Der scheint sich zum Glück um nichts als seinen Teller zu kümmern, den er eher leer schaufelt als löffelt. Der Gestank macht ihm wohl nichts. Er hat noch eine Semmel bekommen und tunkt damit die Soße auf. Dann hebt er seinen Teller hoch und streicht mit der Hand die Brösel zusammen. Der kleine Finger ist anfangs ausgestreckt, bevor er sich sichelförmig schließt. Rainer beugt sich vor und saugt sie – es ist ein Kuss – direkt vom Tisch auf.

Albert pustet und nimmt den Löffel in die Hand: »Na, wie läuft's bei dir? Hat's dich auch mal wieder in die Außenstelle der Brauerei verschlagen?«

»Bergab geht's immer leicht«, sagt Karl und sie schauen einander an und lächeln. Auch der Jürgen nimmt die Hand aus dem Gesicht und schmunzelt. Ein Grinsen kann es nicht werden, weil er die Anspannung anscheinend nicht aushält. Erst jetzt sieht Karl die rote Schwellung im Mundwinkel. Die Haut ist ganz glasig, fast ein Abszess, als hätte sich dort ein ganzes Bartbüschel dazu entschlossen, nicht durchzustoßen, sondern sich lieber unter der Haut zu kringeln.

»Drück das Teil bloß nicht hier am Tisch auf!«, droht Karl, wofür Jürgen ihm den Stinkefinger zeigt. Bei Albert ist alles beim Alten. Den Sprung in der Optik hat er immer noch. Das ist Schicksalsergebenheit, sagt er. Und er sagt noch, dass er zwar auch schicksalsergeben gewesen wäre, wenn ihm die Brille nicht von der Nase geflogen wäre, aber da kann man nichts machen. Der gelbe Plastikklips, mit dem Albert seine wenigen langen Haare am Hinterkopf zu einer Art gestutztem Pferdeschwanz zusammengezwickt hat, ist aber neu. So ein Ding benutzt man normalerweise, um Gefrierbeutel zu verschließen. Gibt es in allen Farben des Regenbogens im Zehnerpack beim Ein-Euro-Shop Dachauer Ecke Hirtenstraße.

»Am liebsten würd ich nackt durch den Englischen Garten laufen und in den Eisbach springen«, meint Albert und zupft an seinem ausgeleierten Pullover.

Wieder die Frage nach dem Wetterumschwung. Karl schüttelt den Kopf: »Noch rührt sich nichts.«

Zwischendurch immer mal wieder Kontrollblick auf Rainer, der mit leeren Augen aus dem Fenster auf die rote Backsteinmauer schaut, als säße er allein am Tisch. Vielleicht ein gutes Zeichen.

»Was ist eigentlich mit dem Emil passiert?«, fragt Karl, der präziser werden muss: »Das ist der Eckensteher aus der Mission. Der hat beide Arme im Gips. Wisst ihr, was da los ist?« Karl zeigt mit dem Kopf grob in Emils Richtung.

Albert hat keine Ahnung, wovon er spricht, und Jürgen, der Depp, steht sogar halb auf, damit er was sieht. Albert hat die Stirn in Falten und überlegt laut: »Wie soll das denn gehen, mit zwei gebrochenen Händen auf der Straße? Man bekommt ja schon mit einer die Hose kaum auf. Und erst, na ja, du weißt schon.« Zur Erklärung nimmt er den Arm nach hinten.

Jürgen lacht kurz und schief und dreht sich wieder nach Emil um.

»Ja, und außerdem juckt das bei dieser Hitze bestimmt nach einem Tag so, dass du wahnsinnig wirst«, meint Karl und zieht dabei Jürgen am Arm, damit der nicht gar so auffällig tut.

Rainer scheint unterdessen doch genervt zu sein, aber zum Glück nur vom Grünzeug, das ihm zwischen den Zähnen hängt. Er saugt Zunge und Backe an und erzeugt einen pfeifenden Unterdruck. Ein Geräusch, als würde eine angebrochene Flasche Rotwein wieder entkorkt. Zur Unterstützung nimmt er den Finger tief in den Mund und kratzt.

Andererseits, denkt Karl, sich wieder seinem Teller zuwendend, vielleicht telefonieren die unten im Keller wegen dem Emil gerade alles ab: Betreutes Wohnen mit Pflege in der Hans-Mielich-Straße oder beim Sankt Benno. So geht Emil sicher als Härtefall durch und kann die Warteliste überspringen.

»Wenn ich die Typen gesehen hätte, wie sie ihn so zurichten, ich wär denen an die Gurgel gegangen!«, meint Albert, der sich anscheinend in einen kleinen Wutanfall hineingesteigert hat.

Und während Karl noch zweifelt, weil der Albert noch nie irgendwo dazwischengegangen ist, sondern sich immer leise verdrückt, wenn es brenzlig wird, mischt sich auf einmal Rainer ein: »Der ist besoffen über seine eigenen Füße gestolpert! So war das. Und dann hat er sich halt blöd angestellt und Pech gehabt.« Ende der Durchsage.

Alle drei am Tisch ziehen die Schultern unmerklich hoch und blicken ihn erstaunt an, weil er erstens lauter war als nötig – auch die an den Nebentischen kucken geduckt herüber – und zweitens immer noch niemanden direkt anschaut, sondern weiter stur aus dem Fenster stiert und wieder den braunrandigen Finger in den Mund nimmt. Beinah die ganze Hand schiebt er sich rein, als wolle er den Eintopf so schnell wie möglich wieder loswerden. Dann zieht er sie raus und wischt sie am Hosenbein ab.

Für eine Weile schweigen sich alle an. Die Hälse drehen sich wieder und man ist bemüht, den Anschein von Harmlosigkeit, ja kindlicher Unschuld zu erwecken beim Essen. Sogar das Schaben der Löffel über die Teller versuchen sie zu vermeiden, während der Jürgen seinen Kopf aus der Schusslinie dreht und die Wand anstarrt.

Zum Glück beginnen zwei am Nachbartisch wieder an ihr Gespräch anzuknüpfen, irgendwas von einer kleinen Sozialwohnung zwischen Laim und Pasing. Karl versteht leider nur die Hälfte, aber er ist froh, die Last des Schweigens los zu sein. Ein paar Minuten geht das so, bis Rainer plötzlich seinen abgewetzten Lederrucksack auf den Schoß packt und darin herumkramt, als hätte ihn der Verdacht angefallen, er sei beklaut worden. Mit vorgereckter Zunge hustet er in die Runde und legt allerlei Zeug auf den Tisch: Tabak und Papierchen, eine eingerollte rote Plastiktüte, zwei plattgedrückte Tablettenschachteln, ein schwarzes Jagdmesser und eine Stirnlampe. Kurz wühlt er weiter, bevor er alles wieder in den Rucksack zurückstopft und sich, ohne ein weiteres Wort zu verlieren, aus dem Staub macht.

»Kennst du den?« Karl atmet erleichtert auf.

»Ja, klar.«

»Dieser kranke Wichser hat mir mal eine verpasst, dass ich geglaubt habe, ich werd nicht mehr«, sagt Jürgen und lässt die Fingergelenke knacksen.

»Und dann setzt du dich zu dem hin?«

Albert schüttelt den Kopf: »Der hat sich zu uns dazugesetzt!«

»Und mich hat er nicht mal erkannt«, wirft Jürgen mit einem Gesichtsausdruck ein, der neben Erleichterung auch einen Anflug von Kränkung ausdrückt.

»Was hätten wir denn tun sollen? Ich kann ihn ja schlecht bitten, dass er sich woandershin setzt. Und selber wieder aufstehen, geht auch schlecht, wenn der Teller noch randvoll ist.«

»Was würde ich drum geben, die Verrückten schon von Weitem zu erkennen«, sagt Karl.

»Ja, einfach alle einmal markieren«, meint Jürgen und Albert verdreht die Augen.

»Das Problem ist doch, dass die oft tagelang ganz normal sind. Dann hat man sie schon unter harmlos verbucht und auf einmal schlägt es um. Das mit dem Tee hab ich schon mal erzählt, oder? Wo er einem das Gesicht verbrüht hat?«

»Ja. Weiß ich.« Albert pflückt das Innere seiner Brotscheibe vom Rand und hält Ausschau, nicht dass Rainer noch einmal kommt.

»Mich wurmt das ja immer noch«, sagt Jürgen, »dass ich da nicht dabei war. Ich weiß noch, wie er damals reinkam und ich mir noch dachte, ich verpiss mich lieber. Und zack! Keine zehn Minuten später haut er einem den Tee drüber.«

»Zum Glück schlagen sich die meisten aber selber«, wirft Albert ein.

»Weißt du noch? Den …? Den Dings! Letzten Sommer …, der auf einmal aufsteht und ein Buschmesser aus der Jacke zieht? Wie heißt der noch gleich?«

»Was? Buschmesser?« Jürgens Augen beginnen zu leuchten. »Erzähl!«

Karl hält beide Zeigefinger in die Luft: »So ein Teil! Mindestens«, und lässt ungefähr eine Unterarmlänge Abstand dazwischen.

»Du meinst den Nikolai!«, erinnert sich Albert. »Das war mal quasi ein Freund von mir.«

»Ja, kann gut sein. Irgendwas Russisches. Ich kannte den nicht gut, obwohl er mir eigentlich sympathisch vorkam.«

Und dann erzählt Albert, wie hilfsbereit der immer war. »Was er nicht brauchen konnte, hat er hergegeben. Tagsüber war bei dem alles ganz normal, nur abends wurde es verzwickt, da fing er an überzuschnappen. Je später, desto heftiger. Am nächsten Morgen war dann alles wieder beim Alten. Als würde ihm der Schlaf den Stöpsel ziehen und der ganze Wahnsinn könnte ablaufen. Das ist schlimmer geworden mit der Zeit.« Albert sagt, er habe mal ein paar Nächte lang bei dem geschlafen, in einer kleinen Bude in Obersendling. »Hat er mir angeboten! Perfekt, dachte ich, besser als im Kälteschutz allemal. Anfangs lief alles glatt, aber irgendwann bin ich aufgewacht, weil aus der Küche so ein komischer Lärm kam. Das Licht war aus, aber da gab's eine Straßenlaterne vorm Küchenfenster. Und ich seh ihn da sitzen, von hinten, am kleinen Tisch neben der Wand. Ganz ruhig. Und wie ich schon fast was sagen will, haut er sich mit der Faust gegen die Schläfe. Mit Volldampf, immer wieder. Ich dachte, der bricht sich entweder den Schädel oder die Hand. Und am Schluss ein Wutschrei und er räumte den Tisch ab und dieses Riesenmesser flog auf den Boden.«

Auch Karl kennt diese Geschichte noch nicht, aber das spinnt sich Albert jetzt nicht einfach zusammen, das weiß er.

»Und dann? Hechtrolle und Messerkampf?« Jürgen versucht ein Grinsen.

»Ich hab kein Auge mehr zugetan! Er hat mich gar nicht bemerkt, glaube ich. Gesagt hat er jedenfalls nichts. Ich hab mich im Zimmer verbarrikadiert, weil ich dachte, der will mich abstechen!«

»Ihr habt euch doch gekannt.«

»Ja, schon, ein wenig, aber wer weiß, vielleicht hat er das vergessen. Ich hab gedacht, er bestraft sich, weil er Angst hat wegen mir, dass er einen Fremden in sein Haus gelassen hat, der ihn jetzt ausrauben will.«

»Du?«

»Keine Ahnung … da sind alle Gäule mit mir durchgegangen. So hab ich den ja noch nie erlebt. Sitz du mal in 'nem Zimmer im vierten Stock, und nebenan liegt ein halbes Schwert vor einem, der sich selber gerade das Hirn rausgeprügelt hat. Ich hätte gleich abhauen sollen. Das kam mir aber erst, als ich schon den Sessel vor die Tür geschoben hab. Er war dann die ganze Nacht in der Küche und hat dort auf dem Boden gepennt. Als ich mich in der Früh mit meinem ganzen Zeug auf den Gang getraut hab, hat er was von einer Biker-Gang gefaselt. Die bedrohen ihn. Alles nur Selbstverteidigung, hat er gesagt.«

»Dasselbe hat er auch hier erzählt! Anscheinend muss einer das Messer unter seinem Mantel gesehen haben und hat ihn verpfiffen. Irgendwann kam jedenfalls die Polizei daher, vier Leute mit der Hand an der Waffe. Der wusste gar nicht, was los war. Er hat aber, ohne irgendeinen Mucks, das Messer sofort rausgerückt. Das war so umgeschnallt in so einem Lederdings«, Karl macht es mit den Händen vor. »Er hat es auf den Tisch gelegt und die Polizisten beruhigt: Keine Panik, ist nur gegen die Hells Angels und Bandidos, weil ihn die nicht in Ruhe lassen wollen. Mitgenommen haben sie ihn natürlich trotzdem, und Hausverbot gab's auch.«

Jürgen, der aus dem Staunen gar nicht mehr rausgekommen ist, schüttelt den Kopf: »Warum bin ich nie da, wenn was abgeht?« Er runzelt die Stirn, als würde er tatsächlich über diese Frage nachdenken, dann tastet er seinen Oberschenkel nach einer Vibration ab. Jemand ruft ihn an mit einer Penetranz, die er nicht ignorieren kann. »Daheim«, steht auf dem Display, eine Verbindung, die schon länger nicht mehr hergestellt wurde. Einer seiner Erzeuger. Ob Vater oder Mutter wird er erst erfahren, wenn er auf das grüne Feld drückt. Er zögert, sekundenlang. Dann steht er doch schnell auf und sagt: »Ja?«

Karl und Albert schauen ihrem Freund hinterher, wie er durch die Tischreihen läuft und grußlos aus ihrem Blickfeld verschwindet. Die beiden kennen das von ihm. Es passiert öfter, dass den Jürgen noch irgendwelche Leute anrufen, und dann muss er immer gleich los. Drogen wahrscheinlich. Nach kurzer Pause knüpft Albert an die Buschmessersache an und sagt, dass er von dem Polizeieinsatz hier gehört habe. Das müsse ein paar Tage nach seiner Geschichte passiert sein. Seitdem hat er den Nikolai nicht mehr gesehen. »Ist schon komisch, wenn man sich das mal so überlegt. Da trifft man bestimmte Leute regelmäßig und auf einmal sind sie weg, als hätte sich der Boden aufgetan. Und es kommt einem erst Monate später, dass sie abgehen.«

Ohne zu fragen, setzt sich ein Neuer mit an den Tisch dazu, gegenüber von Karl. Er trägt ein Hemd und eine schwarze Stoffhose und schwitzt sich tausend Perlen auf die Stirn. Auf den ersten Blick könnte man meinen, ein Geschäftsmann habe sich verlaufen, doch solche Typen sieht man öfter hier. Sie versuchen noch, krampfhaft den Schein zu wahren. Ein zweiter Blick verrät, dass der schon ziemlich Rost angesetzt hat. Alles wirkt wie zum dritten Mal aufgetragen, hier fehlen Knöpfe, da ist ein Fleck, hinten am Oberarm ist der Stoff gerissen. Und das Zeug in den bräunlichen, mit der Hand nach hinten gestrichenen Haaren ist auch keine Pomade, denkt Karl nicht nur, sondern er weiß es. Der Hemdträger seinerseits mustert Albert und Karl ebenfalls genau, bevor er sich halb zur Seite dreht, die Beine übereinanderschlägt und demonstrativ in eine andere Richtung schaut, als wären sie seiner Aufmerksamkeit nicht würdig. Besser als Rainer ist das allemal, denkt Karl, während auch der vierte Stuhl zurückgezogen wird.

Mechthild Koppsteeg, die Schöne, deren Lippen immer perfekt geschminkt sind in einem tiefen Rot. Sie hat die Nägel schwarz lackiert und sie hat Ohrringe aus Goldfarbe.

Mechthild, die Unnahbare, deren Blick eine eiskalte Verachtung ausdrücken kann, wenn man ihr zu nahekommt. Sie ist es, die sich an einen Tisch dazusetzt, und sie richtet auch das Wort an einen, wenn es ihr gefällt, und nicht umgekehrt. Fängt man selbst an, mit ihr zu reden, dann zieht sie die Brauen hoch, lässt die Augen von ganz oben nach ganz unten wandern und sagt dann, während sie sich langsam von einem abwendet, dass sie in Ruhe gelassen werden wolle. Sagt man noch etwas, was keine Entschuldigung ist, dann schnalzt sie mit der Zunge und geht.

Sie ist der Paradiesvogel. Und als Strafe, dass sie hier gelandet ist, rasiert sie sich tagtäglich ihre Haare ab. Wirklich jeden Tag. Karl hat noch nie auch nur den Ansatz von Stoppeln auf ihrem Kopf gesehen. Und wenn sie nicht ab und zu bluten würde, könnte man meinen, dass einfach nichts wachsen will auf diesem perfekten Kugelkopf, über den er gerne einmal die Fingerspitzen fahren lassen würde. An mangelnder Disziplin kann es also bei ihr nicht liegen, dass sie schon so lange hier festsitzt.

Wie gebannt schauen Karl und Albert sie an, während sie in ihrer Tasche kramt und die Lippen aufeinanderpresst, so als wolle sie die Farbe in jeden Winkel ihres Mundes verteilen. Karl fällt die unangenehme Stille als Erstem auf und sie soll auf keinen Fall denken, dass man sie hier nicht haben will. Vielleicht eine Geschichte erzählen, ganz ungezwungen, na klar!, und welche? Karl sinniert und stößt Albert am Ellenbogen: »Seit wann haben die hier eigentlich den neuen Pförtner? Der war doch früher einer von uns. Kannst dich noch an den erinnern?« Sie blicken einander an und Albert begreift. Man darf sich hier nicht so anschweigen.

»Ja, die Visage vergess ich nicht. Endlich mal einer mit noch dickeren Brillengläsern als ich«, grinst er und kratzt sich verlegen die Nase. »Ich glaube, der ist jetzt so 'ne Art Hausmeister.«

Karl will gerade zur Antwort ansetzen und sich zusammen mit seinem Freund über dessen Geschnarche damals aufregen, als Albert zu lachen beginnt und ihm seinerseits mit dem Ellenbogen einen Stoß in die Seite gibt: »Weißt noch, wie der sich einmal statt Salz Süßstoff aufs Brot getan hat? Nein? Aber da warst du doch dabei! Weißt es nicht mehr?«

Nein, Karl ist sich sicher, nicht dabei gewesen zu sein. Er weiß nur, dass Albert nun in seinem Element ist, und er bedauert ein wenig, dass er selbst keine Geschichte auf Lager hatte, sondern nur der Stichwortgeber war.

»Doch! Wir standen doch damals genau hinter ihm, oder?« Egal, Albert beginnt nun jedenfalls lang und breit zu erzählen, wie der Urbaniak endlich vom Zivi geweckt worden ist, nachdem sich alle mal wieder über ihn aufgeregt hatten. Er ist dann vor zur Theke und hat immer so feucht geschmatzt, dass es einem kalt den Buckel hinablief. Er hielt sich richtig am Tresen fest, weil er noch so verschlafen war und so wacklig auf den Beinen. Und zu jedem Wort spielt Albert Theater, ist bald der Schnarcher, bald der Zivi, der Karl als Stellvertreter packt und schüttelt. Dann gähnt er, reibt sich die Augen, macht den Tisch zum Tresen: »Er fragt also nach seinem täglichen Schmalzbrot, klappt's direkt auf und greift sich statt dem großen gelben Salzstreuer das kleine weiße Ding. Wahrscheinlich hat er's verwechselt, weil beide oben so einen roten Deckel haben. Und dann ...« Albert pfeift dreimal, während er mit dem Daumen auf ein unsichtbares Etwas in seiner Hand drückt. »Er hat gar nicht hingeschaut, sondern dem Zivi irgendwas erzählt, und einfach immer weiter gedrückt, bestimmt acht- oder neunmal. Und die weißen Kügelchen sind schön in das graue Fett gefallen. Und dann hat der Zivi ihm das sogar noch gesagt – solche Augen hatte der –, dass er sich sein Brot gerade mit Süßstoff würzt. Aber dem sein Hirn war sicher noch im Leerlauf. Der klappt das Brot wieder zu und tut so, als wüsste er genau, was Sache ist. Und dieser Trottel ist dann nicht mal rausgegangen und hat's da weggeschmissen. Nein! Das hat er eisern durchgezogen, ist wieder hinter zu seinem Platz und hat, ohne einen Mucks, das ganze Brot gefressen.«

Albert schlägt sich mit der Hand auf die Stirn. Er wieherte vor Lachen, sodass er die Erzählung immer mal wieder unterbrechen musste, um Luft zu holen. Und auch Karl, der glaubt, sogar auf Mechthilds Lippen ein zaghaftes, möglichst unbeteiligt wirkendes Lächeln zu erkennen, lacht und legt sich die Hand auf den Bauch. Nachdem Albert sich wieder beruhigt hat, rückt er unvermittelt den Stuhl zurück und will aufstehen.

»Du gehst schon?«

»Nein«, sagt er und hält sich zur Erklärung die Hand in Form eines Telefonhörers vor den Hosenschlitz. »Bin gleich wieder da. Soll ich dir noch was mitbringen?«

»Ja, gern. Einen Teller nehm ich noch.«

Albert nimmt die Tabletts und steuert auf das Klo zu, in dessen Nähe der Geschirrwagen steht. Karl schaut ihm hinterher und dann auf Mechthilds Hände, die schlaff vor ihr auf dem Tisch liegen, eine in der anderen vergraben. Auch ihre Finger sind schön, selbst wenn der schwarze Lack an manchen Stellen schon abgeblättert ist. Sie hat keine Straßenhände.

Mit einem Ruck steht nun auch der Hemdträger auf, als habe er hier nur die Zeit zwischen zwei Terminen überbrückt. Ein Blick unter den Tisch, ob er auch nichts vergessen hat, dann ist er weg. Jetzt sitzt er also allein da, Karl Maurer, in einer Ecke des Tisches, und schaut in die andere, zur Koppsteeg hinüber. Nur kurz treffen sich ihre Blicke, bevor er ihn senkt. Er würde gerne mehr über sie wissen. Die fundamentalen Dinge: Wo sie herkommt. Wie sie wurde, was sie ist. Warum es anscheinend kein Zurück gibt für sie. Aber auch die Kleinigkeiten, wie sie das überhaupt macht, sich jeden Tag so schön herzurichten. Viele Frauen auf der Straße versuchen noch, sich aufzuhübschen. Gewohnheiten von früher, und oft schafft es nicht einmal der Alkohol, ihnen das mit dem Make-up auszutreiben, wobei das Ergebnis meist ziemlich schief ist. Und trotzdem schaut man hin, weil es Farbe ist.

Sie schweigen. Das Schweigen dauert. Es hat eine andere Qualität, wenn einem eine Frau gegenübersitzt. Es ist zäher, als wäre man ein Wurm, dem langsam der Haken ins Fleisch gedrückt wird. Aber Karl ist nun einmal nicht der Typ, der als Erster den Mund auftut, besonders nicht bei ihr, deren Blick wie ein Burggraben ist. Mechthildswall. Bis hierher und nicht weiter. Wahrscheinlich hat das gute Gründe, denkt Karl und erinnert sich an Fatma, eine kleine, zierliche Frau, die auch die Männer abhalten wollte. Er hörte damals das Gespräch in der Kleiderkammer mit, wo die Frau an der Ausgabe argwöhnisch fragte, was sie denn mit so vielen Jacken und Hosen wolle, etwa weiterverkaufen? Fatma schüttelte den Kopf und sagte in gebrochenem Deutsch: »Anziehen! Wie Puppe aus Russland! Viel Stoff … zu viel Arbeit.« Sie machte maulwurfartige Bewegungen mit ihren Händen. »So lange Männer unten keine Kraft!« Man gab ihr das Zeug, auch Jacken, die selbst ihm zu groß gewesen wären. Und sie trug tatsächlich alles übereinander, als Schild, auch im Hochsommer.

Vor Karl muss sich natürlich niemand fürchten, das weiß er, aber das kann er ihr ja schlecht auftischen. Wie also das Gespräch eröffnen? Die kürzestmögliche Verbindungsstrecke zwischen zwei nicht benachbarten Ecken eines Polygons ist die Diagonale. Hier, ich zeig es Ihnen: Sie geht von Ihrer Ecke des Tisches in meine, ganz gerade. Das könnte er sagen. Ein wahrer Satz, der genauso unmöglich ist wie das, was er will: ein Gespräch in einem anderen Tonfall, vielleicht eine Beichte. Mit einer Frau eine Geschichte teilen, die auf seiner Seite steht, deren Leben er nicht zerstört hat und die nicht hinter einem Schreibtisch sitzt und dafür bezahlt wird. Um irgendwie beschäftigt zu wirken, streckt Karl den Hals und fixiert einen fernen Punkt im Saal, als ob sich dort etwas außerhalb der Reihe ereignen würde. Er lässt den Blick über die Menge schweifen, mit der er im Grunde genommen nichts weiter gemein hat, als dass sie allesamt ihr Leben in den Sand gesetzt haben. Von Albert ist noch nichts zu sehen.

Mit einem Tablett in der Hand kommt nun die Erlösung in Gestalt des Schrottsammlers Helmut Lenja auf ihn zu. Er wird zwar nicht für Unterhaltung sorgen, er ist ein stiller, in sich gekehrter Typ, aber zwischen drei Personen hat das Schweigen die Form einer unbelasteten Übereinkunft. Helmut, der immer drei oder vier volle Einkaufswagen in einem Dickicht am Oberföhringer Wehr gebunkert hat, ist anscheinend süchtig nach Kondensmilch. Acht Portionen liegen neben der Tasse Kaffee auf seinem Tablett, und statt sie aufzureißen benutzt er den ungewöhnlich langen und zu einer Spitze zurechtgefeilten Nagel seines kleinen Fingers, um sie anzustechen. Dann gießt er achtmal die Milch, als handle es sich um ein heiliges Ritual, in die sich aufhellende Brühe. Nach dem ersten Schlürfschluck widmet er sich wieder den Portionspäckchen. Fein säuberlich trennt er jeden einzelnen Aludeckel vom Plastik und leckt sie ab, als wären sie Briefmarken. Auch Mechthild sieht ihm fasziniert zu und hebt die Augenbrauen, als er mit fast zeremonieller Geste jedes Schälchen auf seine vorgereckte Zungenspitze setzt und es zweimal dreht, um auch ja den letzten Tropfen Milch nicht zu vergeuden. Karl, auf den Helmuts Faultiergeschwindigkeit eine einschläfernde Wirkung hat, gähnt ausgiebig, bevor ihm klar wird, dass Mechthilds Stirnrunzeln nun nicht mehr dem Hypnotiseur gilt, sondern ihm und seinem offenen Schlund. Sie hat ihr Gesicht schon verzogen, seine schnell noch erhobene Hand kommt da schon zu spät.

Endlich kommt Albert mit dem Nachschlag. Langsam und bedächtig sind seine Schritte, als wäre der Boden frisch mit Öl gewienert worden. Es gibt wieder Semmeln. Anstatt sie einfach neben die Teller aufs Tablett zu tun, hat Albert sie auf den Rand gelegt, sodass sie in den Eintopf gerutscht sind. Nun läuft Karl also die Soße an den Mundwinkeln herab, als er in das weiße, nach Pappmaschee schmeckende Brot beißt und versucht, es trocken zu saugen. Mit der rechten Hand wischt er sie ab, die linke hält er sich vors Gesicht, um ihr und sich wenigstens diese Peinlichkeit zu ersparen.

Albert, der auf dem Klo angestrengt nachgedacht hat, was er noch erzählen könnte, hatte beim Hinunterspülen die zündende Idee: Tiere! Tiere kommen immer gut! Und weil er gleich merkt, dass am Tisch nicht viel los ist, fängt er aus dem Nichts heraus an, über Pinguine zu reden. Vor ein paar Tagen habe er nämlich eine Doku darüber gesehen, sagte er und wollte weiterreden, doch Karl unterbricht ihn schnippisch: »Wo hast du denn eine Doku gesehen?«

»Na, im Bahnhofsstüberl. Da hängen doch zwei Fernseher. Wahrscheinlich hat der Wirt die Sendung laufen lassen, damit sich die Leute wenigstens kalte Gedanken machen können …«

»Wenn schon das Bier warm ist!«, unterbricht ihn Karl erneut, der genau wusste, was gekommen wäre. Den Witz hat Albert in diesem Sommer schon viel zu oft gebracht. Karl genießt diesen kleinen Triumph und klopft seinem Freund auf die Schulter, der ihn leicht angefressen durch seine gesprungene Brille hindurch mustert und ihm gleichzeitig mit einem Nicken und vorgeschobener Unterlippe Respekt zollt.

»Nichts für ungut«, sagt Karl, während sein Lachen langsam nachlässt. »Jetzt erzähl.«

Aber Albert will nicht mehr. Er will sich bitten lassen. Das ist immer so, und Karl tut ihm den Gefallen, sodass Albert nach einer Weile wieder zaghaft anfängt: »Ich wollte eigentlich nur sagen, wie schön diese Viecher sind.« Und nach einer Pause dann, weil Karl ihn tatsächlich aus dem Konzept gebracht hat: »Und wie gut. Viel besser als wir. Die sorgen füreinander, komme was wolle. Bei Sturm rotten die sich ganz fest zusammen, damit es in der Mitte warm bleibt. Das hat man richtig gut gesehen im Film. Die am Rand, die haben den ganzen Buckel voller Schnee, und um die Augen und den Schnabel herum ganze Klumpen von Eis. Wie im Winter bei den Löchern der Gullydeckel. Aber das ganze Rudel … sagt man das überhaupt? Rudel?«

»Keine Ahnung. Ich war noch nie am Südpol. Herde vielleicht?«

»Ist ja gleich. Jedenfalls ist der ganze Haufen in Bewegung, die ganze Zeit. Da gibt es ein Rotationsprinzip und so werden die am Rand nach einer Weile nach innen geschleust, wo es wärmer ist. So lange halten dann andere den Buckel hin.« Albert beißt in die Semmel, bevor er kopfschüttelnd und mit vollem Mund sagt, dass man so etwas bei uns nicht finde. Da könne man lange suchen. »Mh, und noch eins«, sagt er, den Bissen hinunterwürgend, »auch wenn es um den Nachwuchs geht, helfen sie sich. Auch der Mann brütet aus, damit die Frau den langen Weg zum Wasser gehen und ihre Reserven auffüllen kann. Dann kommt sie wieder und sie tauschen das Ei, das der Mann die ganze Zeit über auf seinen Füßen balanciert hat. Quasi hier«, und er fährt sich über die Bauchfalte. »Und zwar wochenlang. Nur ein paar Zentimeter über dem Eis. Wenn das Ei aber das Eis berührt, dann ist es aus. Dann stirbt das Kleine am Kälteschock. Das muss man sich mal vorstellen!«

»Da könnten sich tatsächlich viele eine Scheibe von abschneiden!«, platzt es plötzlich aus Mechthild heraus, die immer aufmerksamer zugehört hat. Sie schlägt mit der flachen Hand auf den Tisch und richtet sich ganz auf. »Die Männer und die Frauen! Bei uns geht's nur ums Gewinnen. Das ist verrückt! Tiere können gar nicht so verrückt sein wie wir.« Den letzten Satz sagte sie nur noch zu sich selbst, wie im Nachhall zu ihrem vorherigen Ausbruch. Ihre Beine zittern. Sie beißt sich auf die Oberlippe und schabt sich die Farbe weg, indem sie sie langsam über ihre Zähne zieht.

»Nun ja, Sie haben schon recht«, versucht Karl zu besänftigen. »Verrückte Tiere gibt es nicht. Außer man sperrt sie ein. Bei Affen hab ich das mal gelesen.«

»Das hab ich auch gedacht«, sagt Albert. »Aber genau in dieser Sendung haben sie dann einen Pinguin gezeigt, der sich quasi selber umbringt. Ja! Die Kameraleute haben sogar versucht, ihm zu helfen, aber hat alles nichts genutzt. Der war in der Gruppe dabei, die sich auf den Weg zum Meer gemacht hat, um zu fressen. Und auf halber Strecke bleibt einer auf einmal stehen und biegt Richtung Berge ab. Da gibt es nichts außer Eis und Felsen. Die Kameramänner haben versucht, ihn zurück zu den anderen zu scheuchen, aber der hat einfach einen Bogen um sie gemacht.«

»Hmm ... vielleicht war er krank«, sagt Karl achselzuckend. »Eine Gefahr für die Herde. Tiere spüren das ja.«

»Kann sein«, meint Albert, doch Helmut stellt seine Tasse ab und widerspricht: »Nein, das ist alles von Mutter Natur vorherbestimmt!«

»Was soll das denn heißen?«

Helmut zieht ein Taschentuch hervor, mit dem sich wohl schon zum Ende des Ersten Weltkriegs ergeben wurde, und putzt sich die Nase, bevor er antwortet: »Na, das ist ein Opfer der Natur. Das passiert andauernd. Sie bringt immer Einzelne hervor, die aus der Reihe tanzen, ohne dass sie selber wissen, warum. Auch bei Tieren.«

»Und was soll das bringen?«, fragt Albert.

»Nichts! Es verhungert und stirbt. Aber sie müssen es tun. Das hat die Natur ihnen eingepflanzt. Sie weiß, dass es Erdbeben gibt und Vulkanausbrüche, und dass sich die Kontinente verschieben oder Meteoriten einschlagen. Sie weiß alles. Und was ist für die Natur schon ein Leben für die Möglichkeit, eine ganz neue und bessere Futterquelle für alle zu erschließen?« Helmut sagt das, als korrigiere er einem Kind das Offensichtliche.

»Klingt logisch«, sagt Albert und gibt Karl unter dem Tisch einen Stoß in die Seite. Alle warten ab, ob noch was kommt, doch Helmut hat gesagt, was er zu sagen hatte, Mechthild anscheinend auch. Man zieht sich auf sicheres Terrain zurück. Karl unterdrückt ein Gähnen, wobei ihm wieder einfällt, was er Albert und Jürgen eigentlich hätte fragen wollen vorhin, nämlich wie es dem Lenz geht. Er reibt sich müde die Augen und schaut zu Albert: »Weißt du was? Ich mach mir ein wenig Sorgen. Ist schon wieder ewig her, dass ich ihn mal gesehen hab.«

Lenz. Den hat es in den zwei Jahren, seit er ihn kennt, mehr zerbröselt als irgendeinen sonst, denkt Albert. Er hat sich schlechter gehalten als Leute, die schon fünfmal so lange Platte machen wie er, besonders da er anfangs, als Karl ihn im Schlepptau hatte, so aussah, als wäre er auf dem Weg ins Hotel falsch abgebogen: ausgeschlafen, frisch rasiert, die ganze Montur wie neu. Und nicht einmal gesoffen hat er. Keinen Schluck. Hat die Flasche einfach weitergereicht. Auch gut. Dann war er so schnell und spurlos wieder weg, wie er aufgetaucht ist. Zwei, drei Wochen hat man von ihm weder was gehört, noch gesehen, und Albert dachte, mein Gott, war halt auf ein Abenteuer aus, ein Sozialromantiker, der sich einen Tag lang mit ein paar Sandlern solidarisch zeigen wollte. Auch gut. Plötzlich stand Lenz aber wieder auf der Matte und sah auch nicht mehr aus wie frisch gestriegelt. Der Bart war stoppliger, die Haut röter, rissiger, die Hände etwas mehr aufgequollen. Zunächst kam Albert der absurde Gedanke, Lenz wolle sich mit seinem Aufzug bei ihnen anbiedern, als wären sie eine exklusive Gesellschaft, in die man sich einkaufen müsse. Dann hielt die Logik wieder Einzug in sein Hirn und er musste sich eingestehen, dass es wohl wahrscheinlicher war, dass der erste Eindruck täuschte, dass Lenz damals eben einen besonders guten Tag hatte. Lenz blieb dann fast eine Woche lang da. Und Karl, der ihn unter seine Fittiche nahm und ihm alles zeigte – die Kleiderkammern, die Essensausgaben, die Ärzte und Notquartiere –, blühte richtig auf, weil er in Lenz eine Aufgabe gefunden hatte. Denkste! Weil den Lenz kriegt man dann doch nicht so einfach zu fassen. Der rieselt einem durch die Hände wie Sand und niemand weiß, wo der sich rumtreibt. Gerüchte. Mehr gibt es nicht. Lenz wühle sich durch die Container im Industriepark Nord. Er campiere am Flaucher, in der Nähe vom Alten Wirt und zur selben Zeit hinter dem Friedhof in Riem.

An was soll man glauben?

An den Lenz, der sich in alle vier Winde gleichzeitig zerstreuen kann?

An den Lenz, den sie diagnostiziert hatten? Inoperabler Tumor am Stammhirn, noch drei, vielleicht vier Monate. Und dann hat Lenz womöglich hingeschmissen, weil er sich vom Leben betrogen fühlte. Ist alles schon vorgekommen, erzählt man sich jedenfalls. Daran glaubten Albert und Karl anfangs, weil sie sich nur so seinen rapiden Verfall erklären konnten. Und würde er nicht immer noch leben, nach zwei Jahren, so würden sie es wohl auch heute noch glauben.

An den Lenz, der anfangs noch in der Staatsbibliothek war, oben im Lesesaal?

Das glaubt Albert nicht nur, das weiß er. Da hat er ihn im ersten Winter selbst öfter gesehen, vor sich einen ganzen Wust von Zetteln und Notizen. Später dann, als sie ihn oben nicht mehr reinlassen wollten, hat er unten bei den Schließfächern im Stehen weitergeschrieben, über die Fensterbank gebückt. Und Albert glaubt auch zu wissen, dass es zwei Sorten von Menschen gibt auf der Straße: Die einen hängen sich an Dingen auf, die anderen an Ideen. Sammler und Verrückte. Bei beiden gibt es ein gesundes Maß. Und es gibt die, die alles horten, was sie in die Finger kriegen, sogar Scherben, ganze Wagenladungen voller Mist. Und es gibt die Prediger, die der ganzen Welt von der obersten Stufe des Justizpalasts herab die

Leviten lesen. Und dann gibt es Lenz, der zwar nicht predigt, der sich aber dafür in seinen Notizen versteigt, dass er wohl selber nicht mehr weiß, wohin das führen soll.

»He! Ich hab dich was gefragt.«

»Hm?«

Albert hat Karls Frage gehört, aber antworten wollte er nicht. Er wollte Zeit gewinnen. Er wollte sich etwas überlegen, während er ganz unschuldig tat, indem er den Rest seiner Semmel zerpflückte und einbrockte.

»Was hast du gesagt?«

»Na, der Lenz. Hast du ihn mal wieder laufen sehen irgendwo?«

Albert sieht es Karl an den Augen an, dass er eigentlich schon weiß, was es geschlagen hat, und schüttelt den Kopf. »Nein«, sagt er und drückt mit dem Löffel die Brocken in die Soße. »Gibt nichts Neues. Er ist halt mal wieder auf Tauchstation für ein paar Wochen.«

Das hat ganz unverfänglich geklungen und Albert ist zufrieden mit sich, wenn es ihm auch vorkommt, als hätte man ihm eine Wärmflasche um den Bauch gebunden. Er will einfach nicht derjenige sein, der Karl den Tag versaut. Was hätte es denn genutzt, wenn er ihm die Wahrheit gesagt hätte? Dass Lenz völlig verdreckt war, als er ihm letzte Woche zufällig in Giesing über den Weg lief. Dass man eine Drahtbürste bräuchte und einen Wasserschlauch, um ihn wieder sauber zu kriegen. Dass er mittlerweile schlimmer aussah als der Bettler mit Gelbsucht in der Laimer Unterführung oder die kleine Bucklige mit den Filzhaaren bis zum Boden. Lenz, der früher auch mal gute Phasen hatte, scheint es nun förmlich darauf anzulegen, sich zugrunde zu richten. Er ist eine Naturgewalt gegen sich selbst. Um dem wirklich zu helfen, müsste man ihm seine Hirngespinste austreiben und ihm nicht nur Unterwäsche zum Wechseln mitbringen, wie es Karl mittlerweile tut. Albert würde das nie laut aussprechen, aber er glaubt, dass es die heilsamste Medizin wäre, wenn irgendwer den Lenz so zurichten würde wie den Karl damals. Kurz vor knapp. So, dass er sich nicht mehr wehren kann, wenn sie ihn ins Spital einliefern, aber nicht so heftig, dass er gleich hopsgeht. Dem Karl hat das mit der Narbe ja auch nicht geschadet, auf lange Sicht gesehen. Zwei sind draußen erfroren, als er damals auf Station im warmen Bett lag. Das hat Albert jedenfalls in der Zeitung gelesen. Und seitdem treibt es Karl auch mit dem Schnaps nicht mehr ganz so wild, hat er den Eindruck.

Karl hatte gehofft, dass einer seiner beiden Freunde mal wieder ein Lebenszeichen von Lenz bekommen hätte, und er nimmt sich fest vor, den Jürgen sofort zu fragen, wenn er ihn das nächste Mal sieht. Lange kann dieser Vorsatz jedoch nicht bei ihm einsickern, denn langsam aber sicher ergreift der Schlaf Besitz von ihm. Er spürt das harte Holz der Sitzfläche durch seine Hose und sein Fleisch auf die Knochen drücken, seine Schultern und dort die Stellen, wo die Riemen seines Rucksacks sie nach unten zogen. Kurz fallen ihm die Lider schon zu und er hat nun nur noch die letzten Dinge vor Augen, die noch zwischen ihm und der wohlverdienten Ruhe liegen: Den Teller auslöffeln, das Tablett auf den Boden stellen und ein Bein durch den Gurt seines Rucksacks fädeln. Um mehr muss er sich jetzt nicht mehr kümmern.

Doch vorne an der Pforte wird es auf einmal laut, sodass er den Kopf wieder hebt. Anscheinend hat sich Norbert, der Zeitungssammler, samt seinem Koffermuli irgendwie bis in den Speisesaal gemogelt, obwohl er Hausverbot hat. Der Dämlack von Pförtner stürzt auch herein – hat wohl geschlafen –, aber zwei von der Küche und der Sozialarbeiter haben sich schon vor Norbert wie ein Bollwerk postiert: »Herr Pfath, Sie wissen doch, dass Sie hier keine Zeitungen mehr bekommen. Bitte gehen Sie!«

Der Sammler aber macht keinen Schritt, sondern drückt die Lippen zusammen und atmet schwer, so als wolle er gleich einen Fluch auf diese Männer loslassen, der noch in seinem Inneren reifen müsse. Eigentlich ist der Norbert völlig harmlos. Er ist zwar groß und wuchtig, aber sein ganzer Körperbau erinnert an einen Säugling. Rundlicher Rumpf, Speck an Armen und Beinen. Dazu noch die immer zu kleine Kappe auf seinem fleischigen Kopf, unter der strohblonde Haare hervorquellen. Man meint, an dem ist irgendwo ein Ventil, wo man Luft rauslassen könne, oder Helium, denn auch einen Stimmbruch hatte der nie. Früher hat man wegen seiner Kleinkinderstimme über ihn gelacht. Und dann hat er immer versucht, einen zu beleidigen, mit Kinderworten, du Fiesling, du Blödmann du, wenn man ihm seine Zeitung nicht geben wollte. Und manchmal hat er den Leuten sogar die Zunge rausgestreckt. Doch dann hat er einer Frau das Jochbein gebrochen, weil er die Zeitung haben wollte, auf der sie schlief. Seine Sammelleidenschaft muss zur Wut geworden sein. Er hat die Frau an der Schulter einfach vom Tisch geschoben, sodass sie nach vorne wegsackte, vom Stuhl fiel und gar nicht mehr die Zeit hatte, aufzuwachen und irgendeinen Reflex zu zeigen. Das Geräusch hat Karl immer noch in den Ohren, trat es doch in ihm eine ganze Lawine der Erinnerungen los. Dafür gab es Hausverbot, was Norbert ignorierte, also wurde es verlängert und verlängert. Jetzt ist es unbefristet. Überall. Bonifaz, Bahnhofsmission, Teestube. Man erzählt sich sogar, dass er vom Bahnschutz etwas unsanft einen Platzverweis für den gesamten Hauptbahnhof aufs Auge gedrückt bekommen hat, weil er Reisende belästigt haben soll.

Statt nun dem Sozialarbeiter zu antworten, drückt Pfath einen Stapel Zeitungen an seine Brust, als habe er Angst, man wolle ihm diesen Schild entreißen. Nach einem Moment des Zögerns, in dem sein Unterkiefer bebte, rieseln ihm aber doch ein paar Worte über die Lippen, die allen den Wind aus den Segeln nehmen: »Ich will keine Zeitungen einpacken, ich will sie verteilen!«

Die vier vom Bonifaz schauen einander ratlos an. Derweil beginnt der Sammler noch mehr Zeitungen von seinem Wagen zu nehmen und sich die Leute im Saal genau anzuschauen. Jetzt, da er diese Worte ausgesprochen hat und auf keinen Widerspruch stößt, wirkt der dicke Norbert fast souverän im Vergleich zu den achselzuckenden Hausherren, die zur Seite treten, als er auf den ersten Tisch zugeht und dort mit dem Nicken eines Schenkenden einer Frau eine Zeitung in die Hand drückt. Er scheint dabei nicht wahllos vorzugehen, denn er hat ihr nicht einfach die erstbeste Ausgabe gegeben, sondern hat seinen Stapel vor der Brust durchsucht und aus der Mitte eine herausgezogen. Auch die Übrigen am Tisch bekommen ein Exemplar, das Norbert jedes Mal aus seinem Haufen heraussucht, als wäre er ein Postbote, der feststellt, dass die Ordnung der Häuser plötzlich nicht mehr zur Ordnung der Briefe passt. Und so geht es weiter durch die Reihen, bis Norbert den Stapel verteilt hat und einen neuen vom Wagen holt. Sogar die Essensausgabe steht nun still. Es herrscht Ruhe im Saal wie bei der Verteilung von Hostien, wo jedem das fleischgewordene Wort Gottes auf die Zunge gelegt wird. Man bleibt in stiller Erwartung, bis man an der Reihe ist. Nur die Orgelmusik fehlt.

Fast als Letzter bekommt Karl sein Exemplar und er schaut seinen Freund Albert ungläubig an, aber der weiß auch nicht so recht, was gerade passiert ist. Noch keiner hat mit dem Lesen begonnen, sondern alle Augen bleiben auf Norbert, der vorne noch eine einzelne Zeitung von seinem Wagen nimmt und sie dem Sozialarbeiter schenkt. Man kann ihn jetzt nicht einfach so wieder hinauswerfen, also nicken sich die Verantwortlichen zu und lassen ihn bleiben, sofern er Ruhe gibt. Man ist schließlich froh, dass Herr Pfath wieder bei Verstand ist. Der hat sich in der Zwischenzeit einen freien Stuhl genommen, den er neben seinen Wagen an die Wand gestellt hat. Mit einem zufriedenen Lächeln schaut er zu, wie die Leute nach und nach anfangen, ihre Zeitungen aufzuschlagen.

Die Überschrift hat Karl kurz geschockt: »Nagelbombe in der Kölner Keupstraße wurde per Funk ferngezündet – Polizei vermutet Racheakt im Drogen- und Rotlichtmilieu«. Aber dann sieht er das Datum, »Dienstag, 15. Juni 2004«, das mit Tesastreifen neben den Namen »Thüringischer Anzeiger« geklebt war. Die ganze Zeitung wurde wie ein Puzzle aus verschiedenen Zeitungen und Magazinen neu zusammengesetzt. Alles griff perfekt ineinander. Albert hält Karl sein Titelblatt mit einem Achselzucken hin. »neues deutschland«: »Fukushima: Nuklearer Super-GAU nach Erdbeben verseucht ganze Landstriche«. Auch bei ihm ist alles mit Tesa geflickt. Karl liest bei sich weiter: »Fünf Tage nach dem verheerenden Nagelbomben-Anschlag vor türkischen Geschäften in Köln-Mülheim mit 22 Verletzten fehlt von den Tätern immer noch jede Spur. ›Wir ermitteln mit Hochdruck in alle Richtungen‹, sagte Uwe Teutsch, Leiter der politischen Abteilung der Staatsanwaltschaft Köln.« Darunter ein Beitrag zur Immobilienblase in Großbritannien. Wann platzt sie? An der Seite ein Artikel namens »Hüllen los! Die erste europäische Nudisten-Kreuzfahrt pflügt durchs Mittelmeer«. Karl schmunzelt und blättert weiter, die Zeitung ist doppelt beklebt. Internationales: Berlusconi zu Sozialstunden verurteilt. Korruption in China: Führung bunkert mehrere Billionen Dollar in Steueroasen, während in Griechenland die Suizidrate dramatisch ansteigt. Besonders alte Menschen gehen zu großer Zahl ins Meer, um ihren Familien nicht zur Last zu fallen. Im ungarischen Parlament will einer Juden zählen lassen. In Russland steht nun »Homosexuellenpropaganda« genauso unter Strafe wie die Beleidigung der Gefühle von Gläubigen. Die Saudis ziehen nach: Atheisten werden nun als Terroristen angesehen.

Karl muss derart aufstoßen, dass es in seiner Kehle brennt. Aus dicken Backen entlässt er seine ersten Verdauungsgase in den Saal. Er sieht sich die Fotos lange an und irgendwie schauen die Leute am Ruder alle gleich aus. Es ist ein ganz bestimmter Schlag von Menschen, die sich in diese Positionen drängen, während es über andere wie mit Wellen zusammenschlägt. Er atmet tief durch seine Nase ein und vor seinen müden Augen verschwimmen die Bilder und die kleinen schwarzen Buchstaben ineinander. Langsam beugt sich der Verdauungsschlaf über ihn und mit letzter Kraft wünscht er den Leuten auf den Bildern den sofortigen, gleichzeitigen Hirnschlag. Mehr kann er im Augenblick nicht tun, denkt er, da ihm seine Arme schwer werden und er das Heft kaum noch in der Hand halten kann.

Plötzlich packt ihn Albert am Arm und drückt zu, als habe er einen Geist gesehen und müsse sich nun der Wirklichkeit vergewissern. Karl schreckt auf und sein Blick folgt Alberts Finger, der auf ein großes Hochglanzfoto in seinem Blatt zeigt: Eine braungebrannte Blondine posiert auf Knien. Beide Hände an ihren nackten, vom Bikini weiß gestreiften Silikonbrüsten, die sie fest zusammenpresst, während sie voller Erwartung und mit vorgestreckter Zunge zu dem Mann nach rechts oben schaut und den Schwanz zu ihrer Linken ganz und gar ignoriert. Sie wird Augen machen, wenn die Ladung, die sich gerade in einem dicken, weißen Strahl aus ihm ergießt, in ihrem Gesicht aufschlagen wird.

Durch Karl geht ein Ruck. Er ist wieder ganz da, auch weil es plötzlich unerträglich heiß ist. Mechthild und Helmut scheinen nichts bemerkt zu haben. Jedenfalls ist er in seine Titelseite vertieft und sie hat nur kurz zu ihnen herübergeblickt, als Albert seinen Arm packte. Während er seine Ausgabe nun etwas höher hält, fast so als wäre er ein Detektiv, der fürchtet, erkannt worden zu sein, blickt sich Karl kurz um, nicht dass ein Mönch draußen hinterm Haus vorbeigeht und durch die Glaswand spitzt. Die Luft ist rein.

So etwas hat Karl schon lange nicht mehr gesehen. Kein Vergleich zu den Unterwäschewerbungen von Triumph an den Bushaltestellen oder den roten Plakaten für die

Erotikmesse zur Wiesnzeit, wo immer zwei Sternchen über den Nippeln eines Pornostars prangen. Hastig blättert er sein Exemplar durch und tatsächlich sind in der Mitte zwei junge, nur mehr die Reste einer Schuluniform tragende Frauen über ihre Bänke gebückt. In der linken steckt der Lehrer, der gerade zum Schlag ausholt, wohl um auf dem Hintern der anderen die Symmetrie wiederherzustellen, denn ein roter Fleck zeichnet sich schon deutlich ab. An der Tafel, um die Fantasie perfekt zu machen, ein zusammenhangloses Nebeneinander von Kreisen, gleichschenkligen Dreiecken und binomischen Formeln. Mit einer gewissen Genugtuung lässt er seinen Freund auch einen schnellen Blick auf das Bild werfen, bevor er die Zeitung wieder zuklappt. Er schüttelt leicht den Kopf, weil Albert ihm mit breitem Grinsen einen zwar herausfordernden, aber wohl auch nicht ganz ernst gemeinten Blick zuwirft. Seine zuckenden Mundwinkel verraten, dass er gerne über die Bilder reden würde, doch auch er kapiert, dass es nicht geht. Mechthild würde sie hören, die anderen auch, das Chaos wäre vorprogrammiert. Außerdem ist Karl tatsächlich hundemüde und die kurze Aufregung ist so schnell wieder verflogen, wie sie gekommen war. Er reibt sich die Augen und gähnt. Sein Freund nickt und bedeutet ihm, dass er sich ruhig hinlegen könne. Man muss jede Gelegenheit nutzen. Karl setzt sich auf, stützt die Ellenbogen auf dem Tisch ab und legt den Kopf in seine Hände. So überfliegt er die Zeitung, und wenn ihn der Schlaf übermannt, braucht er einfach nur der Schwerkraft zu folgen.

Die Kosten für den neuen Bischofssitz in Limburg explodieren. Hoeneß sitzt in Landsberg ein, während in Reichertshofen eine geplante Flüchtlingsunterkunft angezündet wird. »Fall Fritzl: ›Ich hab' es eigentlich gut gemeint‹ – Immer mehr Details aus seinem perversen Doppelleben dringen an die Öffentlichkeit«. »Kater Kasimir (7) sucht ein neues Zuhause«. »Es sei keine leichte Entscheidung gewesen, sagte Margot

Käßmann, nachdem sie ihr Amt als EKD-Ratsvorsitzende niedergelegt hatte. Wenige Tage zuvor war sie mit einem Pegel von 1,54 Promille« – Quersumme 10, Dreieckszahl, Tetraederzahl, Summe der ersten drei Primzahlen, bei den Römern ein X, eine heilige Zahl, Christusmonogramm – »bei Rot über eine Ampel gefahren.« »Heißer Ofen 50+ ab 12 Uhr 0151/4466301. Junges behaartes Schmusekätzchen ist sehr zutraulich 0179/95175382«.

Karls Augen fallen zu und er kippt langsam nach vorne. Albert zieht das Tablett ein Stück weit zu sich herüber, damit Karl genügend Platz hat. Er selbst ist voll da. An Schlafen ist bei ihm gar nicht zu denken. Selten ist er von etwas so fasziniert gewesen wie von dieser Zeitung. Die Arbeit, die das gemacht haben muss. Dazu braucht Pfath ja sowas wie eine Werkstatt oder ein Archiv. Albert kann sich jedenfalls nicht vorstellen, dass er das alles auf seinem kleinen Wagen fabriziert hat. Aber warum der ganze Aufwand? Während Karl vor sich auf seiner Zeitung die Arme zu einem Kissen verschränkt, schaut er zu Norbert, der seine Kappe abgenommen hat und sich versonnen durch die Haare streicht. So etwas hat ihm vermutlich keiner zugetraut. Dass er mit den Zeitungen Papierflieger baut, ja, aber das hier, das verrät politisches Bewusstsein. Das ist ein Kommentar zur Lage der Welt, wenn er auch noch nicht genau weiß, was die Zusammenstellung genau bedeuten soll. Albert ist so aufgeregt wie schon lange nicht mehr. Er bräuchte jetzt wirklich wen zum Reden. Jürgen! Das Foto in der Mitte hätte ihn aufheulen lassen, ganz bestimmt. Aber wieder einmal hat er das Wichtigste verpasst. Der wird Augen machen, wenn er ihm das zeigt. Verstohlen schlägt er wieder das Hochglanzbild auf, aber nur halb, damit er es, im Fall der Fälle, schnell zuklappen kann. Ihm wird etwas enger in der Brust und seine Augen wandern hinab zum Hosenladen, doch dort regt sich nichts. Je länger er darüber nachdenkt, was das alles zu bedeuten hat, desto mehr Probleme ergeben sich: Haben die Artikel einen Bezug zueinander? Kann es bloßer Zufall sein, dass »Droht Badawi die Todesstrafe?« neben »Europäisches Patentamt erteilt Monsanto-Tochter Patent auf ›geköpften Brokkoli‹« steht und darunter eine Anzeige für »paxnatura – Lassen Sie sich auf dem sagenumwobenen Underberg westlich von Königstein bestatten. Das Schmücken der Gräber übernimmt die Natur«? Vielleicht ist allein die Form der Ausschnitte das Organisationsprinzip – also doch alles Zufall statt eines ordnenden Geistes?

Aber warum hat Norbert die Zeitungen dann nicht einfach der Reihe nach verteilt, sondern jedem genau dies eine Exemplar gegeben, fast so als wäre es auf den Einzelnen persönlich zugeschnitten? Warum hat er Fukushima? Was will der Pfath ihm damit sagen? Und was hat die Nagelbombe mit Karl zu tun? Soll das vielleicht ein schlechter Witz sein wegen seiner Narbe? Auch das würde Albert ihm zutrauen: Norbert Pfath, vermeintlich obdachloser Collage-Künstler aus der Holledau, der in Wahrheit über ein riesiges Atelierarchiv verfügt, wo er seine Zeitungen schon fast fabrikmäßig produziert, ein sich kritisch gebärdender Kommentator des Zeitgeistes, ja des Weltgeschehens, ein Blender, der die politischen Inhalte für seinen Zynismus instrumentalisiert, da es ihm doch in Wahrheit nur um das eine geht – und jetzt werden Albert die Augen aufgetan beim Anblick der Knienden –, nämlich um die Verbreitung pornografischer Schriften!

Ja, das ist es! Warum, zum Teufel nochmal, schläft Karl jetzt? Albert muss sich zusammenreißen, um nicht vor Freude auf den Tisch zu hauen.

Es dreht sich alles um das Hochglanzpapier in der Mitte! Es ist dicker, tragfähiger, robuster als die Zeitung drum herum. Sie ist gewissermaßen nur das Packmaterial, der Rahmen fürs Bild, der Träger der Botschaft. Deshalb hat Norbert nicht jedem eine x-beliebige Ausgabe in die Hand gedrückt. Der Sozi hätte ihn schon längst rausgeworfen, wenn auch er ein solches Schmuddelbildchen in seiner Zeitung gefunden hätte. Es steht zwar nicht explizit in der Hausordnung, aber Albert ist sich sicher, dass die Brüder in ihren Mauern ein solches Verhalten niemals dulden würden, zumal Pfath ja quasi auf Bewährung ist.

Albert spürt eine tiefe Bewunderung für diesen Mann in sich aufkeimen. Der dicke Norbert Pfath mit seiner Kinderstimme ist tatsächlich ein Künstler. Er, der manchmal in eine solch hilflose Wut gerät, dass er anderen die Zunge herausstreckt, hat es mit dieser Zeitung geschafft, aus all den Sandlern eine eingeschworene Gemeinschaft zu formen, die dichthält gegen die Obrigkeit.

Als nun der Zeitungssammler seine Sachen packt, um weiterzuziehen, da entschließt sich Albert kurzerhand ihm nachzufolgen. Karl lässt er schlafen. Er wird ihm seine Entdeckung beim nächsten Mal erzählen. Während Albert sein Exemplar in seine Umhängetasche steckt, schießen ihm die Frauen in den Sinn. Auch sie wurden beschenkt. Schaut Mechthild sich auch gerade solch ein Bild an – wahrscheinlich ist es ein anderes, weniger vulgär, ästhetisch ansprechend, sagt man wohl dazu, Frauenpornos –, oder zählt Pfath sie mit zur Obrigkeit, die ihn verpetzen würde, während die Gentlemen hier genießen und schweigen? Mit bloßem Denken kommt er nicht weiter. Vielleicht könnte er sein Bild heraustrennen, ganz unauffällig, und die Koppsteeg fragen, ob sie tauschen wolle, denn er habe seine schon durch. Mehr als Nein kann sie nicht sagen. Doch dafür bleibt keine Zeit mehr, Pfath ist schon zur Tür hinaus. Und so hätte er auch nur ein Belegexemplar und auf einem Bein steht es sich bekanntlich schlecht. Vielleicht muss er einfach später wiederkommen und den Müll vom Bonifaz nach diesen Artefakten durchwühlen. So würde er zwar das Geheimnis nicht ganz lüften können, doch es wäre zumindest geklärt, ob nur er und Karl solche Bilder hatten. Wenn nicht, dann würde niemand seine Zeitung wegwerfen, oder sie würden zumindest das eine Bild herausgetrennt haben und Albert könnte von dieser Leerstelle aus auf die wahren Verhältnisse schließen. Selten war er von solch einem Tatendrang erfüllt, sodass er im Davoneilen gar nicht merkt, dass er den Tisch gestreift hat.

Es war nur ein leichter Stoß und Karl wäre davon auch nicht aufgewacht, wenn er nicht sowieso unbequem gelegen hätte. Ohne die Augen zu öffnen, dreht er den Kopf und merkt gleich, dass es so besser ist. Sofort verschwimmen in Karls Ohren alle Geräusche im Saal zu einem wohligen Hintergrundrauschen, das es ihm leicht macht, sich wieder im Schlaf von diesem Ort abzukapseln wie in einem Kokon. Er hört nichts mehr. Nicht das Aufwallen einer politischen Diskussion zwei Tische weiter. Es geht um die »scheiß Ausländer, die von überall nach Deutschland hereindrängen und uns unsere Arbeitsplätze wegnehmen. Lauter Banditen!« Aber, so ein anderer, der dabei auf eine Schlagzeile in seinem Blatt zeigt, die größten Gauner seien doch nicht die, sondern die da oben mit ihren Bankgeschäften, die ihre Millionen auf Geheimkonten in der Schweiz bunkern. Da müsse man mal einmarschieren! Er hört nicht das Machtwort, das ein Frater spricht, indem er die beiden Streithähne auffordert, gefälligst ruhiger zu sein, schließlich würden manche schlafen. Selbiges gilt für die zwei an Karls Nachbartisch, die sich immer lauter über die Horoskope in ihren Zeitungen lustig machen: »Für Jungfrauen ist diese Woche keine leichte. Vorsicht ist geboten, denn alte Wunden könnten wieder aufreißen. Zwillinge hingegen blicken in eine rosige Zukunft. In Ihrem Job ergeben sich neue Gelegenheiten, die Sie beim Schopfe packen sollten. Ihre Vorgesetzten werden Ihre Initiative zu schätzen wissen.«

»Und die Liebe?«, fragt jetzt plötzlich Helmut im Flüsterton, als er mit dem Daumen über den Kaffeeabdruck seiner Lippen am Becherrand fährt.

»Davon steht hier nichts«, gibt man ihm nach einer kurzen Pause zur Antwort, in der Helmut seinen Daumen doppelt ableckte. Mit enttäuschtem Blick schaut er sich im Saal um, als müsse er, weil die Zeitung nichts darüber zu berichten weiß, die Liebe hier an diesem Ort suchen. Und tatsächlich findet er sie in seinem Rücken. Jedenfalls deutet er so den Umstand, dass die kleine, krumm dasitzende Frau mit ihrem fleckigen Graumantel ihre Hand nicht wegzieht, als ihr unrasierter Nachbar seine Hand auf ihre legt. Nein, sie zieht ihre Hand nicht zurück, ganz locker liegt sie da, auch er drückt und klammert nicht. Es muss Liebe sein.

Die Sonne

»Die Sonne scheint immer. Sie kann nicht nicht scheinen.« Das sagte Herr Maurer einmal seinen Schülern in einer dieser so wichtigen Stunden kurz vor den Ferien, wo es nicht mehr um konkrete Inhalte ging, sondern um das große Ganze. Plauderstunde, Märchenonkel, Zahlenfeuerwerk mit den nötigen Abstrichen, was begriffliche Genauigkeit anbelangte. Es ging darum, alle zu überfordern, ja zu überwältigen, auch sich selbst.

»Schätzfrage: Wie heiß ist es im Kern der Sonne?«

Eine Schülerin wusste, dass es an der Oberfläche nur ca. 6000 °C heiß ist. Das hat sie überrascht, weswegen sie es sich gemerkt hat, aber innen, keine Ahnung.

»15 Millionen °C! Und was genau passiert im Kern? Na? Wasserstoff wird in Helium umgewandelt, und zwar Millionen von Tonnen in jeder Sekunde. Die freigesetzte Strahlungsenergie ist so stark, dass sie absolut tödlich wäre für alles Leben auf der Erde.«

»Werden die Sonnenstrahlen dann im Weltall quasi gefiltert?«

»Nein, da ist nichts, was die Strahlen abschwächen könnte. Das passiert in der Sonne selbst, und zwar in den Schalen, die um den Kern herumliegen. Schätzfrage: Wie lange, meint ihr, dauert es, bis die im Kern erzeugte Strahlung die Sonnenoberfläche erreicht?« Herr Maurer fertigte eine schematische Darstellung an: Kern, Oberfläche und einen langen Pfeil auf die Erde, worauf er »ca. 8 Minuten« schrieb. »Von hier bis hier dauert es so lange, und von hier bis hier – was meint ihr?«

»Ein Jahr!«

»Mehr.«

»Hundert Jahre!«

»Mehr.«

»Keine Ahnung.«

»Bis zu 170 000 Jahre!«

Mit dieser Zahl, die einer Quasi-Ewigkeit entsprach und der die Vergänglichkeit und Hinfälligkeit der menschlichen Existenz eingeschrieben war, hatte er sie. Er kam auf den Druck zu sprechen, auf die Masse, auf das Aufeinanderprallen der Teilchen. Er sagte »random walk«, ein Schüler sagte grinsend »Moshpit«, wo es auch heiß hergehen könne, auch okay. Herr Maurer sprach die Mythen an, die sich um die Sonne drehten: Das kosmische Ei, in dem der Keim aller Dinge angelegt war. Die Geburt von Chaos und Ordnung. Der Sonnenwagen, ihren Kreislauf mit der Durchquerung der Unterwelt in der Nacht, woraus andere Völker die immer wiederkehrende Schöpfung und Zerstörung der Welt, ja des ganzen Kosmos ableiteten.

»Und was sagt nun die moderne Naturwissenschaft dazu? Sie beobachtet, analysiert, berechnet, zieht Schlüsse. Die Sonne scheint immer, bis sie stirbt. Aber das wird keiner von uns erleben. Sie verzehrt sich selbst und bläht sich dabei zu einem Roten Riesen auf, was noch mehrere Milliarden Jahre dauern wird. Dann sind wir alle schon längst Geschichte und die Ozeane sind verdampft«, sagte er und kam auf die

Verhältnisse hier auf der Erde zu sprechen, wobei er nun den Sprachkritiker vom Anfang der Stunde noch einmal aufwärmte. »›Gutes Wetter‹ ist«, sagte er, »wenn es sich ändert! Dafür müssen die Extreme bleiben, wo sie sind: Permafrost in Sibirien, intakte Polkappen und Regenwälder und Dürre in der Sahara. Diese Gegensätze treiben alles an, den Golfstrom, die Winde, alles.« Und jetzt gab er zu, dass keiner wirklich begreift, wie alles zusammenhängt. Es sei viel zu kompliziert, das zu berechnen. Die Erwärmung könne sich selber verstärken, oder aber ins Gegenteil umschlagen und uns steht eine neue Eiszeit ins Haus. »Wir wissen viel zu wenig über die Wechselwirkungen in der Natur«, sagte er und hoffte, damit bei einigen in der Klasse den Samen gepflanzt zu haben, dass sie sich auch später noch dafür interessieren, vielleicht sogar ein Studium in diese Richtung einschlagen.

Damit es jedoch nicht bei unvorstellbaren Zahlen und abstrakten Benennungen der Probleme und Zusammenhänge blieb, zeigte er einen Film, den er im Fernsehen aufgenommen hatte. Er setzte sich auf einen Tisch hinter die letzte Reihe und beobachtete die Klasse, ob und wie sie den Bildern folgte, welche die Kalbung eines kreuzfahrtschiffgroßen Eisbrockens zeigten, der wie beim Stapellauf ins Meer krachte, lodernde Flammenwände in den Wäldern Kaliforniens, und Fliegen, die in den Farben des Regenbogens auf dem Kopf und in den vielleicht noch feuchten Augen eines verhungerten Kalbs schimmerten, und verdorrte Feldfrüchte und Regentänze im rostbraunen Staub und ertrunkene Kühe in Indien.

Und wie Herr Maurer da so saß, als Beobachter der Beobachter des Beobachtenden, ließ er seine Gedanken schweifen und er verglich sich mit seinen Schülern, als er in ihrem Alter war, ließ seinen Werdegang noch einmal Revue passieren bis zu dem Punkt auf der Zeitachse, wo er im Rücken der Klasse saß und genau das tun konnte, was er schon immer tun wollte. Sein Schulabbruch nach der zehnten Klasse, die peinlichen

Bewerbungsgespräche in den Banken der Umgebung, wo er im schlecht sitzenden Anzug saß und seinen Notenabfall rechtfertigte und hoffte, dass die Personalchefs den Zusammenhang mit seinem verstorbenen Vater von selbst herstellten, ohne dass er es aussprechen musste. Seine kaufmännische Ausbildung dann in einer Tiefbaufirma, deren Krisensicherheit ein Onkel beim Nachmittagskaffee einmal mit »Geschissen wird immer« kommentierte. Das gab böse Blicke seiner Mutter, die sich dann aber wieder darauf berief, mit anderen Worten freilich, als er ankündigte, das Abitur nachmachen zu wollen. Ihre Sorgen wichen schnell einem Stolz, als sich abzeichnete, wie gut er war. »Viel zu gut für eine Bank«, sagte sie nach dem ersten Jahr, in dem er wirklich aufblühte und nicht nur seine Berufung fand, sondern auch von einem Leben mit Katharina aus seiner Reihe ganz am Fenster träumte, die immer so einen schönen Zopf geflochten hatte, mit weißen Strümpfen saß sie da. Seine besten Jahre, auch wenn er sich nie getraut hatte, Katharina seine Liebe zu gestehen. Zum Abschlusszeugnis lud er seine jüngere Schwester Claudia und seine Mutter zum Essen ein, er bestand darauf, wo sie fast weinte vor Glück, weil es so schwer war, ganz ohne Mann, und sie ihren Kindern ja nie wirklich helfen konnte in schulischen Dingen. Und dann würde ihr Sohn jetzt noch zum Studieren weggehen und ob er sich wirklich sicher sei mit diesen schweren Fächern. Ja, das war er, wenn er auch schnell einsehen musste, dass Mathe nicht viel mit Mathematik zu tun hatte, doch er kniete sich rein und erzielte beim Staatsexamen eine ganz passable Leistung. Auch das waren wirklich gute Jahre, die besten, wenn man sie nach Liebesdingen maß. Seit beinahe drei Jahren war er nun mit Johanna zusammen, mit der er sich sogar die Ewigkeit vorstellen konnte, die sie nun bald zu dritt verbringen würden. Sonnige Aussichten, dachte er und schmunzelte unbemerkt auf seinem Tisch im Rücken der Klasse.

Veronika Solberg hat genug. Und genau deshalb ist sie über drei Stunden zu früh dran.

Irgendein Idiot hat einen Aufkleber auf die Scheibe der Teestube geklebt. Direkt über das Logo der Diakonie. »Das gibt nur ein' Rudi Völler!«, steht da. Sie lässt ihn. Wenn sie Zeit hat, kümmert sie sich später darum.

Sie drückt die Tür hinter sich zu und lässt die Rollos, wie sie sind, damit sie ihre Ruhe hat, wenn sie die Bewerbung noch einmal genau durchgeht. Ihr darf dabei kein Fehler unterlaufen, denkt sie, während sie tief einatmet, um noch flüchtig den scharfen Geruch des Essigreinigers von gestern Abend zu riechen. Sie legt ihre Tasche auf der Theke ab, kramt das Mäppchen mit dem Stick hervor und geht nach hinten zu den Büros.

In den letzten Monaten hat sie eine wachsende Unzufriedenheit bei sich bemerkt. Sie hat sich dabei ertappt, wie sie gegenüber einigen Klienten gleichgültig, manchmal sogar fast feindselig reagierte. Es ist immer das Gleiche: Im Heim aufgewachsen, frühe Gewalterfahrungen, oder ein Berg von Schulden, und Alkohol und Drogen, oder Spielsucht und die Frau haut ab oder der Mann prügelt sie und sie bleibt viel zu lange da, wegen der Kinder, und man wird krank und zwangsgeräumt oder hört Stimmen und kennt die Formulare nicht und so weiter und so fort. Nach all den Jahren ist es jetzt an der Zeit, dass sie geht und ein anderer ihren Platz einnimmt, der den Leuten und ihren Problemen noch gerecht werden kann. Sie dachte früher noch, die harte Arbeit zahle sich irgendwann aus, man müsse nur Geduld haben. Und ja, es gab sie, die Erfolgsgeschichten: Leute finden wieder eine Arbeit, mit einem gutmütigen Chef, der ihnen wirklich helfen will. Sie finden eine Bleibe und Anschluss, vielleicht sogar Freunde. András Götz ist so einer, der es schaffen könnte.

Im betreuten Wohnen jedenfalls blüht er auf. Aber für den kommen drei andere nach. Der Großteil ihrer Arbeit ist bloße Elendsverwaltung. Je länger einer auf der Straße ist, desto schwerer wird es. Manche Leute kennt sie noch aus ihren Anfangsjahren, andere sind wie vom Erdboden verschluckt und man glaubt sogar, dass sie es geschafft haben, ganz von selbst. Irgendwann aber tauchen sie wieder auf, viel kaputter als früher. Und einige sterben still und heimlich, und dann heißt es Bestattung von Amts wegen, wo dann zum Teil von den Kindern die Gebühren dafür rückgefordert werden. Einmal rief eine Frau sie aus den USA an, um Erkundigungen über ihren Vater einzuholen. Sie sei aus allen Wolken gefallen, als sie den Brief öffnete. Er hat sie ja jedes Jahr zu Weihnachten drüben besucht und mit keinem Wort erwähnt, dass er in einem Zelt im Wald schläft.

Manche Dinge nimmt Veronika eben doch mit nach Hause. Das mit der Wahrung der kritischen Distanz hatte in den Vorlesungen besser geklappt. Wie ihre Klienten, die, sogar beim Nötigsten, immer viel zu lange warten, so hat auch sie diesen Schritt vor sich hergeschoben, bis sie eine zwar leise, aber doch tief liegende Verbitterung an sich bemerkte.

Jetzt also die Bewerbung. Interne Stellenausschreibung für eine leitende Position. Gestern veröffentlicht. Und sie hat sich noch am Abend hingesetzt und ein Anschreiben formuliert und den Lebenslauf überarbeitet. Und sie weiß, dass sie sich schon viel zu große Hoffnungen macht. Sie lässt den PC hochfahren, geht in die Küche und füllt den Wasserkocher auf, bei dem es höchste Zeit für eine Entkalkung ist. Vielleicht auch das später. Keine neuen Hausverbote am Schwarzen Brett, aber Grüße von Beate aus dem Mutterschutz mit einem Bild von den Zwillingen Maja und Jonah. Darunter nur die alten, allgemeinen Hinweise, dass man Leute, die größere Kleiderspenden abgeben wollen, am besten an die Kleiderkammer in der Seidelstraße vermittelt.

Der Gedanke an Melanie, Rückert heißt sie jetzt, schießt ihr plötzlich durch den Kopf und der Ärger erfüllt sie fast mit der gleichen Wucht wie vorige Woche. Sie hat sie schon jahrelang nicht mehr gesehen, doch dummerweise wohnt sie jetzt nur ein paar Straßen weiter. Natürlich anders: luxussanierter Altbau, lichtdurchflutet, ein Traum für Freunde des gehobenen Ambiente. Da lädt man gerne ein, wenn man zufällig eine Schulfreundin trifft. Diese ätzend heuchlerische Bewunderung von ihr, als sie erfuhr, was sie macht. Sie finde es wirklich toll, dieses soziale Engagement, dass sie sich um diese Leute kümmere, das müsse sie jetzt schon mal sagen. Wirklich toll! Und dann stand Melanie doch tatsächlich auf und rangierte Klamotten aus. Gelegenheit macht Spender, und man hat ja nicht jeden Tag eine von der Altkleidersammlung im Haus, wo man sich sicher sein kann, dass die Spende auch dort ankommt, wo sie ankommen soll, und nicht irgendwo auf einem Flohmarkt für teures Geld verkauft wird.

Dir müsste man doch die Fotze mit einer Glasscherbe ausschaben!

Veronika war in dem Augenblick, als ihr die beiden Tüten in die Hand gedrückt wurden, so wütend, dass sie am liebsten ihre Klientin Frau Scheffer bei Melanie vorbeigeschickt hätte. Dann hätte sie mal gesehen, wie es auf- und zugeht in der Welt. Man traut dieser so zerbrechlichen Frau mit ihren Altersflecken und den dünnen grauen Haaren solch einen Wortschatz gar nicht zu. Doch wenn sie einen Schub hat, dann zupft sie am Ärmel ihres ockerfarbenen Pullovers und fängt an, die Worte fast auszuspucken. Es dreht sich bei ihr dann immer alles um die weiblichen Organe, stinkend, schleimig, schmutzig. Pfuideibel. Sie will sie säubern, mit Sand, Säure, Glas. Dann wieder diese Vergewaltigungsfantasien, die sie immer nur flüstert, und zwar mit dem Kopf ganz nah an der Wand, aber eben so als wolle sie den Mann anstacheln, erbarmungsloser zu sein und fester zuzustoßen, in dieses dreckige Geschlecht. In solch einem Fall muss man Frau Scheffer komplett isolieren, denn sogar die Männer kriegen es bei ihr mit der Angst zu tun und packen zusammen. Und dann nimmt man ihre Hand und fragt, ob man ihr irgendwie helfen könne, doch sie lächelt nur verständnislos und streicht über die schöne Granatbrosche, die sie immer trägt: »Warum? Mir geht es jetzt doch gut.«

Veronika Solberg, die nie damit gerechnet hätte, solche Worte in solch einer Zusammensetzung hören und noch dazu professionell darauf reagieren zu müssen, schließt die Augen und atmet mehrere Male tief ein und aus, während hinter ihr das Wasser brodelt. Welche Hölle diese Frau durchlebt haben muss. Und bei Rückerts läuft es wie geschmiert, weil es eben solche Auffanglager wie die Teestube gibt, weil sie sich kümmert, damit sie sich nicht kümmern muss. Natürlich hat Veronika Frau Scheffer nicht erwähnt. Überhaupt nichts hat sie gesagt, als sie Melanie die Tüten aus der Hand nehmen musste, außer ein schiefes Danke, das von einem gekünstelten Lächeln begleitet war. Sie wollte nur weg und raus aus dieser Wohnung, aus dieser ausstaffierten Inszenierung des Häuslichen und des gehobenen Geschmacks, bevor die bittere Empörung aus ihr herausbrechen würde. Fast lief sie die Treppe hinab. Fast lachte sie, als sie unten einen Blick in die Tüten warf: Hemden und Sakkos, sogar eine Krawatte war dabei und eines von Melanies Abendkleidern. Und erst da, als sie allein war an der frischen Luft, kam ihr der Satz der Scheffer in den Sinn, den sie dann tatsächlich vor sich hin flüsterte, mit einer überschäumenden Genugtuung, wie sie nur eine Verliererin fühlen kann, die sich unbeobachtet und aus der sicheren Entfernung des Rückzugs in den Vorstellungen ihres Gegenschlags verliert. Sie ging ums Haus herum, in den Innenhof, und warf die Tüten in den Müll, wo sie Melanie vielleicht später finden würde, wie sie leise hoffte.

Veronika massiert sich den Nacken und geht mit ihrem Tee zurück ins Büro. Um wieder etwas in die Spur zu kommen, blättert sie ihre Zeugnisse und Weiterbildungszertifikate durch, alle sind da. Dann erster Kontrolldruck, wobei sie wieder die Stellenausschreibung öffnet, um ihr Anschreiben damit abstimmen zu können. Sie arbeitet nun sehr konzentriert. Einige Formulierungen ändert sie noch, aber im Grunde genommen ist sie zufrieden. Sie druckt alles noch einmal aus und zerreißt die erste Version, damit nichts durcheinanderkommt.

Als sie die Fetzen in den Papierkorb wirft, fährt sie plötzlich hoch, weil sie meint, vorne sei die Tür geöffnet worden. Sie lauscht mit klopfendem Herzen. Der Druck ist fertig, es ist still im Büro, aber nun kann sie die Schritte im Aufenthaltsraum deutlich hören.

Sie hat nicht zugesperrt. Oder ist es ein Kollege von ihr?

»Hallo?«

Keine Antwort. Bloß ihr verhallender Ruf und Schritte, die über den Boden schleifen.

Sie rennt nach vorn. Ein ausgemergeltes Männlein steht mitten im Raum. Er hebt langsam den Kopf, so als überlege er noch, ob es die Mühe tatsächlich wert ist. Das Gesicht ist ihr neu. Ganz sicher. Einen Mann, der so verwahrlost ist, hätte sie sich gemerkt. Es sieht aus, als wäre bei ihm der Fluss der Zeit reißender als bei anderen, voll mit scharfem Sand. Sein Gesicht scheint aufgedunsen zu sein, vielleicht eine Schwellung, allergische Reaktion.

»Brauchen Sie einen Arzt?«

Er hebt die Hand und wiegelt durch ein leichtes Schütteln des Kopfes ab. »Nein, ich will keinen Arzt.«

Lippen eines Bauchredners. Seine Stimme klingt so angestrengt, als müsse er jeden Laut einzeln an seinen Stimmbändern vorbeipressen.

»Sind Sie sicher? Ich sehe doch, dass es Ihnen nicht gut geht. Sie müssen keine Angst wegen der Versicherung haben. Da wird sich schon ein Weg finden.«

»Nein, nein!« Er zögert kurz. »Ich war im Elisenhof. Gestern Abend schon. Ich hab Tabletten.«

Ihr Instinkt flößt ihr Misstrauen ein. Doch das ist nichts Neues, dass sie sich manchmal fragt, wie die Ärzte ihre Klienten so früh wieder auf die Straße lassen können. Andererseits gibt es auch solche, die einfach abhauen, weil sie es in der Klinik nicht mehr aushalten. Es gibt nichts, was es nicht gibt. Leute, die sagen, sie sind verrückt geworden, um auf der Straße nicht ganz durchzudrehen. Leute, die sie im Streetwork mit Steinen bewerfen und am nächsten Tag so tun, als wäre man dick befreundet. Veronika weiß, dass sie behutsam vorgehen muss, sonst verscheucht sie ihn. Auch auf der anderen Seite gibt es Misstrauen und er sagt die ganze Zeit Nein und meint vielleicht Ja. Schließlich ist er ja hergekommen, womöglich zum ersten Mal überhaupt, das ist ein Anfang, da zählen die Öffnungszeiten nicht.

»Möchten Sie einen Tee? Oder haben Sie Hunger? Sie können sich gerne hier ein wenig ausruhen, wenn Sie wollen.«

»Nein, danke. Ich hatte gehofft, dass ich hier meinen Freund Karl treffe. Kennen Sie ihn? Mit der Narbe?« Er zeichnet sie in seinem Gesicht nach.

Veronika, die ihm, weil er so leise spricht, noch weiter entgegengeht, antwortet: »Ja, ich kenne ihn. Sie meinen Karl Maurer, richtig?«

Er nickt.

»Na ja, Sie sehen ja, wir machen erst in ein paar Stunden auf, aber Sie können gerne hier auf ihn warten, wenn Sie wollen.«

»Wann war er denn das letzte Mal da?«

»Fast jeden Tag. Er hat ja hier seine Postadresse. Die holt er regelmäßig ab. Wie gesagt, Sie können gerne warten.«

Das war eine Lüge. Mal so, mal so hätte gestimmt. Und an die Post muss man ihn immer erinnern, aber sie will, dass der Mann bleibt. Vielleicht kommt er ja ins Reden.

»Kann ich ihm eine Nachricht hinterlassen?«

»Natürlich, überhaupt kein Problem«, und sie zeigt ihm den Weg ins Büro, wo er sich setzen wird, und im Sitzen geht es sich nicht mehr so leicht. Sie räumt ihre Sachen auf einen kleinen Beistelltisch. »Warten Sie, ich gebe Ihnen gleich was zum Schreiben.« Sie öffnet das Fenster.

»Schon gut«, sagt er und zieht einen ganzen Packen Blätter aus seinem Rucksack.

Dabei fällt ihr ein, dass die Tür immer noch offen ist. Sie entschuldigt sich, läuft vor und sperrt ab. Einen weiteren Klienten kann sie jetzt nicht gebrauchen. Diese Nuss ist hart genug. Die mit einer solchen Zettelwirtschaft sind normalerweise die Redseligsten. Man muss sich sogar eine gewisse Dreistigkeit antrainieren, damit sie einen nicht vollends in Beschlag nehmen. Immer schön »jaja« sagen, und wenn es einem zu viel wird mit den wilden Theorien von der Quantenheilung und den Quecksilberwolken über unseren Köpfen, dann steht man einfach auf, öffnet die Bürotür und tritt halb auf den Gang hinaus. Das verstehen die meisten. Sie folgen einem gemächlich bis in den Aufenthaltsraum und haben dabei Zeit, langsam vom Dialog ins Selbstgespräch abzudriften.

Das Öffnen des Bürofensters hat nicht viel gebracht. Wäre er ein normaler Klient, sie würde ihn unumwunden zum Duschen auffordern. Er zieht ein Blatt aus seinem Stapel heraus, faltet es in der Mitte und reißt es an der Tischkante auseinander.

»Wir haben genügend Papier, falls Sie noch mehr brauchen.«

Einen Moment lang überlegt sie, ob Karl ein Handy hat, aber dann hätte er sie ja nach dem Telefon gefragt. Egal! Das Schreiben dauert länger, vielleicht taut er ja auf. Sie setzt sich ihm gegenüber hin und sagt, dass sie noch am Computer arbeiten müsse, er könne sich also Zeit lassen, und sie heiße übrigens Veronika Solberg.

»Um der speziellen Lebenssituation der Menschen ohne festen Wohnsitz Rechnung zu tragen und ihnen eine bestmögliche Beratung und Hilfe zukommen zu lassen, sind die Sozialarbeiter dazu angehalten, alle Vorkommnisse und Begegnungen genauestens in der Datenbank zu dokumentieren. Insbesondere die Identitätsfeststellung – bei Leistungsgewährung unabdinglich – sollte so genau und eindeutig wie möglich erfolgen.«

»Lenz«, sagt er, die Augen auf das Papier geheftet.

Lenz. Das war damals Schullektüre am Gymnasium. Und sogar in einer Psychologievorlesung wurde es angesprochen. Irgendwann ging Lenz ins Gebirg und dann kümmerte sich ein Pfarrer um ihn, weil er psychotisch wurde. Im Volkstheater spielen sie es derzeit. Sie geht jeden Tag an der Litfaßsäule mit dem Werbeplakat vorbei, die nur ein paar hundert Meter von hier entfernt steht. Als sie sich jetzt das mit Asche beschmierte Gesicht des Schauspielers wieder in Erinnerung ruft, überkommt sie plötzlich der Zweifel, ob sie ihm dieses eine Wort glauben kann. Mag sein, dass auch er das Plakat gesehen hat und sie jetzt zum Narren hält, weil er anonym bleiben will. Verfolgungswahn. Und weil er nur schreibt und sonst anscheinend nichts will, kann sie ihn auch schlecht nach seinem Ausweis fragen.

Sie startet die Datenbank und dreht den Bildschirm etwas weiter zu sich, damit der Mann nichts lesen kann. Als Nachname liefert »Lenz« acht Treffer, darunter kein aktueller Eintrag. Der letzte war ein gewisser Rudolph Lenz aus Schwerin, ein Gestrandeter vom Oktoberfest vorletztes Jahr mit Bluterguss im Gesicht und Prellungen am Arm. Filmriss, beklaut worden. Die Nummern seiner vier Arbeitskollegen konnte er nicht auswendig. Angehörige nicht zu erreichen. Vermittlung an die Bahnhofsmission mit der Bitte um Rückführung zum Wohnort. Nicht sehr wahrscheinlich, dass das ihr Gegenüber ist. Lenz als Vorname gibt es nicht, wohl die Kurzform für

Lorenz. Über dreißig Treffer. Sie klickt sich durch, ohne die Einträge wirklich zu lesen. Zuweilen blickt sie hinüber, doch sie kann aus den Winkeln ihrer Augen heraus nicht erkennen, was er schreibt. Nach einer Weile lehnt er sich zurück, schließt die Augen und atmet tief durch. Veronika wollte schon fragen, ob er fertig sei, doch bevor sie den Mund öffnen kann, nimmt er das Blatt und zerreißt es mehrere Male.

»Kann ich Ihnen irgendwie helfen? Was wollen Sie ihm denn schreiben?«

Kurz richtet er seine Augen auf sie, bevor er kaum merklich den Kopf schüttelt und die Fetzen in seiner rechten Hand zusammenknüllt. Sie hält ihm ihre Hand hin und zieht gleichzeitig unter dem Tisch den Papierkorb hervor, doch wieder weigert er sich. Als er dann das Papier in seinen Rucksack stopft und dort nach einem neuen Zettel sucht, winkt sie ab, gereizt, weil er … sie weiß es gar nicht genau. Vielleicht ist es die Unterstellung, die darin mitschwingt, als würde sie später den Müll durchwühlen, um an sein Geheimnis zu kommen. Lächerlich. Der Paranoiker glaubt, er sei der Mittelpunkt der Welt. Hätte sie gewusst, dass er so verschlossen ist, dann hätte sie ihn vorne sitzen lassen können. So hätte er seine Ruhe und sie könnte mit ihrer Bewerbung weitermachen. Während er nun wieder im Rucksack wühlt und einen weiteren Packen herauszieht, wird ihr schließlich bewusst, dass das Geräusch, das sie die ganze Zeit schon hört, das eines Schlüsselbundes ist. Zweifellos. Dieser Mann hat Schlüssel im Rucksack.

Ein Prüfblick neben die Maus: Ihr eigener Bund liegt da, wo er immer liegt. Außerdem hatte sie ihn ja sowieso beim Zusperren dabei. Das wäre die einzige Gelegenheit gewesen. Er legt den Papierstapel quer vor sie hin und zieht nach kurzem Blättern einen Zettel daraus hervor, sodass der Haufen etwas verrutscht und den Blick auf eine seiner Zeilen freigibt. Sie ist an den Rand geschrieben, als wäre sie ein Kommentar zu dem, was noch verdeckt ist.

Veronika kontrolliert, ob er sie beobachtet. Er beginnt zu schreiben. Sie beginnt zu lesen, langsam, die Schrift entziffernd, auf Diskretion bedacht: »Mit jedem unserer Worte müssen wir dem Jüngsten Gericht das Maul stopfen!«

Sie blickt hoch, ruckartig. Die Aggressivität dieses Satzes schüchtert sie ein. Leute, die ähnlich verwahrlost sind wie dieser Mann, predigen normalerweise in die entgegengesetzte Richtung. Wegen der Ungerechtigkeit der Welt verdammen sie alles und jeden, und Gott wird kommen mit seiner Gerechtigkeit, die nicht von dieser Welt ist. Das kennt sie, obwohl man auch die kaum mit den Fürsorgeeinrichtungen der Wohnungslosenhilfe zu fassen bekommt. Die trauen oft nur noch jenem Leben, das nach diesem kommt.

Er legt den Stift weg und fragt sie nach einem Umschlag. Als er ihn zum Mund führen will, bricht er die Bewegung ab und beugt sich nach vorne. Mit dem Blick und ausgestreckter Hand fragt er, ob er den Tischabroller fürs Klebeband benutzen darf. Veronika nickt. Sie hätte daran denken sollen, Rosenöl in den Tonkelch der Duftlampe zu träufeln und den Ventilator einzuschalten. Jetzt wird es dauern, den dumpf-feuchten Geruch dieses Mannes loszuwerden.

»Ich werde ihm den Brief sofort geben, wenn er das nächste Mal hier ist. Und vielleicht gehen Sie noch einmal zum Arzt. Nur zur Sicherheit. Damit er kontrollieren kann, ob die Tabletten auch wirken.«

Sie geht ihm voran, hält ihm die Tür auf und sie nicken einander zum Abschied zu. Veronika zündet sich eine Camel an und blickt dem kleinen Mann mit seinem Rucksack voller Schriften lange hinterher. Er geht gebückt, mit unsicheren Schritten, als bestünde der Bürgersteig nicht aus Stein, sondern aus schlammig aufgeweichter Erde. Sie pult an dem Aufkleber herum und beschließt, den Satz aufzuschreiben – »Wir müssen dem Jüngsten Gericht das Maul stopfen« – und ihre Kollegen darüber zu informieren.

Vielleicht hatte schon mal ein Streetworker Kontakt zu ihm. Oder man holt Karl ins Boot und fragt ihn, was es mit diesem Lenz auf sich hat.

Und während sie den Rauch gegen die Hauswand bläst, die Kippe auf dem Fensterblech ausdrückt und dann hinter sich die Tür doppelt zusperrt, verschwindet der Mann um die Ecke und verliert sich in den Straßen der Stadt, in den Augenwinkeln der Passanten, in den Nasen ihrer Hunde, in den Linsen der Überwachungskameras und in dem mannshohen Spiegel am Gleisende des U-Bahnhofs Goetheplatz, an den er ganz nah herantritt, sich mit den vier etwas kribbeligen Fingern der rechten Hand in den Mund fährt und sich den Unterkiefer nach unten zieht. Seine Muskulatur kann ihn nicht mehr so weit vom Schädel spreizen, dass genug Licht in die Höhle fällt, um sie zu untersuchen. Er kann nichts erkennen. Und doch, es muss etwas da sein, denn fast scheint es, als hätte sich im Kiefer etwas entwickelt, das einen eigenen Pulsschlag hat, der dem des Herzens stolpernd hinterherhinkt. Erschöpft, mit kaltem Schweiß auf der Stirn haucht er aus und schleppt sich auf den blauen Metallsitz für die Wartenden. Zwei Plätze weiter zieht er das staunende Interesse eines kleinen Mädchens auf sich, das trotz mehrerer stummer Ermahnungen ihres Vaters den Kopf immer wieder dem sonderbaren Mann zuwendet. Der nimmt, ohne sich um die beiden zu kümmern, den Rucksack auf den Schoß, klaubt darin die Fetzen des ersten Briefes zusammen und wirft sie neben sich in den Mülleimer. Er zieht Tabletten hervor und steckt sich zwei davon in den Mund. Und noch ein drittes Mal greift er in den Rucksack hinein und zieht einen kleinen Schlüsselbund hervor, dessen Ring er unter den scheuen Blicken des Mädchens auf seinen Finger steckt. Kühl fühlt sich das Metall an, wenn er die Faust um den Bund schließt. Nicht einmal eine Minute lang hält er ihn so, bevor er die Lider und den Arm sinken lässt, sodass die beiden Schlüssel wie ein stummes Windspiel von seinem Finger baumeln, während dem Vater der Gestank des Mannes zu bunt wird und er seine Tochter auf den Arm nimmt und davongeht.

Nach einigen Schritten: »Du sollst nicht so fremde Leute anstarren! Das macht man nicht!«

Noch immer schaut sie und fragt ihn leise ins Ohr: »Was ist mit dem?«

»Hm – ich weiß es nicht. Entweder ist er faul oder er hat Pech gehabt.«

Zettel aus dem Zettelwust von Lenz

Wahrscheinlich das insgeheime Hauptziel meiner Revolution: Einen Keil treiben zwischen all die Leute, die unbedingt ans Mikrophon wollen, und die Mikrophone. Wer nicht singt, hat da nichts verloren!

5. 8.

Durch Zufall einen wunderbaren Artikel im Lexikon gefunden: Zedaka (hebr. Wohltätigkeit). Die Pflicht zu teilen, was man hat, um so die Welt zu heilen. Das Besondere ist, daß man den anderen dabei nicht beschämen darf. Man gibt ihm nur das, was Gott einem selbst gegeben hat, und zwar als Geschenk. Kein Wort von Leistung oder Arbeit! Und man muß alles dafür tun, daß es geheim abläuft!

Als Musterbeispiel die Legende eines Rabbi: Er schenkt einem Armen jeden Tag Geld, indem er es unter seiner Tür durchschiebt. Der Arme will wissen, wer so gütig ist und wartet hinter der Tür. Als der Rabbi und seine Frau merken, daß der Arme ihnen folgt, wollen sie sich verstecken. Sie springen in einen Ofen, aus dem gerade die Glut herausgeräumt worden ist, und verbrennen sich die Füße! Und er sprach:

Besser sich in einen Ofen zu werfen als seinen Nächsten zu beschämen!

Eine Variante der Legende besagt, daß die Frau will, daß ihr Mann sich auf ihre Füße stellen soll! Er ist bestürzt, daß sie mehr Schmerzen aushält. Sie antwortet, daß sie den Armen kein Geld, sondern Essen gebe. Ihre Hilfe ist direkter als seine und das macht sie unempfindlicher.

Bei uns wollen Spender meist ihre Namen verewigt sehen. Man hat den Eindruck, daß sie sogar beim Hinhalten der anderen Wange nur auf das Klatschgeräusch aus sind.

Die Wolke und das Geschwür

Während Karl und sein Freund Lenz schlafen – der eine im Bonifaz, das Gesicht in der Armbeuge vergraben, kaum hörbar schnarchend, der andere in sich zusammengesackt, das Gesicht bleich wie Knochenmehl, in einem unterirdischen Tunnel, wo aus grauen Lautsprechern der Sommer aus den Vier Jahreszeiten tönt –, brennt die Sonne wie in den Wochen zuvor auf den rissigen Boden herab.

Doch heute wird sich was tun.

Es ist so viel warme Feuchte in der Luft, dass sie aufsteigen will und sich wieder abkühlen, ausschwitzen. Wolken werden sich bilden, die aufquellen wie Teig. Immer höher wird sich darin die Luft nach oben peitschen, bis sie das Wasser zu festen Formen ausfriert. Das Eis wird wieder fallen, auftauen, in kleinen Tropfen doch unentrinnbar Wasser bleiben, egal wie hoch es steigt, egal wie tief es fällt. Es wird wieder Aufwind bekommen, einen neuen Kreislauf antreten, bis die Winde zu schwach werden, um es zu halten. Und es wird Reibung herrschen im Inneren der Wolke, die immer schwerer und mächtiger werden wird. Wie ein Amboss, bereit zum Einschlag, hängt sie bald da.

Noch merkt Karl davon nichts, denn obwohl die Nerven im Gewebe schon anschlagen, ist sein Hirn noch wie in Watte gepackt. Aber er hat Zeit. Der Himmel über der Stadt ist blau und es dauert noch, denn diese Wolke ist so beschaffen, dass sie keine Eile kennt. Doch irgendwann wird sie sich gesättigt haben und bereit sein zu brechen.

Und auch Lenz spürt durch den Schlaf hindurch nicht, was sich da hoch über seinem Kopf zusammenbrauen wird. Er spürt, trotz der Tabletten, nur noch das Pochen in seiner Seite. Vor einer Woche fing es an, wurde schnell schlimmer, fast unerträglich, dann ließ es nach. Ganz von allein. Und nun kommt es wieder hoch, größer, die ganze Seite schmerzt und ist aufgequollen. Als wäre ein Keimling tief im Kiefer vergraben gewesen, der plötzlich anschwoll, sich Platz schaffte und alles Fleisch zur Seite drängte, es verschlang und verdaute und einschmolz, bis er aufbrach und sich nun schrankenlos ausbreitet. Augenfällig im Gesicht, unsichtbar im Rest des Körpers, da sich der Eiter bis in das Wurzelgeflecht der Blutbahn drückt. Und manchmal beginnt das Herz zu rasen, und man weiß nicht, ob es so die Unzahl der Erreger fortschwemmen oder schneller zu sich pumpen will. Als ob ein Getriebe Sand ansaugt.

Karl drückt der Schuh

Ein Stoß gegen den Tisch und du wachst nicht auf. Nur deine Nackenmuskeln zucken und du öffnest das Narbengewebe am unteren Rand deiner geschwollenen Augen. Körnig. Grob. Dir tropft Spucke aus einem seltsam trockenen Mund auf den Ärmel und du richtest dich auf mit Muskeln im Rücken, die du nicht erahnen kannst. Die Augen reiben. Sie wieder in ihre Höhlen drücken. Du tastest die Umgebung ab. Rucksack und Tüte sind noch da, auch die Zeitung und das Messer auf dem

Tablett, nach dem du greifst, dich fast verschluckend vor Wut, weil du es am liebsten demjenigen in den Hals rammen würdest, der dich aufgeschreckt hat.

Karl, du stichst ja doch nicht zu. Du schaffst es ja nicht einmal, die Faust um das kalte Metall zu ballen, denn, siehe da, der Druck schwappt in deine trägen Muskeln zurück, dass es bis hinter zum Ellenbogen brennt.

Karl lässt los. Er legt den Kopf in seine Hände und fährt sich über das Gesicht. Nur daran, dass ihm alle seine Tischgenossen fremd sind, erkennt er, dass tatsächlich Zeit vergangen ist zwischen dem Schließen und Öffnen der Lider. Er ist müder als je zuvor. Er kennt das. Es ist immer so, dass die wahre Müdigkeit nach dem Schlaf kommt. Davor ist sein Körper noch naiv genug zu glauben, jetzt sei die Zeit gekommen, da er einfach liegen bleiben darf. Er würde die Leute an seinem Tisch wenigstens gern anschreien, aber auch dafür fehlt ihm die Kraft, und außerdem ist er jetzt zu sehr damit beschäftigt, sich an einen anderen Ort zu wünschen, in eine andere Zeit, wo ihm nicht der Magensaft im Rachen brennt und nicht der Schädel brummt wegen dem Mist, den das Trio neben ihm absondert. Er drückt sich die Gehörgänge zu, bis er genug Kraft in seinen Beinen hat, um abzudampfen. Das war der Plan, doch plötzlich scheint in seinem Bewusstsein das Ziehen seiner Narbe wie eine Goldader auf und pumpt ihm Adrenalin in die Bahn. Er wendet sich um, damit er den Himmel sehen kann. Farbloses Blau. Endlos zwischen die Dächer der Häuser hineingepfercht. Karl weiß, dass er auch jenseits dieser Mauern, ja der ganzen Stadt noch genauso aussieht. Doch das wird sich ändern. Heute noch. Auch das weiß er, denn seine Narbe ist alles andere als taub, ja, sie spannt plötzlich so in seinem Gesicht, als würde das Wetter um sich schlagen wollen mit faustgroßen Hagelkörnern. Das wird sich zeigen.

Ohne ein Wort zu sagen, steht Karl auf und packt seine Zeitung in den Rucksack. Das Tablett lässt er stehen. Sollen die sich ruhig aufregen. Sollen sie doch ihre unversehrten Hälse strecken und drehen und ihn mit stummen Blicken strafen. An Karl perlt das ab. Er geht vor zum Tresen und füllt erst seinen Flüssigkeitshaushalt mit drei Tassen Wasser wieder auf und dann seine Sprite-Flasche mit Tee. Das dünne Plastik knackt unter der Hitze. Ganz oben kann er sie noch greifen und vorsichtig den Deckel draufschrauben, bevor er sie in die Tüte steckt, für später.

Es geht die Stufen hinab, vorbei an den drei Biergartentafeln mit »Arztpraxis«, »Kleiderkammer« und »Bäderabteilung (mit Rücksicht auf die vielen bitte nur 2 x wöchentlich)«. Da hätte Karl also noch was gut, aber die Duschliste ist eh jeden Tag voll. Sie läuft sogar über, denn irgendwer hat einfach unten bis zum Seitenrand vier neue Kästchen dazugemalt, mit zittriger Hand, ohne Uhrzeit, in der nicht ganz unbegründeten Hoffnung, dass oben einer seine Schicht verpennt oder einfach geht, obwohl er sich eingetragen hat. Karl überfliegt die Namen. Die meisten kennt er nicht oder kann sie nicht lesen. Einer hat mit Malefiz unterschrieben, ein anderer mit XXX wie im Lustigen Taschenbuch. Lenz steht nicht drauf. Das war zu erwarten, obwohl sich die Offiziellen sicher nicht mehr an das Hausverbot erinnern, das sie gegen ihn ausgesprochen haben. Ist eh schon längst vorbei. War es eine Woche oder einen Monat? Ziemlich lang jedenfalls dafür, dass er den Mönchen Nutzlosigkeit vorwarf. Wenn sie sich wirklich nützlich machen wollten, sagte er, dann sollten sie mal mit der Heiligsprechung jedes einzelnen Menschen anfangen. Er verstehe gar nicht, wie sie tatenlos hinter ihren Klostermauern hocken könnten, ohne vor Scham im Boden zu versinken. Anfangs dachten sie wohl, es sei ein Witz, und versuchten ihn zu beruhigen und die Sache herunterzuspielen, aber Lenz hat einfach nicht aufgehört, dieser Dickkopf. Man beißt nicht in die Hand, die einen füttert. Er solle es gut sein lassen, sagte ihm Karl. Das bringe doch nichts. Aber da war es eh schon zu spät, auch weil Lenz für sich bereits beschlossen hatte, keinen Fuß mehr ins Kloster zu setzen. Verbot hin oder her.

An der Kleiderausgabe hat heute Frau Georgi Dienst, eine Fachfrau, was Bekleidung anbelangt, wie sie nicht ohne Stolz sagt. Jahrzehntelange Erfahrung aus der Herrenabteilung bei K&L Ruppert. Trotz ihres zielsicheren modischen Händchens laufen beim Egon aber alle Beratungen mal wieder ins Leere: »Wollen Sie sich das wirklich antun?«

Egon will. Die drei vor Karl in der Reihe lachen und schütteln die Köpfe, als der Egon sich eine gelbe Manchesterhose und ein rosafarbenes T-Shirt vorne hinhält. Es glitzert über der Brust in Form eines Schwans und ist so kurz, dass sein Bauch rausschauen wird. Das ist seine Strategie: Sich zum Deppen machen, wenn er an der Hauswand hockt und das kleine Stück Pappkarton neben sich liegen hat. Da steht nichts drauf, kein »Ich habe Hunger, bitte helfen Sie mir«, es ist einfach nur eine Unterlage für die Münzen, damit ihm die Leute das Geld nicht auf den Boden werfen müssen. Egon sagt, es funktioniert. Fußgänger können ihn so schon von Weitem sehen, sie müssen nicht so tun, als ob gerade einer anruft oder sie an was Wichtiges denken. Dieses T-Shirt wird wie eine Befreiung sein. Karneval das ganze Jahr. Sie können lachen, werden abgelenkt von der Tatsache, dass da einer die Hand aufhält, und können sich gut fühlen dabei, wenn sie einem Mann helfen, der offensichtlich auch noch andere Probleme hat.

Karl ist nicht der Typ für so ein Theater. Lieber den Ball flach halten und die Allerweltsstrategie fahren, das Abziehbildchen eines ofWlers zu sein: graue Haare, grauer Bart, Jeans und Parka. So kommt man den Leuten und ihren Vorstellungen entgegen. Und das mögen sie, wenn nicht viel Interpretationsspielraum bleibt.

»Egon, eine Regenjacke musst du dir noch holen«, sagt Karl und zwinkert.

»Was? Ohne Witz? Is es heute endlich so weit?«

»Ja, aber dauert noch. Am Abend. Könnte heftig werden, vielleicht hagelt es sogar. Ich würde mir was suchen, wo man nicht mehr rausmuss.«

Egon nickt und denkt nach. Auch die anderen drehen sich zu Karl um und bedanken sich. Der vor ihm – Karl kennt ihn nur vom Sehen, hat noch nie ein Wort mit ihm geredet – klopft ihm sogar zum Dank auf die Schulter. Dann dreht er sich wieder zu seinem Vordermann und sie besprechen die Lage. Heilsarmee, mal anrufen lassen, ob noch zwei Betten frei sind.

Die Reihe rückt vor und Karl schaut schon mal durch das Fenster der Kleiderausgabe, ob für ihn was dabei ist. Der ganze Aufbau lässt ihn an den Pausenverkauf an seiner Schule denken. Das große Loch in der Wand mit der Theke, über die damals Leberkässemmeln und Capri-Sonne gereicht wurden anstelle von Unterhosen, Schuhen und Gürteln. Hier gibt es die Sachen frei Haus und man stellt sich schön brav in einer Reihe an. In der Schule war da das Geschrei von Kindern, die sich in einer großen Traube an die Theke zwängten, während die Oberstufler ihre Bestellungen über die Köpfe der Unter- und Mittelstufler hinweg tätigten, von hinten, ohne Wartezeit, denn das war die Ordnung der langen Arme und der langen Beine, die den Kleinen ohne Worte beigebracht wurde.

Von der Treppe her hört man plötzlich aufgeregte Stimmen. Einer zieht Luft durch die Zähne und flucht – »Scheiße, Scheiße, das ganze Blut« –, der andere ist nicht weniger aufgeregt, versucht aber zu beruhigen: »Komm, wir sind gleich da.« Und dann ein Pfiff für die Wartenden unten: »Macht die Tür auf! Das ist ein Notfall!«

Die Georgi zieht das Fenster herunter und kommt aus der Seitentür, um zu sehen, was los ist. Auch Karl und die anderen folgen ihr und sehen wie einer den anderen stützt, der sich mit der Hand den Schritt hält. Auf seiner kurzen Hose mehrere Blutflecken. In der freien Hand hält der Unverletzte eine Reihe Taubenstacheln, mit der er nun unten die Leute verscheucht: »Macht die scheiß Tür auf!«

Die Georgi schaltet am schnellsten und folgt dem Befehl und schon sind die beiden in einem Sprechzimmer verschwunden. Nachdem sie die Glastür zugezogen und sich umgedreht hat, schlägt sie die Hände über dem Kopf zusammen. Sie geht ein paar Stufen hinauf und ruft nach dem Hausmeister. Karls Blick folgt ihr und erst jetzt sieht er die verwischten roten Abdrücke am Geländer und der blassgelben Tapete. Oben kommt Urbaniak ins Bild. Er solle Putzzeug holen. Und Handschuhe. Und eine Desinfektion, ein Spray am besten. Sie drängt die Leute zurück, sie sollen sich auf die Bank unter der Treppe setzen und warten. »Nichts anfassen! Machen Sie bitte Platz und lassen Sie uns unsere Arbeit tun.«

Gemurmel der Wartenden und einer hat die Erklärung: »Das wäre mir letztens beinah selber passiert! Im Botanischen Garten. Da muss irgend so ein Arschloch diese Taubenstacheln auf die Bänke legen. Wenn du nicht aufpasst, siehst du die gar nicht auf dem Drahtgestell der Sitzfläche. Ich hab mich zum Glück danebengesetzt und hab's erst bemerkt, als ich meine Tasche neben mich hinstellen wollte. Das war so ein richtig dreckiges Teil mit nachgeschliffenen Spitzen, das vorher wohl zwanzig Jahre lang irgendwo am Bahnhof montiert war. Da müsst ihr höllisch aufpassen, sonst zerstecht ihr euch die Eier!«

Karl kennt Stacheln, die von einem Tag auf den anderen am Boden vor irgendwelchen Geschäften montiert werden, aber sowas ist ihm neu. Natürlich, da hängen viele kaputte Typen rum, aber auch Familien mit Kindern. So ein Wichser! Das muss er sofort Jürgen erzählen, wenn er ihn das nächste Mal sieht. Die zwei von eben hätten eh seine Bekannten sein können, dem Aussehen nach zu urteilen.

Es dauert eine Weile, bis wieder Ruhe eingekehrt ist und Frau Georgi in die Runde fragt, wer denn jetzt noch nicht versorgt sei. Die zwei Typen, die vor Karl in der Schlange waren, sind nicht mehr da, also hebt er die Hand.

»Und was wollen Sie?«

Karl will: »Wenn es geht, eine Hose, weil die ist schon durch, und Schuhe, Größe 44 … die hier sind zwar fast neu, aber schauen Sie, das drückt hier rein bei jedem Schritt, ich kann kaum gehen … und vielleicht noch Socken und Unterhosen, je zwei Paar, wenn's geht, für mich und einen Kollegen. Sie kennen mich ja, Sie wissen, dass ich nicht lüge.«

Sie schaut, was sie machen kann, sagt sie. Und schon abgewandt: »Mit Hosen und Unterwäsche sieht es aber wohl schlecht aus.«

Es gab einmal einen jungen Mann, der hatte sich Schuhe gekauft, Größe 44 ½. Sie waren schwarz und mit allerlei Technologie ausgestattet, damit sie den speziellen Anforderungen einer Querfeldeinwanderung standhalten würden. Einmal nur trug er sie, bevor er mit seinem Motorrad auf nasser Fahrbahn ins Rutschen kam und in den Gegenverkehr geriet. Vier Tage später erlag er seinen schweren Verletzungen, beweint von Vater und Mutter, die es schließlich war, die diese Schuhe hier spendete. Der Dreck der Wanderung hatte noch an ihnen gehangen, viele Monate lang, bis die Mutter es endlich übers Herz brachte, sich diesen letzten Dingen zu widmen und zu entscheiden, was behalten wir und wovon trennen wir uns. Sie hat sie sauber geschrubbt, ein letzter Dienst für ihren Sohn, und mit anderen Dingen, um die es zu schade war, in die Stadt gebracht, um dort das Band zwischen ihr und diesen Relikten ein für alle Mal zu zerschneiden mit den Worten: »Entschuldigen Sie, ich weiß nicht, können Sie hier so etwas brauchen? Die Sachen sind nicht mehr neu, aber noch gut … und sauber. Und ich dachte mir, bevor ich sie wegwerfe … Das hat doch auch keinen Sinn. Und diese Leute hier, die sind vielleicht froh drum.«

Ja, das sind sie.

Karl, man gibt dir die Schuhe eines Toten.

Karl ist ein Lügner, und mit der Ordnung nimmt er es auch nicht so genau

»Ja, ich weiß. Aber soll ich die Unterhose etwa draußen im Hof wechseln?«

Statt einer Antwort ein Seufzen und eine Handbewegung zur Tür hin, die zur Eile mahnt.

»Ich schicke mich.«

Karl hat die Toilette für sich allein. Und statt sich zu schicken, schraubt er, nachdem er die Tür der linken Kabine hinter sich verschlossen hat, die Flasche Wodka auf und trinkt. Das Geräusch der Luft, die sich in Blasen an seinen Lippen vorbei in den Hals und den Bauch der Flasche zwängt, würde ihn verraten, wäre nicht die bündig schließende Tür zwischen ihm und den Sozialarbeitern, die bereits damit beschäftigt sind, die Leute zu wecken und zum Gehen aufzufordern.

Karl, der mit diesem Verhalten gegen Fettgedrucktes im § 3 der aktuellen Hausordnung verstößt, denkt sich, während es ihm warm die Kehle hinabrinnt: wo kein Kläger, da kein Henker. Er hängt den Rucksack an den Haken hinter der Tür und stellt den Wodka in einen der beiden Schuhe, damit er sicher steht und er ihn nicht beim Umziehen aus Versehen umstößt und die Flasche dann unter der Tür hindurchrollt oder gar, Gott bewahre, zerbricht. Dann kramt er die Tüte hervor, die er schon seit Tagen mit sich herumschleppt und die eigentlich für Lenz vorgesehen war. Vielleicht gibt es ja morgen wieder was auf Reserve. Er setzt sich auf den Klodeckel und streift die alten Schuhe und Socken von den Füßen. Es beißt in der Nase, wenn er die Zehen spreizt, bis der Schmerz an seinen Füßen, der sich anfühlt, als zöge man ein Blatt Papier über die Hautfalte, nicht mehr auszuhalten ist. Dann der kühlende Fliesenboden an den Sohlen und zusammengezwickte feuchte Augen. Durchatmen.

Nein, er wird die neuen Socken jetzt nicht vergeuden. Er wird an die Isar gehen und sich die Füße waschen.

Draußen das Geräusch vom Rücken der Stühle, damit sie die Tische besser abwischen können, während er die neue Unterhose begutachtet. Daran hat er sich immer noch nicht gewöhnt und wird es auch nie. Sie riecht nach Schrank und Plastiktüte. Irgendwelche Beine steckten darin, der Schwanz und Hodensack irgendeines Mannes. Die absurde Vorstellung davon, verdrängt von Erinnerungen an seine Jugend, wo die Vergleiche einsetzten, nach dem Sport: Größe, Behaarung, und einer hatte die alte Unterhose seines Bruders an. Das Gelächter. Das Gelächter, als klein Karlchen nicht wusste, was ein feuchter Traum ist. Und als dann eines Morgens alles klebte und seine Mutter das bemerkte, der Schwur, dass ihm das nie wieder passieren würde.

Karl, du sollst nicht schwören! Du weißt doch, dass du keinen halten kannst!

Er greift zur Flasche, setzt an und sofort wieder ab, denn die Tür geht auf.

»He! Wir machen eigentlich gerade zu!«

Karl schluckt und räuspert sich und will sich schon aus der Kabine heraus rechtfertigen, doch er ist gar nicht gemeint.

Eine andere Stimme antwortet: »I know. But I am really krank. I have cramps in meinem Bauch. Und ich kann es not any longer halten.«

Das war kein Witz. Burim spricht wirklich so. Eine Mischung aus Deutsch und Englisch, beides fast akzentfrei, obwohl er aus dem Kosovo kommt. Karl weiß bis heute nicht, ob er damit den Leuten nur etwas vorspielt, um sich wichtigzumachen, oder ob er tatsächlich einen Knacks hat, vom Krieg vielleicht, auf der Flucht seine eigene Sprache verloren und aus zwei halben eine neue gemacht.

Ein Seufzen, »gut, aber beeilen Sie sich«, das Zuschlagen der Tür, sodass auch Karls Kabine wackelt, das Hochklappen des Deckels, das hastige Öffnen des Gürtels und der Knöpfe. Karl sieht Burims Schattenwurf unter der Wand und hört alle Töne von den ehemals weißen Wänden der Schüssel widerhallen. Ein Stöhnen und Ächzen. Die Anrufung Gottes auf Deutsch.

Karl läuft es kalt den Buckel hinab und jetzt schickt er sich wirklich. Er zieht sich an, streift sich noch einmal die alten, salzstarrigen Socken über und schlüpft in die neuen Schuhe. Bequem sind sie, anschmiegsam. Wieder plätschert es neben ihm, als würde man einen Teller voll mit Eintopf direkt ins Klo kippen. Hat Burim etwa hier gegessen? Aus demselben Topf wie Karl?

»He! Kommt das bei dir etwa von dem Eintopf hier?«

Lautes Atmen. »Ich weiß nicht, what you are talking about.«

»Es hat heute hier Eintopf gegeben. Hast du hier gegessen oder bist du erst gekommen?«

»No, no, I was not hier. Keine Sorge.«

Karl ist erleichtert und will schon gehen, warnt den Kranken aber noch vorm Wetterumschwung. Er solle am besten gleich runter zum Arzt gehen und sich in der Pille einquartieren lassen. Vielleicht auch in einer Pension, angesichts seiner Umstände.

Wieder draußen unter gebieterischem Himmel sieht er noch die letzten Leute aus dem Tor gehen und um die Ecke biegen. Man wird sich nun in der Stadt zerstreuen und die zäh sich hinziehende Zeit absitzen. Morgen früh kommt man wieder, wieder hungrig, wieder müde. Er folgt den anderen und auf dem Bürgersteig dann sieht er sie sitzen, Mechthild, den Rücken gegen die rote Mauer der Abtei gelehnt. Daneben einer, den Karl kennt, der ihm die Sprache verschlägt, wie er bei ihr sitzt und auf sie einredet, den Blick auf ihren Ausschnitt geheftet. Es ist einer von der Sorte, die es auf die Frauen abgesehen hat. Sie wollen was Gutes tun, sagen sie. Sie wollen helfen, sagen sie. Sie haben ein Zimmer frei, sagen sie. Einen Ort der Ruhe, an dem man wieder zu Kräften kommen kann. Auch sie seien einmal auf der Straße gewesen, sagen sie. Sie wüssten, wie das sei. Und sie sind clever, diese Typen. Scheuen mittlerweile zurück vor der Schwelle, hinter der man ihre Masche durchschaut hat, nach Monaten. Dann gab es Hausverbote.

›Aber wieso denn? Wir unterhalten uns doch nur, zwei erwachsene Menschen, das ist doch nicht verboten.‹

Sie sind selbst dann noch vorsichtig, wenn schon eine angebissen hat. Einen langen Atem braucht man schon beim Helfen, aber was man sät, wird man dereinst auch ernten. Es wird für die Frauen Gelegenheit genug geben, sich dankbar zu zeigen.

Was Karl an dieser Szene am meisten schockiert, ist der Umstand, dass Mechthild diesen Kerl geradezu herausfordert. Oder was soll dieses Stofftier sonst bedeuten – ein kleiner Eisbär ist es, noch strahlend weiß, aus der Kleiderkammer vielleicht –, das bis zum Hals zwischen ihren Brüsten in ihrem Ausschnitt steckt? Sie hat extra zwei Knöpfe dafür aufgemacht. Nur dieses Tier, ausgestopft mit weißer Watte, schaut Karl an, wie zum Spott, während der Mann sich zu ihr hindreht und zu flüstern beginnt, damit Karl nicht lauschen kann.

Er geht weiter. Es ist die Mechanik des Stolperns, die ihn einen Fuß vor den anderen setzen lässt, ziellos, auch dann noch um Haltung bemüht, als er schon längst vorüber ist. Das hätte er dieser Frau nicht zugetraut. Und dann kommt es wie aus heiterem Himmel, dass sich das Blatt doch noch wendet. Mechthilds Schrei. So laut, dass selbst Karl noch zusammenfährt.

»Hau ab!«

Es ist ein Schrei mit so viel Energie, wie ihn Menschen normalerweise nur zustande bringen, wenn es um Leben oder Tod geht. Ein Schrei, der die Stimmbänder vernarbt. Die Stille danach, in der Mechthild ihre Lungenbläschen wieder mit Luft füllt. Das Hintergrundrauschen des Verkehrs. Karl dreht sich um. Und sieht, wie der Mann zurückgeschreckt sitzen bleibt. Und sieht, wie sie sich aufrichtet, auf ihre Knie, und ihn noch einmal aus voller Brust heraus anschreit, sich vorbeugt, ganz nah an sein Gesicht, fast nach vorne überkippend, sodass er sich gerade noch herauswinden kann.

Karl weiß nicht, ob er sich tatsächlich hätte wünschen sollen, dass der Mann den Kampf mit ihr aufnimmt, damit er Größe und Mut hätte unter Beweis stellen können.

Der niedere Pegel

Während Lenz immer noch in sich zusammengesunken ist und schläft und taub ist für das Ein- und Ausfahren der U-Bahnen, für das Warnsignal der sich automatisch schließenden Türen, nimmt Karl am Marienplatz, dem Herz der Stadt, den Aufzug nach unten. Geruch von altem Urin. Im Kopf geht er die Strecke durch: Die Linie 3 nach Süden, über das Sendlinger Tor, den Goetheplatz fürs Arbeitsamt, die Poccistraße fürs Kreisverwaltungsreferat, und weiter bis zum Tierpark, direkt an die Isar. Ämtergänge braucht es heute nicht.

Es hat etwas gedauert, bis sich Karls Augen wieder an das grelle Sonnenlicht gewöhnt haben, nachdem er aus der U-Bahn gekommen war. Und selbst jetzt, da er auf einem Stein hockt und sich seine neuen Schuhe aufschnürt, blendet ihn das Geglitzer auf der Wasseroberfläche. Die Menschen zieht es wie an jedem Sonnentag zu Tausenden an den Fluss, doch immer mehr sind verstummt, je weiter sich die Isar seit der Dürre vom Ufer zurückgezogen hat, in ihre Mitte, als stünde sie unter Schock. Der niedrigste Pegel seit über hundert Jahren. Mindestens so lange liegt der Stein schon da und wurde vom Wasser umspült, war Haftgrund für den ausgetrockneten Algenfilm, den Karl nun mit Händen und Hosenboden abreibt. Vorne der Dreckrand an den Brückenpfeilern, der den normalen Stand des Wassers anzeigt. Wie Alberts Zahnhälse liegen sie nun frei. Die plattgedrückte, rostige Dose, die zwischen den Steinen steckt. Weiter links eine Bierflasche, sie sieht noch ganz aus und Karl wird sie später einsammeln. Er stellt die Schuhe neben sich, wo auch schon die neuen Socken liegen und eine Tüte mit einem Stück Kernseife darin, krempelt die Hose hoch und zieht die alten Socken aus. Seine schwammig weißen Füße, die Nägel vom Pilz aufgedickt, graugelb wie Papyrus. Tote Hautschuppen stauben durch die Luft. Er zieht die Strümpfe zusammen und wirft das Paar Richtung Bierflasche. Es soll wohl eine Art Reviermarkierung sein. Er streckt die Füße ins Wasser, das nicht so kalt ist wie erwartet, dennoch eine wahre Wohltat. Er stöhnt, die Augen geschlossen, während die Strömung die kleinen Stofffetzen fortträgt, die an seinen Sohlen und in den Nagelfalten klebten. Die Narbe zieht. Nur vereinzelt Vogelgezwitscher und, näher kommend, eine Sirene. Vielleicht wieder ein Alter, der das Trinken vergessen hat, oder ein Kollege, der im Schatten eingeschlafen und in der prallen Sonne aufgewacht ist.

Die Leute liegen unter den Bäumen und dösen. Die Hitze hat sie abgestumpft. Kaum einer gibt noch was. Das war vor ein paar Wochen noch anders. Da herrschte hier das volle Leben. Die ganze Stadt war auf den Beinen. Es wurde gegrillt und das Bier kastenweise in die Isar gestellt. Paradiesische Zustände im Rückblick. Jetzt steckt den Leuten eine stumme Angst in den Augen. Wie bei Tieren, die es gewohnt sind, nach langer Wanderung eine üppige Wasserstelle zu finden statt eines mageren Tümpels. Sie sind aufgekratzt und lassen alles stehen und liegen, wenn sie gehen. Und das Pfand unter dem ganzen Müll lockt immer mehr Sammler an, oft in kleinen Gruppen und straff durchorganisiert, wie man sie sonst nur vor dem Stadion trifft. Für Karl fallen da nur die Reste ab.

Drüben schöpft ein Mädchen schon zum x-ten Mal mit einer Gießkanne aus gelbem Plastik Wasser aus dem Fluss. Ihre Eltern sind nicht zu sehen. Sie trägt es die braun bewachsene Böschung hoch und über den Weg und dann kann Karl nur noch ihren Kopf und ihre Schultern sehen, während sie, ganz versunken im Spiel, immer dieselbe Stelle gießt. Er wickelt die Seife aus und taucht sie ins Wasser. Er dreht sie in seinen Händen, bis es schäumt, und beobachtet sie, die ihn keines Blickes würdigt, sondern wieder nur auf die Luftblasen schaut, die sich aus dem Ausguss ihrer Kanne drücken, wenn sie sie unter Wasser hält. Sie hat eine Stelle am Rand gefunden, die noch tief genug dafür ist. Karl beugt sich nach vorne und seift seine Füße ein. Er ist ungelenk. Es zieht im Rücken, hinein in den Steiß. Vielleicht kann das Mädchen die rissige Erde auch nicht mehr sehen, denkt er. Und sie schleppt deshalb das Wasser hoch, damit sich der Boden unter einer Pfütze wieder schließen kann.

So, fertig. Trocknen tun sie an der Luft. Er packt sein Zeug und legt sich ins Gras. Den Sand wird er später von seinen Sohlen reiben. Das war's. Jetzt die Zeit vergehen lassen, ohne ins Denken zu kommen. In der Mission noch Brot holen für abends. Dich unterstellen, damit dich der Regen nicht trifft. Aber sehen willst du die Wolke, die Blitze, willst spüren, wie es kälter wird, die Luft riechen, reingewaschen, befreit vom Staub, der die Straßen entlang in die Kanalisation geschwemmt werden wird, und in die Flüsse, die langsam wieder anschwellen werden und alles forttragen bis ins Meer. Es ist eine große Mechanik, die du nicht einmal im Ansatz verstanden hast. Und trotzdem hast du dich aufgespielt vor der Klasse, als wüsstest du, wovon du sprichst.

Es ging um Vereinfachung. Um Veranschaulichung. Darum, Dinge zu beschreiben, die nicht bewiesen werden konnten vor der Klasse, weil die Versuchsanordnung zu kompliziert war, weil das Geld und die Zeit fehlten und die Worte dafür.

Die Lichtgeschwindigkeit. Messbar zwar, aber wir können sie uns nicht vorstellen. Um eine Murmel auf *c* zu beschleunigen, wäre mehr Energie nötig, als im gesamten Universum vorhanden ist.

Die Unendlichkeit.

Die reellen Zahlen. Deren Unendlichkeit größer ist als die Unendlichkeit der rationalen. Dein Affen-Experiment, um die Überabzählbarkeit dieser Zahlenmenge zu veranschaulichen. »Stellt euch vor, dass auf jedem Stuhl in diesem Raum ein Affe vor einer Zahlenschreibmaschine sitzt, in der ein unendlich langes Papierband eingespannt ist. ›1,‹ steht auf jedem Blatt. Der Bereich zwischen eins und zwei genügt schon für unser Gedankenexperiment. Und jetzt tippen die Affen wie wild drauflos, ihr ganzes Leben lang. Und dann kommen neue Affen und immer weiter. Wie groß ist wohl die Wahrscheinlichkeit, dass auch nur eine einzige Zahl rauskommt, bei der die Nachkommastellen irgendwann – und sei es ab der hunderttausendsten Stelle – ein sich wiederholendes Muster aufweisen?«

Die Relativität der Zeit. Der Schwimmunterricht, das Eckenstehen als unendlich lange Strafe. Die blauen Fliesen und ihre parallel laufenden Fugen, ein scheuklappenartiges Koordinatensystem. Du hast Zeit. Zeit, über das nachzudenken, was du angestellt hast. Der blinde Fleck. Die Blicke der Kinder in deinem Nacken, die nur ein paar Jahre älter waren als Marcel, der vielleicht auch einmal auf einem dieser Stühle würde gesessen und die Sätze der Trägheit und der

Impulserhaltung in sein Heft übertragen haben. Das Flüstern der Klasse. Bruttoreaktionszeit, mentale Reaktionszeit, Fußumsetzzeit, Ansprechzeit der Mechanik. Pi mal Daumen: eine Sekunde. Das ist eine Menge Holz.

Karl, dir wären die Zahlen auf deiner Tafel auch dann entglitten, wenn du nüchtern gewesen wärst.

Die Mutter ruft ihr Kind – »Sarah!« – es hört nicht – »Sarah!« – und Karl schlägt die Augen auf. Anscheinend hat sich das Mädchen davongeschlichen. Die Mutter beginnt zu laufen, als sie sieht, dass ein Mann neben ihr steht. Sie kniet sich hin, schimpft sie aus und schüttelt sie, sodass sie ihre Gießkanne fallen lässt. Ein Blick zu dem Mann, dann packt sie die Kanne und den Arm und zieht Sarah weg, die sich sträubt und weint und um ihre Pfütze fürchtet, denn sie hat nicht wie Karl die Gewissheit, dass ihre Arbeit nicht umsonst gewesen sein wird. Es wird regnen, bevor sie austrocknet.

Karl erkennt den Mann, obwohl er sein Gesicht über den Fluss hinweg nicht sieht. Es ist Dieter Manke. Er erkennt ihn am Buckel, der das Kinn auf die Brust zwingt. Er weiß vom orthopädischen Klumpschuh am linken Fuß und sieht den ewig gleichen Jägerhut aus grünem Filz. Letzte Woche saß Karl abends in der Mission noch neben ihm. Es war das erste Mal, dass er seine Augen sehen konnte. Weil er so klein ist und so einen Buckel hat, ist er beim Einschlafen auf der Bank immer wieder nach vorne gekippt, sodass er fast hinunterfiel. Fünfmal ging das so, bis Frau Schröder einschritt. Sie arbeitete schon mehrere Jahre ehrenamtlich in der Mission. Eine ältere Frau, die Gutes tun wollte. Alles an ihr war groß. Ihre Statur. Sie überragte Karl, war an die einsneunzig. Ihre Brüste, auf denen ihre Lesebrille ruhte. Die Bügel hingen an einer Kette um den Hals. Ihre Angst, im Büro auf einen Betrüger hereinzufallen oder einem Klienten etwas zu geben, worauf er eigentlich gar keinen Anspruch hatte, schließlich musste auch sie auf jedem Eilantrag und Auszahlungsbeleg unterschreiben.

Man hätte sie identifizieren können. Belangen, wenn man wollte. Bei all diesen Gesetzen und Verordnungen kannte sie sich nicht aus. Ohne Kostenübernahme vom Amt rückte die Schröder keinen Cent heraus. Aber auch ihr Herz war groß. Vorne an der Theke war sie die Freigiebigkeit in Person. Von ihr stammte der Satz: »Brot ist leider aus. Aber Kuchen gibt es noch.« Und wenn man nach Kleidung fragte, brachte sie mehrere Teile zur Auswahl. Und wenn sie sagte, dass nichts da sei, dann war es wirklich so. Bei manch anderen war man sich nie sicher, ob sie einem die neue Hose nicht vergönnten, weil so schlimm würde die alte ja noch gar nicht aussehen. Sie stand also auf, fragte einen Mann im Nebenraum, der an dem großen Tisch saß, ob er sich auch auf die Bank setzen würde. Sie zeigte ihm Manke, der einem, wenn man so vor ihm stand, den Nacken hinstreckte, als hielte man ein Beil in der Hand. Sofort war der Mann mit dem Platztausch einverstanden. Frau Schröder stellte sich vor Karl hin und rüttelte Manke an der Schulter.

»Hören Sie? Dieser Mann hier würde mit Ihnen tauschen! Dann hätten Sie einen Tisch!«

Der Alte drehte seinen Kopf in Richtung der Stimme. Dazu musste er seine gesamte seitliche Rumpfmuskulatur einsetzen und Karl konnte zum ersten Mal sein Gesicht sehen. Es war von Falten übersät und um die entzündeten Augen herum zusammengekniffen, als würde er direkt in die Sonne schauen. Sie waren an den Rändern so rot, als hätte man die Lider beschnitten. Seine Unterlippe und der ganze Kiefer waren nach vorne geschoben, vielleicht um dem Speichelfluss etwas entgegenzusetzen. Als Manke die weiße, eng anliegende Bluse sah, deren Knöpfe kurz vorm Zerspringen waren, begann er mit offenem Mund zu lächeln. Er hob die Hand und ließ sich zu seinem neuen Platz führen. Dort drehte er den Kopf, so weit es eben ging, zu ihr und legte ihn auf dem Tisch ab. Er tat kein Auge mehr zu und hätte sich wohl am liebsten die Verknöcherung in seinem Genick aufgebrochen, so verdreht saß er da.

Karl überlegt kurz, Manke etwas über den Fluss hinweg zuzurufen, aber das würde er sowieso nicht hören. Man muss sich immer zu ihm hinabbeugen und direkt in sein buschig bewachsenes Ohr sprechen, um die Isolation zu überwinden, in die ihn sein Körper zwingt. Normale Gespräche schwappen einfach über ihn hinweg. Manke steht nun schon eine ganze Weile da und rührt sich nicht. Wahrscheinlich studiert er anhand der Pfütze den Himmel über seinem Genick, denkt Karl und entschließt sich, hinüberzugehen und ihn zu warnen.

Er sattelt sein Zeug auf und geht erst nach rechts, doch er merkt gleich, dass die Brücke in der anderen Richtung näher liegt. Also Kehrtwende und ein Schreck, denn vorne kommt ihm Johanna entgegen. Sie schiebt das weiße Spucktuch wie einen Vorhang zur Seite und lacht in den Kinderwagen hinein. Als wäre die Zeit stehen geblieben. Er stellt die Augen scharf und erkennt seinen Irrtum mit jedem Schritt mehr, den sie näher kommt. Mit gesenktem Kopf, ganz in die Zwiesprache mit ihrem Kind versunken, geht sie an ihm vorüber. Eine fremde Frau.

Erst als er auf der Brücke ist, gönnt er sich eine Verschnaufpause. Ein leichter Wind kommt auf, der seine schweißnasse Haut kühlt. Der wieder vertraute Schmerz im Wangenmuskel. Mit beiden Händen stützt er sich auf der Brüstung ab und schaut den Flusslauf entlang. Die Brücken der Stadt. Wie große, abgenagte Rippenbögen liegen sie über den Fluss hingestreckt.

Karl, siehe, dein Symbol. Da stecken sie dich hin, wenn sie über deinesgleichen reden. Und nicht einmal da gelang es dir, dich niederzulassen.

Und als ob eine unsichtbare Hand seinen Kopf nach vorne über das Geländer drückt, geht sein Blick nach unten, wo, in der Tiefe, ein Glitzern seine Augen blendet.

Das Schlafen im Matratzenlager unter der Brücke damals. Der Holzverschlag, in der Gemeinschaft, die einem Halt gab und in den Rücken fiel. Deine Haut ist dünner geworden unter dem dicken Fell, das du dir zulegen musstest. Und es genügt nur ein kleines Vergehen – deine Sachen waren durchwühlt und nein, das hast du dir nicht eingebildet –, und schon steht es einer gegen alle.

Schuster, bleib bei deinem Leisten, damit er dir nicht flöten geht.

Und du merktest, wie sie näher zusammenrückten, weil sie von Anfang an unter einer Decke steckten oder weil sie das, was sie hier hatten, nicht verlieren wollten wegen dir und deinen Anschuldigungen. Was war denn schon dabei?

Karl hustet und spuckt aus. Nach einer Weile findet er die Pfütze des Mädchens auf der anderen Seite, aber von Manke fehlt jede Spur. Er sucht noch etwas nach ihm, wenn auch nur halbherzig, dann setzt er sich auf eine Bank in den Schatten und trinkt seinen Tee. Für jeden Schluck, den er genommen hat, füllt er die Flasche mit der anderen wieder auf. Dann geht es im Schatten der Bäume nach Norden. Wandern, einen Fuß vor den andern und nebenbei einsammeln, was er finden kann, bis ihm die Beine schwer werden. Irgendwann erwischt er eine ledige Bank und setzt sich hin. Pause machen und sich eine drehen. Den Rucksack schiebt er ganz nach rechts, damit sich dieser Teil der Bank schon mal in ein Kopfende verwandeln kann, für später.

Die Werkbank

Karl,

ich muß mich bei dir entschuldigen. Ich bin ein Idiot. Ich dachte, mir bleibt mehr Zeit. Ich weiß nun, daß es zu Ende geht. Vielleicht sehen wir uns gar nicht mehr. Und selbst wenn, ich kann kaum noch sprechen. Habe Fieberschübe. Mir dreht sich alles. Das Schreiben strengt mich an und ich habe bald keine Kraft mehr. Es tut mir leid.

Ich habe eine Wohnung. Der Schlüssel ist in der Brusttasche meiner Jacke. Montgelasberg 62, ein gelbes Haus. Im Tiefparterre. Du kannst sie haben, wenn du willst. Ich schenke sie dir. Ich hoffe, du kannst mehr damit anfangen als ich. Bitte vergib mir! Ich hätte das schon viel früher machen sollen.

Bitte nimm auch meinen Rucksack mit. Mit meinen Aufzeichnungen. Ich bin nicht fertig geworden. Ich dachte, ich hätte mehr Zeit.

Eine letzte Bitte noch – ich verlange so viel von dir! Bitte deck mich mit Erde zu, wenn es vorbei ist. Der Gedanke, hier so liegen zu bleiben, läßt mich

Ein Schmerz lodert in Lenz auf wie eine Stichflamme, und er wimmert und zwickt die Augen zusammen. Alles wird taub. Der Bleistift rutscht aus seiner verkrampften Hand und rollt unter die Werkbank, auf der Lenz sein Lager aufgeschlagen hat. Zum Aufstehen ist er zu schwach. Vielleicht später noch einmal.

Er liegt in einer Hütte, die er im vorigen Winter durch Zufall entdeckt hat. Ziemlich verfallen, aber das Dach ist noch dicht. Am Rand einer Schrebergartensiedlung, direkt neben den Gleisen. Ein paar Nächte lang war er gemeinsam mit Karl hier, der sie dann noch eine Weile als Lager genutzt hat, bis irgendwann sein Zeug im Müllcontainer lag und ein neues Vorhängeschloss an der Tür war. Benutzt wurde die Hütte dann aber auch nicht. Und so musste Lenz wie damals im Winter wieder erst die Spinnweben über dem fast schwarzen Holz der Werkbank beiseitewühlen, um seine Sachen darauf abstellen zu können. Feine Eisenspäne klebten an seinen Händen. Vorsichtig rieb er sie an seiner Hose ab, damit die Schwellung nicht so wehtat. Er fand alte Decken, die nun seinen Rücken stützen, sodass er gegen ein massives Holzregal gelehnt aus dem Fenster schauen kann, auf den Hügelkamm, der künstlich aufgeschüttet wurde, damit die Züge über den Dächern der Häuschen hinwegfahren können. Der Staub von Blüten bedeckt die Scheibe wie allerfeinstes Schmirgelpapier. Manchmal prallen Wespen dagegen, zwei-, dreimal, bevor sie wieder verschwinden. Und wenn oben ein Güterzug vorbeifährt und sein langer Schatten die Hütte verdunkelt, dann drängt sich der Windstoß durch das Fenster und plustert die Spinnennetze auf. Wie Kiemen.

Nachdem er hier angekommen war, fühlte er sich, als ob seine Knochen mit Blei ummantelt wären. Er hatte Fieber, spuckte etwas Blut. In seinem ganzen Kopf pochte es, als er auf die Werkbank und in den Schlafsack kletterte. Im Liegen ließ es langsam nach, als hätte es sich selbst erschöpft. Im Schlaf jagten Bilder durch seinen Kopf. Die hohen Bücherregale in der Bibliothek. Seine Schritte durch den Gang, deren Nachhall ihn einzukreisen schien. Die Blicke über die Schulter. Das Verschieben der Leiter, das unsichere Hochsteigen, das Herausziehen des Buches, und die Augen dahinter. Ein kurzer, stechender Blick, der Schreck, als das Buch zu Boden fiel, wie er als Kind in die Müllgrube des Dorffriedhofs. Sie war hinter der Mauer und seine Großmutter schickte ihn, um verwelkte Blumen wegzuwerfen. Das schwarze, gusseiserne Türchen, das ihn überragte und das eine Feder wieder krachend ins Schloss zog. Die Grubenmauer, die er mit einem großen Schritt erklomm. Das Balancieren. Die Blumen, die er mit gefalteten Händen vor dem Bauch hielt, als würde er um jemanden trauern. Das Warten. Er warf sie nicht weg wie Müll, sondern ging in die Knie und streckte seinen Arm aus, wie er es bei Erwachsenen gesehen hatte, die Blumen niederlegten. Das Öffnen der Hand. Der Sturz. Kein Schrei. Nur schnelles Atmen, nachdem er aufgeschlagen war. Langsam drückte sich die Feuchtigkeit der Graberde durch seine

Kleidung. Das Wühlen. Zweige, Kerzenreste, Grablichter, Kränze mit Schleifen, aus denen Draht ragte und ihm die Haut durchstach. Die Tränen. Die braunen Nadeln wie Würmer. Jetzt auch der Schrei. Die Schläge der Großmutter, um den Dreck abzuklopfen, wie sie sagte.

Lenz erwachte und richtete sich mühsam auf. Seine Zunge war geschwollen. Er nahm die Wasserflasche neben sich und hielt sie sich an den Mund, den er nur mehr undefiniert öffnen konnte. Nur einen Teil des Wassers konnte er weit genug nach hinten bringen, um ihn zu schlucken. Der Rest rann heraus.

Die Tür war noch nicht geöffnet worden. Karl war noch nicht gekommen.

Lenz hatte keinerlei Gefühl für die Zeit, die vergangen war. Stunden oder eine ganze Nacht? Auf den Plänen des Münchner Verkehrs- und Tarifbundes steht, dass an Werktagen alle zwanzig Minuten jeweils eine S-Bahn stadtein- und stadtauswärts fährt. In einer jeden hätte Karl sitzen können, aber Karl war nicht da.

Dann der Gedanke an den Brief. Er war relativ klar im Kopf, so klar wie zuletzt in der Teestube. Er überlegte lange, mit dem weißen Papier auf seinen angewinkelten Knien, den Stift in der Hand.

Wie den letzten Brief beginnen, mitten im Anfang? Welche Worte können ausdrücken, was sich in seinem Inneren zusammenballt, das ihm fast die Luft zum Atmen raubt.

Ein langer Blick aus dem Fenster und dann drückte er, wie um seine Gedanken zu bremsen, den Stift aufs Papier, aber schon im ersten Wort merkte er, dass er seinen Körper nicht mehr in der Gewalt hatte. Die Buchstaben fühlten sich fremd an, wacklig. Sein Unterarm schmerzte und er musste oft lange Pausen machen.

Und jetzt liegt der Stift unwiederbringlich unter der Werkbank und er sitzt da und hält sich die Wange in der Hoffnung, dass es ihm irgendwie Linderung verschafft. Er atmet, als würden Tiere ihn hetzen. Sein Puls rast. Stechen in der Brust. Der Eiter arbeitet sich in alle Richtungen vor, drückt das Fleisch weg, umspült Adern, Knochen, Zähne, ätzt sie auf, nistet sich ein. Das Gift der Bakterien wird durch den ganzen Körper geschwemmt. Seine Hoden ziehen sich zusammen, seine Haare stellen sich auf, seine Muskeln beginnen zu zittern. Erst am Oberschenkel, dann fährt es in Schüben in sein Gesicht. Hämmert, ansatzlos, seine Zähne aufeinander, unter denen der Eiterherd liegt. Er drückt sich rückwärts in die Decken, verschiebt so das Holzregal ein wenig, aber das Klappern der Zähne wird er nicht los. In der Verzweiflung darüber, dass er sich von seinem eigenen Körper verraten, ja zerniert fühlt, rafft er einen Knebel aus dem Stoff des Schlafsacks zusammen und stopft ihn sich in den Mund.

Zettel aus dem Zettelwust von Lenz

darunter steht ganz harmlos: Dr. Joseph Goebbels, Minister für Volksaufklärung und Propaganda, läßt sich im Programm mehrfach feiern. Das Hitlerphoto auch sehr unscharf, fast nur Schatten, weil er den Hut tief ins Gesicht gezogen hat. Anzug statt Uniform. Eigentlich nur an der etwas dunkleren Rotzbremse erkennbar. Innen eine ausführliche Beilage mit weiteren Bildern und einem Aufsatz: Das Mikrophon hat alles mitgehört! Die Geburtsstunde des Radios wird beschrieben und der Freistaat Bayern distanzierte sich offiziell vom Rundfunk, weil sich »derartiges nur reiche Leute leisten« könnten und der »Gegensatz zwischen Arm und Reich dadurch aufs neue verschärft« wird. Hört Hört! Das erste Wortprogramm war das Seegespenst von Heine. Ein paar Tage später die erste Nachrichtensendung über Hitlers Putschversuch. Sonst kein Wort mehr über ihn. Von ihm und seinen Schergen aber eine ganze Menge auf der Platte.

Noch heute läuft es mir bei dem Geplärre kalt den Rücken runter. Die Geschichte des Hörfunks ist auch eine Geschichte des Faschismus. Beim Internet ist es ähnlich. Eine neue Technik war noch nie die Lösung … eine Krücke vielleicht. Oder ein Stock in die Beine. Sie überwindet mühelos Distanzen … Wunderbar für Musik oder wenn man einen Einkaufszettel von A nach B schicken will, aber Diskussionen, Meinungsbildung, Politik? Wo niemand sich zu schämen braucht, wenn er der Lüge überführt wird?

Wir brauchen eine Technik, die die Leute zusammenbringt und sie nicht einfach nur die Distanz vergessen läßt.

Boxenstopp in der Mission

Im Bildschirm hinter der Scheibe glänzt die Werbewelt mit mindestens vierundzwanzig Bildern pro Sekunde. Wie der Löffel ins Eis taucht. Es gleitet in die Höhlung der metallenen Halbkugel hinein und schiebt sich oben wieder heraus wie eine Welle voller zartschmelzender Cremigkeit, die man gerne über sich hereinbrechen sähe. Die Hand zieht weiter und das Eis igelt sich ein, ballt sich dort zu einer Kugel zusammen, wo vorher noch nichts war. Karl schaut sich das ganz genau an, während er versucht, mit seinen fettigen Fingern das blöde Frischesiegel aufzureißen. Einmal ist ihm der Wein schon auf den Boden geklatscht, aber in weiser Voraussicht hat er ein stoßfestes Gebinde erworben. Endlich klappt es, wenn auch nur halb, und so muss er sich mithilfe seines opponierbaren Daumens den Domkellerstolz bis in die hintersten Arkaden seiner Mundhöhle drücken, sodass er sich heftig verschluckt und für die Passanten ein kleines Schauspiel abliefert. Nach einer Weile des Brustklopfens geht es wieder.

Zum Bahnhof nur noch zwei Straßen überqueren. Vorm Südeingang neben der Rampe für Rollstuhlfahrer steht in einer

Gruppe Balzke, der Anfasser, der irgendwie auf den Trichter gekommen sein muss, dass Karl sein Kumpel ist. Er jedoch ist sich nicht bewusst, je auch nur ein freundliches Wort an ihn gerichtet zu haben. Immer schon ist er ihm aus dem Weg gegangen, weil der Typ keine Grenzen kennt. Balzke grüßt, und obwohl Karl alles dafür tut, unterm Radar zu bleiben, geschieht doch das Unvermeidliche: Balzke kommt auf ihn zu.

»In der Nacht soll's ein Unwetter geben, hab ich gehört.« Balzkes Hand an seinem Oberarm, viel zu lange.

»Ja, stimmt.« Karl windet sich raus. »Ich muss weiter. Was essen, sonst kotz ich dir vor die Füße.« Karl schiebt ihn weg und hält seine Hand ausgestreckt. Den Kopf gesenkt, fährt er mit den Fingern an der Wand entlang wie ein Blinder, der seinen Stock verloren hat und nicht ins Gleisbett fallen will. Er zieht Fettschlieren auf der Starbucksscheibe. Die Wand knickt weg und die letzten Meter zur Mission hangelt Karl sich von Säule zu Säule.

Man hält ihm die Tür auf. Ein junger Mann streift sich gerade die blaue Dienstweste über und dreht an der Zahlenkombination des Vorhängeschlosses für die Rollstühle. Außeneinsatz. Umsteigehilfe, oder, wenn Karl Glück hat, geht er die Bäckereien im Bahnhof ab und sammelt kistenweise Übriggebliebenes. Neuerdings machen sie das.

Vorteil: Man kann sogar Kuchen kriegen. Oder Sandwiches mit Käse, oder Ei. Das ganze Sortiment des Überangebots.

Nachteil: Die Zuckersachen locken mehr Leute an als die Schmalzbrote, und mehr Leute sind immer ein Nachteil. Es gibt Drängler, aber auch sonst wird die Stimmung beim Anstehen schlechter, weil jeder ständig das Gefühl hat, die vor ihm picken sich nur die Sahnestückchen raus.

Lösungsstrategie des Thekendiensts: Jeder bekommt nur ein Teil.

Lösungsstrategie des Küchendiensts: Jedes Teil wird gevierteilt.

Karl stellt sich an den Tresen und muss warten. Keiner da, nur sechs Kollegen, die an den Tischen sitzen und sich wie Staubflusen in die Ecken des Raumes gedrängt haben. Als hätte es ihnen eine mathematische Formel auferlegt, haben sie sich so im Zimmer verteilt, dass jeweils der größtmögliche Abstand zwischen ihnen herrscht. Frau Tanner, eine kleine Frau mit kurzen, blonden Locken, kommt nach vorne und fragt, wer nun alles auf eine Beratung warte. Auf der Bank im Vorraum gehen drei Hände nach oben, während sie einen Blick auf den Zettel wirft, auf dem die Merkmale der Klienten fürs Büro gekritzelt sind.

»Saß hier ein Mann, der sein Handy aufgeladen hat?« Sie bückt sich. Die Steckdose unter dem Tisch ist frei. Schulterzucken im Raum, also streicht sie ihn.

»Sie hab ich, und Sie beide wollen auch ins Büro?«

Der eine nickt, der andere faltet einen Zettel auf und hält ihn ihr hin.

Frau Tanner winkt ab: »Sie stehen aber nicht auf der Liste! Haben Sie sich angemeldet? – Fürs Büro müssen Sie sich immer hier vorne anmelden, okay? Haben Sie das verstanden?«

Von beiden ein unentschlossenes Nicken und sie schreibt auf: »Mann mit Lederhut und rotem Rucksack. Indianeramulett. Mann, sehr groß. Gesicht voller Schuppenflechte.«

»Und Sie? Wollen Sie auch ins Büro?«

Karl schüttelt den Kopf: »Nur Brot. Und Wasser, wenn's geht.«

Und während sie ihm einschenkt und ein großes Margarinebrot hinhält, wendet sie sich wieder denen im Vorraum zu: »Sie werden leider noch etwas warten müssen, bis Sie drankommen. Wir sind gerade unterbesetzt und bekommen auch gleich noch einen Notfall rein. Es kann dauern.«

Kaum hat sie das gesagt, steht auch schon ein Polizist in der Tür zum Aufenthaltsraum und wirft einen prüfenden Blick in die Runde. Ihm folgen eine Polizistin mit einem Kind an der einen und einer Sporttasche in der anderen Hand, eine junge Frau mit zwei Kindern und einer frischen Naht im geschwollenen Gesicht – das kleinere sitzt auf ihrer Hüfte auf, das größere hat sie an der Hand genommen – und ein dritter Beamter, der einen zum Platzen vollen Koffer hinter sich herzieht, auf dem noch eine Sporttasche liegt. Frau Münzner, die sich gerade auf der Bank ihre Kniestrümpfe richtet, spitzt die Lippen zum Kussmund für die Kinder, die sie mit einer Mischung aus Neugier und Befremden anschauen. Alle drei haben sie das tiefschwarze, krause Haar ihrer Mutter, doch ihre Haut ist viel heller als bei ihr. Frau Tanner holt einen jungen Mann aus der Küche und stellt ihn den Polizisten vor. Er mache FSJ und könne gut Französisch.

»Hatte Leistungskurs«, wirft er pflichtbewusst ein und Frau Tanner bedeutet der Gruppe, dass man besser nach hinten ins Büro drei gehe, da gebe es Spielsachen und man könne das Gepäck abstellen. Außerdem könne dann keiner die Frau durch die Glastür sehen. Sie geht mit den Gepäckträgern voran, die Familie folgt ihr und ein Polizist weist den FSJler ein: »Sie wissen schon Bescheid? Also, das Frauenhaus hier ist voll, aber uns wurde gesagt, dass sie alle Häuser in der Region anrufen und versuchen, einen Platz für die Familie zu finden. Die Frau spricht kein Wort Deutsch. Anscheinend wurde sie bisher komplett isoliert. Meine Kollegin bleibt hier, zur Sicherheit. Vielleicht können Sie helfen, der Frau das alles zu erklären.«

Karl ist ganz gegen seine Gewohnheit zurück in den Vorraum gegangen und isst sein Brot nun im Stehen, damit er wenigstens den Nachhall der Worte mit anhören kann. Den Rest schustert er sich selber zusammen: Wahrscheinlich eine Katalogbestellung, und jetzt langweilt sie ihn. Vielleicht hat ein Kind geschrien und sie soll verdammt nochmal dafür sorgen, dass es die Klappe hält. Wo kommen solche Männer bloß her?

Zwei der Polizisten machen sich wieder auf den Weg. Man melde sich, sobald man Neuigkeiten habe. Händeschütteln, dann hält einer noch die Tür auf für den jungen Mann, der statt der erhofften Kisten mit Krapfen einen rüstigen Alten samt Krücken auf dem Stuhl sitzen hat. Dahinter die Frau, die den Koffer zieht. Sie bedankt sich bei ihren Freunden und Helfern für die Höflichkeit. Der Koffer wird abgestellt, das Portemonnaie gezückt. Der Umsteighelfer wehrt ab, als sie ihm zehn Euro zustecken will. Das sei nicht nötig, aber die Mission habe eine Spendendose, da werde er es gerne einwerfen. Nach einem Moment der Begutachtung von Karl und Kollegen fragt sie, ob man auch draußen warten könne.

»Wenn Sie in der Nähe bleiben, ist das kein Problem. Gleich ums Eck gibt es auch eine Bank. Soll ich Ihnen kurz helfen?«

Es gehe schon, vielen Dank, sagt die Frau und Karl denkt sich, dass es nicht gehen wird, denn besagte Bank, die gar keine Bank mehr ist, sondern Sitzschale neben Sitzschale neben Sitzschale neben Sitzschale neben Sitzschale, war vorher schon besetzt und die magersüchtige Blanka steht so schnell nicht wieder auf. Sie hat sich ausgebreitet mit einem extra Kissen als Fettersatz, damit das Gitter nicht so arg auf ihre Knochen drückt. Wie erwartet, die baldige Kehrtwende der Frau, die ihren Mann nun einfach vor der Tür parkt.

Und während nun Frau Tanner doch eine Kiste mit Spenden aus der Küche hervorzaubert, fliegen aus dem Dreierbüro die ersten Legosteine in den Gang hinaus. Dann das Schreien eines Kindes, das einige der Steinchen aufsammelt, nach vorne läuft und sich mit dem Handrücken die Augen reibt. Frau Tanner versucht zu beruhigen und nimmt das Mädchen mit in die Küche, während sich hinter Karl eine lange Schlange bildet. Fast alle sind von ihren Plätzen aufgestanden, da man den Inhalt der Kiste dank transparenten Seitenwänden aus Plastik auch im Sitzen erkennen konnte. Und als der Thekendienst den Deckel lüftet und den Blick freigibt auf quasi frische Ware, empfindet Karl, der sich ja bereits mit Brot vollgestopft hat, eine beinahe kindliche Reue. Die belegten Semmeln sind alle noch ganz. Wahrscheinlich war bei all der Hektik keine Zeit mehr, sie zu zerteilen. Man drängt sich schon neben ihn, weil er zu lange braucht.

»Eins mit Käse, bitte. Und noch eins mit Schinken, für später, wenn's geht.«

»Kein Problem. Tüte?«

Karl nimmt zwei und Servietten dazu, gleich eine ganze Ladung, man weiß ja nie. Dann räumt er das Feld und zieht ab.

Draußen ist es schon merklich kälter geworden. Windböen treiben Staub und leere Kaffeebecher vor sich her. Es tut gut, wenn wieder etwas Bewegung in die Luft kommt, denkt Karl, der nun alles hat, was er braucht.

NACHT

Die Jugend von heute meint, sie könne Karl ausstechen

Obwohl die Chance vielleicht nur eins zu tausend ist, probiert es Karl immer wieder. Kostet ja nichts. Mit krummem Finger stochert er ins Rückgabefach des Parkautomaten und tatsächlich liegt was drin. Zwei Euro, die Münze noch nagelneu. Sachsen, der Zwinger auf der Rückseite. Er lacht, als er den Gewinn einstreicht, zuckt aber dann zusammen, denn das Wort »Judensau« hallt von den Häuserwänden wider durch die Straße. Noch einmal: »Du Judensau!«

Karl geht schnell weiter. Er braucht ein wenig, um sich zu orientieren. Es ist hinter ihm, auf der anderen Seite der Straße, und schließt langsam zu ihm auf. Dr. Achim Ingmann. Ein Kollege. Man erzählt sich, dass auch er früher Lehrer an einem Gymnasium gewesen sei. Latein und Geschichte. Dann habe ihn hinter der Stirn der Schlag getroffen und er verlor das Bewusstsein. Danach ist er leider kein Ausnahmetalent am Klavier geworden, sondern hat lange gar nicht mehr gesprochen. Als er aber wieder damit anfing, war den Angehörigen wohl auch nicht nach Feiern zumute, denn er sei wie ausgewechselt gewesen und habe einfach alle, sogar seine engsten Freunde von früher, aufs Übelste beschimpft. Und immer ging es dabei um die Juden, das war wie eine fixe Idee. Albert behauptete mal, er sei ihm auf die Spur gekommen, aus Langeweile. Er habe im Bibliothekskatalog gestöbert und dann sei ihm der Name sofort aufgefallen, ein dicker Wälzer, 440 Seiten, Ingmanns Doktorarbeit: »Antisemitische Hetzdarstellungen. Über symbolische und politische Kontinuitäten vom Mittelalter über die Romantik bis zu den Nationalsozialisten.« Karl hat ihn schon lange nicht mehr gesehen und ist eigentlich davon ausgegangen, dass sie ihn eingewiesen haben. Pfeifendeckel.

Die ganze Straße ist verstummt. Karl duckt sich, damit Achim nicht rüberkommt. Das Paar, das dem Schreihals entgegengeht, kann sich nicht so leicht aus der Affäre ziehen. Zum Wechseln der Seite fehlen die Zeit und ausreichend Platz zwischen dem Allrad-Geländewagen und dem Twingo. Nur langsamer werden kann man, auf den Boden schauen und zur Seite gehen, um dann trotzdem angeschrien zu werden. Im Moment der Tic-Entladung dann die Flucht nach vorn in Form mehrerer kleiner Sprünge, als wären schon überall Pfützen. Achim schaut den beiden hinterher, die Hände in den Manteltaschen vergraben, die er dann plötzlich in Bankräubermanier nach oben reißt, als hätte er darin zwei Pistolen versteckt. Über seinem Hintern spannt der Mantel.

Etwas weiter vorne auf Karls Seite ist der halbe Gehweg blockiert. Eine Gruppe junger Männer sitzt in Liegestühlen und auf Isomatten vor einem Schaufenster, als würden sie dort campieren. Manche haben die Handys gezückt, um Achim zu filmen. Einer wagt sich besonders weit vor und benutzt einen geparkten Kombi sozusagen als Kugelfang. Achim bemerkt nichts davon und verschwindet langsam aus dem Blickfeld. Weil kaum noch Leute auf seiner Straßenseite sind, findet er keine Opfer mehr. Trotzdem kann er sich nicht zurückhalten und schreit es noch einmal heraus, bevor er um die Ecke biegt und den Filmemachern noch einen Paukenschlag zum Ende der Szene beschert. Sie klatschen in die Hände, der hinter dem Kombi macht die Becker-Faust: »Yo, Mann! Was geht ab?«

Als er sich umdreht und Karl sieht, drückt er wieder auf Aufnahme. Karl merkt das und fragt, ohne groß nachzudenken: »Was ist denn mit euch los?«

Stille. Manche kichern.

»Was willst du denn? Das Bier saufen wir selber, Alter!«

»Also ich … ich will … warum seid ihr denn hier vor dem Laden? Is da was los?« Karl zeigt auf das große Schaufenster, in dem ein einzelnes Paar Turnschuhe steht, leicht nach vorne geneigt auf einer mit schwarzem Samt überzogenen Scheibe, als wäre es ein Brillantcollier.

»Komm, Mann, verpiss dich einfach!«

Ein anderer widerspricht. Er steht aus seinem Campingstuhl mit in die Armlehne integriertem Bierflaschennetz auf und winkt Karl zu sich.

»Wir hier, wir ham uns gedacht, lass mal rausgehen, 'n paar Bierchen zischn, 'n bisschen Party machen auf der Straße. So wie du, weißt du?« Zum Zeichen der Verbrüderung blickt er ihm lange in die Augen. Sie hätten ja selbst nichts, nur ganz abgewichste Latschen an den Füßen. Aber morgen, da würde sich das ändern. Morgen wäre nämlich das Release der Limited Edition von … Ein anderer packt ihn von hinten an der Schulter und deutet auf Karls Füße. Wie krass sei das denn? Er solle sich mal diese Schuhe geben. Gelächter. Die Handys filmen von oben nach unten und dann wieder hoch. Karl kriegt Respekt. Karl wird gefragt, wem er denn diese Treter geklaut habe.

»Deiner Mutter!«, sagt nicht Karl, sondern irgendein anderer aus der Gruppe. Wieder Gelächter. Hände schlagen ein und schnippen auseinander. Sie stoßen an mit einer halbleeren und einer halbvollen Flasche.

»Fick dich!« Der Typ lässt Karl stehen und schlägt dem Witzbold mit der Faust auf den Oberarm.

Karl hat nicht wirklich zugehört, es geht ihm alles viel zu schnell. »Ihr wisst, dass gleich ein Gewitter kommt? Ich will euch nur warnen«, sagt er und schaut aufs Bier.

»Jaja, wissen wir schon längst!«

Einer, der gerade auf seinem Handy herumgetippt hat, hält es ihm hin. Karl geht einen Schritt auf ihn zu, beugt sich vor – »Fass es bloß nicht an!« – und glaubt auf einer digitalen Landkarte dunkelblaue Schleier über Bayern hinwegziehen zu sehen, bevor der Bildschirm schwarz wird. Er lacht kurz, stutzt ein wenig und fragt, ob sie dann jetzt nach Hause gehen, weil diese Nische hier sei sein Platz. Er zeigt neben das Schaufenster auf den Durchgang zum Innenhof. Knappe drei auf drei Meter, überdacht, vor einem Gitter mit Schloss. Eigentlich gar nicht so übel, denkt er und lügt: »Immer schon!«

»Schwachsinn! Da haben wir gestern schon gepennt. Und jetzt verzieh dich endlich!«

Unentschlossen bleibt Karl stehen. Die Erkenntnis, dass er sein Pulver verschossen hat, ergreift nach und nach Besitz von ihm und er will schon abdampfen, als einer aus der Gruppe versucht, sich freizukaufen. Er greift in den Kasten, hält ihm eine Flasche hin, Edelstoff, und sagt schon gar nichts mehr, sondern pfeift nur und zeigt mit dem Kopf in die Richtung, in die es für Karl gehen wird, wenn er zupackt.

Es kracht im Gebälk

Das Hotel beim Nordfriedhof, ein großer Turm aus Glas. Wieder muss Karl warten, auf den Bus, und wieder muss er sich die Zeit vertreiben. Er blickt auf die Fassade, erkennt Muster in den Lichtwürfeln, die aus der schwarzen Häuserfront brechen. Fassadenkreuzworträtsel: Zwischen die zwei beleuchteten Suiten im obersten Stockwerk passt der Name eines französischen Branntweins mit sechs Buchstaben. Senkrecht zwischen den Lichtern im sechsten und elften Stock »Reden ist Silber und Schweigen ist …«. Wieder senkrecht etwas versetzt: »Es geht berg…«, zwei Buchstaben.

Der Bus kommt und fährt fast vorbei. Karl muss laufen. Die hintere Tür geht nicht auf, die mittlere schon. Dann der wissende Blick des Busfahrers in den Rückspiegel. Er meint Karl, den einzigen Fahrgast, der sich gerade hinsetzt und dem dabei seine leere Bierflasche unter einen Sitz gerollt ist. Der Chauffeur sagt nichts, obwohl er es könnte, obwohl es Vorschrift ist, die Fahrkarte unaufgefordert vorzuzeigen. Es ist seine letzte Fahrt. Noch vier Stationen und er verdient auch nicht mehr, wenn er den Typen rauswirft. Wenn es blöd läuft, hat er sogar noch Scherereien. Und so ist der ganze Bus nicht nur erfüllt von Karls schwerem Körpergeruch, sondern auch von der Solidarität des geringsten Widerstands.

Industriepark-Nord. Karl steigt aus. Immer heftiger weht der Wind. Dreck und altes Laub wirbeln umher. Bald wird alles niedergeklatscht werden von den Fluten, die sich jetzt noch in den Wolken halten können. Erste zaghafte Blitze flackern fern in den Türmen, die sich über die Lichter der Stadt hinweg nach Norden schieben. Karl wird was zu sehen haben heute Nacht. Ein großes Spektakel, fast eine Art Entschädigung für den ewig gleichen Stadthimmel der letzten Wochen. Die Lichter des Hotels werden verblassen heute Nacht wie die roten Laternen in den Fensterecken des Club Tropical. Jede Gardine ist zugezogen. Da sind das Loch im Zaun und der Bewegungsmelder, der alles hell erleuchtet, als Karl den Pappdeckel hinter den Containern hervorzieht und unter das große Vordach auf die Laderampe legt. Hier hat er seine Ruhe. Weit und breit kein Mensch mehr auf den Beinen in dieser Geschäftswüste aus Beton, wo ausnahmsweise ein Sicherheitsdienst herrscht, der auch mal beide Augen zudrückt. Gegenüber das Schild der Straßenreinigung Würmbock GmbH – »Wenn's stürmt und schneit ist Würmbock-Zeit!« Es muss schon ein Orkan kommen, damit ihn der Regen hier in seiner Nische trifft. Er packt seinen Schlafsack aus und setzt sich hin, Wein in der Hand, während es droben gar nicht mehr aufhören mag zu donnern. Fast ein wenig ungeduldig, ja aufgeregt ist er. Aber statt des Aufschlagens der ersten dicken Tropfen auf das Wellblechdach hört er nur das laute Zuschlagen einer Autotür auf dem Parkplatz nebenan. Wieder ein Donner, in den sich das Anlassen des Motors drängt. Dann wollen sich die Zahnräder im Getriebe gegenseitig fressen, als versucht wird, den Rückwärtsgang einzulegen. Noch einmal, mit Gewalt, sodass es lauter und länger kracht als zuvor. Der Gang springt rein, der Motor heult auf. Karl muss lachen, als auch der erste Gang eher eingefräst wird als eingelegt. Er trinkt einen großen Schluck Wein und geht auf die Zehenspitzen, um den Typen zu sehen, der nicht mehr genug Kraft in den Beinen zu haben scheint, um die Kupplung durchzudrücken. Und als jetzt die ersten fetten Tropfen fallen, jagt Karl das Bild von einer sich hebenden Motorhaube durch den Kopf, unter der ein ganzer Haufen von Zahnrädern, große, kleine, hervorschießen und über den Parkplatz des Club Tropical in alle Richtungen davonkollern, als wären es Ratten auf der Flucht. Sein Lachen schaukelt sich zu einem Brüllen auf, weil es heftig donnert und auch die Tropfen ihre Zaghaftigkeit aufgeben. Ein brausendes Klatschen auf das Blechdach über ihm. Auf den Grünstreifen, die Müllcontainer, jetzt ist es schon eine Flut, mit hartem Eis vermengt, die Dächer der Autos, auf alle, die nicht auf Karl hören wollten und von Glück reden können, dass der Hagel Erbarmen zeigt, da er statt Körner nur Körnchen herabschickt. Er geht vor bis an den schwarz-gelb gestrichenen Rand der Rampe, wo die Kügelchen wie kleine Murmeln springen. Ein riesiges Rauschen und Peitschen. Zwei Blitze jagen sich in kurzer Folge quer über den Himmel. Bei vier ist auch der Schall so weit wie das Licht. Ein Geräusch, als würde ein Baumstamm, an den man sich gerade angelehnt hat, plötzlich quer durchgespalten werden. Noch einmal brüllt Karl. Eine Antwort. Eine Selbstvergewisserung, dass er noch da ist, dass er noch aufrecht steht. Dann reißt er die Arme nach oben wie ein Dirigent, während seinem Blick entzogen, jenseits der Hecke, im ersten Stock des Club Tropical die Vorhänge im Aufenthaltsraum beiseitegeschoben werden. Auch hier interessiert man sich für das erhabene Naturschauspiel, das allen Staub der letzten Wochen aus der Luft wäscht. Und tatsächlich sammelt er sich zu weißen, fast nach Seife aussehenden Schlieren in den Rinnsteinen. Die Frauen drängen sich an die Scheibe. Jessica mit den blonden Extensions hat gerade noch ihren letzten Kunden an die Tür begleitet, einen sehr nervösen Jungen, der von der gebuchten halben Stunde nur elf Minuten gebraucht hat, Aus- und Anziehen und eine Verbeugung inklusive. Sie hat ihre hohen Schuhe noch nicht ausgezogen und überragt alle, als sie sich behutsam zwischen den anderen hindurchdrängt und das Fenster öffnet. Sie streckt ihren Arm hinaus und lacht zu Kim hinunter, die es ihr gleichtut. Naomi fröstelt es bei diesem Anblick und sie streift sich ihren Bademantel über.

Erst jetzt, als Karl, der sich unbeobachtet fühlt, ja wegen der Alkoholkonzentration in seinem Blut unbesiegbar, erneut gegen den Donnergott anschreit, bemerken ihn die Frauen. Kim kichert und zeigt mit dem Finger auf ihn. Und sogar Naomi, die Verfrorene, die nichts mehr verabscheut als die kalten Hände weißer Männer, wird von der Neugier gepackt und tritt an das offene Fenster heran. Dort bietet sich ihr zunächst ein gewohntes Bild, wenn auch aus ungewohntem Blickwinkel, von oben herab. Karl knöpft die Hose auf. Er holt seinen Schwanz heraus und schifft von der Rampe hinab in den Regen hinein. Das Gelächter der Frauen hört er nicht. Er sieht nicht ihre zusammengekniffenen Gesichter, vor denen sie mit den Händen wedeln, als könnten sie ihn sogar durch den Regenguss hindurch riechen, der seine Pisse auf dem Parkplatz bis zur Unkenntlichkeit verdünnt.

Das Fenster schließt sich wieder. Der Vorhang ebenso. Auf diesen Anblick können alle verzichten.

Lenz beißt sich die Zähne aus

Wieder hat Lenz kein Gefühl für die vergangene Zeit, in der er sich in einem Traum entrückt sah von der Welt, über ihr schwebend, über fremdartige Städte, leere Straßenzüge hinweg. Kein Mensch war zu sehen in den blinden Fenstern der Häuser. Dann veränderte sich alles, ganz ruhig, ich hätte weggehen können, dachte er, tat es aber nicht, sondern legte sich, nicht ohne eine gewisse Erleichterung, in den Rinnstein, der nun unausweichlich vor ihm lag. Er rutschte etwas hin und her, bis es bequem für ihn war, und auch das näher kommende Rauschen störte ihn nicht. Und als das Wasser kam und ihn umspülte, herrlich kalt, erschrak er nicht. Vielmehr drückte er seine Nase tief in die Ecke des Rinnsteins und ließ das ansteigende Wasser hineinlaufen. Er sah die Luftbläschen aus seinen Atemwegen treten, beobachtete, wie sie sich wie ein Kranz um seinen Kopf sammelten. Manche verfingen sich in seinen Haaren, andere wurden fortgeschwemmt und zerplatzten nach und nach. Das Wasser floss immer schneller und stieg ihm bis über die Ohren. Ein kleiner Sturzbach, doch er rührte sich nicht. Vielleicht liegt es an dem Stiefel in meinem Nacken, dachte er. Vielleicht drückt er mich hinunter, sodass es mir unmöglich ist, mich gegen das Wasser zu wehren. Er sah auf sich selbst hinab, sah auf seine Arme, mit denen er doch wenigstens rudern könnte, um sich schlagen, doch sie lagen nur schlaff da, als wüssten sie schon mehr als er selbst. Also kniete er sich neben sich, legte den Kopf zur Seite, ganz nah an das Wasser heran, als würde er auf einem Gleis auf einen Zug hoffen, und sah den hauchdünnen Spalt Licht zwischen seiner Nackenhaut und der Sohle des Stiefels. Als wäre dort in der Ferne des Horizonts ein Sonnenaufgang.

Jetzt weiß ich alles, dachte Lenz.

Das, was jetzt noch kommt, sah er deutlich vor sich.

Die Tür ist zu. Karl ist noch nicht da. Und Karl wird auch nicht mehr auftauchen, jetzt da all der Regen des Sommers auf einmal herunterzukommen scheint. Lenz greift nach dem Brief. Das ist das Wichtigste, er darf nicht verloren gehen, nicht in irgendeine Ritze rutschen, unerreichbar wie der Bleistift. In jedem Fall muss Karl ihn finden. Davon hängt nun alles ab. Die Fingerspitzen feucht und aufgeschwemmt. Die Stirn nass. Es tropft von seinen Achselhaaren. Er blickt nach oben, wo an einem Nagel eine leere Metallkiste über seinem Kopf hängt. Er streckt sich, mit den Fingerspitzen kann er sie vom Nagel heben und zu Boden werfen. Das Geräusch des Aufschlags geht fast unter im Trommelwirbel der Regentropfen auf dem Hüttendach. Er muss sich weiter aufsetzen, um dann das Papier über den Nagel drücken zu können.

Der kümmerliche Thesenanschlag des Lenz. Vielleicht hätte er das tatsächlich tun sollen, vor langer Zeit, ans Rathaus gehen, mit Hammer und Nagel, ganz egal, ob er fertig war. Jetzt aber ist alles umsonst gewesen. Nur Rückzugsgefechte, von der Wohnung auf die Straße, von der Straße in den Wald, vom Wald auf die Werkbank. Vor Verbitterung schnürt es ihm die Kehle zu, alles schwillt und pocht. Er rutscht ganz nach unten, schiebt die Decken vom Tisch. Er will nicht mehr weich liegen. Das harte Holz spüren, einen Widerstand, während das Zittern in ihm aufsteigt, so heftig, als würde das Blech, das Holz, der Stein jede einzelne Erschütterung der abertausend Tropfen an ihn weitergeben.

Der Anfall dauert nicht lange, doch sein Körper fühlt sich danach an, als wäre jedes Gelenk an der Werkbank festgezurrt. Nicht mehr frieren, denkt er sich. Mit den Zehenspitzen kann er den Rucksack erspüren, in dem seine Notizen liegen. Etwas Licht fällt darauf. Oben auf dem Hügel muss eine Laterne stehen. Lenz dreht den Kopf, ein letzter Blick zur Tür, unter der sich das Wasser hindurchschiebt, sich langsam ausbreitet wie ein immer länger werdender tiefschwarzer Schatten. Das Werkzeug hinter der Tür. Je zwei dicke Nägel in der Wand tragen einen Spaten, eine Spitzhacke, einen Rechen aus Holz. Er blickt hoch zum Dach, schwer atmend, ein Rauschen in den Ohren, während seine Hand im Regal hinter ihm über das Werkzeug tastet und einen Hammer greift. Einen Moment lang der Gedanke, eine Scherbe aus dem Fenster zu schlagen, aber diesen Anblick will er seinem Freund ersparen. Dann zieht er ihn doch zu sich her auf die Brust, wo der Kopf des Hammers ambossschwer wiegt. Eine letzte Anstrengung noch, um sich den Stiel wie ein Beißholz zwischen die Kiefer zu zwängen. Gerade weit genug gehen sie auseinander, damit er ihn über seine Zahnreihen schieben kann, bis ganz hinter, zum Herd der Entzündung. Das Werkzeug ragt aus seinem Mund hervor, als wäre es ein Schwert, das es zu schlucken gilt. Und im Zubeißen dreht er sich, weil er weiß, dass ihm die Kraft im Kiefer fehlt, zur Seite und stürzt sich hinab.

Zettel aus dem Zettelwust von Lenz

4. 5.

Wegen andauerndem Katzengeschrei kaum geschlafen letzte Nacht. Einmal doch tief eingenickt und vom Regenwald geträumt, den die Ureinwohner selbst wie im Akkord abholzten. Ihre Äxte glitten ins Holz wie in Butter. Eine milchige Flüssigkeit spritzte heraus und ergoß sich über meine Füße. Sie mußten vom Wahnsinn befallen sein. Sie führten mich stolz über die Lichtung und einen kleinen Hügel. Unter uns lag der Strand und auch dort waren schon tausende Baumstämme aufgehäuft. Sie bauten Schiffe! Wie in Filmen über Kolumbus. Es wurden Segel gefertigt und Seile gedreht. Ich verstand nicht. Ich versuchte, ihnen das auszureden, als mich das Horn eines großen weißen Kreuzfahrtschiffs übertönte. Es war schon so nah, daß ich die Leute auf dem Sonnendeck in ihren weißen Bademänteln erkennen konnte. Sie winkten zu uns herab und machten Photos. Sie lachten und beugten sich so weit über das Geländer, daß sie fast herunterfielen. Auch das sah ich ganz deutlich wie durch ein Vergrößerungsglas. Noch einmal blies das Horn, so laut, daß ich auffuhr. Wie lang ich geschlafen habe, weiß ich nicht. Es war noch dunkel.

8. 5.
Gott zu töten ist keine Blasphemie. Es ist ein heiliger Akt, der einzige, in dem wir ihn anrühren können. Da er ein Gott ist, steht er wieder auf. Aber für den Moment ist es ein Dienst am anderen Menschen. Wenn auch er seinen Gott für mich tötet, dann können wir uns wirklich begegnen ohne den ganzen Überbau des Richters.

Der Eisenkurt hat Champagnerlaune

Holt der Typ doch tatsächlich seinen Schwanz raus! Kurt traut seinen Augen kaum.

»Pssst! Hahahaha! – Verdammt! Es geht nicht.«

»Lass mich mal.«

Sie flüstern und lachen.

»Beeilt euch, Mann! Was ist, wenn einer kommt?«

»Da kommt schon keiner. Und jetzt halt einfach 's Maul und lass mich pissen!«

Drei Typen. Das ist ein Problem, denkt Kurt. Er muss einen von den beiden erwischen, die den Penner vollpissen, am besten den, der angefangen hat. Der Schisser bleibt sowieso stehen, und der andere dann sicher auch.

Kurt ballt die Fäuste. Er wird ihnen den Arsch aufreißen bis zum verfickten Stehkragen hoch.

»Ach, fuck, ich hau ab!«

»Aaahhhh! Jah!«

Jetzt kann auch der Zweite, und der Dritte bleibt doch stehen und zeigt Kurt die Richtung an, in die sie laufen werden. Weg von den Häusern, hin zum Spielplatz, wo es dann runter auf die Theresienwiese geht.

Der Penner macht keinen Mucks, schreit nicht auf, sondern windet sich nur und zieht sich wie eine Schnecke, die gesalzen wird, zusammen, während die Pisse über seinen Kopf läuft und in den Schlafsack sickert. Würde er schreien, so würde er die Bande auseinandersprengen. So ist es gut. So wird Kurt sie alle kriegen.

Er schleicht sich weg und läuft um den Betonklotz herum. Noch kurz warten hinter der Wand. Schon mal in die Knie gehen und Körperspannung aufbauen, als sie gelaufen kommen, prustend vor Lachen, genau in seine Richtung, auf den Abgrund zu, von dem sie noch nichts ahnen.

Abwarten.

Den Ersten laufen lassen, den Schisser.

Beim Zweiten springt Kurt vor und haut mit voller Wucht zu, als würde er ein Schwert ziehen und seinem Nebenmann mit dem Knauf das Gesicht einschlagen. Nur tiefer, auf die unteren Rippen zielt er, dass es dem Kerl den Atem aus der Lunge drückt. Der fällt und wird so schnell nicht mehr aufstehen. Er ringt nach Luft, nur ein leises Keuchen.

Der Dritte reißt die Augen auf, stolpert rückwärts, kommt ins Straucheln und Kurt packt zu. Er reißt ihn zu Boden, und weil der Typ blöd genug sein könnte, zu schreien, kniet er sich auf seine Brust und den Kehlkopf. Nur andeutungsweise. Den Mund drückt er ihm nicht zu, sondern zeigt ihm seine Zähne und schaut ihm fest in die Augen, während er den Adamsapfel ein bisschen weiter in den Hals hineinschiebt. Der Typ hat verstanden.

Das alles hat nicht lange gedauert, es lief wie am Schnürchen, nur die feige Sau rennt weiter. Weiß noch gar nicht, was es geschlagen hat.

Kurt schreit also und presst dem Kerl unter sich die Faust auf die Stirn, dass seine Fingerknochen knacken. Er muss sich zurückhalten, dass er nicht drauflosschlägt, so wütend ist er. Er hasst es, wenn er schreien muss. Es fühlt sich an, als würden die Vernarbungen in seiner Kehle wieder aufplatzen.

Der Feigling bleibt stehen und dreht sich um. Er fährt sich durch die Haare. Ein leises »Fuck« kommt ihm über die

Lippen als Ausdruck, dass er nicht weiß, was zu tun ist, da seine zwei Kumpels auf dem Boden liegen. Kurt lässt ihn nicht aus den Augen, während er sein rechtes Knie vom Hals des Unterlegenen hebt und nun damit sein Gesicht in den nassen Stein drückt. Er packt an der Kehle zu, der unter ihm winselt und würgt.

Kurt winkt den Feigling zu sich.

Der kommt, langsam einen Fuß vor den anderen setzend, bis auf fünf Meter an Kurt heran, als wäre er ein Tier, das genau weiß, wie lang die Peitsche seines Herrn ist. Auch der andere hat sich in der Zwischenzeit wieder aufgerafft. Er kniet, nach vorne gebeugt, und hält sich den Bauch, als müsse er kotzen.

Die drei Typen stinken vor Geld. Schuhe aus schwarzem Leder, das Hemd in der Hose, eine akkurate Frisur, Seitenscheitel, der beim Aufschlag auf den Boden etwas durcheinandergekommen ist. Anfang zwanzig würde er sagen. Schwiegermuttersöhnchen vielleicht auch.

»Ihr zwei bleibt schön hier! Oder der da wird nicht mehr aufstehen.«

Wieder diese Reibeisenstimme, ruhig, als würde er die Worte von einer Gedenktafel ablesen.

Kurt beugt sich vor und sieht dem Dritten direkt in die Augen: »Willst du auch so ein schönes Stimmchen haben?« Und er lässt sein Knie vom Gesicht rutschen. Er durchsucht die Taschen, findet ein Messer, lacht, ja strahlt geradezu. Er hält es dem Kerl an den Hals, der sich, so scheint es, der Klinge fast etwas entgegenreckt, weil nun die Luft zwischen Lunge und Mund immer schneller zirkuliert.

»Ihr verfickten Wichser! Ihr meint wohl, ihr könnt einfach so einen Mann vollpissen. Weil er auf der Straße lebt.«

Er zerrt den Anführer nach oben und zieht ihn am Kragen hinter sich her. Es geht zum Spielplatz, wo nach dem langen Regenguss sicher keiner mehr sein wird. Die beiden anderen folgen mit etwas Abstand.

»Was die Bullen wohl dazu sagen werden?«

Muttersöhnchen haben Geld. Muttersöhnchen haben das Leben noch vor sich, Karrierepläne. Muttersöhnchen wollen wegen sowas nicht in die Zeitung. Der Kopf der Bande tritt die Flucht nach vorne an und versucht es mit Verbrüderung: Er sei doch auch Deutscher, man müsse doch was tun gegen diese organisierten Banden, die unsere Stadt verpesten, dieses Pack. Für die ganzen Zuwanderer aus dem Osten sei Geld da, aber unsere Obdachlosen müssten leiden, niemand kümmere sich um sie. Für unsere Leute blieben nur die Reste. Das könne so doch nicht weitergehen. Dagegen müsse man mal aufstehen.

Kurt hört zu, aufmerksam, legt den Kopf zur Seite und sagt: »Du leerst jetzt deine Taschen aus. Zieh das Innenfutter raus, damit ich seh, dass nichts mehr drin ist. Schau nicht so blöd, mach! Du kannst auch gleich anfangen. Leg alles auf die Platte.«

Kurt zieht seinen neuen deutschen Bruder auf die andere Seite, dreht ihm den Arm auf den Rücken und beugt ihn nach vorne über die Tischtennisplatte, sodass sich sein Hemd mit dem Regenwasser darauf vollsaugt. Auch ihm leert er nun die Taschen. Drei Häufchen liegen da.

»Du nimmst jetzt den Geldbeutel und zeigst mir, was drin ist. Nur die Scheine. Jetzt gibt's erst mal 'ne kleine Sammlung für den Mann, als Entschädigung«, flüstert er dem Muttersöhnchen Nummer eins ins Ohr, laut genug, dass es auch die anderen hören.

Zwei Zwanziger.

»Leg es hierher.« Kurt deutet mit der Messerspitze genau zwischen die Schulterblätter des Anführers. Dann schiebt er ihm den Arm noch weiter nach oben, falls er meint, er könne irgendwelche Faxen machen.

»Und jetzt die anderen! – Nicht mal zweihundert. Tätest du dir dafür in die Fresse schiffen lassen? Wahrscheinlich. Aber ich finde, das reicht nicht ganz.«

Wieder wendet Kurt sich dem Feigling zu: »Du gibst mir jetzt eure Handys. Leg sie da hin. Und jetzt holst du aus jedem Geldbeutel die EC-Karte raus. Nein, du steckst sie ein. Das andere Zeug bleibt da. Wir machen jetzt 'ne kleine Wanderung. Und ihr haltet das Maul. Kein Geschwafel mehr.«

Es geht über den Spielplatz, hinter der Hecke vorbei, immer das Messer am Hals. Es ist zwar nichts los auf der Straße, aber lieber unter dem Radar bleiben.

»Du gehst jetzt da rüber und hebst von jeder Karte fünfhundert Euro ab.«

»Was? Sag mal …«

»Maul! Wenn ich will, dass du was sagst, dann frag ich dich. Kapiert?«

Kurt hat ihm die Messerspitze unter den Kiefer gedrückt und so seinen Mund geschlossen. Würde er jetzt was sagen, das Metall würde sich von ganz allein ins weiche Muskelfleisch drücken, wo sie sich in den Filmen oft die Schrotflinte hinhalten, wenn es keinen Ausweg mehr gibt.

»Schon gut, schon gut.« Pisser Nummer zwei will die Situation entschärfen. »Es ist nur so, ich weiß gar nicht, ob ich überhaupt so viel auf dem Konto habe.«

Ein Windstoß lässt einen zweiten kurzen Schauer von den Blättern der Bäume herabregnen. Kurt zuckt nicht. Er überlegt.

»Ist das so? Zeig die Karten her! Deutsche, Deutsche, Volksbank. Du gehst jetzt rüber und holst von diesen zwei die Kontoauszüge. Und wenn da mehr als fünfhundert drauf sind, dann hau ich dir mit dem Messergriff so oft in die Fresse, dass es bei den Bullen gerade noch so als Notwehr durchgeht. Ich mein', drei gegen einen. Dann noch der Penner mit eurer Pisse und ich musste dir noch das Messer abnehmen. Wenn ich dann mit dir fertig bin, dann kriegst du immer einen Parkplatz. Wollen wir's drauf ankommen lassen? – Ich zähl bis fünf. Eins, zwei, drei …«

»Schon gut.«

»Ahhh, schon gut? Jetzt sind's also sechshundert pro Nase. Sonst noch einer, der irgendwie nicht kapiert hat, wie der Hase läuft?«

Wieder ein paar verspätete Regentropfen, die sich von den Blättern lösen und ihm auf die Stirn fallen. Kurt weiß, dass die Typen sicher mehr auf der Bank haben, und irgendwie würde ihn die Idee mit den Kontoauszügen schon jucken, aber weil die Sache hier auch nicht ganz astrein ist, lässt er es sein.

»Ich seh dich durch die Scheibe. Wenn du trödelst oder sonst irgendeinen Scheiß machst, dann war's das!«

Die feige Sau macht keinen Scheiß. Liefert das Geld ab ohne Mucks.

»So, und wenn ihr jetzt noch brav seid, bekommt ihr sogar eure Handys wieder. Ihr geht jetzt die Treppen runter, über die Straße, schön langsam, nicht laufen, und dann quer über die Wiese. Eine ganz gerade Linie. Und wenn ihr drüben angekommen seid, dann dürft ihr euch umdrehen und könnt euer Zeug hier abholen. Und wenn ich euch noch einmal bei irgendwas erwische, dann kommt ihr nicht mehr so billig davon.«

Kurt dreht das Messer um in seiner Hand, bereit zum Hauen und Stechen, und lässt den Kerl los. Zögerlich drehen sie sich um, ein letzter Blickkontakt mit Kurt, der mit einem fast entschuldigenden Lächeln die Brauen hoch in die Stirn hineinzieht, als wolle er sagen, mal hat man Glück, mal hat man Pech, und manchmal kommt das Pech eben in Form von Kurt daher.

Sie machen genau das, was er ihnen gesagt hatte, ja sie warten sogar unten an der Treppe, bis die Ampel auf Grün schaltet. Dann kommt eine Bullenwanne angefahren und bleibt an der Haltelinie stehen, aber sie gehen weiter, tun so, als würde Kurt nicht oben mit dem Messer stehen, das er nun hinter seinem Rücken versteckt. Die drei Bürschchen betragen sich wie die Musterknaben! Fast erweichen sie so sein Herz und einen Moment lang überlegt er, ihnen tatsächlich ihre Handys zu lassen. Er schaut ihnen hinterher, bis sie in der letzten Dunkelheit der Stadt verschwinden. Dann geht er. Das Adrenalin lässt langsam nach. Er steckt das Messer ein, nimmt das Geld in die Hand und zählt es noch einmal. Fast zweitausend. Dazu noch die Kohle, die er für die Handys bekommt. Kein schlechter Schnitt für nur einen richtigen Schlag. Manchmal, so scheint es, hat auch der Kurt etwas Glück. Und das muss gefeiert werden, morgen!

Der Penner ist verschwunden. Der Schlafsack ist leer. Auch das andere Zeug liegt noch da. Aus der Ferne sieht es aus wie der kleine, dreckige Rest eines Schneehaufens, der vor Monaten von Räumfahrzeugen zusammengeschoben wurde und aus dem jetzt das Tauwasser rinnt.

TAG

Auf Arbeit

KURT EISNER, DER AM 8. NOVEMBER 1918
DIE BAYERISCHE REPUBLIK AUSRIEF,
NACHMALIGER MINISTERPRÄSIDENT
DES FREISTAATES BAYERN, WURDE
AN DIESER STELLE AM 21. FEBRUAR 1919
ERMORDET.

Karl Maurer sitzt am Boden, zu Füßen der Figur, die als Gedenkplatte in den Gehweg eingelassen ist. Schemenhafte Umrisse einer Leiche, mit Hose und Mantel und seltsam eingedrücktem Kopf, wie sie die Polizei wohl damals mit Kreide auf das Trottoir zeichnete. Er lehnt sich an die Wand und schaut nach links und rechts zum Promenadeplatz mit Nobelhotel und den Grablichtern am Sockel einer Statue. Eine Art Schrein für den King of Pop, der oft im Bayerischen Hof war. Seine Fans kommen immer noch jeden Tag hierher. Sie legen Blumen nieder, zünden Kerzen an und liegen sich in den Armen. Und manchmal sind sie in einer Heal-the-world-Stimmung und geben ihm was. Karl mag diesen Fleck in der Faulhaber-Straße, obwohl hier bei Weitem nicht so viel los ist wie ums Eck in der Fußgängerzone. Das muss jedoch kein Nachteil sein. Karl packt dieses Gewusel nicht.

Da geht er unter, sagt er.

Da fällt auch nicht mehr ab, sagt er.

Da täuschst du dich, sagen andere. Man muss mittenrein gehen, zeigen, dass man auch noch da ist. In Berlin weht da ein ganz anderer Wind als hier. Die machen mindestens das Doppelte, sagen sie. Gehen in die U-Bahn rein, warten, bis die Türen zugehen wie eine Falle, und dann sagen sie ihr Sprüchlein auf, erzählen ihre Geschichte, sagen was von offenen

Wunden, chronischer Hepatitis, Krebs. Sie rufen das Schicksal an und entschuldigen sich dafür, dass sie da sind, dass sie die Fahrgäste in dieser Art belästigen, aber sie hätten keine Wahl. Sie appellieren an die Menschlichkeit, an den Anstand, denn er ist es, der auch ihnen dabei hilft, anständig zu bleiben in diesem Berlin. Kriminell werden, das wollen sie nämlich nicht und das kann niemand wollen. Sie gehen dabei einmal langsam durch den Wagen und steigen beim nächsten Halt in den anschließenden um. So grasen sie den ganzen Zug ab. Berlin, Berlin, sie fahren durch Berlin! Und irgendeiner gibt immer was, heißt es. Und sei es nur, um sich vor den anderen wichtigzumachen, zu zeigen, dass man der Bessere sei und das Herz am rechten Fleck habe. Und wenn schon genug Likör ins Hirn gestiegen ist, dann heißt es gar, dass sich die Leute in Berliner U-Bahnen gegenseitig überbieten würden in ihrer Spendenbereitschaft.

Karl hört dann entweder schon gar nicht mehr zu oder sagt ein scharfes: »Geh!« und winkt ab. Fremde Leute anzusprechen würde ihm nicht einmal im Traum einfallen. Er hat seine eigene Methode und da gilt axiomatisch: Das Schlimmste, was man beim Handaufhalten tun kann, ist, tatsächlich die Hand aufzuhalten. Da muss was dazwischen. Ein Hut, ein Kaffeebecher oder ein Stück Pappe, das auf dem Boden liegt. Es muss einen Unterschied geben zu den Handlungen an der Kasse. Ware gegen Geld. Und selbst da zählt Karl es lieber ins Schälchen. Nie direkt! Der Rest ist kein Hexenwerk: Hinhocken, stieren, fertig.

Andere sollen es ruhig anders machen, aber mit ihren Ratschlägen sollen sie sich zurückhalten. Es gibt den Klassiker mit einem Hund, einem braven. Die Leute können sich also aussuchen, mit wem sie Mitleid haben. Dafür gibt's tatsächlich mehr. Hundegeld. Der Egon macht den Clown mit seinen Weiberklamotten. Die aus dem Osten knien sich oft hin, die Männer labern die Leute an, die Frauen unterwerfen sich vollständig und küssen fast den Boden. Die mit Kopftuch singen manchmal leise. Am Isartor gibt es Punks, die vor sich gleich vier Kaffeebecher aufstellen. Dazu Schildchen für Wein, Bier, Koks und Badesalz, damit die Leute die freie Wahl haben, wofür ihr Geld verblitzt wird. Der Masch Roland zittert, auch bei 35 °C. Und der Minder Erwin legt seinen abgelaufenen Pass neben den Hut und appelliert so an die deutsche Volkssolidarität.

Ein klein wenig schwingt bei Karl auch immer die Angst mit, dass er jemandem von früher begegnen könnte. Man hockt da, ein, zwei Stunden, auf dem Präsentierteller, und irgendwann geht das Denken halt los. Dann sieht er ehemalige Schüler oder Kollegen, wie sie sich zu ihm hinabbeugen und ihn wiedererkennen, trotz der Narbe. Oder eben nicht, was vielleicht auch nicht viel besser wäre. Johanna, wie sie ihn von Weitem sieht und sich mit vor Abscheu verdunkeltem Gesicht von ihm abwendet, ihre Schritte zum Lauf beschleunigt. Die Mutter von Marcel, die man zurückhalten muss an beiden Armen, damit sie Karl nicht ins Gesicht schlägt. Die Zeit, immer wieder ist es die Zeit, die man vertreiben muss, und mit ihr alles, was sie hinter sich herzieht wie eine dreckige Flut. Die Gedanken an das Leben davor, als man noch wer war, als man noch wie die anderen durch die Stadt spazierte, flanierte, sich nicht genierte, wofür denn auch? Dafür braucht es den Schnaps, der einem die Synapsen wieder bändigt. Oder man gibt dem Gedankenwust eine Richtung, kanalisiert ihn auf die Frage hin, wer denn nun dieser Kurt Eisner eigentlich war, dessen rechter Arm nach oben gereckt ist, sodass es auch ein Jubelsprung hätte sein können, lägen seine Umrisse nicht auf dem Boden hingestreckt vor ihm. Karl kennt ihn nicht, nicht einmal von Straßenschildern. Er weiß nur das, was die Inschrift besagt, und hätte gedacht, dass einem ermordeten Ministerpräsidenten zumindest die Straße gewidmet würde. Und wenn die Zeit so immer noch nicht totgeschlagen ist und mit ihr die Erinnerungssucht gleich mit, dann bleibt einem nur das Spiel. Man wettet gegen sich selbst. Das hat ihm der Egon mal erzählt. Betteln sei wie das Fahren per Anhalter. Man wisse nie, wie lange es dauert, bis was geht. Also wettet man auf das Aussehen, sagt er. Statt auf blauer Käfer auf Hippiemädchen mit Batik-T-Shirt, das sie über dem Bauchnabel zusammengeknotet hat. Ein Rentner mit Sandalen und beigen Kniestrümpfen. Noch einen Rest Fantasie aus den grauen Zellen quetschen, auch wenn man über Klischees nicht hinauskommt, niemals. Nur direkt ansehen darf man die Leute nicht, sagt Egon. Das bringt Unglück. Und Karl gibt ihm recht. Wenn sie auf zehn Meter herangekommen sind, dann senkst du den Blick, damit sie überlegen können, ob du einer von denen bist, denen man ruhigen Gewissens was geben könnte. Wenn sie dann vor dir stehen, schielst du auf keinen Fall nach dem Betrag, sondern eure Blicke treffen sich kurz, wenn der Geber das will, bevor du die Lider schließt und mit einem Nicken ein Danke murmelst.

Zettel aus dem Zettelwust von Lenz

Es führt kein Weg am Maschinen-Gott vorbei! Ihn müssen wir bauen anstatt der Armee von Handlangern! Diese Maschine funktioniert mit der einzigen Sprache, die uns alle verbindet: Mathematik. Sie darf nur den Zufall kennen. Wir brauchen den Zufall, der um unserer selbst willen dem Zufall unserer Geburt in den Rücken fällt. Er bestimmt alles. Also müssen wir uns alle dagegen auflehnen. Mein Leben wäre anders, wenn ich in einer Armensiedlung in Rio geboren worden wäre. Wenn ich statt in die Schule in die Nähfabrik gesteckt worden wäre. Wenn ich als Mädchen auf die Welt gekommen wäre in einem Land, wo die Ehre der ganzen Familie an meinem Körper hängt. Wenn meine Eltern und Lehrer mir Haß einimpfen auf jeden, der anders ist. Wenn du anders bist.

Meine Vorschläge also für die Zeit des Maschinen-Gottes:

1. Gesetz: Jedes geborene Leben ist heilig. Das ungeborene Leben kann ich nicht treffen, ohne das geborene zu treffen. Die Mutter entscheidet. Sonst niemand.

2. Gesetz: Das Lebensnotwendige (Essen, Kleidung, Wohnung, ...) steht jedem frei zur Verfügung. Und jeder Mensch, der körperlich dazu in der Lage ist, ist für einen gewissen Zeitraum dazu verpflichtet, das Notwendige, das Existenzminimum für andere herzustellen. Dazu ist Poppers Idee einer »Nährarmee« anzuwenden. Das Organisationsprinzip: maximale Einsparung von nicht nachwachsenden Rohstoffen bei möglichst großer Verteilung und möglichst geringem Verderb.

Es wird dem Kurt das Fischbrötchen verleidet

Der Eisenkurt heißt Eisenkurt wegen seiner Reibeisenstimme. Als würden große, faserige Späne aus einem Stück Holz gerissen werden, wenn er was sagt. Dem ersten Eindruck nach ist er ein ruhiger Mann, der sein Bier am liebsten bestellt, indem er einfach nur das Glas hebt und nickt, bevor er den Rest hinunterkippt. Doch es gibt einen Punkt bei ihm, an dem reißt ihn sein kalter Jähzorn mit sich fort, als wäre er ein Schneebrett, das sich nur auf eine kaum merkliche Gewichtsverlagerung hin löst, wo er zuvor noch einen sicheren Stand vermutet hatte. Gestern Nacht war er kurz davor gewesen, er konnte es spüren, das Knirschen seiner Zähne, das Anschwellen seiner Kiefermuskeln, das Spannen der Sehnen im Hals, doch er konnte es zurückhalten. Es war eine Meisterleistung. In jedem Augenblick war er Herr der Lage gewesen. Kämen ihm solche Typen doch nur einmal die Woche in die Quere, es ließe sich sorgenfrei leben.

Selten ist er so vom Glück beseelt wie jetzt. Raumgreifende Schritte durch die Stadt, über sonnenbeschienene

Pflastersteine hinweg, die nichts mehr erahnen lassen von dem, was gestern war. Und während die jungen Mädchen Leggins tragen aus Lack, wie eine zweite, feuchte Haut, die an den richtigen Stellen schon etwas abgewetzt ist, knurrt dem Kurt herrlich der Magen. Seine rechte Hosentasche bläht sich vor Geld. Das Bier wird in Strömen fließen heute. Es wird so kühl sein, dass das Glas außen Wasser ansetzt. Und eigentlich ist es schon beschlossene Sache, dass er die Arbeit sausen lässt am Montag. Ist ja eh nur noch der eine Tag, vielleicht ein zweiter, dann wäre es aus. Die Zeit verbringt er lieber damit, sich eine eigene Bude zu suchen, damit er seine Ruhe hat.

Natürlich ist er dem Ohlandt dankbar, dass er ihn aufgenommen hat, als er vor zwei Wochen aus Stadelheim entlassen wurde. Das hätte er nicht tun müssen, schließlich kannten sie sich nur einige Wochen aus der Werkstatt, dann hatte Ohlandt seine Strafe abgesessen. Kurt hatte gar nicht damit gerechnet, dass er überhaupt ans Telefon geht und dann auch noch am vereinbarten Treffpunkt auftaucht. Sicher, ganz uneigennützig tat er es nicht. Ohlandt langt ganz schön hin: Dreihundertfünfzig Euro für 'nen Platz auf 'ner durchgesessenen Couch, und ums Futtern muss er sich meist auch noch kümmern. Fürs Erste war Kurt aber froh, dass er was hatte. Es war in jedem Fall besser als die versifften Pensionen rund um den Bahnhof, so viel stand fest. Das redete er sich jeden Morgen ein, wenn Ohlandt ohne zu klopfen die Tür auf- und den Fernseher anmachte. Er stieß mit dem Fuß gegen die Couch, pfiff einmal und sagte: »Auf geht's!« Dann, Kurt konnte gar nicht hinschauen, zog er einen halben Liter Milch hinunter und ließ alles stehen und liegen. Zum Glück sah er ihn tagsüber kaum, sonst hätte er das nicht ausgehalten, und zum Glück ist auch noch Ohlandts Mutter vorgestern gestorben. Das hat er jedenfalls gesagt, während er eilig Klamotten in eine große Sporttasche stopfte. Er ist jetzt 'ne Woche lang weg, hat er gesagt. Und dann gab's Streit, weil er zweihundert wollte, als Anzahlung. Kurt hatte das Geld nicht da, das hätte er ihm früher sagen müssen. Ohlandt schrieb seine Kontonummer auf und drohte ihm: Wenn er nicht dreihundert eingezahlt hat, bevor er wieder da ist, dann fliegt er. Und er soll gefälligst putzen, bis er zurückkommt. Dann zog er grußlos die Tür hinter sich ins Schloss.

Die letzten Tage waren wie Urlaub, aber die Uhr läuft. Ohlandt kommt wieder. Und vielleicht hat er Schulden geerbt. So oder so, er muss da raus. Aber München ist eine fiese Drecksau, wenn es um Wohnungen geht. Es ist ja nicht so, dass Kurt sich noch nicht umgesehen hätte. Er muss sich am Riemen reißen, muss weiter am Ball bleiben. Und vielleicht muss er am Montag doch aufs Amt, obwohl das aussichtslos ist. Egal jetzt, heute wird gefeiert. Er steckt sich eine an und gähnt.

Bis Sonnenaufgang lag er noch wach. Viel zu euphorisch war er wegen der drei Pappnasen, die er ausgenommen hatte wie Schulkinder. Der passgenaue Schlag in die weiche Grube unter dem Brustbein, als hätte sich seine Faust dort zur Ruhe betten wollen. Das Messer. Er hasst es, wenn solche Drecksäcke Messer mit sich rumschleppen. Allein dafür hätte er ihn mehr leiden lassen müssen. Ihm das Gesicht zerschneiden, diesem Lutscher. Natürlich hatte er das Richtige getan, dachte er, als er auf dem Rücken lag und aus Ohlandts Schlafzimmerfenster starrte. Die Scheinchen neben dem Bett gaben ihm recht. Sobald Blut fließt, kommen Fragen auf. Dennoch hätte er den dreien gerne eine größere Lektion erteilt, einfach nur weil er dazu in der Lage gewesen war. Ein Lächeln ließ sich auf seinen Lippen nieder, da die Bilder auch bei geschlossenen Augen weiterliefen. Dort konnte das Blut fließen, als er die Messerspitze wie ein Stemmeisen langsam in das weiche Wangenfleisch drückte zwischen die Zähne hindurch, in die Mundhöhle hinein, wo sich die Zunge noch winden mochte, um der Klinge zu entkommen.

Kurt zieht den Geldbeutel aus der Hosentasche und lässt ihn auf das Tischchen plumpsen. Frühstück bis 16 Uhr. Die Karte gibt nicht viel her, was nach Kurts Geschmack wäre und schließlich ist es das Wort Champagner, das den Ausschlag gibt. Es trifft seine Laune, die er von gestern mit herübergerettet hat, und er bestellt das dazugehörige Lachsfrühstück für 17,80 Euro, aber wurscht! Der Kaffee geht extra.

Kurt raucht und wartet. Er legt den Kopf in den Nacken, starrt durch die kleinen Löcher im Gewebe des Stoffs, der über ihn gespannt ist, direkt in die Sonne und bläst den Rauch in die Speichen des Galgenschirms. Er schließt die Augen und öffnet sie erst wieder, als ein Stuhl am Tisch nebenan nach hinten gezogen wird.

Ein Mann in seinem Alter, oder vielleicht ein paar Jahre jünger, Mitte dreißig schätzungsweise, setzt sich an den Nebentisch. Telefonierend. Die Kehle rasiert, sonst Stoppelbart. Das Handy ist so groß, dass es kaum in seine Hand passt. Laute des Verstehens. Immer wieder. Dann aber reicht es ihm: »Ja, dann kick den Typen doch einfach und fertig!«

Er nimmt die Sonnenbrille von der Nase und legt sie auf den Tisch. Er hört zu, er hört weiter zu, fährt sich mit Daumen und Zeigefinger von außen nach innen, zuerst über die geschlossenen Lider, dann seine Nasenwurzel.

»Dann gib ihm halt irgendwas, worauf er überhaupt keinen Bock hat. Immer wieder, und warte, bis er von alleine geht. Lauter kleine Nadelstiche. Social Engineering, Mann!«

Dann muss er Schluss machen, weil noch ein Anruf reinkommt, auf den er schon wartet. Er legt das Handy auf den Tisch und winkt der Kellnerin. Er will die Weinkarte.

Kurt lässt eine Weile gedankenverloren seine Augen umherschweifen, schaut hauptsächlich den Fußgängerinnen hinterher, die mit Einkaufstaschen beladen an der Ampel warten. Anscheinend ist bald Wahl, jedenfalls laden die Parteien auf Plakaten zu Vorträgen ein. Die FDP fragt: »Wen braucht die Wirtschaft von morgen?« Die CSU hat was zu sagen zum Thema »Schutz vor Einbrechern«. Dazu ein Foto von einem Mann mit Taschenlampe und Sturmmütze. Er blickt Kurt an mit einem Ausdruck in den Augen, als wolle er sich für diese Verkleidung entschuldigen. Wahrscheinlich der Sohn des Bezirksvorsitzenden, denkt Kurt und unterdrückt ein Lachen bei dem Gedanken, ob er selbst dort hingehen soll. Als Weiterbildung. Um zu sehen, was sich die Firmen Neues ausgedacht haben, um der betuchten, aber besorgten Klientel das Geld aus der Tasche zu ziehen: Glasbruchalarm, Bewegungsmelder mit Kleintierunterdrückung, idealerweise angeschlossen an Lampen in Kamera-Optik, intelligenter TV-Simulator, der in der Nacht das Licht eines laufenden Fernsehers vortäuscht, damit Sie in Ruhe Ihren Urlaub im Süden genießen können, Geld- und Schmuckversteck der Marke »Imprägnierspray« mit abschraubbarem Boden, nach dem Prinzip »Schutz durch Tarnung«, am besten neben anderen Spraydosen im Hobbyraum oder der Garage aufzubewahren. Bei plötzlichem Ableben kann dies jedoch dazu führen, dass der den Wirrnissen der ersten Hälfte des vorigen Jahrhunderts oder dem Wirtschaftswunder abgetrotzte Familienschatz kurzerhand dem dualen System zugeführt wird, sofern die Nachkommen nicht genauestens über das Versteck informiert sind. Trauen Sie eigentlich Ihren Enkeln?

Das Schmunzeln auf Kurts Lippen bei der Erinnerung an seine Anfänge. Das Aufbrechen von Briefkästen zur Vorweihnachtszeit. Bubenstreiche waren das. Und nur zweimal war Geld drin, dann aber gleich zwei Hunderter. Sonst kaum der Mühe wert. Nur irgendwelche Karten, Rechnungen, Bewerbungen, Altherrenbriefe. Und noch das Highlight: Drei Seiten in schönster Mädchenhandschrift, mit Füller. Nicht eine einzige Ausbesserung. Sie hatte sich Mühe gegeben, heimlich, damit ihre Eltern den Brief nicht sehen, hatte Sternchen gemalt, Herzchen, einen Abdruck ihres noch unschuldigen

Kussmundes neben ihren Namen. Und dann war in dem Umschlag noch ein Schnürsenkeltütchen. Eine Locke schwarzen Haares, das sie ihm sonst nicht zeigen dürfe, wie sie schrieb. Sie hoffe so, es gefalle ihm.

Kurt sitzt da, allein, mit beschattetem Kopf, und zündet sich noch eine Kippe an, damit seine Hände nicht untätig in seinem Schoß liegen. Jetzt haucht ihn fast die Reue an bei dem Gedanken an diese heimliche Liebschaft. Damals hatte er gelacht, damals hatte er gesagt: »Tja, Türkenmädchen, das wird wohl nix mit der Liebe bei dir!«, und hatte das Tütchen mit den Haaren an seinen Türpfosten genagelt. Beutetrophäe auf der Höhe, wo in streng katholischen Heimen das kleine Weihwasserbecken angebracht war. Den Brief knüllte er zusammen und verbrannte ihn mit dem restlichen Müll. Aber welche Spannung da bei jedem Umschlag mitschwang! Und selbst wenn es bloß Rechnungen waren, so las er sie trotzdem kurz durch, als würde er einen versteckten Blick erhaschen können in eine Welt, in der er nicht vorgesehen war. Es gab Gesetze gegen ihn. Sie standen in irgendwelchen Wälzern in irgendwelchen staubigen Regalen und mit jedem Mal, da die Klinge den Falz triumphal durchschnitt, wuchs in ihm das Gefühl der Allmacht und Unverwundbarkeit.

Vielleicht sollte er es mal wieder tun, um der alten Zeiten willen. Lohnen wird es sich nicht, schaden wird es auch nicht. Ein wenig die Langeweile vertreiben, die sich mehr und mehr wie ein Nebel über sein Leben legt, je älter er wird. Außerdem braucht er dafür keine Vorbereitungen oder einen Partner. Das war bei der letzten Masche anders. Die ging nur mit dem Gerhard, weil der konnte reden, bis einem die Ohren bluteten. Erst ausspähen, dann Geld- und Schmuckversteck der Marke »Werkzeugkoffer« mitnehmen und rein in den Blaumann, rein mit den Händen in Aids-Handschuhen in die Unterwäscheschublade von alleinstehenden alten Damen, während der Gerhard in der Küche nach einer Tasse

Kaffee fragte. Kurt konnte schweigen, ja musste schweigen, musste den Feuchtigkeitsmesser an die Wand halten zur Tarnung, musste irgendwas in den Messbericht kritzeln, damit die Alte Vertrauen fasste. Derweil laberte Gerhard, was das Zeug hielt, von Materialschwäche, von einem »diskreten Schaden«, wie es, wie er behauptete, in der Fachsprache hieß. »Wissen S', ein kleiner Fehler beim Einbau und schon hat das Rohr den Teufel gesehen. Nach dem Krieg, da hat es ja schnell gehen müssen. Da war dann auf einmal ein jeder ein Fachmann, da war Goldgräberstimmung und was der vorher gemacht hat, ob der das wirklich gelernt hat, was er sagt, das hat keinen interessiert. Hauptsache schnell schnell. Das geht dann zwanzig, dreißig Jahre lang gut und dann baut man da eine Schrankwand davor und in der Zwischenzeit frisst sich das Wasser immer weiter durch die Leitung. Das kann dann ruhig vor sich hin tropfen und keiner merkt, dass sich der giftige Schwarzschimmel oder auch der besonders gefährliche Krätzschimmel schon längst bequem eingerichtet hat. Oft haben die armen Leut schon jahrelang das Gift eingeatmet und bei der Krebsdiagnose fallen sie dann aus allen Wolken. Aber dafür sind wir ja da. Wir messen auch hinter den Möbeln. Die Hausverwaltung hat uns jedenfalls heut früh angerufen, dass in dem Haus ein Befall aufgetreten ist, und jetzt ist natürlich die Frage, wer zahlt's, gibt's noch Folgeschäden, da macht dann die Versicherung Druck, aber was erzähl ich Ihnen alles … ich glaub, wir sind schon fertig und belästigen Sie nicht länger. War was auffällig?«

Kurt lächelte und winkte mit einem leichten Schütteln des Kopfes beruhigend ab, als wollte er sagen: »Die Versicherungen wieder!« Und schon war man aus der Tür.

Man konnte von Anfang an bequem Atemschutz tragen, und sobald die Alte sie reinließ, war es für sie eh schon zu spät. Wenn es ihr unheimlich wurde und sie sich partout nicht ablenken lassen wollte, dann konnte der Gerhard auch anders. Dann schlug er unumwunden zu, weil die alten Schachteln »kosten eh bloß a Geld«.

Die Bedienung hat lange auf sich warten lassen, aber jetzt endlich kann Kurt reinhauen. Und gerade als er seine Zähne in das fast rosafarbene Fleisch des Fischfilets sinken lässt, steht sein Tischnachbar auf und winkt einer Frau zu, die das Schönste ist, was er seit Langem in Fleisch und Blut gesehen hat.

Kurt kaut, schluckt und stiert. Bei diesem Anblick tut sich in ihm eine Leere auf, die noch vergrößert wird, als sie lächelt, ihre Hand nach hinten ausstreckt und darauf wartet, dass sie ergriffen wird von einem Mann, der für Kurt alles Hassenswerte in sich vereinigt. Wäre er diesem Mann, der seinen mattschwarzen Sportwagen mit Chromfelgen per Fernbedienung zusperrt, allein auf der Straße begegnet, so hätte er einfach auf ihn scheißen können, quasi aus der Hüfte heraus, ohne Herzblut, wie man es an die hundertmal am Tag tut, wenn man durch diese reiche Stadt geht als jemand, der entweder zuarbeitet oder der an sich reißt, was er kriegen kann. Es wäre eher ein Wundern darüber gewesen, dass es solche Typen gibt, ja geben kann, die aussehen, als hätte man ihnen von Kindesbeinen an Puderzucker in den Arsch geblasen. Und je nach Laune ignoriert und vergisst man sie, oder man ergeht sich für einen Augenblick in dem Gedanken, dass man sie in den Dreck stoßen könnte, und zwar so, dass sie liegen bleiben, würde man es nur darauf anlegen. Das hat nichts mit Körperkraft zu tun, sondern nur mit dem Umstand, dass man weniger zu verlieren hat. Und dann atmet man für eine Zeit lang freier mit der Gewissheit in den Eingeweiden, dass diese Leute nur so lange ungestraft auf ihrer ihnen angeborenen Überholspur sein werden, bis man doch einmal ausschert. Aber jetzt, da er die Hand dieser Frau in der seinen hält, muss Kurt ihn beneiden um etwas, das er sich nie wird unter den Nagel reißen können, selbst mit noch so viel Gewalt nicht.

Was er nicht alles tun würde: Ihren langen Hals küssen, der sich unter seinen Lippen noch weiter strecken würde, mit seinen Fingern ihren Kopf nach hinten ziehen, auf dass sich ihr Mund zu einem Hauch öffne, ihre glänzendglatten Haare durchwühlen, die jetzt so über den nackten Schultern liegen, als hätte diese Millionen Goldfäden jemand einzeln angeordnet. Ihre Schönheit ist die von Plakatwänden, als wäre sie von einer solchen herabgestiegen, als hätte sich ein Dutzend Leute um diese Schönheit gekümmert für dieses eine Bild, das man vergrößern und an Hausfassaden in der Innenstadt anbringen kann.

Kurt kaut, schluckt und stiert, als sie sich über eine Tischecke beugt und den anderen Typen begrüßt mit Bussi links und Bussi rechts.

»Viktoria, meine Verlobte, und das ist Frank.«

Jeder freut sich. Dann der Handschlag der Männer, als wollten sie in der Luft Armdrücken, sie ziehen ihre Schultern zueinander und klopfen sich weithin hörbar auf den Rücken: »Mann, wie lang ist das her?«, während Viktoria ihre Lippen befeuchtet und sich setzt. Sie schlägt die nackten Beine neben dem Tisch übereinander und zeigt mit ihren gepedikürten Zehen auf Kurt, der zwar noch schluckt, aber nicht mehr auf sie in ihrem knappen, eng anliegenden weißen Kleid, auf ihre Hüften, Schenkel, Fesseln stiert, sondern auf den kleinen Rest seines Fischfilets. In Kurts Kopf die bauchvage Vorstellung von Hingabe, die nicht zu dominieren ist, gekreuzt mit der Gewissheit der Fantasie. Es macht ihm die Bewegungen schwer, mechanisch. Kurt stürzt den Schampus.

Ihr Augenschlag! Seine Hand auf ihrem Schenkel, oder ist es schon der Schoß? Ihr Kussmund zur Zigarette hin. Ihr Gelaber! Von wegen DJ in L. A. Und ach ja, in dem Club waren sie auch schon mal, ist aber schon Jahre her. Wann war das? Viktoria ist überfragt. Jedenfalls kostet der Tisch da zweitausendfünfhundert Dollar, das weiß er noch, und an dem Tag konnte er nichts trinken, irgendwas mit seinem Magen, und dann legt er keine zweifünf hin. »Ja«, sagt sie, »wir sind dann nicht lange geblieben.«

Kurt könnte ohne Probleme ihren Fuß berühren, ihr Knie greifen, wenn er sich nur etwas hinüberlehnt. Stattdessen der Griff zum Geldbeutel. Das Herausziehen des ganzen Bündels, wohl wissend, dass dieser Trumpf nicht sticht, weil niemand ihn auch nur eines Blickes würdigt. Trotzdem zählt er vierzig Euro hin, viel zu viel, aber so wird wenigstens der Kellnerin warm ums Herz. Und nachdem er den Geldbeutel zusammengeklappt hat, übernimmt eine alte Gewohnheit aus Kindertagen die Kontrolle. Noch einmal greift er sich das Messer. Er steckt es sich tief in den Mund, drückt dabei die Zunge nach unten und zieht die Klinge durch die Lippen, sodass auch noch die letzten Fäden des Filets an ihnen kleben bleiben.

In der Zwickmühle steht es 1 : 1 unentschieden

Karl lag wie immer völlig daneben, aber das kann er verkraften. Der glatzköpfige Mann mit Bart und schwarzer Brille, in den er zuletzt seine Hoffnungen setzte, kam zwar tatsächlich direkt auf ihn zu, doch er hat nur gekuckt und nichts gegeben. Danach wollte er aufhören. Zehn Leute warte ich noch ab, dann ist Schluss, dachte er. Und die Nummer sieben war heute seine Glückszahl: eine alte Frau mit grauen Strümpfen. Sie trug ein dunkelblaues Lodenkostüm, dazu einen Hut mit langer Feder vom Goldfasan und schlurfte recht langsam um die Ecke beim Bayerischen Hof. Sie blickte stur auf den Boden und konnte ihn eigentlich noch gar nicht gesehen haben, trotzdem blieb sie stehen und zog ihr Portemonnaie hervor. Als sie auf seiner Höhe war, streckte sie ihm wortlos einen Zehner hin, den er ihr aus der Hand nehmen sollte. Karl war überrumpelt, griff zu, bedankte sich zu spät, dafür überschwänglich, wovon sie nichts wissen wollte. Sie winkte ab im Weitergehen.

Siebzehn Euro in zwei Stunden, die sich anfühlten wie vier. Und eine Banane von einem Typen, der ihm erklärte, dass er prinzipiell kein Geld gebe. Schön, wenn man Prinzipien hat, hätte er sagen wollen, tat es aber nicht.

Jetzt, in der Mission, wo er im Rahmen der Spenden wieder selber entscheiden kann, sagt er: »Nur Tee, oder was gibt's denn?« und geht vor der Studentin an der Theke auf die Zehenspitzen, um besser in die Kiste sehen zu können. Ein viertel Laib dunkles Brot, dick mit Schweineschmalz beschmiert, das die Farbe von gesundem Zahnschmelz hat, und löchriges Weißbrot mit Margarine.

»Nur Tee«, wiederholt er und mustert die Belegschaft. Fast die ganze Bank ist in Frauenhand, und alle kennt er vom Sehen. Drei haben sich zu einer Clique zusammengeschlossen, die das Ende der Bank, von wo aus man den besten Blick auf die Essenskisten hat, als ihren Stammplatz betrachten. Sobald es Zuckersachen gibt, springen sie auf. Daneben die Münznerin, die schon wieder so blau ist, dass man kaum noch was verstehen kann. Sie lallt wohl irgendwas vom Haarefärben, weil sie erstens versucht, mit ihren geschwollenen Augen das Kleingedruckte auf einer Brillance-Koloration der Farbe Violettrot zu entziffern, und weil zweitens die alte Farbe nun schon mehr als eine Handbreit rausgewachsen ist, als hätte man ihr Asche auf den Kopf gestreut. Im Gang nach hinten, kurz vor dem kleinen Schwingtürchen, steht die junge Frau mit dem roten Kopf und ihren hellblondierten, etwas verfilzten Haaren. Sie ist zwar Stammgast, lehnt aber beharrlich jede Hilfe ab. Sie will nie ins Büro, denn sie wolle einer Schwangeren den Platz nicht wegnehmen. Das ist wie ein Tick von ihr. Sie erinnert Karl ein wenig an den Fendtland, aber wo der Emil einfach nur die weiße Wand anstarrt, studiert sie die Karten, die im

Gang hängen. Zumindest eine davon, die große Europakarte der Bahn, auf der alles weiß ist. Lediglich die Landesgrenzen und das Schienennetz sind eingezeichnet, als wäre das Gleis 11 nur eine Zwischenstation für sie.

Karl musste warten, bis die neue Kanne aus der Küche geholt wurde. Jetzt dampft der Tee vor ihm und er tut sich drei Löffel Zucker rein, während er noch eine Tasse Wasser zum gleich Trinken bestellt.

An jedem der vier Tische sitzt schon mindestens einer. Ein paar sind in ihren Armen vergraben und dösen, ein Jüngerer lädt sein Handy an der einzigen Steckdose neben der Theke auf und ein anderer schaut einfach nur aus dem Fenster auf den Parkplatz, als könne sich dort etwas ereignen, das ihn anginge. An der Stirnseite des großen Tisches für sechs ist noch ein Platz frei, fast der beste im ganzen Raum, weil man sein Zeug in der Ecke der Bank bunkern kann. Es gibt nur einen Nachteil: Sein Vorgänger wollte anscheinend die Rinde des Brotes nicht essen. Nur das weiche Innenleben wurde ausgeweidet und jetzt liegt es auf der Bank wie ein Zahnreihenabdruck von Ober- und Unterkiefer, zusammengehalten von Resten schneeweißen Schweinefetts. Karl nimmt sich eine Serviette und wirft das Zeug weg.

Er hat drei Tischgenossen. Der am anderen Ende schläft. Der daneben ist Peter Sieber, der wie so oft mit Discman und Kopfhörern dasitzt, damit er seine Ruhe hat. Aus Neugier hat ihn Karl einmal gefragt, welche Musik er denn so höre, und er hat ihm die Hülle der CD hingehalten. »Bildung: Alles, was man wissen muss, CD 1 bis 4«. Karl hat anerkennend die Unterlippe vorgeschoben, aber ein Gespräch ist daraus nicht entstanden, weil der Sieber immer nur kurz aus seiner Welt auftaucht. Der dritte im Bunde hat den Spitznamen Jugo. Den hat er sich selbst verpasst. Auch er ist apathisch und starrt zum Fenster hinaus. Nach gut zehn Minuten erwacht er ohne ersichtlichen Grund aus seiner Lethargie und spricht

Karl an, als würde er ihn erst jetzt bemerken, als habe sein Hirn beschlossen, da eh nichts passiert, nur noch ein Bild pro Minute zu verarbeiten. Gebrochenes Deutsch. Es geht um die Narbe in Karls Gesicht, um seine Wetterfühligkeit. »Barometer gut!« Kollegen haben ihn gewarnt, weil Karl sie gewarnt hatte vor dem schweren Gewitter gestern, wofür es einen Daumen hoch gibt. »Heilsarmee«, sagt er und versucht Blitz und Donner nachzuahmen. Er lächelt, gibt Karl sogar die Hand. Dann steht er auf, schultert seine prall gefüllte Sporttasche und lässt sich noch zwei Brote einpacken, bevor er geht.

Es kommen noch ein paar, die einen Blick über den Tresen werfen, aber Lenz war wieder nicht dabei. Auch am Bahnhof oder in der Stadt keine Spur von ihm. So lange ist er noch nie untergetaucht, glaubt Karl und nimmt sich vor, sich nach ihm zu erkundigen. Am besten bei Frau Kastenbauer, zu der hat er einen ganz guten Draht. Die sagt es ihm bestimmt, wenn sie was wüsste. Eine neue Kiste wird gebracht. Laugenstangen. Etliche sind mit Käse überbacken. Die mit Salz haben über Nacht Feuchtigkeit gezogen. Doris Botts ist als Nächste an der Reihe, doch sie will wie immer gar nichts. Sie hat viel zu viel Angst davor, vergiftet zu werden. Seitdem sie die Gottesformel entschlüsselt hat, sind ihr alle möglichen Leute auf den Fersen. Das sagt sie auch der Thekenkraft, zu der sie immer Vertrauen hat, ganz egal, wer da steht.

»Wissen Sie, ich muss immer in Bewegung bleiben, damit die mich nicht kriegen. Seit die Neonazis meine Wohnung mit Atommüll verstrahlt haben, muss ich höllisch aufpassen. Die wollen natürlich nicht, dass ich die Gottesformel unters Volk bringe, aber ich lass mich nicht aufhalten. Ich habe jeden Tag Termine, auch mit den Leuten ganz oben, Sie sehen ja, mein Koffer ist randvoll. Und ich wollte jetzt einfach nur fragen, ob ich mich bei Ihnen vielleicht kurz hinsetzen und ausruhen könnte, bevor ich meinen nächsten Termin habe.«

Die Studentin lächelt und bietet ihr einen Stuhl an und eine Laugenstange, obwohl sie schon weiß, dass es vergeblich sein wird. Doris könnte einen Vorkoster gut gebrauchen, aber wer sagt, dass nicht auch der mit ihren Verfolgern unter einer Decke steckt und gegen das Gift geimpft wurde? Sie setzt sich, streicht sich eine Strähne aus dem Gesicht und schaut die Leute aus hellen Augen heraus an. Alle werden gerettet werden. Und ein kleines Vorspiel der Freude darüber ist schon in ihren Zügen zu sehen.

Wo vorher der Jugo saß, pflanzt sich jetzt Balzke hin. Gerade der! Balzke, mit schwarzer Lederjacke, auf die man neidisch werden könnte. Er lässt die wenigen Haare, die ihm als Kranz auf seinem Kopf geblieben sind, fast bis zu den Schultern wachsen. Wie braungraue Spinnweben wallen sie in der Luft, als er noch ein Stück zu Karl aufrückt. Und noch eins, und noch eins, bis er genau unter dem großen Kreuz zum Sitzen kommt und sich unter dem Tisch kurz ihre Knie berühren. Ein eisiger Blick, den Balzke wie immer einfach niederschaut. Er beißt ab und kaut den Laugenteig wie ein Nussknacker. Sein Kinn bewegt sich, die fetten Wangenlappen jedoch hängen einfach da, schlaff wie eh und je, als hätten sie mit dem Mahlwerk nichts zu tun. Ganz anders dagegen seine Augen. Hell und strahlend sind sie auf Karl gerichtet, als wolle er ihm was sagen, das ihm unter den Nägeln brennt. Wie der Einserschüler, der es nie erwarten kann, bis er aufgerufen wird.

Der Oberlehrer Karl aber tut ihm den Gefallen nicht, sondern kramt in seinem Rucksack und erinnert sich an Pfaths Zeitung von gestern. Über den Narbenschmerz und das Gewitter und den Rausch hat er sie ganz vergessen. Sie ist etwas verknittert und er streicht sie glatt unter den Augen Balzkes. Er hält sie hoch als Schild gegen diesen penetranten Blick, aus dem der Stumpfsinn spricht, ein angeborener muss es sein. Zurücklehnen, die Knie wegdrehen vom Anfasser und blättern. Das Foto in der Mitte ist noch heil, als wäre der Rest nur zu dessen Schutz da. Einen kurzen Blick gönnt er sich, auch Alberts Foto ruft er sich wieder vor Augen. Mit ihm muss er sich noch einmal darüber unterhalten. Vielleicht tauscht man ja, wenn man damit durch ist. Jetzt gilt es, sich einfach nur die Stunden zu vertreiben, und am besten den Balzke gleich mit.

Unfall in Fabrik – Giftige Dämpfe wurden freigesetzt! »Die Polizei fordert Anwohner dazu auf, in ihren Häusern zu bleiben und Fenster und Türen geschlossen zu halten.«

»Fast wie im Wilden Westen: Der entflohene Häftling Konrad S. schießt zusammen mit seinem Sohn mit Schrotflinten auf die eintreffende Polizei. Nicht schlecht staunten die Beamten, als das erste Einsatzfahrzeug sich dem Grundstück näherte. Sofort durchlöcherten Kugeln Vorderreifen und Motorhaube des Wagens, sodass die Einsatzkräfte umgehend den Rückzug antraten und Verstärkung orderten.«

Jetzt ist sogar im Text selbst ein anderer Text eingeklebt. Karl legt die Zeitung hin, beugt sich dicht darüber und fährt die Stelle mit dem Finger ab.

»Wenn nun aber das Universum abschnurrt wie ein Uhrwerk und wenn Gott es geschaffen hat, woher kommt dann das Böse? Von Gott? Muss ja wohl. Ein Widerspruch: Da Gott nur Gutes tut, muss es auch gut sein, dass es Böses gibt. Das Böse selbst muss gut sein. Wie das? Die Theologie arbeitet bis heute an diesem Problem. Gott hätte auch eine Welt ohne Sünde ins Leben rufen können, schreibt Leibniz. Aber der Schöpfer habe, selbstverständlich, die beste aller möglichen Welten erschaffen, und das sei eben diejenige, in der es das Böse gibt: nämlich damit die Menschen es besiegen können. Leibniz findet das logisch. Aber er gibt auch zu bedenken – und das ist für seine Zeit ganz außerordentlich –, ›dass [nicht] alles nur dem Menschen zuliebe erschaffen sei‹. Für wen noch? Leibniz erwähnt die Tiere. Außerdem ›vernünftige Bewohner‹ anderer Welten im All.«

Weiter im Text: »Ein Nachbar hatte den Notruf gewählt, nachdem er Schüsse gehört hatte. Zu diesem Zeitpunkt galten die Kugeln wohl noch dem Vater Konrad S. selbst, der wenige Tage zuvor aus dem Gefängnis ausgebrochen war und sich nun gewaltsam Zugang zum Haus seines Sohnes verschaffen wollte. Der Sohn, Wolfgang S., feuerte aus dem Fenster des ersten Stocks. Als er jedoch die Sirenen hörte, musste ein Umdenken bei ihm eingesetzt haben, denn er öffnete dem Flüchtigen die Tür, und nun ging es gegen den gemeinsamen Feind, die Ordnungshüter. Was folgte, war ein filmreifer Großeinsatz der Polizei samt Hubschrauberunterstützung.«

Es werden Stühle gerückt. Karl hebt den Kopf. Ein ganzer Schwung Leute kommt herein, als hätten sie etwas miteinander zu tun. Ruth setzt sich ganz vorne hin und blickt aus dem Fenster, mit einbandagiertem Kopf. Sie hat wohl wieder die Zeit verloren, wie sie immer sagt. Die Welt verschiebt sich vor ihren Augen, sie krampft und fällt, und wo sie fällt, platzt ihr der Kopf auf. Doch das stört sie nicht, wie sie sagt, das heilt wieder zu, jedes Mal, man sieht ja die Narben zum Beweis. Viel größer sei die Angst, sich die Zunge abzubeißen und am eigenen Blut zu ersaufen, sagte sie einmal und rieb sich besorgt die angespannte Wangenmuskulatur. Ein Kontrollblick zurück zum schmatzenden und schlürfenden Balzke. Noch immer starrt er Karl an wie den Heiland, der doch genau über seinem Kopf auf ihn herunterblickt. Wenn sich doch nur der schwarze Nagel lösen würde, der das Kruzifix zwar am Querbalken hält, aber es eben auch von der Wand wegdrückt wie eine Drohung, dann wäre Karl wohl erlöst von Balzkes Blick, seinem Schlürfen und Schmatzen. Er wendet den Kopf ab, aber auch am Nebentisch scheint man ihm auf die Nerven gehen zu wollen. Zwei von der Jammerlappenfraktion setzen sich hin, schon im Gespräch vertieft. Bei denen geht es immer nur um Krankheiten. Wenn sie selber nichts haben, dann denken sie sich was aus wie jetzt, da sie irgendwas schwatzen von Krampfadern im Hals, und wenn die platzen, dann hat man eigentlich schon seinen letzten Pfiff gemacht.

Wie soll man sich bei solchen Schauermärchen konzentrieren? Karl, für den Krampfadern in die Beine gehören, und zwar nur in die Beine, hat es über, gehörig über! Er will doch einfach nur seine Ruhe haben, aber anscheinend ist das zu viel verlangt. Schon schnaubt er. Schon klappt er das Blatt zu und will was sagen, da sieht er unter dem Kreuz Balzke, der ihn nun nicht mehr anschaut, sondern stattdessen an seiner Zeitung rumfingert. Karl muss einen Teil liegen gelassen haben.

Er stößt einen kurzen Laut der Entrüstung aus, bei dem ihm nur etwas Speichel aus dem Mund fliegt, denn die Worte, die er eigentlich hervorbringen wollte, formten sich darin zum Querschläger.

Luft holen, nachladen.

»Nimm deine Dreckshände weg!«

Karl haut auf den Tisch, als wolle er kein Insekt, sondern ein Vieh erschlagen.

Balzke blickt hoch, alle blicken hoch, gleichzeitig, als zöge jemand oben die Schnüre.

»Finger weg, hab ich gesagt!«

Keiner macht mehr einen Mucks. Auch Balzke nicht, der die Zeitung immer noch in Händen hält. Die Studentin an der Theke tritt einen Schritt zur Seite, damit sie sehen kann, was los ist. Dann klopft sie hinter sich gegen die Scheibe des Büros, doch Verstärkung ist bereits im Anmarsch.

»Wenn du nicht gleich mein Zeug rausrückst, dann …« Karl erhebt sich zur vollen Größe und holt aus. Die zwei Männer aus der Küche rufen »Halt!« und stampfen auf den Boden, bereit, dazwischenzugehen, doch Karl schlägt eh nicht zu. Er ist einer, der nur ausholt.

Balzke schiebt ihm nun mit einem Ruck die Zeitung hin, als habe er es kaum erwarten können, sie loszuwerden. »Der ist verrückt!« So seine Diagnose, während er auf der Bank so weit von Karl wegrutscht, dass der schon einen Hecht über den Tisch hinlegen müsste, um ihn noch zu erwischen.

Was passiert sei, will einer der Hausherren wissen, aber Karl ist auf einmal ganz wortkarg. Lieber klaubt er seine Zeitung zusammen und steckt sie ein, derweil Balzke beteuert, nichts gemacht zu haben.

»Nichts gemacht, nichts gemacht! Meine Zeitung wollt er mir stehlen, der fette Sack. Und die ganze Zeit langt er einen an. Ja, muss ich mich hier vielleicht von jedem angrabschen lassen?«

Balzke protestiert, bezichtigt ihn der Lüge. »Verrückt, vollkommen verrückt«, sagt er mehr zu sich selbst als zu dem Sozialpädagogen, der, um die rechte Ordnung und Frieden bemüht, einwirft, dass die Zeitungen ja sowieso für alle da seien.

»Die hier nicht! Das ist mein Privateigentum, die hab ich mitgebracht und die behalt ich auch!«

»Das mag ja sein, das bestreitet ja auch keiner, aber trotzdem ist das noch lange kein Grund jemanden zu beleidigen oder ihm Gewalt anzudrohen …«

Karl schreit: »Ja, soll ich vielleicht zuschauen, wie dieser Mistsack sich mein Zeug unter den Nagel reißt?«

Er dreht sich zum Rucksack um und stößt dabei einen Tee vom Tisch. Einige Spritzer treffen den Sozi am Bein, sodass er einen Schritt zurückgeht und die Arme ausbreitet, zur Beruhigung. Er hat gesehen, dass es keine Absicht war und Karl jetzt nur aus Trotz weiter an seinem Rucksack herumfuhrwerkt, anstatt sich zu entschuldigen. Er fragt den Thekendienst, ob sie das mit der Zeitung gesehen hat. Ein Gesicht des Bedauerns ihrerseits, doch eine Stimme aus dem Off bestätigt, dass Karl eine Zeitung aus seinem Rucksack hervorgezogen hat. Sie gehöre tatsächlich ihm.

»Gut, dann muss ich Sie leider auffordern zu gehen. Es tut mir leid.«

Das war an Balzke gerichtet. Der macht zwar große Augen und schüttelt den Kopf, doch der Rest seines Körpers fügt sich. Und während Karl im stillen und glühweinwarmen Triumph schwelgt und an der weißen Wand nach oben blickt, steht Balzke in seinem Rücken langsam und umständlich auf, sich die Lederjacke richtend, auf den Tisch klopfend, als wäre man im Wirtshaus. Ein Witz sei das! Und überhaupt könne man ihn mal kreuzweise!

Karl hört die Tür aufgehen, eine Ansage, dass auf Gleis 11 der Eurocity aus Verona oder sonst wo, das wird verschluckt von der zugehenden Tür. Langsam, den Blick wieder auf den Boden gerichtet, dreht Karl sich um und beobachtet, wie sich der Tee in die Papierservietten saugt, die die Studentin auf die Pfütze gelegt hat.

Karl, du hast die Ordnung gestört, du weißt es. Und weil du es weißt, bleibst du stehen, ohne zu wissen, warum.

»Herr Maurer«, der Sozialarbeiter kennt deinen Namen ganz genau, er hat einen Teil deiner Geschichte im System, »auch Sie muss ich bitten zu gehen. In einer Woche dürfen Sie wiederkommen, auch zur Beratung, wenn Sie wollen.«

Karl nickt gravitätisch. Wie. Sie. Meinen. Er nimmt seine Tasse, bückt sich nach den Servietten, verwischt seine Spuren, so gut es geht. Den Rest wird die Hitze trocknen. Er wirft weg, was weggeworfen gehört, er stellt auf den Tresen, was auf den Tresen gehört, und sogar noch mehr: Balzkes Tasse.

Der Hausherr kennt ihn, er weiß, dass Karl eigentlich nicht aggressiv ist, von der Sache mit dem Brieföffner abgesehen, als er das Foto seiner Tochter verloren hat, wie er später als Entschuldigung angab. Damals gab es bloß einen Monat Hausverbot für ihn, was man nur durch seine bisherige gute Führung rechtfertigen konnte. In der nächsten Teamsitzung muss er das ansprechen, denkt er und sieht Karl zu, geht zur Seite, wenn er zur Seite gehen muss, und lässt ihn machen, seinen großen Abgang. Er sieht zu, wie Karl sich demonstrativ nichtvorhandenen Schmutz von den Handflächen reibt, indem er sie mit einem Klatschen mehrmals aneinander abwischt, bevor er seinen Rucksack schultert und geht. Er folgt ihm bis zur Tür und schaut ihm noch eine Weile durch die Scheibe hinterher, wie er langsam, in der Art eines Spaziergängers, in der Menschenmasse verschwindet.

Alberts Entzug

Karl kauft sich Drehtabak und bekommt den Spruch »Rauchen bedroht Ihre Potenz«, darüber wird ein Foto eines nackten Häufchen Elends gezeigt, auf dem vermeintlichen Liebesnest zur Embryonalstellung zusammengerollt. Er bezahlt mit dem Zehner der alten Frau und geht dann durch die Haupthalle, wo ihm plötzlich Balzke wieder auf die Pelle rückt, den er in der Menge nicht gesehen hat: »Der Albert hatte schon recht damit, dass du ein hinterfotziges Arschloch bist!«

Karl wehrt mit den Händen ab, weil ihm Balzke schon wieder so nah kommt: »Schleich dich einfach! Und rühr mich bloß nie wieder an, sonst …« Und weil Karl zwar ausholt, aber wieder nicht zuschlägt, nicht stehen bleibt und auch nicht nachfragt, läuft ihm Balzke hinterher und drückt ihm die Geschichte rein, ob er will oder nicht: »Der Albert ist nämlich auf Entzug! Heut früh hat er sich einweisen lassen. Den siehst du nie wieder!«

Karl wendet sich um und blickt in Balzkes dummdreistes Gesicht. Zwischen den fleischigen Backen ein Grinsen, das man einzeln eindrücken will.

»Jahh! Und du bist schuld! Wie ein kleines Kind hat er gezahnt, wie er vor der Mission stand. Bloß noch die Unterhose hatte er an! Vollgepisst ham sie ihn! Ins Gesicht, in den Schlafsack rein, alles voll. Und er hat immer nur den Kopf geschüttelt und gejammert und gehustet, als würde er kotzen müssen.«

Balzke scheint es zu genießen, ihm das reinzuwürgen. Der Schwachsinn hat ein Gesicht.

»Und er hat sich gewundert, warum du ihn nicht gewarnt hast. Ihr habt euch ja gesehen, aber du hast nichts gesagt. Er ist dann eingeschlafen und musste sich in die Unterführung legen, als es losging. Da hätte er sich sonst nie hingelegt, hat er gesagt. Und wieder kam es ihm hoch. Im Brunnen hat er sich waschen müssen.«

Balzke lacht, die funkelnden Glupscher zusammengekniffen. Diebisch, die Freude: »Mich hat er gewarnt, hab ich dann gesagt! Ist extra gekommen zu mir, hab ich ihm gesagt.«

Karl stößt ihn von sich und geht, ohne zuzuschlagen. Der Preis für seine Friedfertigkeit ist, dass er in seinem Rücken Balzkes Gelächter ertragen muss, bis es Schritt für Schritt verklingt.

Glauben, oder nicht glauben, was der Balzke sagt? Albert auf Entzug. Warum sollte Balzke da lügen? Es bringt ihm nichts. Andererseits bringt ihm alles nichts. Balzke ist schwachsinnig, das hast du gesehen.

Albert also auf Entzug. Er entzieht sich: dem Bier, dem Schnaps und dir, du negativer Einfluss du gewohntes Umfeld du! Man entzieht ihm auf Station: das Gift, den Alkohol. Wieder einmal. Und doch hört es sich für den Säufer immer so an, als wäre es schon in Stein gemeißelt. Das Bild des abstinenten Alberts steigt aus der Eingeweidegegend empor, wabert schon vor Karls Augen umher, gewinnt schon schneidend scharfe Konturen, während doch die Vernunft ihm eintrichtert, dass sein Freund und Kollege noch längst nicht über den Berg ist. Noch nicht einmal im Tal ist er. Wahrscheinlich hat er noch nicht einmal seine erste Diazepam geschluckt. Doch Karl hört schon sein felsenfestes Nein in der Anbrandung des Weines.

Er spürt einen Wutdurst, der gestillt werden will. Wahllos greift er ins unterste Regalfach, wo das billigste vom Hochprozentigen steht. Er hat heute also zwei Menschen hinter sich gelassen. Der eine, Balzke, juckt ihn nicht weiter und er ist sogar froh, dass er ihn los ist. Wenn er ihn noch einmal sieht und er ihn wieder so angeht, dann schlägt Karl vielleicht tatsächlich zu, mit der bloßen Faust, mit was auch immer er gerade in der Hand hat. Den anderen hat er einmal als Freund bezeichnet und würde es wieder tun. Bloß beruht das wohl nicht mehr auf Gegenseitigkeit, wenn man Balzke glauben kann. Und freilich bräuchte Karl nur einmal mit Albert sprechen und es wäre wieder alles beim Alten, doch an ihn kommt er jetzt nicht mehr ran. Selbst wenn sie ihm in der Mission kein Hausverbot aufgebrummt hätten, wäre Albert unerreichbar.

Bürgerliches Gesetzbuch § 39 (3): Ab dem Zeitpunkt des Antritts und über die gesamte Dauer einer Entgiftung und der daran anschließenden therapeutischen Nachsorge hinweg ist es allen an o. g. Maßnahmen beteiligten Personen untersagt, etwaigen Saufkumpanen den Aufenthaltsort der zu entgiftenden Person mitzuteilen.

So oder so ähnlich.

Ziellos schleicht Karl um den Bahnhof. Das Gehen ist das Einzige, was ihm einen halbwegs sicheren Stand bewahren lässt. Es geht vorbei am Eckcafé, vorbei am Briefmarkensammler, den Zeugen Jehovas, an Flecken getrockneter Hunde- oder Menschenpisse, die auch eine Sintflut nicht wird wegwaschen können. Bei den Fahrradleichen legt Karl seine Tüte in irgendeinen Korb, als könne er sich damit tarnen. Nach Feierabend bloß noch die Leutchen beobachten, bevor er sich auf den Sattel heimwärts schwingt. Hinter der Scheibe der Bushaltestelle steht Ali, barfüßig. Sein Zeug wild verstreut. Er trägt eine Fellmütze, als wäre sibirischer Winter. Wiederholt reckt er als Leibesübung beide Arme nach vorne und schnaubt. Verzerrtes Gesicht, als hätte er Nadeln in den Schultern stecken, die ihn die Arme nicht höher heben lassen. Es tobt ein Kampf in den Straßen, und dem Ali fehlt es an der Kraft, sich zu ergeben.

Karl wendet sich ab. Wieder einmal hat er genug gesehen. Für ihn geht es hinab zur U-Bahn, weg vom Hauptbahnhof, vorbei an hundert Augenpaaren, an Eimern, wo nur Müll drin ist, leere Zigarettenschachteln, Zeitungsfetzen, Salatschüsseln aus Plastik mit Resten eines Joghurt-Kräuter-Dressings, an dem sich die Fliegen gütlich tun. Er geht langsam, an der Wand entlang wie gewohnt. Man überholt ihn. Mit jedem Schritt verliert er an Boden. Und als die Rolltreppe abwärts zum Bahnsteig schon stehen bleiben will, ja sie tut es sogar für einen Augenblick, ist Karl zur Stelle und setzt sie per Fußtritt wieder in Gang. Vorsichtig steigt er auf die langsam wieder anfahrenden Stufen. Er hebt den Kopf, sieht auf einem Aufkleber die Zeichnung eines Affen, der sich mit einer Hand an der kitzelnden Ferse kratzt und mit der anderen eine Flasche hält, aus der es ihm in den Mund sprudelt. Er sieht weiter unten eine Kollegin, Yvonne Polzin, in Sandalen und mit einer Krücke rechts, um die locker ein langer, ausgefranster Verband gewickelt ist. Braun vor Dreck, doch sie würde sich niemals von ihm trennen, fast so als könnten die längst verheilten Wunden jederzeit wieder aufbrechen. Klopapier hat sie sich zwischen ihre Zehen gestopft, damit sich die Haut nicht an sich selbst aufgeigt. Sie ist außer sich vor Wut auf die Treppe, die doch eigentlich jetzt nach oben hätte fahren sollen, und schlägt mit der Krücke dagegen, als sie Karl als Ursache erblickt. Man kennt sich. Doch sie gibt ihm neue Namen, dass es über den ganzen Bahnsteig hallt. Heißt ihn Mistviech, blödes. Fragt, was ihm einfällt, sie warte schon länger. Sie ist nicht mehr zu beruhigen, weil von oben immer wieder neue Leute nachschieben.

Yvonne, ich sehe was, was du nicht siehst, und das ist grün und trägt braune Hosen und kommt paarweise daher. Es hat einmal einen Eid geschworen, dass es Ordnung hält in diesem Land, und diesen Eid hat man ihm abgenommen.

Und wie Karl die Ordnungsmacht in ihrem Rücken sieht, ihre langsam wiegenden Schritte auf die Unruhestifterin zu, von dreierlei Gewissheiten genährt, erstens, im Namen und auf Rechnung des Volkes zu handeln, zweitens, das Recht auf ihrer Seite zu wissen, und drittens, das Ergebnis einer Vektorrechnung im euklidischen Raum evolutionsbedingt sicher abschätzen zu können, à la die Alte entkommt uns nicht, und wenn sie doch Anstalten macht abzuhauen, dann legen wir halt einen Zahn zu, fasst er einen folgenschweren Entschluss: Karl, du wirst dich ändern!

Ausdeutschung von Karls Entschluss

Freilich wird Karl sich nicht von Grund auf ändern. Das vermag niemand. Aber Kleinvieh macht auch Mist. Er wird in die Teestube gehen, und zwar nicht einfach nur zum Zeittotschlagen wie sonst, sondern er wird sich für eine Beratung anmelden. Er wird artig sitzen bleiben und warten, bis er an der Reihe ist. Und als erstes Anzeichen dafür, dass es ihm ernst ist mit seinem Entschluss, wird er von sich aus alle Karten offen auf den Tisch legen. Er wird vom Hausverbot in der Mission erzählen. Die Wahrheit. Ungeschönt, so wie es passiert ist. Er wird die Verantwortung tragen, seinen Teil. Und dann, auch wenn es fast aussichtslos erscheint, wird er sich um eine Wohnung bemühen. Er wird alles auf sich nehmen dafür. Die langen Wartezeiten. Ein bis zwei Jahre könne es schon dauern, erzählt man sich. Er wird sämtliche Formulare ausfüllen, zu jedem Amt, durch alle Institutionen marschieren. Er muss hartnäckig sein, muss sich, wenn er hier rauswill, in seinen Entschluss verbeißen wie ein Raubtier.

Du schaffst das! Auch ohne Albert. Gerade weil er weg ist! Er hat dich hier gehalten. Wie schwarzes Pech war er. Soll er doch versauern, bei seinem Entzug. Ihm widmen wir uns doch gar nicht mehr!

Im Amt dann wieder den langen Gang entlang, die Fenster zum dunklen Innenhof, davor, zur Zierde, ein paar Pflanzen, die es gewohnt sind, im Schatten zu gedeihen, und warten. Im

Büro ist Teppich verlegt, pflegeleichtes Grau, ein Schreibtisch, weiß, L-förmig um die Ecke. Telefon, Bildschirm, Locher, Tacker, Tastatur, Maus, alles zum Sachbearbeiterstuhl mit Armlehnen gedreht, in dem einer sitzt, den ihm das Schicksal oder der Urlaubsplan zugelost haben wird, den man vielleicht für seine Sache gewinnen kann, wenn man frisch geduscht ist, neue Klamotten am Leib trägt und den Ausweis griffbereit hat. Karl wird auch dort alles offenlegen, wird zusehen, wie seine Daten ins System eingetragen werden, wie der Antrag ausgedruckt, zusammengeheftet und ihm zur Unterschrift hingelegt wird. Und er wird unterschreiben. Und er wird in die Teestube gehen und nachfragen, wie es um ihn steht. Regelmäßig. Wie ein Uhrwerk, wie Ebbe und Flut. Beständigkeit wird er zeigen, allen, die für ihn Fürsprache einlegen können, zeigen, dass man sich jetzt wieder auf Karl Maurer verlassen kann.

Du kannst die Welt nicht verändern, aber deine Haltung dazu.

Und vielleicht wird er, wenn er sich all dies selbst bewiesen hat, zum Hörer greifen und Johannas Nummer wählen. Nein! Erst seine Schwester Claudia! Das ist sicherer. Da gibt es eine Blutsverbindung, die nicht gekappt werden kann, ganz egal wie weit sie jetzt weg wohnt und wie groß das Arschloch ist, das sie geheiratet hat. Sie kann nicht auflegen. Sie nicht!

Zettel aus dem Zettelwust von Lenz

Graffiti in Neuperlach: Wir sind es, die uns diese Welt zumuten!

Das Motto eines Cafés an der Uni: LOVE kills capitalism. Darunter mit Schwarz gesprüht: Then show me the corpse!

18. 7.

Karl war heute sehr traurig. Sein Blick ging ins Leere, er hat kaum zugehört, wenn man ihn ansprach. Nach einer Weile fing er dann an zu erzählen. Er sagte, daß Lehrer sein Traumberuf war. Es hat irgendwann klick gemacht und er hat die Dinge einfach verstanden. Die Quälerei in der Schule war ab da vorbei. Auf einmal hat er sich für die Sachen interessiert, weil er sie verstanden hat. Das wollte er weitergeben. Dafür hätte er gern mehr Zeit gehabt. Dann brach er ab und seine Lippen bebten. Er sagte, daß ein guter Lehrer sich selbst überflüssig machen muß. Wenn einer das schafft, dann wäre er zu was zu gebrauchen. Er selber aber hat versagt, meinte er. Er wollte sich an dem Tag gar nicht mehr beruhigen.

Alle wollen immer irgendwo dazugehören, in einer Masse aufgehoben sein, um zu wissen, wer sie sind. Dann fühlen sie sich mächtig. Darüber vergessen sie jeden, der anders ist. Dafür bin ich nicht gemacht. Mit mehr als 3 oder 4 Leuten auf einmal kann ich nicht umgehen.

Ich glaube, nur auf der Einsamkeit und der Ohnmacht kann man wirklich aufbauen. Das ist der Kern.

Kurt sieht Rot

Rot und Gold, die Farben der Könige. Rot und Gold, die Farben des Pornokinos »élite« in der Kolpingstraße. Die ewig künstlich flackernde Flamme am Eingang neben dem Guckloch in der Wand. An Samstagen vor 18 Uhr zwanzig Euro, danach dreißig. Ein Freigetränk inklusive. Abends Hemdpflicht, sonst kein Einlass. Kameras und Handys aus Diskretionsgründen tabu.

Kurt bückt sich und reicht den blauen Schein unter der Scheibe durch mit der Versicherung, noch vor 18 Uhr wieder zu gehen. Er habe noch einen Termin.

Es surrt im glänzend schwarzen Türstock die rot lackierte Tür und Kurt zieht am Ring im Maul des goldenen Löwen.

Der Teppich rot.
Die Tapete rot.
Das Andreaskreuz rot.
Rot die Augen der drei Männer an der Bar.
Rot die Lippen der Studentin dahinter.

Ganz gleich, was sie ist, hier firmiert sie als Studentin, solange sie noch unter dreißig ist, und bei Gott, das ist sie in ihrem blau-weißen Sailor-Girl-Kostümchen. Sie lächelt mit hellen Augen und duzt den neuen Gast: »Na, geht's dir gut?«, während sie im Becken ein Bierglas über die Bürste stülpt und spült. »Was magst denn trinken?«

Trotz des Räusperns kommt seine Bestellung »ein Pils« ein wenig rau daher. Ihr Lächeln schwindet nicht, nur einer der Männer dreht sich zu ihm um. Die zwei anderen schauen abwechselnd der Studentin und dem Fernseher zu. Eine Frau mit venezianischer Maske streicht dort mit ihren schwarzen Nylons erst über die Brust des Mannes, dann schiebt sie ihm ihre Zehen in den saugenden Mund.

»Du kennst dich aus? Oder bist zum ersten Mal hier?«

»Ist schon 'ne Weile her. Viel wird sich ja wohl nicht getan haben.«

»Doch, das Damenklo wurde renoviert!« Sie grinst, die anderen auch, einer kippt sein Bier hinunter. Sie klappt das Brett, die Verlängerung des Tresens und zugleich Durchgangssperre für Unbefugte, nach oben und gibt ihm das Glas direkt in die Hand, Lächeln bis über die Schulter hinweg, bevor sie einige leere Flaschen und Gläser von den Stehtischen einsammelt. Ihre halterlosen Strümpfe reichen bis auf eine Handbreit an den kurzen blauen Rock heran, als könne sie wegen der Hitze dort oben kein bisschen Stoff mehr ertragen, nicht einmal die feinste Spitze.

Kurt trinkt und stellt sein Bier auf den Glastisch, über dem ein Verbotsschild an der Wand klebt: »Vorsicht! Antik! Nicht auf den Tisch setzen!!!!« Dahinter, als wäre es eine Sprechblase mit einem Fluch in einem Comic: ein Totenkopf, eine Windhose und eine Bombe mit brennender Lunte.

Die Makellosigkeit ihres Körpers an sich war es gar nicht. Natürlich war es ihr Körper, der weiße Flaum auf ihrer Haut, ihre Haare, ihr Kleid, die gesamte Erscheinung dieser Viktoria neben ihm im Café, doch das war nicht der Punkt. Es ging darüber hinaus, denn ihren Körper konnte sich Kurt gar nicht vorstellen. Er kann es auch jetzt nicht und wird es nie können. Was er sich aber vorstellen kann, ist das Gefühl, das der Gedanke an die ständige Verfügbarkeit ihres Körpers in ihm ausgelöst hatte. Und in seiner Vorstellung verfügte er nicht nur nach Belieben über sie, sondern sie war ihm auch zu Willen gewesen, von sich aus, ja sie forderte es sogar. Und für einen kurzen Moment in seiner Vorstellung gab es mit ihr keine Grenzen. In diesem Moment, der ausgereicht hatte, dass sich sämtliche Blutgefäße seines Körpers auf einmal weiteten, war diese Viktoria eine mögliche Lösung des Kurt'schen Problems. Und dann war sie es wieder nicht, für die übrige Zeit.

Er zieht einen großen Schluck Pils hinunter und schaut zur Ablenkung auf den Fernseher, der zeigt, wie die Maskenfrau sich nimmt, was sie will, wie sie dem Mann eine Reitgerte wie eine Rose ohne Dornen quer in den Mund schiebt, wie sie seinen muskelbepackten Oberkörper mit Samthandschuhen niederdrückt, bevor sie abtaucht. Nun also kurz er in Großaufnahme, seine Zähne, die sich in die Lederummantelung der Rute bohren. Dann, auf den Barhockern, die nach vorne gekrümmten Rücken der drei Männer aus der Vätergeneration, die die Studentin beobachten, wie sie von ganz unten neue Eiswürfel holt. Geht sie in die Knie dafür oder bückt sie sich? Kurt kann es nicht sehen, hört dafür jedoch das Geschwätz der drei.

Der, der schon ganz den Dresscode für den Abend erfüllt – weißes Hemd, dunkle Hose, aufgegeltes volles Haar über solariumbrauner Visage –, will einen Witz erzählen und fragt, ob man ihn schon kennt. Es ist die olle Kamelle mit dem Mann, der einer Frau Komplimente für ihre schönen Beine macht und sie am Schluss nach ihren Öffnungszeiten fragt. Ha ha. Langsam fällt auch bei den anderen der Groschen und die Studentin droht ihm neckisch mit dem Finger, diesem Schlingel, der sich schelmisch wegduckt und seinen Whiskey on the rocks genießt. Er trägt einen Vorschlaghammer von einer Uhr am Handgelenk. Soll heißen: Was die Kohle angeht, spiel ich in einer anderen Liga als die Typen neben mir. Das tut er tatsächlich. Seine Nachbarn sehen aus, als hätten sie bei Autoscootern das Sagen. Der ältere prahlt vom letzten Swingerclubbesuch, wobei es ihm hauptsächlich darauf ankommt, dass die Studentin jede seiner Heldentaten hört. Zum Schluss noch die eine Weisheit, die er dem Leben in seinen gut sechzig Jahren abgetrotzt hat: »Man muss die Fotze halt ficken, solange sie feucht ist!«

Er, der die Rummelplätze der Republik kennt wie keiner sonst, kann ihr schon noch was beibringen, sie muss bloß zweimal zwinkern.

Kurt sieht das Rollen ihrer Augen zwischen den Köpfen der beiden durchblitzen. Sie weiß ganz genau, wie der Hase läuft. Solange sie lacht und neckisch straft, löhnt jeder hier noch 'nen Fünfziger extra. Der Dritte stellt sein Glas hinter die Theke und verabschiedet sich unvermittelt. Er müsse schon längst zu Hause sein. Zu ihr – er kennt sie als Natascha – sagt er »bis Mittwoch«, für die anderen klopft er auf den Tresen und sagt bei bereits offener Tür als Abschiedsformel »Wirsing!«, wobei er das G lange nachklingen lässt.

Kurt ext sein Bier und bestellt noch eins in der Flasche, damit er es mit nach hinten nehmen kann. Ein Gefühl der Verachtung wälzt sich in ihm. Es richtet sich nur halb gegen die Typen an der Bar, er selbst ist das Ziel. Die brodelnde Langeweile in ihm, sein ständiger Begleiter. Wenn er einfach noch zwanzig Jahre lang so weitermacht wie jetzt, sich schön langsam einen Ranzen anfrisst, brav malocht und sich bei nichts mehr erwischen lässt, dann sitzt er so am Tresen und kann hoffen, dass es bis dahin noch junge Dinger gibt, die Geld brauchen und die Ohren auf Durchzug schalten können. Aber dagegen wäre eine Kugel sicher die bessere Wahl. Er ahnt es, die Langeweile wird es sein, die ihm das Genick bricht. Alles geschieht aus Langeweile. In seinem Alter bekommen die Leute Kinder. Er sieht es, wenn er durch die Straßen geht. Er sieht die Langeweile in ihren Crashtestfressen, die Hoffnung, dass dieses Fleischbündel hält, was es verspricht. Man hat jetzt neue Aufgaben. Muss sich umsehen nach einem größeren Auto, einer größeren Wohnung, einem größeren Mülleimer für die vollgeschissenen Windeln. Man wird dem Nachwuchs die Welt zeigen müssen, irgendwann, auf dass alles so bleibt, wie es ist. Kurt wird Geld brauchen, viel Geld, für einen Befreiungsschlag. Er hat keinen Bock mehr auf den Ohlandt, dass der ihm sagt, wann es Zeit ist aufzustehen. Keinen Bock mehr, dass irgendwer bei ihm hineinpfuscht!

Auf der großen Leinwand läuft ein Lesbenporno. Mit Budget und schnell erzählter Handlung. Frauenknast mit täglichen Make-up-Kursen. Es heißt fünf gegen eins im Sanitärbereich. Eine Gruppe bestehend aus vier Blondinen und einer Schwarzen mit türkisen Nägeln und Lidschatten zeigt einer neuen Insassin, sie hat die Haare schön zu zwei Zöpfen geflochten, wie es läuft in diesem Etablissement. Anfangs wirkte das junge Ding etwas naiv. Man sollte hier doch eigentlich nur seinen orangenen Overall abstreifen und sich zum Duschen vorbereiten, alles streng nach Vorschrift, aber nach nur wenigen Augenblicken biss sie sich vor gespannter Erregung schon auf die Unterlippe. Wie die sich gierig die Knöpfe aufrissen, wie die sich gegenseitig durch die Haare fuhren! Und wo hatte die eine überhaupt das Öl her?

Das ist ja alles schön und gut, denkt Kurt, als er es sich in seinem roten Ledersessel bequem macht und bereit ist, sich seinen Kopf durchpusten zu lassen, aber irgendwie fehlt ihm bei dem Streifen was. Natürlich sind die Frauen geil, keine Frage, doch um sich angesprochen zu fühlen, ja um mitfühlen zu können mit dem, was da auf der Leinwand geschieht, ist ein Typ vonnöten. Er braucht jemanden im Film, dessen Stelle er einnehmen könnte, damit sich in ihm wirklich was regt. Dann kann er die Bilder in seinem Kopf weiterspinnen, kann mal da, mal dort, kann kommen und weiterficken. Ja, das kann er. Aber so …

Und als hätte der Regisseur Kurts Gedanken gehört, kommt ein großer, glänzender, schwarzer Schlagstock ins Bild. Klack, klack, klack. Es ist die Urszene für die Einführung des strengen Wachmanns. Bevor man ihn sieht, hört man sein Trumm gegen die Gitterstäbe schlagen. Und obwohl die Kamera sich außerhalb der Zellen befindet, ist man dazu verdammt, die Wahrnehmungsperspektive der Häftlinge zu teilen. Sie hören und dann erst sehen sie, wer kommt.

Und als gäbe es einen zweiten Regisseur, der über dem ersten steht und das tatsächliche Geschehen im Kinosaal lenkt, der Kurt auf Teufel komm raus in die Parade fahren will, kommen nun der Bonze und der Schiffschaukelbremser von der Bar nach hinten, setzen sich nach ausführlicher Beratschlagung mit drei Plätzen Abstand in die erste der vier Reihen und lenken Kurt so von der Filmhandlung ab, in der sich der Wachmann als Wachfrau entpuppt. Die Kamera zeigt in Großaufnahme hohe Hacken, einen Knackpo in schwarzer Uniformhose, lange, glänzend schwarze, unter der Dienstmütze hervorquellende Haare, Schnitt nach vorne, Handschellen am Gürtel, auf Brusthöhe eine Wölbung in der Bluse, Schnitt auf einen satten, lila glitzernden Mund.

Endlich haben sie sich hingepflanzt und Kurt muss bloß noch die graue Haarpracht des Alten ausblenden. Jetzt, da die Dienstbluse schon offen ist, die verspätete Erkenntnis, dass dem Wort Wärter ein in-Anhängsel fehlt. Nun gut, er wird sich den Streifen trotzdem ansehen. Die Knastschwestern packen die Neue an den Zöpfen und zwingen sie auf die Knie. Kein Gedanke an Revolte in diesem Bau. Stattdessen Gefügigmachung der Neuen für die Wärterin. Sie öffnen ihr den Gürtel, eine Hand greift in den mittlerweile geöffneten Hosenstall und zieht einen Schwanz heraus. Keinen zum Umschnallen, sondern ein echtes krummes Ding aus Fleisch und Blut. Die Wärterin ist halb Wärter und damit hat wohl weder die mit den Zöpfen gerechnet noch Kurt. Bingo!

Er nimmt einen Schluck und stellt die Flasche zurück in den Halter der Armlehne. Er freut sich darauf, dass die Zeit vergehen wird, ohne dass er davon etwas merkt.

Doch nun scheint sich auch der Regisseur des Films gegen ihn verschworen zu haben. Bevor die Sache ihren Lauf nimmt, zieht, im Hintergrund stehend, die Blonde mit den größten Dingern dem Wärter die Pistole aus dem Halfter. Der fällt das gar nicht auf, der hat andere Sorgen. Vielleicht war die Blonde neidisch, dass sie trotz ihrer kostspieligen Implantate nicht im Fokus war, vielleicht stand es auch im Drehbuch, der Kameramann jedenfalls hielt drauf, denn er sah ein Muster sich abzeichnen, eine Entsprechung von vordergründiger Action und dem Getue dahinter. Er zoomte bald da-, bald dorthin, und so sieht Kurt die Blonde mit der Waffe spielen, sieht eine Hand mit türkisen Nägeln die Pistole greifen, sieht einen Mund sich öffnen und den Lauf darin verschwinden.

Eine Attrappe, natürlich, doch das genügt, damit sich Kurt der Magen umdreht. Auch er sieht ein Muster, das er wiedererkennt. Er drückt sich in das Leder, sein Herz beginnt zu rasen. Er muss raus hier, an die frische Luft. Sofort.

Einmal nur hat Kurt eine Frau geschlagen. Mit der vollen Wucht der Faust. Mitten ins Gesicht. Dass sie es verdient hatte, absolut, das würde er auch heute noch so unterschreiben. Kurt lässt sich nicht beklauen. Von niemandem. Auch nicht von Lucia mit ihrem trägerlosen Bustier, die auf Plateauheels fast größer war als er. Aus Mund und Nase spuckte sie Blut aufs Bett und warf mit letzter Kraft noch die Schale mit den Kondomen nach ihm, bevor sie sich mit dem Rücken gegen die Wand drängte und zusammensank. Sie hatte nur die Tür getroffen. Draußen auf dem Gang hörte er Schreie der anderen Frauen und schwere Schritte von schweren Stiefeln. Zwei Paar. Er wusste, dass jeder von denen mehr auf die Waage brachte als er, doch ein Zurück gab es nicht, hat es nie gegeben. Ums Gewinnen ging es gar nicht, es ging um Respekt, und den bekommt man nur, wenn man gewinnt oder beim Verlieren so viel Schaden anrichtet, wie es geht.

Kurt kann einstecken. Mehr als die meisten bereit sind auszuteilen. Darauf konnte er zählen. Auf seine Schnelligkeit und darauf, dass er sich aus jedem Griff würde herauswinden können. Sie würden ganz schön was zu beißen haben. Er kannte alle Stellen, wo es wehtat, und er traf sie auch. Schon im Heim hieß es, dass vielleicht etwas mit seinem Schmerzempfinden nicht stimmte, denn obwohl er weder besonders groß war, noch besonders schwer, blieb er immer bis als Letzter stehen. Er war anfangs deswegen eine große Nummer bei den Nazis in der Umgebung, nur dass ihn die Politik nicht wirklich interessierte. Schon damals, die Langeweile. Die Wichtigen fuhren auf Wallfahrt nach Wunsiedel, nach Hoyerswerda und Solingen, zwecks mal wieder frei durchatmen können in gesäuberter deutscher Luft. Sie sammelten Waffen, alte und neue, trugen Messer und kamen sich stark dabei vor. Das war feige. Ein Kind kann dich mit einer Knarre wegballern oder dich von hinten abstechen. Da gehört nichts dazu. Und außerdem widersprach es seiner Strategie der Eskalation: Bevor es sich hochschaukelt und gefährlich wird, gleich von Anfang an überreagieren. Das flößte allen Respekt ein. Mehr wollte er gar nicht. Aber das ging natürlich nur gut, wenn der andere keine Knarre hatte oder nicht die Bullen rief.

Dann in den Bau. Jugendarrest. Dann weg in eine andere Stadt, neu anfangen. Was auch immer. Mal hier arbeiten, mal da. Bau. Schlachthof. Möbelpacker. Am Großmarkt. Alles war dieselbe Scheiße! Mal am Automaten spielen, mal wetten, alles im gesunden Rahmen, versteht sich. Als kleiner Urlaub mal hier in den Puff, mal dort. Und dann beklaute ihn diese dumme Hure. Bezahlt wurde wie immer im Voraus, doch er ging danach noch einmal duschen, weil es so heiß war und er schwitzte wie ein Schwein. Das war die Gelegenheit für sie, die anfangs gesehen haben musste, dass er noch ein paar Scheinchen einstecken hatte. Und dann war es reiner Zufall, dass er es bemerkte, bevor er zur Tür hinaus war.

Er fragte ein erstes Mal, wo das Geld sei. Sie stellte sich dumm.

Er fragte ein zweites Mal, wo das Geld sei und er werde nicht noch einmal fragen. Sie wurde pampig, wollte zur Tür hinaus und fing sich eine, mitten im Satz.

Nachdem Kurt halb mit den zwei Aufpassern und sie ganz mit ihm fertig gewesen waren, wollte der Chef ihn sehen. Sie brachten ihn in das Büro und drückten ihm eine Rolle Zewa in die Hand. Er solle bloß keine Flecken machen. Kurt saß da, drückte sich die Wichsetücher ins Gesicht und der Chef ließ auf sich warten. Er sollte schmoren, bis er gar war, aber den Gefallen wollte er dem Typen nicht tun. Kurt stellte sich die Leute vor, die vor ihm hier sitzen mussten und die dann versucht hatten, sich herauszuwinseln, die sich gesuhlt hatten im Treibsand aus Erklärungen und Ausflüchten. Er nicht! Er war im Recht. Er würde ruhig atmen und schauen, was passiert.

Wären die Möbel nicht schwarz, sondern weiß, man hätte meinen können, man säße im Wartezimmer beim Schönheitschirurgen. Alles auf Hochglanz, alles verchromt. An der Wand hinterm Schreibtisch hing eine große Leinwand ohne Rahmen. Oben eine Fläche aus dickem, tiefem Rot mit ganzen Farbklumpen darin, dann mit ungefähr einer Handbreit Abstand zwei weiße Striche, ebenfalls klumpig, als hätte man die Leinwand zweimal fast waagrecht mit einem stumpfen Messer aufgeschlitzt. Darunter wurde das Rot dünner, glatter. Es vermischte sich mit Schwarz, ging zum unteren Rand hin darin über. Kurt starrte auf das Bild und aus dem Fenster, rieb sich getrocknetes Blut von der Haut und ließ es auf den Teppich fallen. Er spielte schon mit dem Gedanken aufzustehen, als der Chef hereinkam. Mitte fünfzig, davon vierzig Jahre im Kraftraum verbracht. Leicht vernarbtes Gesicht, die grauschwarzen Haare zu einem kurzen Zopf zusammengebunden. Am kleinen Finger seiner rechten, wuchtigen Hand trug er ein richtig fettes Teil aus Gold, eine Art Siegelring. Sonst kein Schmuck.

Kurt hatte keinen blassen Schimmer, was man von ihm wollte. Eine Abreibung hätten ihm auch die Gorillas verpassen können. Vielleicht war es auch hier Langeweile. Der Typ schien ziemlich fest im Sattel zu sitzen. Und vielleicht wirkten die Drogen nicht so, wie er es wollte, oder er war zu sehr Geschäftsmann für solche Freizeitbeschäftigungen. Er nahm den Brieföffner in die Hand und schabte sich damit den Dreck unter den Nägeln raus. Als er die Hand wechselte, fragte er ohne aufzublicken mit ruhiger Stimme, was er sich eigentlich dabei gedacht habe, eines seiner Mädchen zu schlagen. Er runzelte die Stirn, als ob es darauf eine Antwort gäbe, die ihn zufrieden stellen könnte.

Kurt richtete sich auf und rieb aus sich heraus, dass er ein wenig allergisch reagiere, wenn man ihn abzieht. Wenn er so viel löhnen würde, wie sie ihm abgenommen habe, dann erwarte er mehr Programm. Viel mehr.

Zunächst keine Reaktion. Der Chef wischte die Spitze des Brieföffners an seinem Hosenbein ab und legte ihn wieder auf den Tisch. Nach einer Weile begann er zu lächeln. Was folgte, glich einem Bewerbungsgespräch. Was es denn mit seiner Stimme auf sich habe? Womit er sein Geld verdiene?

Mal hier, mal da.

Was mit Familie wäre?

Nichts.

Er hätte schon recht gehabt, im Prinzip. Wenn das die Runde mache, dass die Männer hier beklaut würden, dann wäre das schlecht fürs Geschäft, ganz schlecht. Besonders wegen des Internets. Sogar ein mickriger Vorfall wie dieser schlüge in den Freierforen sofort hohe Wellen. Das gäbe schlechte Bewertungen. Als hätten diese Wichser nichts anderes zu tun. Der Chef schien in einen regelrechten Redefluss zu kommen. Er erzählte von einem, der sich da »Johnny Long« nenne. Lächerlich! Wurde im Auslandseinsatz schwer am Bein verletzt und verfickt jetzt seine ganze Rente deutschlandweit, ja mehr noch. Wo der Typ sonst noch sein Geld herhabe, keine Ahnung. Vielleicht von einem Prinzen aus Nigeria. Beide lachten. Der Chef nur kurz. Dann wechselte er abrupt das Thema zurück zu Kurt und Lucia. Er schätze es, sagte er, wenn man die Dinge ohne den ganzen Internetwichs regle. Allerdings hätte es auch eine Methode getan, die etwas weniger Spuren hinterlasse. Die meisten Kunden hielten nichts davon, für eine Nutte mit Veilchen zu bezahlen. Da käme das schlechte Gewissen, moralische Bedenken, et cetera, pepe. Nicht alle, aber die meisten. Und das sei schlecht, sagte er und nahm wieder den Brieföffner in die Hand und ließ ihn zwischen den beiden Zeigefingern rotieren, indem er ihn mit einem Daumen immer wieder anstieß. Sein Blick streifte Kurt nur und er schien zu überlegen, wie es nun weitergehen solle, das Gespräch.

Kurt spannte die Muskeln an. Er sagte sich, dass er auf alles gefasst sein müsse bei diesem Kerl, doch er wollte sich nichts anmerken lassen. Nur kleine Bewegungen, die Füße so platzieren, dass er sich schnell abstoßen und ausweichen konnte, falls ihm der Typ mit diesem Ding an die Gurgel wollte.

»Nun gut, es ist, wie es ist. Ich glaube, die Kleine hat ihre Lektion gelernt. Die Kohle darf sie behalten, quasi als Schmerzensgeld. Du kannst es aber bei ihr abficken, wenn du willst.«

»Abficken«, das war das Wort, das er benutzte.

Er blickte Kurt direkt in die Augen, wobei jedoch sein Gesichtsausdruck blieb, wie er war, undurchdringlich, gelangweilt, ja fast müde, als wüsste er nichts mehr von den Scherzen eben. Das war kein Vorschlag, das war ein Urteil.

Und Kurt nahm es an. Ja! Sie kann das Geld behalten. Und ja! Er würde es abficken. Dass sie darauf wohl keine große Lust haben würde, war ihm klar und diese Gewaltsache gab ihm normalerweise auch keinen extra Kick, doch sie hatte sich diese Suppe selbst eingebrockt! Jetzt musste sie sie auch auslöffeln. Sie würde ganz handzahm sein und ein kurzes Gefühl der Macht wogte in Kurt auf. So etwas war für Geld nicht zu kaufen. Der Typ imponierte ihm.

Dann öffnete der Chef eine Schublade und zog eine Sprühflasche hervor: »Schreib deine Nummer auf. Ich melde mich, wenn ich kleinere Jobs für dich hab. Und dann wischst du alles sauber, und zwar gründlich! Den Stuhl und den Schreibtisch. Die Tücher wirfst du draußen in den Müll. Ich hab keinen Bock, dass dein Blut hier überall klebt.«

Ein paar Wochen später rief man ihn tatsächlich an. Er ging wieder ins Büro, nachdem er für einen Augenblick davor hatte warten müssen. Als man ihn hineinrief, standen alle bis auf den Chef auf und ließen die beiden allein.

Sportwetten. Darum ging es. Im großen Stil galt es, das Risiko zu streuen, das Gemauschel zu vertuschen. Don Ante war allen eine Warnung gewesen. Kurt musste Wetten abgeben in Büros über die ganze Stadt verteilt und noch weiter. Ergebniswetten, Kombiwetten, Wetten auf die Anzahl der gelben Karten, auf Blutgrätschen mit Rot, auf den Halbzeitstand, in der Regionalliga, in der A-Jugend, manchmal auch Bundesliga oder Trabrennen, nur so zum Spaß. Es gab einen großen Plan, wann er wo wie viel auf was setzen sollte und welche Läden für eine Zeitlang brachlagen.

Die ersten Monate hatte Kurt einen Aufpasser dabei. Dann ging es auch ohne, weil der Chef ihm genug vertraute, dass er sich nicht mit den zweitausend Scheinen abseilen würde, die er ihm Woche für Woche anvertraute. Wenn doch, dann ... Und der Daumen fuhr über den Hals. Keine Sekunde hätte er daran gedacht. Das war die beste Zeit für ihn. Kurt ging mit breiter Brust durch die Welt. Kurt, die Made im Speckmantel. Was als Zubrot begonnen hatte, wuchs immer mehr an, auch weil er bald blickte, welche Wetten sich lohnen und welche nicht. Er rief dann einen ehemaligen Kollegen aus dem Schlachthof an, der platzierte die Wetten für ihn und man teilte sich den Gewinn. Und dann war da das Wichtigste, die Frauen. Er musste zwar immer noch zahlen, aber nur noch einen Bruchteil. Es war billiger, als gut essen zu gehen. Fünfundzwanzig Frauen aus vier Kontinenten. Australien fehlte. Nordamerika auch. Und keine hatte je Nein gesagt. Neue kamen, blieben ein paar Wochen, gingen wieder. Und auch Lucia war irgendwann verschwunden. Dafür kam Monique, wahrscheinlich Monica aus Temeswar, die ihn auf eine Weise ansah, dass er nur noch zu ihr ging. Bei ihr hatte es nichts Geschäftsmäßiges. Sie wechselte nicht die Stellungen nach Schema F, sondern tat das, worauf sie Lust hatte. Sie schlang ihre Beine um ihn und verschränkte sie hinter seinem Rücken. Sie küsste ihn und ließ nicht mehr los, bis ein Kranz von Adern und Sehnen an ihrem Hals aufschien und beide kaum noch Luft bekamen. Einmal biss sie in seine Schulter, nahm dann mit einem Ruck die Hände vor den Mund, weil sie keine Spuren hinterlassen durfte für die Ehefrauen. Sie lachten und kugelten sich im Bett.

Das war wirklich die beste Zeit seines ganzen Lebens gewesen. Es entstand ein wohlig warmer Knoten in seinem Magen, jedes Mal wenn er an sie dachte, doch das hielt nicht lang. Denn der Eisenkurt, der hat Ehre im Leib, der trägt keine Waffen! Und dass er so viel Ehre im Leib hatte, dass er glaubte, nur mit zwei Fäusten durch diese Welt gehen zu können, das war sein Hemmschuh. Das war ihm damals in diesem kalten Winter vor vier Jahren aufgegangen wie eine Wunde.

Er hatte sie erst nur von hinten gesehen, aber sie nicht erkannt. Sie hatte sich nicht umgedreht, als er hereinkam. Nur der Chef blickte ihn aus ausdruckslosem Gesicht an, nachdem er den Knopf eines Wasserkochers heruntergedrückt hatte, der unter dem Bild hinterm Schreibtisch stand. Kurt wollte schon wieder gehen und draußen warten, aber er wurde zurückgerufen, man sei gleich fertig und er solle sich doch solange einfach dort drüben hinstellen. Mit einer kurzen Bewegung des Kopfes wies ihm der Chef seinen Platz an. Dort sah er Monique von der Seite, der schwarze Tränen über das Gesicht liefen. Monique, die zitterte und den Rotz in ihrer Nase hochzog. Monique, deren Hände matt im Schoß lagen, wo sie ein durchweichtes Taschentuch zerpflückte. Kurt verstand nicht. Seine Augen suchten nach einer Erklärung im Gesicht des Chefs, im Gesicht des Mannes, der neben ihr und ihm gegenüberstand, den er zuvor noch nie gesehen hatte.

»Mach deinen Mund auf«, sagte er.

Monique, die sich weigert, die schluchzt und sich windet im Stuhl, als ihr der Lauf einer Pistole gegen die Schläfe gedrückt wird, während Kurts Hände statt zur Gurgel des Mannes bloß an die heißen Rippen des Heizkörpers gingen, an dem er lehnte. Er drückte zu und sah Monique, die auf den Wasserkocher schielt, aus dem es sprudelt und dampft, und die ihren Mund noch immer nicht aufmachen will. Monique, die heftig in ihrem Stuhl zusammenzuckt, als der Chef aufspringt und schreit, dass sie endlich ihr scheiß Maul aufmachen soll. Ihre sich zitternd öffnenden Lippen, ihre aufgerissenen Augen, als eine Hand ihren Kopf an den Haaren nach hinten zieht und eine andere Hand ihr den Lauf der Pistole in den Mund zwängt, um ihre Kiefer weiter aufzuspreizen. Monique, die ihre Augen schließt, als der Wasserkocher über ihren offenen Rachen gehalten wird.

»Na Monique, du kleines Blasebalg? Wir werden dir doch nicht dein Maul verbrühen, oder?«

Dem Kurt dreht sich der im Bier schwimmende Fisch im Magen um, wie er durch die Straßen läuft, weg vom Pornokino. Er wünscht sich zurück in diesen Winter vor vier Jahren, als es in den Nasenhöhlen zu gefrieren schien, wenn er einatmete. Hustend krümmt er sich nach vorne. Es kommt etwas Schleim, auch der Lachs rutscht nach oben, doch er zwickt die Augen zusammen und schluckt es sauer wieder hinunter.

In Kurt brach auch damals der Damm nicht. Nein, in Kurt brach der Damm nicht! Kurt ist aus Eisen, das wird erst müde, bevor es bricht. Und da stand einer, der hatte Zement in seiner Hand, und der Chef, der hatte Wasser zum Anrühren. Die zementierten ihn so weit hin, dass er mitansehen konnte, wie der Typ ihr mit der Faust ins Gesicht schlug und sie bewusstlos aus dem Zimmer schleifte. Und obwohl Kurts Hände den heißen Heizkörper umklammerten, als galt es, ihn auszuwringen, drückte sich kaltes Wasser aus jeder Pore seiner Haut. Die Tür fiel zu, der Chef sagte was. Der Chef sagte was und hielt ihm einen Zettel hin.

Kurt sagte: »Ja«, ohne zu wissen, wozu, und nahm den Zettel in seine blutleeren Hände. Ihm wurde kein Haar gekrümmt. Er hatte einen Zettel in der Hand, aber verstand nichts mehr. Immer hatte er draußen warten müssen, immer! Das musste auch gegen ihn gerichtet sein. Eine Warnung? Ein Streifschuss vor den Bug? Die Nutten sind nur zum Ficken da! Er hat keine Erinnerung mehr an die Minuten danach. Er musste in sein Auto gestiegen sein, beide Fenster geöffnet haben, gefahren sein, über Ampeln hinweg, auf den Parkplatz eines großen Supermarkts. Der Motor lief und lief, er wusste nicht, wie lange schon. Und auch damals wollte er sich schon zurückwünschen, eine halbe Stunde lang, und dem Chef den Brieföffner in den Hals stechen. Vielleicht war es das Beste, sofort umzukehren und es einfach zu tun? Aber damit könnten sie rechnen, und dann wäre er es, der ins offene Messer rennt. Vielleicht war es nur Zufall? Schließlich saß Monique schon länger da. Er müsste mit ihr reden können, aber das war unmöglich, das wusste er. Sie würden sie fortschaffen. Hatten es bereits getan. Er würde sie nie wiedersehen. Und plötzlich war diese riesige, undurchschaubare Mechanik, die ihm die Frauen rangeschafft hatte, nicht mehr harmlos, nun da sie sich gegen ihn richtete. Aber tat sie das überhaupt? Vielleicht wollten sie ihn testen? Wollten sehen, ob er zu den Bullen geht? Vielleicht war es eine Art Vertrauensbeweis, ein kranker? Vielleicht gehörte er jetzt dazu, wenn er die Füße stillhielt?

Aber es gab eine Grenze, und die verlief ganz woanders!

Er würgte den Motor ab. Er atmete, als wäre er gerade von der Vaterhand unter Wasser gedrückt worden, erst im Spiel, dann, um ihm zu beweisen, wer der Stärkere war, sodass er den Reglosen spielte, bevor es ernst wurde, und damit die Hand ein Einsehen hatte.

Es hatte wieder zu schneien begonnen, ganz leicht, nur einzelne Flocken wehte es herein, auf seine Wange, in seinen Schritt, und dann brach es doch aus ihm heraus, nur kurz, und er schlug auf das Lenkrad ein, schrie und riss daran, als wollte er es aus seiner Verankerung brechen. Er hätte es zerbeißen mögen. Kurt kramte in seinen Hosentaschen nach dem Zettel des Chefs. Er suchte im Fußraum, unter dem Beifahrersitz, alles umsonst. Er hatte ihn verloren, vielleicht auf dem Parkplatz. Irgendwo lag jetzt weißes Papier auf weißem Schnee, und er hatte ihn nicht gelesen. Er lehnte seine Stirn an das kalte Leder des Lenkrads und schloss die Augen. Noch einmal sah er alles vor sich ablaufen, das rote Lämpchen, das erst erlosch, nachdem der Wasserkocher schon viel zu lange zitternd brodelte. Die Klinge des Brieföffners, die statt im Muskelfleisch im Stiftehalter steckte. Moniques bebende Unterlippe. Es war aus. Er wollte nicht mehr. Er konnte nicht mehr so im Wagen sitzen bleiben, auf einem Polstersessel. Er musste raus, musste den Wind, die Kälte spüren, die Welt unter seinen Füßen. Mit seinem Gewicht das Wasser aus dem Schnee pressen. Kurt zog die Jacke zu und sah sich um, ob ihm auch keiner gefolgt war. Dann ging es vorwärts, querfeldein mit jedem Schritt. Durch Hecken, über Gleise und Straßen, über Matsch und frischen, unberührten Schnee.

Er ging direkt zum Bahnhof, auch weil sie wussten, wo er wohnte. Welchen Zug er nahm, war ihm egal, Hauptsache er war weiß. Es war das erste Mal, dass es ihm schwerfiel, etwas hinter sich zu lassen. Bis heute Morgen hatte er sich noch so etwas wie eine Zukunft vorstellen können. Eine Zukunft, die im Wesentlichen darin bestand, dass alles so blieb, wie es war. Er hatte sogar gedacht, dass es immer besser werden würde, dass Monique bleiben würde, dass sich vielleicht was daraus ergab.

In der Scheißhauskabine des ICE Richtung Endstation Reißleine bekam er dann das Zittern, als er sich im Spiegel sah und sich eingestehen musste, dass er doch nicht aus Eisen war, sondern davonlief, die feige Sau. Und weil er was zum Festhalten brauchte, weil die Angst begann, Angst um Monique und ob das erst der Anfang für sie war, weil er sich ja nun aus der Schusslinie gestohlen hatte, zog er die fünf Schnäpse hervor, mit denen er sich am Bahnhof noch eingedeckt hatte. Vier kamen zunächst im Waschbecken zum Liegen, den Inhalt des fünften kippte er in einem Zug.

An der Endstation schließlich, wo das Gewackel des Wagens endlich ein Ende hatte, hatte Kurt immer noch Durst, sah er noch viel zu klar. Er schwamm im Strom der Leute mit und es war nicht weit bis dahin, wo es golden leuchtete, wo man sich zusammendrängte unter roten Heizstrahlern wie gerade geworfenes Vieh.

Kurt war aufs Vergessen aus, aufs Betäuben, damit das Zittern verschwand, aufs Unterspülen von dem, was die zwei Typen heute in ihn hineinzementiert hatten. Und er spülte lange und gründlich, bis der Damm dann doch noch brach. Er hatte das Gefühl für Zeit verloren, das Gefühl, wie viel er schon intus hatte. Er sprach schon mit sich selbst, lallte was von blutroten Bildern, von Verbrühungen und Siegelringen und Wettskandalen, von denen noch kein Mensch hier am Stehausschank gehört hatte. Und weil es so schön in der Hand lag, hielt er das Weizenglas fest umklammert, selbst als er ziellos durch die verwaisten Gassen stolperte, über den Marienplatz, durch den Tunnel unter dem alten Rathaus hindurch, wo ein paar Penner campierten, rüber zum Viktualienmarkt. Dort geschah es, im Dunkeln zwischen Kirche und verwaisten Marktständen, dass er mit einem von dieser Sorte zusammenstieß. Der Typ erschrak und begann dann so zu lachen, dass er fast vornüberfiel. An Kurts Ärmel musste er sich festhalten, viel zu lange, mit seinen dreckigen Händen, dieser scheiß Penner, der an der Flasche wie an der Nabelschnur hing und es nicht fertigbrachte, sich zu waschen, dieser stinkende Haufen Müll, was fiel dem ein, ihn anzufassen?

Kurt riss sich los, und im Weitergehen hörte er ein »Nichts für ungut« und noch etwas, das er nicht verstand, und seine Hand schloss sich fester um das Glas. Er war jetzt ganz ruhig. Es hatte sich ausgezittert! Mit schnellen Schritten holte er den Penner ein, packte ihn an der Schulter und riss ihn herum. Einen Augenblick später war das Glas schon am Schädelknochen zerbrochen und hatte die Haut zerschnitten wie eine Pflugscharre hat es das Fleisch von der Oberlippe bis zum Auge kurz umgeklappt.

Blind vor Zorn schlug Kurt noch einmal zu, erst dann ließ er das Glas fallen und den Kragen los. Und als der Penner dumpf zu Boden sackte, als das Blut aus Hals und Gesicht stürzte, sich in den lockeren Schnee fressend, erschrak Kurt vor sich selbst.

Heute war ihm ein Glas zwischen die Finger gekommen, er wusste nicht, wie, heute hatte es einen erwischt, er kannte ihn nicht. Heute hatte einer büßen müssen für einen anderen, der außerhalb seiner Reichweite lag. Das hatte Kurt nicht gewollt. Was er jetzt wollte, war, die Zeit zurückdrehen. Eine Zwecklosigkeit wollte er an diesem Ort, von dem er sich verpissen musste, so schnell wie möglich. Schon lief er und zog die Kapuze seiner Jacke über den Kopf. Dann hastete er zurück und raffte die Scherben zusammen und den Geldbeutel, der auf dem Boden lag, um den Kopf aus der Schlinge zu ziehen. Er floh in den Schneefall hinein, dieses Gottesgeschenk, der vor zehn Minuten eingesetzt hatte. Viele dicke Flocken, die versuchten, als wären sie Sägemehl, die Lache zu bedecken, und die seine Spuren verwischten, als er, das Zerbrochene und einen zerfledderten Lederbeutel in den Händen, um die erste Ecke bog und um die zweite und die dritte und immer weiter.

»Ausgerechnet kurz vor Weihnachten«

»Diese Tat erschüttert die Landeshauptstadt: Am Viktualienmarkt ist gestern Nacht ein Obdachloser Opfer eines äußerst brutalen Angriffs geworden. Sein Zustand ist kritisch. Vom Täter fehlt bislang jede Spur.

Die drei Freunde waren eigentlich auf dem Weg ins Glockenbachviertel, um dort in einem Club den Abend ausklingen zu lassen. Nachdem sie jedoch bei den Ständen des Viktualienmarkts einen in seinem Blut liegenden Mann gefunden hatten, war an Feiern nicht mehr zu denken.

›Die drei jungen Männer waren völlig aufgelöst, als sie auf unserer Dienststelle ihre Aussagen machten, und werden derzeit psychologisch betreut‹, sagte Wolfgang Adel, der Sprecher der Münchner Kriminalpolizei. Die Ermittlungen befänden sich noch im Anfangsstadium, sie gingen aber in alle Richtungen. Zum jetzigen Zeitpunkt sei noch nicht einmal die Identität des Opfers ermittelt, da keine Ausweispapiere gefunden wurden und der Mann noch nicht ansprechbar sei, so Adel. Die Polizei appelliert auch an die Bevölkerung, sich zu melden, falls in der Nacht auf Freitag um ca. 1 Uhr eine verdächtige Person rund um den Viktualienmarkt aufgefallen sei, womöglich blutbeschmiert.

Gerade in dieser Zeit, in der das Schenken und die Nächstenliebe im Vordergrund stehen, mache eine solche Tat besonders ratlos, sagte Erich Vosse, Leiter des Katholischen Männerfürsorgevereins. ›Die vielen Blumen, die am Tatort niedergelegt wurden, und das traditionell hohe Spendenaufkommen in der Adventszeit für die Menschen in unserer Gesellschaft, die eher am Rand stehen, zeigen aber, dass München eine Stadt mit Herz ist‹, so Vosse weiter, dessen Verein mit noch vielen anderen Unterstützern auch in diesem Jahr an Heiligabend wieder das traditionelle Festmahl für Menschen ohne festen Wohnsitz ausrichtet. Dort können fast 1000 Bedürftige an festlich gedeckten Tafeln Weihnachten feiern. Wahrscheinlich wird die Stimmung heuer aber von dieser unfassbaren Gewalttat überschattet, die einen aus ihrer Mitte getroffen hat.«

Karl weiß, was es geschlagen hat

Es geht sich schon ganz anders durch die Stadt mit solch einem Entschluss im Rücken. Weg von der Straße! Dieses Mal wirklich! Es sind genug Jahre vergangen. Karl setzt jetzt nicht mehr einfach nur einen Fuß vor den anderen, als wäre es ihm egal, wohin er geht, als könne er genauso gut ganz stehen bleiben, nein, jetzt hat er ein Ziel und einen Antrieb. Und fast ist er versucht, an eine Fügung zu glauben, als er drei Dosen Energy bei den Containern in der Arcostraße stehen sieht. Da hat wohl einer den Spruch »Pfand gehört daneben« befolgt, der direkt unter dem Einwurfloch für Alu und Metall klebt.

Es ist sowieso wie ein Schwarzes Brett an diesen Sammelstellen, nach der Rechnung: Wer seinen Müll trennt, hat wahrscheinlich auch einen Sinn für das Metaphysische und ist interessiert an dem Bibelkreis, der sich einmal im Monat trifft, denn »Gott schaut vom Himmel auf die Menschenkinder, daß er sehe, ob jemand klug sei und nach Gott frage.« (Psalm 53,3)

»N. W. A. – Nie Wieder Arbeiten!«

Daneben beim Grünglas ein Wahlaufruf: »Wählt van der Lubbe ins Parlament! Van der Lubbe: der einzige Mensch, der je mit ehrlichen Absichten ein Parlament betrat.« Karl schreitet die Container nacheinander ab, aber es gibt nichts mehr zu holen. Beim letzten weicht er einen Schritt zurück. Da hat einer mit einem dicken schwarzen Stift eine Guillotine hingemalt. Das abgeschrägte Messer des Fallbeils triefend vor Blut über dem Loch, durch das man wohl seinen Kopf stecken soll, wenn es nach dem Willen des Künstlers geht. Aus Neugier tippelt er auf den Zehenspitzen wieder etwas nach vorne, aber es ist doch nur zerbrochenes Glas darin.

Es tobt ein Kampf in den Straßen, auch wenn es keiner merkt, auch wenn ein Passant das Teil mit dem Handy abfotografiert. Er wartet lange, schaut dich an, wie weit du gehen wirst und ob du ihm den Gefallen tust. Irgendwann drückt er, das Gefühl einer verpassten Gelegenheit im Bauch, ab.

Vor der Tür der Teestube liegt ein Hund, auf die ganze Breite hingestreckt. Es ist der Mischling von der Mirjam, deren Lockenmähne die gleiche grauschwarze Farbe hat wie sein Fell. Normalerweise weicht sie keinen Millimeter von seiner Seite, sondern lässt sich das, was sie braucht, durch die Tür geben und hockt sich dann zu ihm auf den Boden. Karl steigt über das Tier drüber, das nur leicht den Kopf hebt, sich aber sonst nicht stören lässt.

Drinnen riecht es nach Essen. Eine Gruppe hat hinten in der Küche Fleischstücke scharf angebraten und sie löffeln jetzt Gulasch, während sie auf den Fernseher schauen. Es läuft ein Vorabend-Quiz mit Bommes, der wissen will, in welcher Stadt das Patentamt liegt, in dem der wohl berühmteste Physiker aller Zeiten, Albert Einstein, arbeitete, als er 1905 die Spezielle Relativitätstheorie aufstellte. 3000 Öcken ist die Frage wert.

»Bern«, sagt Karl und kassiert von seinen Kollegen ein anerkennendes Nicken. Weil er als Neuankömmling nicht bestimmen kann, dass sie auf Picard umschalten, ist ein Quiz nicht das Schlechteste fürs Warten. Und er muss warten, er muss immer warten, auch jetzt hinter Mirjam, für die Anmeldung fürs Büro, damit er auf die Liste kommt und offiziell warten kann.

Der Sozialpädagoge füllt gerade Wasser in eine Vase, denn Mirjam hat Blumen in der Hand. Einen ganzen Strauß mit transparenter Plastikfolie umwickelt. Mindestens vierzig Euro wert, würde Karl schätzen, wenn nicht mehr. Sie ist ganz selig und sagt, dass sie den Strauß neben einer Parkbank aus dem Müll gezogen hat. »Er wollte sich wohl versöhnen, doch sie hatte keine Lust dazu. Aber sowas Schönes wirft man doch nicht weg! Kann ich den eigentlich über Nacht hierlassen? Ich komme dann morgen wieder und kümmere mich darum.«

»Selbstverständlich, das ist überhaupt kein Problem«, gibt der Sozpäd zur Antwort und räumt irgendwelche Sachen wieder in den Schrank unter dem Tresen zurück, bevor er sich Karl zuwendet. Das Büro ist gerade belegt, aber Karl ist als Nächster dran. Also nur kurz warten, wahrscheinlich.

Er setzt sich und nickt Vincent zu, ein Riese von einem Mann, der immer seine drei bis vier Plastiktüten umherträgt, alle auf links gedreht. Wenn die wollen, dass ich für sie Werbung mache, dann sollen sie gefälligst zahlen dafür … ich bin doch nicht denen ihr Depp, sagt er und tut so, als würde man nicht trotzdem erkennen, welche Supermarktkette da so billig davonkommt. Neben ihm sitzt Salomon, der sich wie gewöhnlich hinter seinem Magazin versteckt. Anfangs hat Karl ihn für einen arroganten Schnösel gehalten, weil er nie zurückgegrüßt hat, bis bei ihm der Groschen fiel. Salomon ist so kurzsichtig, dass er andere erst knapp vor der Kopfnuss erkennt. Und seine Brille hat er wohl vor Jahren schon verlegt. Vincent gähnt stöhnend, was sich wie eine La-Ola-Welle durch die Stube ausbreitet bis zum Sozpäd vor.

Bommes fragt für fünf Riesen: »In welchem Verein begann der Kapitän des FC Bayern München und der Nationalelf, Philipp Lahm, als Kind seine Karriere?«

Die Kandidatin zieht weithin hörbar Luft durch ihre Zähne als Zeichen dafür, dass Fußball noch nie ihre Stärke gewesen ist, und muss passen. »Gern«, sagt Vincent und winkt ab. »Da bin ich aufgewachsen!«, empört er sich, als gehöre es deshalb zur Allgemeinbildung. Er haucht seine Brille an und zieht seinen Pullover als Putztuch zurecht.

Karl ist nur mehr halb bei der Sache, weil er seinen Entschluss selber bekräftigt. Das hier ist der erste Schritt in ein neues Leben – einer von vielen. Schritt für Schritt muss er denken, nur so wird es gehen. Er stellt sich sein Gegenüber vor, dem er sich offenbaren und den er mit ins Boot holen will. Man braucht Verbündete, wenn man der Freiheit der Straße entfliehen will. Er braucht jenseits des Amts einen festen Ansprechpartner, der sich seiner annimmt. Eine moralische Krücke. Frau Beyerl wäre ihm am liebsten. Sie stellt sich bei Verhandlungen mit dem Amt auch mal auf die Hinterbeine. Und es ist immer Verhandlungssache, denn den meisten

Beamten müsse man halt immer mal wieder klarmachen, dass es um Menschen gehe und nicht um die Statistik, sagte sie einmal. Vor ein paar Jahren hat sie vier Karten fürs Stadion gewonnen und ihn und Albert mitgenommen. Das war super! Zwölfte Reihe. Wie schnell das alles ging! Der Ribéry ist hin und her, als hätten die ihm was ins Müsli getan.

Vorne geht die Tür auf und Sabine Salaj kommt herein. Man sieht es ihr sofort an, dass sie wie immer ohne Umschweife loslegen wird. Sie klatscht in die Hände, um der Glotze die Schau zu stehlen, und beginnt dann mit ihrem Sermon, dass die Dürre uns alle angeht.

»Der Regenguss gestern hat überhaupt nichts gebracht!«, sagt sie mit geballter Faust, damit ihr die Stimme nicht wegbricht. »Lasst euch da nicht täuschen! Die Ernte ist jetzt schon hinüber! Die Preise werden steigen, und zwar für alles, auch für Bier! Und wir werden das als Erste spüren! Meint ihr, dass für uns noch groß gespendet wird, wenn alles teurer ist? Meint ihr, wenn es knapp wird, beginnt das große Teilen und Aufstocken der Tagessätze? Wir sind die Ersten, die hinten runterfallen werden, das verspreche ich euch! Wir werden hungern im nächsten Jahr! Wir werden uns abstechen im großen Verteilungskampf!«

Mit einem Schulterblick kontrolliert sie, ob der Thekendienst sie nicht packt und wieder zur Tür hinausschiebt, doch der kuckt nur schmallippig und lässt sie gewähren. Vielleicht ist es ihm der Mühe nicht wert, vielleicht kennt er ihre Predigt noch nicht. Sabine, eine magere junge Frau mit einem ziemlich dicken Ring durch die Nasenwand, geht einen Schritt nach vorn und setzt abermals an: »Ich fordere euch auf, aufzustehen und mit mir auf die Straße zu gehen! Und dann bleiben wir dort! Lasst uns zum Stachus marschieren und ihn lahmlegen! Lasst uns ein Zeichen setzen gegen diesen Wahnsinn! Was haben wir schon zu verlieren? Wollen sie uns etwa einbuchten?«

Sie blickt zu Boden und wendet sich zum Gehen. Sie wartet nicht, auch nicht vor der Tür. Sie wird weiterziehen und hoffen, dass auch so genug Leute kommen werden. Das geht jetzt schon seit mehreren Wochen so. Karl hat ähnliche Appelle bereits vier- oder fünfmal von ihr gehört. Als sie das erste Mal zur Blockade aufrief, saß Jürgen zufällig neben ihm. Der wollte natürlich unbedingt hin, war aber vom Ergebnis sehr enttäuscht. Nur eine Handvoll Hanseln stand vorm Königshof und wusste nicht so recht, was sie dort verloren hatten.

»Wann geht's los?«, fragte Jürgen. »Und wo ist überhaupt die Chefin?«

Keiner wusste es. Einer meinte, Sabine auf der anderen Seite, vorm Brunnen, zu sehen, doch da hat er sich getäuscht. Man lungerte noch eine Weile an der Tramhaltestelle herum, bevor man in den Botanischen Garten weiterzog. Später hörte man, dass sie tatsächlich auf die Straße gelaufen sei und sich hingelegt habe, allein. Das Ganze habe aber nicht lange gedauert. Die Polizei hat sich die Einsatzhandschuhe übergestreift und sie weggetragen. Dann ging es wohl direkt weiter nach Haar in die Psychiatrische. Lange hat man sie dort jedoch nicht behalten können. Es ist ja nicht so, dass sie jemandem was antun will, und das mit dem Auf-die-Straße-Legen macht sie natürlich nur, wenn die Ampel auf Rot steht. Sie ist ja nicht lebensmüde.

Keiner macht Anstalten, aufzustehen und Sabine zu folgen. Man bleibt auf seinen vier Buchstaben sitzen und duckt sich, wie man sich vor der Ordnungsmacht duckt. Niemand hier will ins Rampenlicht. Man kann Karl und Kollegen nicht zur Masse formen.

Karl, der schön langsam Hummeln im Hintern hat, steht jetzt auf und fragt, wer Dienst hat im Büro. Und wie lange es jetzt schon belegt ist, das könne doch nicht sein, andere würden schließlich auch warten! Der Sozpäd sagt, dass der Herr Kampel heute Beratungen macht und dass ihm da gerade noch was einfällt. Er schaut in einer großen Registermappe nach, Buchstabe M für Maurer, und ja, da ist ein Brief für ihn da, mit gelbem Zettel dran.

»Das trifft sich gut. Hier steht, dass ich Sie sowieso ins Büro schicken soll. Es hat was mit diesem Brief zu tun.« Der Mann reißt den Klebezettel ab und gibt Karl den Umschlag. Nur sein Name steht drauf, kein Absender, keine Marke.

Bommes fragt zum Warmwerden: »Welches Symbol war neben Ährenkranz und Zirkel Teil des Staatswappens der DDR?«

Der neue Kandidat, ein 1991 geborener BWL-Student verzieht das Gesicht. Er sei eh schon aufgeregt und habe nun eine Art Blackout. Er wisse die Antwort ... eigentlich ...

Während der Kandidat die Hände über dem Kopf zusammenschlägt, Schnitt auf den sich erbarmenden Bommes, reißt Karl den Umschlag auf. Ob es denn total weg sei, fragt der Quizmaster, oder ob er schwanke, ob es eine Tendenz gäbe.

»Hammer und Sichel«, sagt der Gefragte achselzuckend. Dies Bild habe er vor Augen, aber es sei nach einem Symbol gefragt, oder gelte das als ein Symbol?

Bommes wiegt den Kopf hin und her zum Zeichen, dass es schon in die richtige Richtung gehe. Den Rest bekommt Karl nicht mehr mit, weil er die Nachricht überfliegt. Sie ist von Lenz, was ihn fast betäubt, denn er weiß ganz genau, was es geschlagen hat.

NACHT

Die letzten Dinge

Lenz liegt da, im Staub, und rührt sich nicht.

Und in diesem Anblick eröffnet sich für Karl die ganze Gemeinheit der Welt. Schäbig ist sie und abgrundtief. Karl findet keine Worte dafür. Er weint nicht, schreit nicht, hat nur den Mund offen und atmet flach und schnell. Es ist ein Behelfsatmen, um stehen zu bleiben und sich nicht auf den kalten Boden zu legen wie Lenz. Karl schließt den Mund, zieht die Lippen zwischen die Zähne und beißt zu, als ob zumindest die Kiefer sich irgendwo zitternd festhalten müssten, wenn schon seine Hände schlaff an ihm herunterhängen, aus Scheu zuzupacken. Alles Greifbare hier ist kalt.

Karl, es gibt Menschen, ihre Zahl geht in die Millionen, Milliarden, die glauben an ein Schicksal. Es ist unabänderlich, es verläuft in groben Strukturen, Details sind Nebensache. Komm ich heut nicht, komm ich morgen! Du hast nicht die Kraft, mich aufzuhalten. Nur dessen kann man sich noch sicher sein. Es gibt Größeres, Dinge, die einem immer schon über den Kopf gewachsen sind.

Lenz liegt also da, im Staub. Eine Tatsache. Erbärmlich, und feige.

Da kommt nun also doch ein Gefühl. Man kann nicht nicht fühlen. Es ist Wut aus Enttäuschung, hauptsächlich auf Lenz, seine Sturheit, Verrücktheit. Eine solche Verrücktheit hat Karl noch nie gesehen. Doris Botts' Gesülze von der Gottesformel ist nichts dagegen. Alles null und nichtig im Vergleich zu Lenz, der auch die mindeste Sorge um sich selbst aufgegeben hat. Karl hat ihm wirklich helfen wollen. Er hat alles versucht, aber Lenz wollte nicht hören.

Jetzt liegt er da, im noch nassen Staub.

Karl lässt seinen Rucksack fallen, sinkt an der Tür zu Boden, sodass sich letzte Reste des gestrigen Regens in den Stoff seiner Hose saugen. Er trinkt. Setzt nicht ab, haushaltet nicht. Selbst als alles schon in seinen Mund gelaufen ist, wartet er noch auf die letzten Tropfen, die sich schon noch sammeln werden, wenn er nur genug Geduld hat.

Karl, du hast es deinen Schülern doch damals auch erklärt, mit einer Scherzwette, dass der Mensch nicht die Kraft hat für die letzten Dinge. Ich wette, du kannst die Flasche nicht so lange am ausgestreckten Arm halten, bis sie vollständig leer ist. Klar, nach ein paar Sekunden sind 99,99999irgendwas Prozent ausgekippt, aber der Rest, der bleibt. Oberflächenspannung, Oberflächenstruktur, Reibung, Adhäsion. Irgendwas will immer bleiben.

Er lässt die Flasche in seinen Schoß sinken, bevor er sie packt, am Hals, und in die Ecke wirft. Lenz rührt das nicht. Der liegt auf dem Bauch, den Kopf seltsam zur Werkbank gedreht. Neben ihm Decken auf dem Boden. Auch sie hatten halb in der Pfütze gelegen, als es noch eine war, die diesen Namen verdiente, und nicht mehr nur der dunklere Fleck. Auch der wird verschwinden. In dem großen Regal steckt ein Nagel, darauf ein beschriebener Zettel, dessen Weiß nicht in diese Hütte passt. Er muss von Lenz sein. Auch sein Rucksack liegt oben. Darum wird Karl sich später kümmern. Für den Moment bleibt er hocken und in den Seilen hängen. Sein Kopf ist leergespült, als hätte man die Windungen im Hirn auszementiert, begradigt, damit alles mit fortgerissen werden kann.

Er wird alles lassen, wie es ist, wird nicht dazwischenfunken, nirgends.

Er schaut sich die Dinge an, wie sie vor ihm liegen. Mit roten, tauben Augen Ausschau halten nach etwas, das es lohnt, danach Ausschau zu halten. Das hat er getan, wochenlang, nach Lenz. Jetzt ist es zu spät. Jetzt ist nur noch der

Zettel etwas wert, den Lenz für wert befunden hat, an den Nagel zu hängen.

Später. Nicht jetzt. Hier rennt dir nichts weg.

Die Zeit vergeht, es wird immer dunkler, und je weniger Karl erkennen kann, desto stärker zeichnen sich die Bilder in seinem Inneren ab.

Seine erste Begegnung mit Lenz. Reiner Zufall. Karl war schon vor Sonnenaufgang auf den Beinen und nahm sogar die Mühe des Aufstiegs auf den Luitpoldberg auf sich. Und oben auf einer Bank lag er. Wäre Lenz damals nicht so gut gelaunt gewesen, Karl hätte geglaubt, seine Frau hätte ihn in der Nacht vor die Tür gesetzt. An diesem Morgen sah er aus, als würde er gleich ins Büro gehen. Nur die Krawatte fehlte. Man fing zu reden an, ganz ungezwungen, ganz so, als säße man schon im selben Boot, während es im Osten dämmerte, die Stadt vor ihnen lag, noch schlafend, mit ihren Kirchtürmen, ihren Wohnblöcken und Baukränen und Heizkraftwerken und den Bergen dahinter. Man blieb gemeinsam sitzen, bis die ersten Leute kamen. Karl teilte sein Essen mit ihm.

Und jetzt liegt er vor ihm, dessen Umrisse denen Eisners ähneln. Das linke Bein leicht angewinkelt, der rechte Arm nach oben gereckt, nur dass oben nicht mehr oben ist. Und unweigerlich wühlt sich die Erinnerung an seinen ersten Toten hervor. Sein eigener Vater. Zwei Wochen nach seiner Erstkommunion hatte er den Anzug schon wieder an, schritt schon wieder über den Friedhof, alle Augen, auch die der Freunde und Klassenkameraden, die letztens noch festlich gekleidet neben ihm gestanden waren, auf ihn, seine Mutter und seine Schwester gerichtet. Seine starrten auf den Stein mit der Inschrift, FAMILIE MAURER, auf die Kiste aus braun lackiertem Holz, in der sein Vater lag und in das grün ausgekleidete Loch hinabgelassen wurde, während seine Mutter ihn an den Schultern packte und an sich drückte, während er seine Hände für sie mit faltete, wie man es ihn gelehrt hatte und wie er es bei den anderen sah. Sie wimmerte und drückte zu, als fürchtete sie, auch er könne sie im Stich lassen. Es tat ihm weh. Normalerweise hätte er sich herausgewunden, doch er hielt dem Schmerz stand. Er wollte sie spüren, ihren Bauch an seinem Kopf, wollte zwischen ihr und diesem Loch stehen, als Anker, als Bremsklotz.

Karl hatte die Flasche eindeutig zu früh weggeworfen. Er hätte warten sollen, bis sich noch ein kleiner Rest am Boden gesammelt hätte. Dann hätte er noch mal ansetzen können. Aber so … Er kramt die Taschenlampe aus dem Rucksack hervor und steht auf. Er nimmt den Zettel vom Regal und hält ihn in den Lichtkegel. Es dauert etwas, bis er kapiert, was da steht. Wacklige Druckbuchstaben, zum Teil fehlt der Abstand zwischen den Wörtern. Er legt den Zettel auf die Bank und streicht das Loch glatt, das der Nagel ins Papier gerissen hat. Er liest was von einer Wohnung und einem Schlüssel. Er liest es noch einmal, bevor er zögerlich die Taschenlampe erst auf den Rucksack, dann auf Lenz richtet. Der Lichtschein wandert von den Beinen hin zum Kopf, und erst jetzt sieht Karl den Hammer aus dem halboffenen Mund seines Freundes ragen. Der Griff ist voller Blut, neben dem Mund ist eine kleine Lache, längst eingetrocknet. Er löscht das Licht und hält sich in der doppelten Dunkelheit der geschlossenen Lider an der Werkbank fest, damit es ihn nicht dreht.

Lenz muss den Hammer im Mund gehabt haben, als er sich hinabstürzte. Der Aufschlag hat ihm den Stiel tief in den Rachen getrieben.

Karl versteht das nicht. Muss sich eingestehen, Lenz noch nie verstanden zu haben. Sein Magen krümmt sich, als er in die Knie geht und den erstarrten Körper des Freundes berührt. Er zuckt zurück, überlegt, ob er die Taschenlampe wieder einschalten soll, lässt es lieber bleiben. Die Laterne oben am Gleis ist hell genug, und mehr muss Karl nicht sehen. Er dreht Lenz um. Oben auf dem Gleis kommt ein Zug und durchschneidet das schmale Lichtband, das auf die Werkbank und die Tür fällt. In diesem Flimmern und Sausen tastet Karl die Brust ab und zieht tatsächlich einen Schlüssel aus der Tasche. Er merkt gar nicht, dass sein Atmen längst dem Zug folgt, er ballt die Faust ums Metall und steigt über Lenz hinweg, zurück zur Tür, aus der er sich jetzt schnell davonstehlen könnte. Es wäre so leicht. Doch es zwingt ihn in die Knie, da dieser Zug offenbar so viel Luft vor sich herschiebt, dass ihm hier unten keine mehr zum Atmen bleibt. Karpfengleich schnappt er nach ihr, immer schneller, doch es hilft nichts. In seiner Brust eine Ambossenge, die er nicht loswird. Es packt ihn der Schwindel, es flimmert vor seinen Linsen wie von tausend verglühenden Würmchen. Er muss sich auf den kalten Boden legen, damit er auch noch den letzten Willen seines Freundes begreift.

Karl, dir steht noch Arbeit ins Haus.

Und während oben der Nachhall des Zuges verklingt, lässt ihm die Überatmung das Bewusstsein schwinden.

Zettel aus dem Zettelwust von Lenz

Solange ich lebe, werde ich hoffen, daß man eines Tages in den Zeitungen lesen wird, daß die Bänder stillstehen. Überall auf der Welt, alle am selben Tag. Und niemand wird wissen, warum. Es gab keine Ankündigung eines Streiks, keine Forderungen nach besseren Löhnen, nichts. Die Arbeiter sind einfach nicht aufgetaucht. Vom Putzdienst über die Ingenieure bis hinauf in die Chefetage, niemand ist da. Keiner ist zu einer Stellungnahme bereit. Eine Mauer des Schweigens, die sich über den gesamten Globus erstreckt. Und weil nur die Rüstungsfirmen davon betroffen sind, wird man ein Komplott wittern. Militär wird aufmarschieren. Doch was wollen sie tun? Die Fabrik beschießen? Weil es auf der ganzen Welt passiert, können sie den Ingenieuren nicht die Pistole auf die Brust setzen.

Sie sind nicht vom Feind gekauft! Der Feind ist ebenso bankrott wie man selbst. Airbus, Heckler und Koch, Krauss-Maffei Wegmann, Boeing, Lockheed Martin und wie sie alle heißen. In keinem Land der Welt wird ab diesem Tag mehr Munition gefertigt.

Und nach einigen Tagen wird es eine Verlautbarung geben, in jeder Sprache der Welt:

Wir wollen eine neue Art des Krieges!

Jede Kugel, die von nun an abgefeuert wird, wird tatsächlich das Verlustgeschäft sein, das sie ist!

Wer aber ist dieses »Wir«? Niemand weiß es. Von Verschwörung ist die Rede.

Es ist alles im Stillen passiert. Es waren keine Parteien oder Friedensverbände. Es geschah alles im kleinsten Kreis. Die Kinder waren es! Nur sie konnten das erreichen! Nach und nach sickert es durch, die Arbeiter beginnen zu erzählen, als sie sehen, daß in allen Ländern das Gleiche passiert. Die Kinder müssen sich organisiert haben, werden sie sagen. In geheimen Foren. Wie genau, das wüßten sie nicht. Aber in der Nacht bevor es losging, kamen sie in unser Schlafzimmer herein und weckten uns. Und als wir fragten, ob etwas passiert sei, zeigten sie uns das Messer, das sie hinter dem Rücken versteckt hatten. Unsere eigenen Kinder! Wir sprangen sofort auf, aber sie nahmen das Messer und drückten es sich an den Bauch. Wir sollen wegbleiben, sagten sie, nein, sie schrien es! Sie zwangen uns, auf die andere Seite des Bettes zu gehen, sie hätten uns etwas zu sagen, sagten sie. In aller Ruhe, dann werde auch nichts passieren.

Ich weiß, was ihr tut, sagten sie. Ich weiß, daß ihr es für mich macht. Damit ich es einmal besser habe, damit ich in Sicherheit leben kann. Ich will diese Sicherheit aber nicht! Nicht so! Ich will nicht, daß ihr damit den Grundstein legt für meine Zukunft. Zur Verteidigung, sagt ihr. Wir stellen es her, damit es nicht zum Einsatz kommt, sagt ihr. Aber das tut es, immer und immer wieder. Ihr entwickelt es dann weiter und verkauft es, damit die Sicherheit weiterhin garantiert ist, hier bei uns. Ich will, daß das aufhört. Ich weiß, daß ich euch nicht drohen kann. Ihr seid stärker. Aber ihr sagt auch, daß ihr mich liebt. Und genau das ist meine Drohung! Mehr habe ich nicht, aber es wird reichen, weil ich es ernst meine. Ihr könnt mir das Messer heute vielleicht wegnehmen, ihr könnt mich festbinden und in die Klapse stecken, aber morgen? In einem Monat? Ihr verliert mich in jedem Fall. Die Zeit wird gegen euch arbeiten. Und ich verlange nicht viel, nur daß du aufhörst, in dieser Firma zu arbeiten. Mach etwas anderes!

Du fragst, wie ich mir das vorstelle. Das Ganze sei viel zu kompliziert und du ein viel zu kleines Rädchen im Getriebe! Du schreist es heraus, weil du bis eben noch geschlafen hast und jetzt vollkommen überfordert bist.

Ich nehme die Messerspitze kurz von meinem Bauch und deute auf das Telefon, das auf dem Nachtkästchen liegt. Ruf deine Kollegen an! Sie warten schon. Sie werden es dir erklären.

Du sagst, das sei doch ein Witz. Außerdem sei es mitten in der Nacht! Aber schon erschrickst du, weil es klingelt. Ungläubig nimmst du ab. Und dann erfährst du die Wahrheit. Ich bin nicht allein! Und du wirst es auch nicht sein!

Dieses tausendfache Aufblitzen der Messerklingen unter dem Schein der Nachttischlampen, das wird der Startschuß gewesen sein!

TAG

Davon, dass die Leiden vorüber waren, kann keine Rede sein

Zuletzt hat der Aushilfstankwart Michael Gebler sich wegen seiner Untätigkeit so geschämt, als er voriges Jahr auf einer Party in einer Hütte am Waldrand seines Heimatdorfes war. Zunächst war alles ganz normal. Das Bier war billig, es gab ein Feuer, Wodka-O und Wodka-Bull und die CDs hatten Kratzer. Und irgendwann, als jeder schon breit war und keiner mehr so richtig achtgab, fingen ein paar an, den Hitlergruß zu zeigen und im Suff ein Lied nachzugrölen, dessen Text er kaum verstand, vom Refrain abgesehen: »Kreuzberger Nächte sind lang.« Er sagte nichts. Unternahm nichts. Wie alle anderen auch, die nicht mit einstimmten. An der Bar sah er die Glatzen, die er alle kannte, mit denen er Fußball gespielt hatte oder in der Schule war. Sah den Stapel CDs. Stahlgewitter. Zillertaler Türkenjäger. Die Originale, keine gebrannten Kopien. Und er sagte wieder nichts, sondern machte gute Miene zum Faschospiel. Er war wie gelähmt. Sie lähmten ihn immer, egal ob er die neuen oder im Fernsehen die alten sah, ihre Stumpfheit, ihre Skrupellosigkeit. Ein Bild hatte sich bei ihm eingebrannt, das ihm immer wieder vor Augen schwebte und ihm den Stecker zog. Nicht die Leichenberge, nicht die Haut-und-Knochen-Menschen hinter den Zäunen der Lager, nicht das dreckverschmierte Mädchen im roten Mantel, das auf dem Karren lag, das Bild, das am tiefsten drang, zeigte das Verscharren der Leichen. Ein Mann mit Mütze und dicken, aus seinem Unterhemd ragenden Oberarmen zog sie von der Ladefläche eines Wagens herunter, trug sie einige Meter bis zum tiefen Erdloch, das weiter hinten im Bild schon zugeschüttet wurde. Es ging wie am Fließband. Und dann packte dieser Mann eine Frau am Arm, zog sie aus dem Haufen heraus und schulterte sie, wie man ein Reh schultern würde, und er drehte sich und ihre Gesäßknochen ragten spitz in die Luft und dazwischen, ganz eingefallen, ihr After, ein Wort, das er sonst nie benutzen würde, aber er hatte nach einem Wort gesucht, um das zu bezeichnen, was er sah, dieses verrenkte, ganz und gar der Schwerkraft überantwortete Gerippe dieser nackten Frau, deren After kurz in den Himmel wies, bevor auch sie wie eine Gelenkpuppe die Grubenwand hinabrutschte.

Immer lähmten sie ihn, und er schämte sich dieser Lähmung.

Und auch jetzt hält er die Klappe, obwohl er vielleicht etwas sagen sollte, obwohl er hinter seinem Tresen ja eine Autoritätsperson ist. Doch er sieht nur zu, wie der Obdachlose mit dem Saufen nicht einmal wartet, bis er aus der Tanke raus ist. Sofort nachdem er das Geld mit seinen dreckbraunen Händen in die Schale gelegt hatte – zwei Zwanziger –, drehte er sich weg und Michael hörte nur das Brechen des Schraubverschlusses. 1 l Jägermeister. Es ist erst kurz nach 6 Uhr und der Likör läuft ihm den Hals hinab wie Wasser und Michael schaut einfach nur. Ihm kommt kein Wort über die Lippen, nur die Augenbrauen wandern etwas höher in die Stirn.

Nachdem der erste Notdurst gelöscht zu sein schien, stöhnt der Kerl auf und wankt ein paar Schritte Richtung Tür, bei denen Michael Angst hatte, er würde ins Zeitschriftenregal krachen. Aber auch da hebt er nur stumm den Arm hinter seinem Tresen, als könne er ihn per magischer Fernwirkung auf den Beinen halten. Man müsste dem Mann helfen, man müsste ihm irgendwie gut zureden, aber weil er nicht weiß, was und wie, hält er sich an das Skript, das er kennt, und moniert bloß, dass er die Flasche noch einscannen müsse. Die Rollen sind ganz klar verteilt. Er ist der Verkäufer. Und der Verkäufer muss verkaufen. Was hätte er tun sollen? Ihm das Zeug wegnehmen, weil er obdachlos ist? Ihm sagen, er solle maßvoll genießen, weil Alkohol die Probleme nicht löse? Das ist ein erwachsener Mann. Er kann tun und lassen, was er will, sofern er ihm hier nicht umkippt. Das wäre der Abschuss.

Als neue Aushilfe kriegt Michael die Schichten, die sonst keiner will. Die Frühschicht am Sonntag ist die unbeliebteste, weil bis 11 Uhr fast nichts los ist und es deswegen kaum Trinkgeld gibt. Ihm ist das ganz recht. So kann er neben den Vorbereitungsarbeiten seine Notizen noch einmal durchgehen. Morgen ist Klausur angesagt. Einführungskurs Neuere deutsche Literatur. Man sagt, dies sei die schwerste Prüfung bis zum Examen. Ein Teil ist Multiple-Choice, dann ein paar Fragen zur Literaturgeschichte und -theorie sowie zu rhetorischen Figuren. Und schließlich ein kurzer Essay über ein im Kurs gelesenes Buch. Es waren so viele, mit zig Reclam-Bändchen ging es durch die Jahrhunderte. Nur mit »Mut zur Lücke« war das zu bewältigen. Doch letzte Woche bekam er von Anna den entscheidenden Hinweis, auf den er sich seitdem stützte. Ihr Vater, Prof. an der HU, überlegt für so ein Klausürchen doch nicht lange. Einfach die Publikationsliste ziehen, Diss- oder Habil-Thema, oder den letzten Aufsatz mit der Seminarliste vergleichen, fertig ist die Laube.

Tatsächlich gab es eine Übereinstimmung: Den Armenadvokaten Siebenkäs von Jean Paul. Neben dem Ersten Blumenstück war der Namenstausch zwischen Siebenkäs und seinem Freund Leibgeber das Hauptthema.

Und da steht er nun, Michael Gebler, der Aushilfstankwart mit der Sonntagsschicht, der Glatzenduckmäuserich, der Jungstudent vom Lande, hinter seinem Verkaufstresen, und seine Erinnerung an die Faschos verfliegt bei dem Gedanken daran, was jetzt alles passieren könnte und was morgen auf ihn zukommt. Er sieht den Typen schon kotzen, stolpern und Visage voraus ins Scheibenklar-Regal stürzen, er sieht sich schon den Notarzt rufen, doch zum Glück fängt sich der Typ und hält sich an der Tiefkühltruhe für mehrere lange

Atemzüge fest, bevor er weiter Richtung Tür schwankt. Das mit dem Einscannen scheint ihn jedenfalls nicht zu interessieren.

»Ich glaube, Sie bekommen noch Geld raus! Vierzig ist viel zu viel!« Selbst für eine Tanke. Michael nimmt die Scheine, die sich anfühlen wie Sandpapier. Selbst am Geld klebt der Dreck.

Keine Reaktion. Er hätte gedacht, wenigstens das würde ziehen, doch der Typ scheint ganz andere Sorgen zu haben. Seine Hose steht vor Dreck. Als hätte er die Nacht in einem Erdloch geschlafen. Noch bevor er die Türschwelle überschreitet, setzt er die Flasche erneut an. Michael beobachtet ihn, wie er zwischen den Zapfsäulen hindurchgeht, und ist erleichtert, dass weit und breit kein normaler Kunde zu sehen ist, der ihm ein noch schlechteres Gewissen machen könnte. Er wartet einen Augenblick, dann hakt er es innerlich ab. Die Sache ist gelaufen. Er geht hinter zum Schnapsregal und nimmt eine Flasche Jägermeister heraus. 32,99 Euro. Über sieben Euro Trinkgeld. Und das von einem, den er nicht einmal mit der Wurstzange anfassen würde und der es sicher nötiger hat als er. Er zählt das Trinkgeld heraus und lässt die Münzen klirrend in den weißen Kaffeebecher fallen, der dafür neben der Scanpistole steht. Vom Aufkleber auf der Tasse her zwinkert ihm der Bundesadler zu. Am linken Flügel ballt er die Faust und zeigt seinen Popeye-Bizeps, rechts gibt es einen Daumen hoch von BILD und BILD am Sonntag: »Steuern runter! Macht Deutschland munter«. Mit dem dumpfen Gefühl, dass es die Munterwerdung Deutschlands mit allen Mitteln zu verhindern gelte, fragt er sich, wie es nun weitergeht.

Ein kurzer Blick in sein Romantik-Exzerpt, Abschnitt Wiedergängermotiv. Er sagt sich das Gelesene vor, während er nach draußen geht, um die Eimer und Gießkannen zu befüllen. Der Bezug von Namenstausch zum Doppelgängermotiv in der Romantik scheint am ergiebigsten zu sein, denkt er und sieht noch einmal den Suffkopf, wie er über die Straße geht. Der hat sich aber mal Blitzeis unter die Schuhsohlen gesoffen. Drüben liegen zwei Rucksäcke, die der Kerl nach mehreren Anläufen endlich schafft zu schultern. Er musste sich krumm machen, damit sie halten. Zögerlich richtet er sich wieder auf und verschwindet im Schneckentempo, Flasche in der Hand, aus Michaels Blickfeld.

NACHT

Ankunft in München

Aurika Jovanović hatte es zwar auch gewollt, aber nicht so sehr wie Dumitru. Ihr hatte es wehgetan, aber zum Glück hatte es ja nicht so lange gedauert. Und die Neugier war geblieben, auch wenn er sich weggedreht hatte und ihm das Lächeln von seinen Lippen abhandengekommen war. Sie musste seinen Kopf nehmen, lange lächelnd in seine tiefbraunen Augen schauen, bis sich auch seine Gesichtszüge wieder aufhellten. Als sich später abzeichnete, dass Gott daraus ein Kind würde erwachsen lassen, stand für beide sofort fest, dass sie heiraten würden. Aurika und Dumitru. Und das Mädchen – für sie war das eine Gewissheit – würde Raina heißen, wie ihre Großmutter. So kam es dann auch. Sie versorgte das kleine Vöglein und pfiff ihr jeden Tag was vor, und er unternahm alles, um an Arbeit zu kommen, was nicht leicht war, wenn die Leute in der Stadt ausspucken, wenn sie dich sehen. Aber Kinder zwingen dich zu komischen Sachen, du kannst mehr schlucken, als du gedacht hast, du kannst das ewige ţigan ertragen, das sie dir hinterherrufen, du kannst es aushalten, dass du, wenn du überhaupt eine kriegst, für dieselbe Arbeit weniger bekommst als die anderen. Eine Zeitlang kannst du es aushalten. Eine Zeitlang kannst du die Geschichten, die man sich von Deutschland und den Stundenlöhnen dort erzählt, beiseiteschieben, weil du gerne hierbleiben würdest, bei Raina. Aber Kinder zwingen dich, dass du das große Ganze im Blick hast. Jetzt Opfer bringen, damit es später einmal besser und weniger feucht wird in dem Häuschen, wenn es mal wieder tagelang regnet. Gott, mach, dass der Hang hinterm Haus Hang bleibt! Dass die Wurzeln der Bäume tief genug reichen!

»Aber bespucken sie dich nicht auch in Deutschland?«

»Nein, ich werde doch arbeiten für mein Geld. Warum soll man mich da bespucken?«, entgegnete er, während sie sich fragte, ob die Leute wirklich einen Grund brauchen. Haben sie hier doch auch nicht und trotzdem passiert es. Aber hier lebt man, hier wurde man geboren, obwohl dich viele wie einen Fremden behandeln. In Deutschland ist er fremd! Kann die Sprache nicht, hat die Familie nicht um sich. Sie seufzte und fing dann wieder damit an, ein paar Stunden vor Abfahrt: »Die Deutschen werden dich hassen und ich hab Angst davor, dass du gehst.« Er wollte sie in den Arm nehmen, aber sie wand sich heraus: »Lass mich! Sie werden denken, du nimmst ihnen was weg. Die Deutschen wollen ihre Arbeit selber machen. Sie brauchen ja auch Geld.«

Er nahm ihre widerwilligen Hände und setzte sich aufs Bett: »Die Deutschen brauchen uns, sonst würden die anderen ja auch nicht alle gehen. Du weißt es, das halbe Dorf nimmt den Bus. Und sie kommen alle wieder und können hier was anfangen mit dem Geld.« Ihr auf den Wandteppich gehefteter Blick wanderte nach unten auf ihre Hände. »Wir dürfen jetzt in den Westen. Es wurden Verträge ausgehandelt und unterschrieben. Und glaubst du, diese Leute wussten nicht, wie wir hier leben?« Sie schaute in seine Augen. »Das ist eine Chance, die uns gegeben wurde, auf eine bessere Zukunft! Wir wären dumm, wenn wir nichts machen würden.«

Er ist also in die Fremde gegangen, dreimal, immer für mehrere Monate. Das Geld hat er mit dem Fahrer nach Hause gesandt, der ein Dorf weiter wohnt. Sie haben gespart und er hat erzählt, wie es so läuft in der Fremde. Aufstehen, wenn es noch dunkel ist. Mit einem ganzen Haufen anderer an der Straße stehen, in der Nähe vom Bahnhof. Und weil er einen halben Kopf größer war als alle anderen, hat er oft was bekommen. Zugelegt hat er auch, denn die Autos halten nicht lang, und sie müssen sofort sehen, dass du zupacken kannst, sagte er, als sie ihn nach den ersten vier Monaten überrascht musterte. Und ihm gingen die Augen über, als er seine Tochter sah, unglaublich, dieser alltäglichste Ablauf der Natur.

Beim zweiten Mal lief es sogar noch besser und beim dritten Mal fing es auch gut an, bis er auf der Baustelle umgeknickt ist und sein Fuß anschwoll, als hätte man ihn aufgepumpt. Man gab ihm Eis und rief den Chef an. Der kam eine Stunde später, war sauer, dass er sich mit sowas aufhalten musste, und lud ihn in sein Auto ein. Man sprach nicht viel. Er fuhr zum Supermarkt und kaufte noch mehr Eis, dann ließ er ihn an einer U-Bahn-Station raus und drückte ihm fünfzig Euro und eine Packung Schmerzmittel in die Hand. Zwei Tage später war er wieder bei ihr und jammerte, weil ihm auf der zwanzigstündigen Fahrt fast der Fuß explodierte. Ein Wiedersehen nach drei Wochen also, das die Ersparnisse aufbrauchte. In ein paar Wochen wäre er wieder ganz der Alte, versuchte er sie zu beruhigen. Und dann werde er härter arbeiten als je zuvor, und es gäbe viel Arbeit und viel Geld in Deutschland. Er erzählte ihr noch einmal von dem Job als Spüler, den er bei seiner ersten Fahrt an Land gezogen hatte. Der Chef war froh um ihn, zahlte ihm sogar etwas mehr als ausgemacht, weil er so fleißig war. Er hätte ihn sogar ganz behalten, aber der, den er ersetzte, hatte seinen Unfall nach fünf Wochen eben auskuriert. Aber das sei auch gut, sagte er. Das zeige, dass der Chef loyal sei, und ehrlich. Zu dem würde er gehen, der kenne ihn.

Und da brauchst du feste Beine, auf denen du den ganzen Tag stehen kannst, dachte sie, sagte aber nichts.

Sie waren sparsam, sodass das Geld in jedem Fall reichen würde, bis er wieder gesund war. Er blieb auch lange vorsichtig, schließlich wusste er, wie viel an seinem Körper hing. Aber das hieß natürlich nicht, dass er nur zu Hause saß, wobei das im Rückblick besser gewesen wäre. Dann wäre heute wahrscheinlich er mit dem Bus nach München gefahren und nicht sie.

Raina ist bei ihrer Schwester, Dumitru sitzt im Knast wegen illegalen Holzschlagens, Aurika genießt die europäische

Freizügigkeit und steht mit sechs anderen unter einer Laterne auf einem gepflasterten Gehweg in München und lässt ihre Wirbelsäule knacken, erst an den Lenden, dann zwischen den Schultern, zuletzt ganz oben beim Kreisen des Kopfes. Die Fahrt, ihre zweite, war anstrengend und sie ist froh, sich jetzt die Beine vertreten zu können, ohne die Aussicht, in ein paar Minuten wieder in den Transporter steigen zu müssen. Die Aussicht ist, mit der U-Bahn Richtung Panzerwiese zu fahren, ohne erwischt zu werden. Im Sommer schläft man draußen, im Winter dürfe man dann in eine alte Kaserne, wo die Frauen von den Männern getrennt sind, sagte Dumitru ihr. Und er flehte sie an, vorsichtig zu sein, zwei Hosen übereinander anzuziehen und jeden Abend Knoblauch zu essen. Und am Morgen dann mit Milch gurgeln und Salbei kauen, sonst würden die Leute nichts geben.

Sie beschwichtigte ihn: »Was redest du? Ich bleibe doch bei unseren Leuten. Und wir kennen sie alle und alle kennen dich.«

Er unterbrach sie, indem er die Fäuste ballte und die Lippen aufeinanderpresste. Ein Blick, mit dem man ein kleines Kind einschüchtern will, weil man ihm noch nicht erklären kann, warum es sich vom Ofen fernzuhalten hat. Sie schwieg. Dann musste sie es ihm versprechen: »Ja, wir kennen einander, aber du weißt nicht, wie das ist. Wochenlang in der Fremde. Immer draußen, und wenn du nichts bekommst, dann hockst du da mit deinem nutzlosen Körper, einen Tag, zwei Tage, die Hände im Schoß. Dann trinkt vielleicht einer und stolpert und macht lustige Sachen und das bringt dich zum Lachen, und in dieses Lachen legt er alles hinein. Er wird dann nicht an mich denken, und er wird auch nicht fragen oder mit dir reden, weil es nichts zu fragen und nichts zu reden gibt. Er wird wissen, wenn er zupackt, hat er immer noch eine Hand frei!«

Sie versprach es.

Jetzt streicht sie mit den Fingern über die Knoblauchzwiebel in ihrer Tasche und trottet den anderen hinterher, weil die schon viele Male hier waren und sich besser auskennen. Morgen geht es dann für sie zur Haltestelle Karlsplatz, wo sie sich an die Wand kauern wird, zwischen zwei Schaufenster eines Spielzeuggeschäfts.

Manchmal, wenn sie die tausend Beinpaare nicht mehr sehen kann, flüchtet sie sich in diese Welten aus Plüsch und Plastik, die sich alle paar Wochen ändern. Eine solche Arbeit hätte sie gerne, mit Raina zusammen die Schaufenster dekorieren. Das schwarze Segel mit dem Totenkopf und den gekreuzten Säbeln am Mast des Piratenschiffs befestigen, die stoppelbärtigen Köpfe auf die Körper stecken, sich Geschichten dazu ausdenken: Was der eine wohl verbockt haben mochte, dass er das Deck zu schrubben hatte, während die anderen faul im Ausguck standen oder in den Seilen der Takelage hingen, von einer frischen Brise umweht, nur der blaue Himmel über ihnen, und vielleicht schreit der Mann ganz oben plötzlich, dass er Land sieht, ja, Land, ganz deutlich, und der holzbeinige Kapitän mit dem schwarzen Hut stürmt nach vorne, ungläubig wie der Papagei auf seiner Schulter, dem die Masten auch nur spärlicher Ersatz sind. Der Kapitän reibt sich die Augen. Träumt er? Hält die Meeresgöttin ihn zum Narren? Denn er hat schließlich die Karten studiert und weiß, dass es hier nichts außer Wasser geben dürfte, aber jetzt kann auch er es sehen, Land, fester Boden, unverrückbar, mit Wäldern, die noch niemandem gehören.

Zettel aus dem Zettelwust von Lenz

17. 2.

Der Zufall bestimmt alles. Das will nur keiner wahrhaben. Die Leute faseln nur immer wieder was von ihren Leistungen, von Erfolgen und davon, was sie sich verdient haben.

Amen, aber ich sage euch: Ihr leistet nichts!

Was wäre aus dir geworden, wenn du im Jemen geboren worden wärst? Im Sudan? In Indien als Tochter eines Kleinbauern? Wenn der Monsun ausbleibt im ersten Jahr? In einem Reservat und du hättest das Pech, daß dein Vater noch an Fluß- und Waldgeister glaubt anstatt an den einen wahren Gott? Wenn mit der Entnazifizierung wirklich ernst gemacht worden wäre? Morgenthau statt Marshall. Nichts mit Dax-Konzern, nichts mit Start-up, nichts mit Studium und Aussicht auf die Sippenhaft einer Erbschaft.

Wir hatten alle bloß Glück. Aber alle bilden sich mächtig was auf ihre Leistungen ein, wofür sie gefälligst entschädigt werden wollen. Lächerlich! Ich will, daß eure scheiß Flieger am Boden bleiben! Ich will, daß eure Börsen zusammenkrachen. Ich will, daß euer Wollen aufhört! Ihr wollt andauernd den neuesten Scheiß. Wollt alle in den Süden und hofft gleichzeitig, daß der Süden nicht zu uns kommt, weder die Malariamücke noch die Dorfjugend. Auf mich blickt ihr herab, aber ihr macht alles kaputt, mehr, als ihr aufbaut. Täuscht euch da nicht.

Ich verfüge also, daß die Flugzeuge am Boden bleiben, die Autos in der Garage, die Schiffe in den Häfen!

Nur noch Obst und Gemüse darf fliegen!

Wie soll man die Leute am Ruder loswerden können? Wen kann man wählen, der nicht aus demselben Holz geschnitzt ist?

Gott wurde erdacht, weil man erkannt hat, daß man sich selbst nicht helfen kann, und aus der Scham heraus, den anderen um Hilfe zu bitten.

TAG

Karl erwacht

Karl! Jetzt ist es genug, hörst du! Du hast einen ganzen Tag versoffen. Das bringt den Lenz nicht zurück. Und vergessen kannst du auch nicht, das weißt du. Du weißt alles, Karl. Hast alles schon mal durchgemacht. Aber jetzt hast du einen Schlüssel, der sperrt dir alle Türen auf. Jetzt kannst du dich selber aus dem Dreck ziehen. Wach auf, Karl! Wach auf!

Mit einem Stöhnen, das nahtlos in einen Hustenanfall übergeht, schlägt er die Augen auf. Die Kontraktion der Muskeln ist so stark, dass es ihm Speichel und kleine Mengen seines Magensafts in die hohle Hand schleudert. Es dauert, bis er sich wieder fängt und kapiert, wo er liegt. Unter sich die Steinquader des Gehwegs, über sich ein von vier Säulen getragenes Vordach, der Unterboden eines ersten Stocks mit Wohnungen. Um eine Säule herum stehen Flaschen, eine ganze Batterie. Grelles Morgenlicht auf den Dächern, ein Bus rauscht vorbei. Er setzt sich auf und wischt seine Hand am Schlafsack ab. Hinter ihm stöhnt jemand und er zuckt zusammen. Ein Schulterblick misslingt. Er lässt sich auf den Rücken fallen und sieht das Schaufenster eines Reisebüros mit lebensgroßem Pappaufsteller einer Idealfamilie am quasi Privatstrand. Urlaub und Erholung gefällig? Etwas weiter hinten vier andere Schlafsackhaufen, in der Ecke zusammengedrängt. Er muss sich im Rausch dieser Gruppe angeschlossen haben. Seine Hand wandert zu seiner Hosentasche und findet: nichts. In der anderen: wieder nichts.

Jetzt ist er ganz da! Jetzt schwitzt er schon, bevor er sich bewegt und windet, damit er rauskommt aus diesem Schlauch, der nicht weiter aufgehen will, weil sich die Zähne des Reißverschlusses in den Stoff verbissen haben. Der Schlüssel ist nicht da. Er tastet sich hinten ab: nichts. Noch einmal vorne:

nichts. Dann zur Sicherheit rein in alle Hosentaschen: nichts. Im Parka dasselbe. Nur der Zettel mit der Anschrift ist noch da. Sein Rucksack liegt am Fußende etwas abseits, der von Lenz daneben, aufgeschnürt und aufgeklappt. War er das selber oder einer von diesen Typen? Es dreht sich weiß vor seinen Augen, Schweißperlen quellen aus der Stirn und weichen dort den Staub der Straße, den Staub der Grube weiter auf. Auf allen vieren geht es zu den Rucksäcken, in die er wie wild hineinfährt. Inventur, mit Panik in den Händen. Vergeblich. Und wieder schaut er auf diese vier Haufen und kann nichts anderes denken: Die stecken doch unter einer Decke! Aber wenn sie ihn beklaut hätten, warum sind sie nicht längst über alle Berge?

Na, weil sie dich nicht fürchten, Karl! Du bist allein! Was willst du schon ausrichten?

Sein Blick geht zur Säule, streift die Flaschen wie eine weit entfernte Möglichkeit und wandert dann suchend übers Pflaster, ob der Schlüssel nicht doch hier auf dem Boden liegt. Alles sinnlos. Vielleicht irgendwo im Park, ist dir einfach so beim Gehen rausgefallen. Wo hast du dich rumgetrieben gestern? Er weiß es nicht mehr. Die Bilder vom Herumsitzen in der Stadt gleichen sich zu sehr, als dass er die Tage noch voneinander hätte scheiden können. Und dann kommen seine Erinnerungen dem Anfang näher. Der Schlüssel im Rinnstein, als er sich danach übergeben musste? Oder geht es noch weiter zurück? Liegt er in der Grube, bei Lenz? Obwohl die Dunkelheit der Nacht das meiste abgeschirmt hat, ist das noch deutlich vor seinen Augen. Es war, als würde er sich selbst beobachten, wie er bei dieser kleinen Baumgruppe stand und die letzte Bitte von Lenz erfüllte. Als es dämmerte, war er fast fertig und irgendwie froh, dass er es getan hatte, dieses mechanische Zustechen und Graben, und nicht einfach gegangen ist. Es war besser so. Es war ein Schlussstrich. Doch jetzt, wie er so zusammengesunken dasitzt und ihm bewusst wird, was er da eigentlich verloren hat, die eine Chance auf den Neuanfang, ohne sich von Behörden monatelang zermürben zu lassen, einen Ort, wo es keine Pappschachteln mehr bräuchte und keinen Schlafsack, da packt ihn eine solche Wut, dass er einfach losschreit, bis er keine Luft mehr hat. Und als er Atem holt, um noch einen zweiten Schrei hinterherzuschicken, rühren sich zwei der Haufen und drehen sich auf die Seite. Von ihren Blicken angestachelt rafft Karl sich auf, und es ist reiner Zufall, dass er nicht zu den Flaschen geht und sie auf die Straße und die Autos und in das Schaufenster wirft, sondern einfach das Erste packt, das er sieht, seinen Schlafsack, und er schlägt auf ihn ein, als läge derjenige darin, der an all dem schuld ist. Er fällt über ihn her wie ein Tier. Er geifert und schreit und spuckt. Er reißt ihn nach oben und fuhrwerkt drin rum, als wolle er ihn ausweiden. Sich und die ganze Welt hätte er an der Gurgel packen mögen.

Es dauert ein wenig, bis er endlich begreift, dass der Schlafsack den Schlüssel schon ausgespuckt hat. Karl hat ihn herausgeschüttelt aus dem Dickicht aus Stoff und er ist auf den Boden gefallen, wie alle Dinge aus der Höhe auf den Boden fallen.

Das Haus verliert nichts, Karl.

»Ey! Was ist denn los?«

Karl reagiert nicht, sondern wirft sich auf den Boden, dass es in seinen Knien sticht, und packt zu. Er robbt zu den Rucksäcken, nimmt sie und macht sich hinkend aus dem Staub. Die Leute, der Schlafsack, das kümmert ihn nicht mehr.

Karl, jetzt gilt's! Beiß die Zähne zusammen und lauf weiter! Auch das Stechen in deiner Seite wird wieder vergehen.

Ihm schießen Tränen in die Augen, er zieht das linke Bein nach, das Gewicht der Rucksäcke tut sein Übriges. Er braucht ein Versteck, eine Hecke mit einer Bank dahinter, auf der er sich sortieren und die Hand auf sein Knie drücken kann.

Nach einer Weile wird er fündig. Sogar ein kleiner Weiher mit Enten ist da, und ein paar Jogger, die ihn nicht stören werden. Seine Kehle ist trocken wie Sandpapier. Sein Oberkörper hebt und senkt sich wie der Bauch eines Stieres, der sich schon viel zu oft in das rote Tuch gestürzt hat. Er schwitzt so stark, dass es ihm von der Nasenspitze tropft. Der Schlüssel ist noch da, fest in seiner rechten Faust, mit deren Rücken er sich über die Stirn wischt. Er wird sie nicht mehr öffnen, bis er vor der Tür steht. Das Versprechen nimmt er sich selbst ab, als er mit der linken Hand Wasser aus dem Tümpel schöpft und sich über Gesicht und Nacken wischt. Die Rechte bleibt eine Faust mit metallenem Kern.

Es dauert, bis sein Puls sich wieder beruhigt. Er nimmt den Rucksack von Lenz auf den Schoß und blättert mit der freien Hand das Papier darin durch. Das pure Chaos. Nur lose Blätter, von beiden Seiten vollgeschrieben. Kurzerhand greift er hinein und stapelt sie neben sich auf. Er denkt praktisch, will sich das Schleppen eines zweiten Rucksacks ersparen, denn in seinem ist noch Platz. Der Schlafsack fehlt, und das ist zum ersten Mal seit Langem eine gute Nachricht. Den leeren Rucksack wirft er vor sich auf den Boden, dann packt er seinen und stopft die Notizen von Lenz hinein. Dass der Wind einige Blätter wegweht, merkt er erst, als er mit dem Umräumen fertig ist. Da, vor ihm im Teich, liegt eins und saugt sich mit Wasser voll.

Zettel aus dem Zettelwust von Lenz, dem Wasser überantwortet

4. Gesetz: Es gibt keine Arbeitgeber, die Arbeit ist immer schon da. Sie ist eine Notwendigkeit, ein Dienst an sich selbst und den anderen. Entlohnung ist die kostenlose Versorgung und Fürsorge bis in den Tod, wie von Popper beschrieben. Das eigentliche Ziel der Arbeit ist nicht die Herstellung möglichst vieler Produkte, sondern der Schutz der Umwelt, der Abbau von Angst vor den anderen und die Arbeit am Vertrauen zueinander. Neue Erfindungen, Verbesserungen etc. werden mit Preisen und zeitweiligen Privilegien bedacht. Es gibt keine Patente. Die Verbesserungen werden allgemein bekannt gemacht, damit sie von anderen übernommen und für ihre Gegebenheiten angepaßt werden können.

5. Gesetz: Es gibt Geld nicht für die Arbeit, die man erbringt (Berufe mit sehr hoher Qualifizierung vielleicht ausgenommen, das muß jeweils entschieden werden), sondern für die Kinder, die man hat und ständig versorgt. Der Betrag steigt vom 1. zum 2. Kind an, kommt in gleicher Höhe beim 3. Kind hinzu und wird dann mit jedem weiteren Kind wieder gekürzt. Das gilt weltweit! Beteiligt sich einer nicht an der Versorgung und Erziehung des Kindes, so steht ihm auch kein Geld zu. Werden die Kinder vernachlässigt, wird das Geld sofort entzogen.

Unser Planet ist endlich. Nicht die Städte, sondern die Wälder und die Wildnis müßten sich wieder ausdehnen. Die Besiedlung war von Gewalt geprägt: Ausrottung, Zerstörung von Kulturen, Versklavung, Ausbeutung der Rohstoffe, Wettrüsten als Sicherung des gewonnenen Einflusses, von Propaganda flankiert, die Angst schürte und das eigene Handeln rechtfertigte. Um uns unserer Existenzgrundlage nicht zu berauben, darf es keinen ungezügelten Konsum mehr geben.

Es reicht für alle, wenn die Arbeit und das Leben kein Gegeneinander mehr ist! Wir wollen das Leben belohnen, und die eigene Zügelung für die Vielfalt und die Arbeit füreinander.

Zettel aus dem Zettelwust von Lenz, dem Winde überantwortet und später einem Strauche und der Witterung

Tatsächlich muß man sich fragen, wo unsere Grenzen sind. Selbst mit den Händen in den Hosentaschen fuhrwerken wir noch in der ganzen Welt herum. Alles mit Recht und Ordnung versteht sich, es gibt ja Verträge. Hätten wir Werte oder noch einen Rest Schamgefühl, dann müßte in all unseren Regierungsgebäuden die Schweigeminute ewig dauern! Alle Fahnen auf Halbmast hängen, weltweit!

Doch wieder das genaue Gegenteil: Die Schamlosesten stehen schon Gewehr bei Fuß. Sie platzen geradezu vor billigen Lösungen für unser Schlamassel.

Wie erreicht man es, daß nur diejenigen vor die Kameras kommen, die dort eigentlich gar nicht hinwollen? Die instinktiv zurückschrecken vor soviel Macht? Sie allein wären wählbar. Doch solche Leute sind nie am Ruder, in keinem Land der Welt. Sie werden ausgesiebt, noch lange bevor sie überhaupt einen Begriff vom Ruder haben. Sie fürchten es wie ein Durstiger das Meer. Das zeichnet sie aus!

19. 4.

Auf einer Bank im Bahnhof einen Ausstellungskatalog gefunden und durchgeblättert. Faszinierende Skulptur namens »Leng-Tch'e[2]«. Ein langes Messer, das vorne und am Griff voller Blut war. Es hing an einer Klaviersaite von der Decke herab. Ein zweites Photo zeigte den Griff in Großaufnahme. Auch hier verkrustetes Blut, man konnte die Aussparungen für die Finger sehen. Und dann fiel es mir erst auf: Die Klinge geht durch! Da, wo man zupackt, ragt die Schneide hervor!

Dieses Messer dürfte das einzig legitime Tötungswerkzeug sein! Die Wut auf den anderen muß so groß sein, daß man seine eigene Verstümmelung in Kauf nimmt.

Zettel aus dem Zettelwust von Lenz, dem Winde überantwortet und später der Straße, dem Müll und dem Ofen

6. Gesetz: Dem Maschinen-Gott sind 2 Monate im Jahr zu opfern. Er ist das große Rad, das sich ständig über unseren Köpfen dreht. Wir wählen, in diesen zwei Monaten keine Wahl zu haben, um unseres Reichtums willen. Die anderen sind dieser Reichtum. Jeder einzelne ein ganzer Kosmos an Erfahrungen, Wissen und Geschichten.

Die Maschine weist uns einem anderen Menschen zu. Sie bildet Paare: Lehrer–Schüler. Einen Monat lang lernt man von ihm das, was er besser kann, was ihn ausmacht, was ihn fasziniert und beschäftigt. Man arbeitet miteinander. Sie zwingt uns immer wieder zu sehen, daß andere Menschen andere Dinge tun und anders leben.

Einen Monat lang muß der Lehrer versuchen, sich überflüssig zu machen, wie Karl sagt. Es geht nicht um Produktionssteigerung, sondern um das Wissen darum, das Gefühl dafür und die Achtung davor, wie und in was der andere eingebunden ist. Ein Chemiker kann einem Fabrikarbeiter, einer Pianistin oder Hirnchirurgin zugewiesen werden. Ein Koch aus einem Dorf in den Alpen einem Kaffeebauern aus Äthiopien oder einer Journalistin aus Omsk.

Im zweiten Monat wechselt es: Der Gast wird zum Gastgeber. Der Schüler zum Lehrer. Das Machtgefälle muß kippen! Jeder Mensch muß die Erfahrung machen, daß man zu ihm aufblickt, als Fremder, als freier, erwachsener Mensch, der nicht gezwungen wird, sondern der dies freiwillig tut, weil auch zu ihm aufgeblickt wurde.

Wir werden neue Rituale erfinden müssen für diesen Wechsel.

Endlich sieht Karl das blaue Schild mit den weißen Buchstaben: Montgelasberg. Er ist fast am Ziel. Jetzt heißt es nur noch, die Nummern nacheinander abmarschieren bis zur 62. Zu einem dieser Häuser hat er den Schlüssel in seiner Faust. Er kann sich nicht daran erinnern, schon einmal solch ein unumstößliches Ziel vor Augen gehabt zu haben.

Zuvor ist er durch die Stadt geirrt. Er las die Zettel seines Freundes und dachte an den Hammer in seinem Mund, das Schaufeln der Grube, die fremden Augen von Johanna, als sie schon wieder seine Fahne roch. Vage Erinnerungen an den Tod seines Vaters kamen hoch. Der kleine Karl in der Aussegnungshalle, wie er die Reihe seiner Freunde und Schulkameraden an sich vorüberschreiten sah, man hustete, man flüsterte feste Formeln, man sprengte Weihwasser auf den Sarg, auf den Blumenschmuck, von dem es abperlte und sich in kleinen Pfützen auf dem Steinboden sammelte, weil vielleicht nichts diese Weihe besser aushalten konnte als er. Und als er von der Bank aufstand und sich fest entschlossen auf den Weg machte, wusste er nur die grobe Richtung, zur Isar hin, aber sie geht von Solln bis nach Unterföhring hoch, das konnte er nicht alles ablaufen. Ihm fiel die große Karte in der Mission ein. Sie hing auf Augenhöhe und in ihr waren alle Straßen namentlich verzeichnet. Ein Meisterwerk der Landvermessung!

Sein Hausverbot fiel ihm erst wieder ein, als er schon studierend vor ihr stand. Es war so ein natürlicher Weg für ihn, durch die Glastür, am Fendtland vorbei, der mit seinen Gipsarmen schon wieder an seinem angestammten Platz vor der Rollstuhlgarage lehnte.

Keiner hatte ihn angesprochen. Er sah das blaue Band der Isar die Stadt teilen. Er sah den Flaucher, wanderte mit dem Finger über die Brücken, über die er schon oft spazieren musste. Da war er gelegen, vor ein paar Tagen, und hier vor ein paar Jahren. Mariahilfplatz, Auer Dult, Museum samt Insel, die Prunkachse der Stadt, da hat er Geld geholt, da wäre er fast verblutet, Rechts der Isar, da der Friedensengel, Karl fand die Straße nicht! Und dann brachte der Thekendienst benutzte Tassen und die leere Brotkiste in die Küche zurück, sagte »Tschuldigung«, damit Karl im engen Gang Platz machte.

Du hast Hausverbot! Beeil dich gefälligst! Sobald dich einer erkennt, fliegst du raus!

Er fing zu schwitzen an und nahm wieder den Finger, damit sich seine Augen nicht im Straßengeflirr verloren. München hat nicht viele Berge, es muss an der Isar sein. Prinzregenten, Grillparzer, Einstein, Max Weber, das war zu weit, links der E-Garten, Chinesischer Turm, wieder rüber, Laplace, der Mathematiker, Thomas-Mann, Montgelas! Da war sie! Da bog sie sich den Berg hinauf!

Karl fuhr sich mit der freien Hand übers Gesicht, als würde er sichergehen wollen, dass ihm der Plan nichts vorgaukelte. Mit einem einzigen Blick erfasste er die Wegpunkte: durch den E-Garten, durch den Biergarten am Chinesenturm, auf die Straße und dann immer geradeaus. Jetzt konnte ihm keiner mehr was anhaben!

Noch einmal ein »Tschuldigung« in seinem Rücken. Einer aus der Küche streifte sich eine blaue Jacke über und hielt einen Umsteigezettel in der Hand. Er hatte es eilig und für Karl hieß das, es lief wie geschmiert. Er brauchte rein gar nichts zu tun, konnte die Faust lassen, wo sie war, gut versteckt vor neugierigen Gaffern, und trotzdem öffnete sich die Tür für ihn, ja wurde sogar eingehängt, damit sie niemandem mehr im Weg stehen würde. Und so schritt Karl Maurer über die Schwelle in die Freiheit.

Tss, Hausverbot, ausgerechnet er!

Die Häuser ziehen sich links und rechts wie zwei Zahnreihen hin. Unterkellert, ein fest verankertes Gebiss in Weiß und grünstichigem Grau und Gelb, nein, das ist noch zu früh. Nummer 10. Die Straße mit den Trambahngleisen in der Mitte steigt erst flach, dann immer steiler an bis zu einer Art Plateau, wo es fast eben dahingeht für Karl und, hüben wie drüben, die Geschäfte des täglichen Bedarfs: Nagelstudio, Fahrschule, Bäckerei, Sonnenstudio, Zeitschriften- und Tabakladen mit Lotto-Lizenz: 22 Millionen im Jackpot. Die Chance auf den Hauptgewinn liegt nach diskreter Gleichverteilung beim Urnenmodell ohne Zurücklegen bei 1:139.838.160.

Drüben, die Nummer 28 ist wieder gelb, die 30 ist eingerüstet, es wird eine neue Krone aufgesetzt aus roten Dachplatten. Auf seiner Seite warnt man ihn sogar im Hochsommer vor Dachlawinen. Vor dem nächsten Anstieg verschnauft Karl, der Rucksack zieht seine Schultern nach unten, aber er hat es nicht mehr weit und reißt sich am Riemen.

Es wird wieder aufwärtsgehen mit Karl. In dieser Straße, da steht ein Haus, da wartet ein neues Leben auf ihn. Endlich mal wieder eine Tür hinter sich zumachen und allein sein. Ganz allein. Kein Straßenlärm, keine Autos, kein Staub – höchstens durch das Fenster, gedämpft, würde die Straße in die Wohnung kommen können, nur ein leises Säuseln. Die Türen und Fenster würden alles draußen halten.

Neben der 48 klafft eine Lücke. Es führt eine breite Treppe quer den Hang zur Straße Richtung Isar hinab und man kann sehen, wie im nächsten Haus die untere Wohnung verläuft. Zur Straße hin nur kleine Fenster, hoch oben im Zimmer, nach hinten raus gibt der Boden über zwei Meter Raumhöhe frei. Durch einen Spalt zwischen Hecke und Haus kann Karl eine Terrassentür sehen. Lenz schrieb Tiefparterre. Bei ihm könnte es also genauso sein. Karl lässt den Blick die Häuserzeile entlangschweifen. Dort oben stehen zwei gelbe Häuser direkt nebeneinander, eines davon muss es sein.

Ein eigenes Bett würde er haben, und es würde sauber sein, mit weißen Laken überzogen – ganz bestimmt werden es weiße Laken sein, weiß wie frischer Schnee und dabei doch warm und weich. Und er mittendrin, würde sich wälzen wie im gemachten Nest. Das steht für ihn so fest wie schon lange nichts mehr in seinem Leben. Eine Überzeugung, die wächst und wächst und immer fester wird mit jedem Schritt, die ihm hilft, in seinem Mund den Geschmack von Blut zu ertragen und das Ziehen seiner Narbe. Er ist aufgeregt wie ein Kind. Und obwohl er seinen Gang beschleunigt, sind seine Augen immer schon weiter vorn. Es würde nicht nach Pisse stinken, keiner würde ihn beklauen können, keiner einfach so zu schreien anfangen mitten in der Nacht. Keine Mehrbettzimmer mehr, nicht mehr Platte machen. All das wird bald vorbei sein. Ihm fällt ein, dass er ein Bad würde nehmen müssen. Nur nicht das weiße Laken besudeln mit dem Straßendreck. Er drückt seine Faust zusammen, bis sich der Schlüssel fast in das Fleisch seiner Handfläche bohrt, zum Beweis, dass nichts verloren ging. Dort ist der nächste Zehner voll, eine weiße 6 auf blauem Grund, und dahinter eine kugelrunde 0. Karl wird langsamer, stellt seine Augen ganz scharf, damit sie ihn ja nicht täuschen, und ja, auch das nächste Haus ist gelb und Lenz hat also nicht gelogen.

Leibhaftig steht es da, auf der gegenüberliegenden Straßenseite, unverrückbar und passgenau zwischen die anderen Häuser hineingebaut. Haus neben Haus neben Haus neben Haus. Der Eingang, eine massive dunkle Holztür mit zwei schmalen rechteckigen Glaseinsätzen als Sichtfenster. An der rechten unteren Ecke ist das Holz heller aufgekratzt, wahrscheinlich von einem Hund, der es immer wieder nicht erwarten kann.

Karl hat es geschafft. Karl, der sich selbst und andere bis auf den Grund ruiniert hat, steht vor dem, an dem er sich wieder ganz wird aufrichten können. Er schluckt. Ein erneuter Versuch, den Blutgeschmack loszuwerden. Er zieht die Schultern nach vorne, als befürchte er Gegenwind. Er schaut nach links und rechts, von oben kommt eine Tram herunter, die er noch abwarten will, die klingelt und bremst, vielleicht wegen ihm, weil er so dasteht, als würde er jeden Moment loslaufen, als warte er nur auf den richtigen. Mit ihren vorbeifahrenden Fenstern nimmt sie ihm stotternd die Sicht auf sein Ziel und er muss die Augen schließen, weil ihm ganz schwindlig wird. Ein paar Meter weiter bergauf steht ein Parkautomat samt Stange und Schild zum Festhalten, die geht er noch, dann packt er, um nicht aus den Latschen zu kippen, zu, mit eben jener Hand, von der er sich geschworen hat, dass sie eine Faust bleibt bis zum Schluss.

Der Schlüssel rutscht ihm heraus und fällt zu Boden wie heute schon einmal. Und wie Karl mit seinem Körper ringt, den er schändlichst vernachlässigt hat – Pegel, Blutzucker, der ganze Haushalt im Keller, weil er vor lauter Adrenalin weder was getrunken noch gegessen hat –, kommt ihm der absurde Gedanke, dass da was faul ist im Staate Dänemark, es ist ein Komplott im Gange, er weiß nur noch nicht genau, wer gegen wen rebelliert, der Karl gegen den Maurer oder der Maurer gegen den Karl. Seine Beine zittern und er geht in die Knie vor dem Automat. Links und rechts schaut er, obwohl jetzt an Gehen gar nicht mehr zu denken ist.

Langsam, Karl, langsam.

Er schaut, wie die Leute schauen. Sie kommen in seinem Rücken den Berg hochgeradelt, direkt auf ihn zu, sie tragen ihre Einkäufe nach Hause, suchen aufgeregt einen Parkplatz. Es herrscht Normalbetrieb für sie an diesem gewöhnlichen Tag, an dem nur du störst, wenn du hier zusammenbrichst. Reiß dich am Riemen, Mann!

Mit der Linken verdeckt er den Schlüssel vor den neugierigen Augen der Welt und mit der Rechten stochert er zur Tarnung im Rückgabefach des Parkautomaten herum. Ein leeres Loch, aber um das Bild wieder geradezurücken, fingert und bohrt er hinein, als lägen darin ganze Münzrollen quer. Und in dem Moment, als drüben diese eine Tür aufgeht – eine Hundenase schiebt sich durch den Spalt, gefolgt vom Frauchen, einer alten zierlichen Dame mit blassgrünem Kopftuch, die Karl sofort durch ihre große Brille hindurch anpeilt und ihn gar nicht mehr aus den Augen lassen will –, geht es ihm auf wie ein Licht: Du kannst da jetzt nicht hineingehen! Da kannst du den Schlüssel zehnmal in der Tasche haben – jetzt nicht!

Karl am Scheideweg

Als Karl beim Verlassen des Kiosks, den Chantré in der Tasche, in den Riegel beißt und die Masse aus Schokolade, Erdnüssen, Karamell und weißem Nougat fädenziehend zerkaut, merkt er sofort, dass es ihm besser geht. Er beißt noch einmal zu, schwer atmend, und kaut und schlingt, um die Leere in ihm zu füllen. Sein Körper zieht alle Energie, die er kriegen kann, aus dem Riegel und dem zweiten, den Karl gleich hinterherschiebt. Er stöhnt vor Wohligkeit. Zwischendurch spült er mit dem Weinbrand nach, um auch an dieser Front gewappnet zu sein. Karls körperliches Wohlbefinden steigt – das Hämmern im Hirn lässt nach –, sein seelisches hinkt hinterher. Der Schlüssel ist immer noch da, zwar nicht mehr in der Faust, das war idiotisch, aber in der Tasche, er kontrolliert es alle zehn Sekunden.

Den Kopf klarkriegen.

Die Erkenntnis begreifen.

Einer wie Karl kann nicht einfach mir nichts, dir nichts zu einem Haus gehen und die Tür aufsperren. Er kann es nicht.

Er mit seinen fettigen grauen Haaren. Sein Gesicht. Seine Narbe. Sein ganzer abgerissener Aufzug mit Rucksack und einem Parka, der von allein stehen kann. Von der Hose ganz zu schweigen. Er hätte einen Buckel machen müssen, so groß wie der von Manke, damit man sein bärtiges Narbengesicht mit all dem Schmutz in den Falten nicht sieht. Und trotzdem hätten die Leute gewusst, dass so einer an der Haustür nichts zu schaffen hat. Genauso gut hätte er ein Brecheisen in seinen Händen halten können. Rot-blau aufgedunsen, von innen, von den Adern her abgearbeitet, seine gelbbraunen Zigarettenfinger und der Dreck unter den eingekerbten Nägeln. Der Impuls, sie zu verstecken, kommt ihm gerade recht, da die zehn Sekunden mindestens schon dreimal abgelaufen sind.

Jetzt kennst du eine Frau, die wohnt in einem Haus.

Jetzt hast du einen Schlüssel, der passt zu einem Schloss.

Jetzt hast du den Fuß schon so gut wie in der Tür.

Du musst einfach nur warten! Nichts weiter. Warten, damit die Alte dich nicht sieht und zum Hörer greifen kann: Herr Wachtmeister, da ist ein ... ein völlig Unbekannter in unserem Haus, ein ...

Es wird wieder regnen heute, die Narbe zeigt es dir an. Und es wird dunkel werden. Der Tag wird zu Ende gehen, die Leute und die Hunde werden ihre Geschäfte erledigt haben und Schutz suchen. So wie du! Sobald es Nacht ist, kannst du rein.

In der Hoffnung, dass nun die Zeit für ihn arbeitet, geht Karl also wieder am Straßenschild vorbei, in die Richtung, aus der er gekommen ist.

Kurt und die Welt

Kurt hat verloren, in einer Tour. Er sagte sich, dass er mit Glück zu einem Batzen Geld gekommen ist und dass er mit einem Teil davon ja sein Glück versuchen könne, am Automaten.

Pustekuchen. Ein verfickter Scheißabend war das gestern. Da blinzelt man zweimal und schon sind vier Stunden futsch und dreihundert Steine gleich mit.

Er kratzt sich am Sack, nimmt das Glas mit dem Plastikverschluss aus dem Regal und schraubt es auf. Maxwell House. Zwei Löffel, zwei Stück Zucker für den Geschmack.

Draußen, das tobende Leben. Mutter mit Kind im Wagen. Zwei Kopftuchomas. Die Leute gehen ihrer Arbeit nach, so ist zu vermuten, warum würden sie sich sonst in diesen Stau stellen, der so lang ist, dass die Ampel zweimal schalten muss, bis die Letzten drüber sind. Immer wieder kommen neue, schieben von hinten nach, zuckeln armlängenweise vorwärts, es ist endlos. Kurt hat die Arbeit sausen lassen, tatsächlich, wie er es sich vorgenommen hat vor ein paar Tagen. Vier Anrufe in Abwesenheit. Jetzt ist das Handy seit zwei Stunden still zum Zeichen, dass dieser Zug abgefahren ist. Gut so. Auf die paar Scheine ist jetzt auch geschissen. War eh nur aushilfsmäßig, heute, vielleicht morgen noch. Natürlich war das keine Lösung, aber das, was vor ihm liegt, begreift er als offenes Feld, als formbare Zukunft, er muss nur anpacken. Er ist gesund, zwar nicht gerade ein Ausbund an Arbeitswillen, aber auch er wird älter und klüger und will nicht mehr unbedingt in den Bau.

Er gießt das Pulver zur Plörre auf und holt sich die letzten zwei Donuts aus der Plastikbox vom Supermarkt. Er schiebt sich das einheitsbraune Schmalzgebäck von der Stange in den Mund und spült schluckweise Kaffee hinterher, während er sich zum Wachwerden auf dem Handy »Die Brutalsten Fouls!!! (Top 10)« anschaut. Ab der Nummer fünf brechen reihenweise die Waden. Nur die Stutzen verhindern, dass man alles sieht. Als Nächstes kommt »Russian Road Rage« und er sieht riskant überholende Autos sich überschlagen, einen Mann in Jogginghose aus einem Kleintransporter steigen, der mit einem Schürhaken auf die Motorhaube des filmenden

Fahrers drischt, einen Vater mit seinem Jungen an der Hand auf dem Zebrastreifen eine Waffe ziehen. Er zielt und schießt dem Auto hinterher, das ihn gerade geschnitten hat. Kurt kann nicht anders als lachen. Der Sohn hat nicht gezuckt.

Nach einer Weile schweifen seine Gedanken ab, zu Ohlandt, zu seinem geliehenen Leben bei ihm. Die Vorstellung, dass jeden Moment die Tür aufgehen könnte, lässt ihn die Zähne wetzen. Er braucht eine neue Bleibe, aber das ist in dieser Stadt leichter gesagt als getan und deshalb sind wieder einmal die Frauen die Lösung, zumindest könnten sie es sein. Er bräuchte eine mit einer Bude, mit zu viel Platz in der Wohnung, im Herzen, im Bett. Und er denkt an die Geschichten, wo alleinstehenden Frauen fast ihre ganze Kohle aus den Hüften geleiert wurde, und das von Typen, die sie noch nie gesehen hatten. Das Internet macht's möglich. Das allerdings ist nicht seine Baustelle. Er blättert in seinen Erinnerungen, viel ist nicht da. Von Monique kannte er nur die offizielle Nummer und er hatte sie ja eh viermal die Woche gesehen, bis sie aus seinem Leben gerissen worden war. Von einer Telefonzelle aus hat er sie noch einmal gewählt, ein paar Tage später, da war sie schon nicht mehr vergeben. Auch sonst kaum noch Kontakt zu Frauen von früher, und die paar, die er noch anrufen könnte, will er nicht sehen. Er trinkt aus und zählt sein Geld. Ohlandt wollte dreifünfzig, doch vier Wochen sind noch nicht rum. Er laberte was von Anzahlung, aber Kurt weiß nicht mehr wie viel. Zweihundert sollten reichen, damit er nicht aufmuckt. Dann macht er sich fertig für die Stadt. Bier und was zu quarzen besorgen, dann in den Park, Charmeoffensive. Pech im Spiel heißt, hier kann er optimistisch sein. Er ist tageslichttauglich und es gibt Frauen, die finden seine Stimme nicht kratzig, sondern rauchig. Es findet sich schon was. Sonst gibt es noch die Bar im Evergreen zu später Stunde.

Kurt nimmt den Bus und schwelgt in seinen Vorstellungen. Eine Frau mit Bude und Beruf. Das wäre der Hauptgewinn.

Eine Krankenschwester vielleicht, denkt er und muss grinsen. Es ist komisch, mit zweien hatte er mal was, unabhängig voneinander. Sahen beide ganz harmlos aus, doch waren versaut bis zum Gehtnichtmehr. Zogen sich im Internet heftigeres Zeug rein als er. Wenn er sich das vorstellt, ihren Alltag mit den ganzen kranken, alten Säcken, die mit ihren Infusionsständern in den Gängen Gassi gehen und man muss sie waschen und die Beutel leeren. Widerlich! Er käme mit Desinfizieren nicht mehr hinterher, an Sex wäre gar nicht zu denken.

Auf dem Bahnsteig der U3 muss er warten. Lange acht Minuten. Er setzt sich, wippt mit dem Fuß, massiert sich wieder die Kaumuskeln. Eine Frau mit Kinderwagen schiebt vorbei, deren Waden es mit seinen Oberschenkeln aufnehmen könnten. Wer macht der ein Kind? Wer färbt solchen die Strähnen in die Haare? Das hat er noch nie verstanden, wie man auf sowas abfahren kann. Die Hose bis übers Knie, graue Söckchen in hellblauen Crocs. Sie beugt sich vor zum Kind und legt, als ob es nicht schon genug wäre, einen Streifen blasses Rückenfleisch frei. Neben Kurt stellt ein Kerl eine Kiste auf den Sitz. Hochglanzheimanwenderkaffeekapselmaschine, ganz neu gekauft. Nespresso. What else? Kurt hat Clooney im Anzug vor Augen, sein Lächeln, sein Umklammern der Kaffeetasse, nachdem er durchschaut hat, worauf es die Damenwelt aus der Champions League tatsächlich abgesehen hat. Es tropft der letzte Tropfen nicht weit vom Ausguss in die Crema. Der Typ setzt sich, nimmt den Karton auf den Schoß und umarmt ihn, als hoffe er, dass ihn das Gebräu nicht nur vom Haarausfall, sondern auch von der klobigen Nase im schiefen Gesicht befreien könne.

»Was kostet denn das Teil?«

»Wie bitte?«

»Ich habe gefragt, was das Ding da kostet. Ich überlege auch. Die Ladys scheinen ja drauf abzufahren, was man so hört. Stimmt das eigentlich?« Kurt grinst.

Der andere runzelt achselzuckend die Stirn und dreht den Kopf weg. Er verbittet sich, hier in aller Öffentlichkeit schwach von der Seite angequatscht zu werden.

Kurt lacht, steht auf und geht den Bahnsteig entlang. Aus der Ferne schaut er noch einmal zum Clooney für Arme, doch der kuckt demonstrativ weg. Kurt hätte gut Lust, hinzugehen und ihn zu fragen, was sein Problem ist. Man sagt nicht einfach nichts und dreht den Kopf zur Seite, wenn man was gefragt wird. Hat man ihm das nicht beigebracht? Für eine Sekunde sieht er sich sein Bein heben und dem Typen die Maschine auf dem Schoß zertreten, von oben nach unten, ein Stampfen, das eigentliche Ziel sind die Eier. Kurt lacht, dann wird auch schon angezeigt, dass die Bahn kommt.

Im Anrauschen des Zuges im Tunnel schleicht sich ein Mann mit grauem Schnauzer um die sechzig aus der anderen Richtung heran. Hat ganz leise Sohlen, geht direkt auf Kurt zu, der ihn weder hören noch sehen kann. Und trotzdem, als die Bahn aus dem Tunnel schießt, durchzuckt Kurt eine Ahnung, dass irgendwer ihn in diesem günstigsten aller Momente ins Gleis hinabstoßen könnte. Einfach so. Um zu sehen, was passiert. Im Schulterblick spannt Kurt alles an und lässt auch nicht nach, nachdem er erkannt hat, dass dieser Kerl keine Gefahr für ihn darstellt. Er schüttelt sich, lässt den Kopf kreisen, um die Anspannung zu lösen, und drückt auf den grün leuchtenden Kreis. Niemand will raus. Er lehnt sich gleich hinter der Tür an die Glasscheibe und beobachtet den Alten mit seiner Plastiktüte in der Hand, wie er einen suchenden Blick in den Müll wirft. Die Türen schließen und der Mann greift rein. Er zieht eine braune Flasche heraus, während die Bahn anfährt und Kurt samt Mitreisenden und einer Maschine für die Zubereitung überteuerter Kaffeespezialitäten Richtung Innenstadt befördert.

Karl legt Vorräte an

Es hat eine Weile gedauert, bis Karl einen Supermarkt gefunden hat. Er suchte, ging kreuz und quer im Zickzack durch die Straßen, die er vor gut zwei Stunden auf dem Plan überflogen hatte. Die Schokoriegel und der Schnaps hatten ihre Schuldigkeit getan, aber lange vorhalten wird das nicht. Es gilt, bis heute Abend einen klaren Kopf zu bewahren. Jetzt sieht er vorne mehrere Leute mit Tüten aus einer Tür kommen. Jetzt weiß er, wo es langgeht. Er hat Geld in der Tasche, einen Schlüssel hat er auch, und wie er sich einen Mann mit zwei Tragetaschen genauer ansieht, nimmt das, was er gleich tun wird, andere Formen an. Auch er wird nun anders einkaufen, er wird Vorräte anlegen! Er wird kochen, einen Kühlschrank haben, einen Ort, wo er alles bunkern kann. Er muss nicht mehr seinen ganzen Hausrat mitschleppen oder ihn in offenen Streugutkästen verstecken. Schon viel zu viel ist weggekommen so.

Die Tür stemmt sich für ihn automatisch ganz weit auf. Hier ist er Mensch, hier darf er rein. Vor ihm, ganz nah, er kann alles erreichen, liegt das ganze Sortiment aufgereiht in Regalen, gestapelt in Truhen und drapiert auf Wühltischen. Es gibt alles, was das Herz, der Magen, die Leber und Lunge, ja das Hirn begehren, denn der Mensch lebt nicht vom Brot allein, es gibt noch Wein – es gibt noch Wein. Karl greift mit den Händen zu, wie er es gewohnt ist, muss aber schnell erkennen, dass er mit dieser Technik schon an seine Kapazitätsgrenze gestoßen ist. Wieder ist es ein Domkellerstolz, seine Hausmarke, der ihm auf den Boden klatscht, wieder war er weise genug, ihn in verformbaren Kartonagen auf seinen linken Arm geladen zu haben. Es drehen sich Hälse nach ihm um, während er das Zeug wieder zurück ins Regal stellt. Ein Wagen ist die Lösung, doch die Tür geht nur in eine Richtung auf. Er muss durch die Gänge gehen, durch die wartenden Leute an der Kasse, die sich wie Wasser zu beiden Seiten drängen, um hinter ihm wieder zusammenzuschwappen. Mit einem Euro löst er den Wagen aus und dreht die zweite Runde: Deutsche Markenbutter, gut und günstig, geschnitten Brot, noch sieben Tage haltbar, Kondensmilch, Kaffee, an alles denkt er, bis aufs Klopapier, aber da hat er noch eine Rolle im Rucksack. Außerdem sind diese Vorratspackungen kaum tragbar, denn die Tüten werden mit Getränken ohnehin randvoll und er hat nur zwei Arme.

Er legt alles aufs Band, wo es ihm sofort davonfährt und über die Kasse gezogen wird. Hinter ihm wollte sich eine Frau anstellen, sie scheint jedoch etwas vergessen zu haben und dreht wieder um.

Schau, Karl, man will dir nichts Böses. Man hält dir den Rücken frei.

Er kommt kaum hinterher. Die Frau an der Kasse legt ein Tempo vor, als wolle sie Mitarbeiterin des Monats werden. Das kurze, schräg abgesägte Metallstück hinter der Kasse quillt schon fast über und wenn sie nicht Obacht gibt, dann fällt die Flasche Korn hinten runter. Er legt noch zwei große Tüten drauf, zehn Cent das Stück, dann schiebt er den Wagen hin und räumt ein, den Schnaps zuerst. Als es ans Zahlen geht, tastet er zunächst nach dem Schlüssel, der beharrlich an Ort und Stelle geblieben ist, und dann erst nach dem Geld. Einen Pack Wein legt er für den baldigen Bedarfsfall obenauf, während sich die Kassiererin Desinfektionsgel in die Hände reibt. Sie lässt ihn nicht aus den Augen, wie er die Tüten im Wagen Richtung Ausgang schiebt. Bisher haben sie nur das Nötigste miteinander geredet, er kein Wort, kein Bitte, kein Danke, und sie nur die Summe und das Retourgeld, wie bei jedem Kunden. Doch jetzt, da sie sich an prototypische Bilder erinnert, überkommt sie der Drang, ihm noch was hinterherzurufen: »Den Wogn lass ma aber schee do, gell?«

Karl überhört diese Unterstellung großmütig und geht von einer Freude gepackt auf den Ausgang zu.

Macht hoch die Tür, die Tor macht breit, es kommt der Karl, der hat's nicht mehr weit.

Sie kann ihm ruhig durch die Scheibe zusehen, wie er noch ein paar Dinge in den Rucksack packt und sich zwei Mundvoll Wein genehmigt. Das ist sein gutes Recht! Den Euro steckt er ein, der Wagen aber, der kann ihm gestohlen bleiben! Da, wo er hingeht, kann er ihn sowieso nicht mehr gebrauchen.

Karl schlägt die Zeit tot

Natürlich hätte er einen Wagen gut gebrauchen können. Dann hätte er das ganze Zeug nicht schleppen müssen. Seine Arme sind ganz taub geworden und er musste Pausen einlegen, sich haufenweise von Leuten überholen lassen. Doch nun liegt das alles hinter ihm, das Blut strömt wieder ungehindert bis in die Fingerspitzen. Er hatte Glück, dass, genau als er ankam, ein Pärchen die Bank hier räumte, und zwar einfach so, ohne ihn gesehen zu haben. Sofort hat Karl sie in Beschlag genommen und sich darauf derart ausgebreitet, dass klar ersichtlich war: keine Gesellschaft erwünscht! Und seitdem sitzt er da und versucht die Zeit totzuschlagen. Anfangs ging das gut. Er musste essen und trinken, was er fast zelebrierte. Vom Verdauen wurde er müde und döste ein, war weg, für wie lange, das weiß er nicht. Die Sonne jedenfalls ist ein ganzes Stück weitergezogen auf ihrer Bahn. Nach dem Aufwachen rieb er sich mit den Fingern das angestaute Blut aus den Händen. Wenn sie so dick sind, kommen sie ihm immer wie Fremdkörper vor, deren Empfindungsvermögen sich nach innen gekehrt hat, unter die sich spannende Haut.

Es dauert noch, bis es dunkel wird. Und dann kommt der Regen und scheucht alle, auch die letzten Trottel, in ihre Häuser. Dann wird seine Stunde schlagen.

Während dieser Zeit des Wartens kann er nicht anders, als alles noch einmal Revue passieren zu lassen, die Freundschaft mit Lenz, der nun unter der Erde liegt. Er ruhe in Frieden. Als Karl diese Floskel denkt, läuft es ihm kalt den Buckel hinab. Er weiß so wenig über ihn und was ihn umgetrieben hat. Und doch war er sein Freund. Ihm hat Lenz vertraut. Ihm hat Lenz sich anvertraut, sich und alles, was er noch gehabt hatte. Karl wird eng in der Brust und er saugt zitternd die Luft ein. Und doch ist diese Enge ein gutes Gefühl. Es ist Ausdruck einer Verbundenheit, die ihm so schon lange nicht mehr zuteilgeworden ist. Er streift durch die Freundschaften von früher, die nun alle so weit hinter ihm liegen, als gehörten sie in den Geschichtsunterricht. Der Fußballverein, seine Zeit als Nachhilfelehrer für seine Schulkameraden. Es machte ihn glücklich, wenn er der Grund war, dass der Groschen fiel. Er dozierte über Stochastik, Parabelscharen, die Wichtigkeit der Definitionsmenge, die Aussagekraft der Nullstellenberechnung der ersten Ableitung. Immer wieder musste er ihren Wahn des Einfachdrauflosrechnens bremsen. Nehmt euch lieber die Zeit, den Term genau zu analysieren, sagte er.

Heute weiß er nichts mehr von ihnen. Schon während der Uni verlor sich das langsam. Man ging in andere Städte zum Studieren und auf das Klassentreffen schaffte man es auch nicht jedes Jahr. Dann noch feste Beziehungen mit Zukunft, sodass die gemeinsam durchlebte Vergangenheit nach und nach verblasste. Der normale Gang.

Und dann kam der Tag, wo sowieso nichts mehr war wie zuvor. In der Zeit, da sein Leben langsam zerfiel, hat sich keiner bei ihm gemeldet – und selbst wenn, Karl hätte ihn wahrscheinlich von sich gestoßen wie ein lästiges Tier. Und dann tauchte irgendwann Lenz auf, der ihn so nahm, wie er war, der ihm stets mit Achtung begegnete. Dass Lenz sich immer wieder zurückgezogen hat, lag nicht an Karl, das war die Welt mit all dem Scheiß, den sie auf Lager hat. Lenz ging alles an.

Er war zu dünnhäutig und nahm sich alles zu Herzen, selbst wenn er nur was in der Zeitung aufschnappte.

»Eigentlich müsste man …«, das war sein Spruch. »Man müsste das eigentlich so radikal angehen, dass es ein für alle Mal erledigt ist.«

Einmal hat er Karl gefragt, warum denn niemand ausrechne, wie groß die Waldfläche ist, die wir auf der Welt tagtäglich in unseren Motoren und Kraftwerken abfackeln. Das müsse man doch umrechnen können. In den Nachrichten komme ja auch, wenn in Kalifornien die Wälder brennen. Da sehe man Bilder und Karten. Wo ist das Bild des Waldbrandes in den Motoren? Warum sehe ich es nicht hier am Stachus hängen? Und am Stadion und am Eiffelturm? Wir müssten zugeschissen werden mit diesem Bild! Alle, überall!, meinte Lenz.

Karl, der hinter der Bank auf und ab gegangen ist, um die Zeit ein wenig schneller vergehen zu lassen, setzt sich wieder. Obwohl ihm die neuen Schuhe passen wie eine zweite Haut, spürt er einen Druck auf dem linken großen Zeh. Er setzt sich und prüft mit dem Daumen, ob der Schuh noch richtig sitzt. Ein stechender Schmerz, als er durch den Stoff auf den Nagel drückt. Wie eine heiße Nadel im Fleisch, wobei das Gefühl langsam abebbt und einer gewissen Taubheit weicht. Auch darum wird er sich kümmern müssen, wenn er in der Wohnung ist. Zur Ablenkung wühlt er nun im Rucksack einen Packen Notizen hervor und legt sie sich auf den Schoß.

Warum hat Lenz daraus immer so ein Geheimnis gemacht? Oder bildet er sich das nur ein? Er hat nie gefragt, ob er sie mal lesen darf, auch weil Lenz nie geschrieben hat, als er bei ihm war. Die Zettel waren dann kein Thema, fast so, als hätte Lenz sich ab und an Kontakt zum echten Leben verschrieben. Überhaupt war er dann ganz anders. Wenn man ihn zufällig traf, wo auch immer er sich versteckt hatte, dann herrschte Chaos. Alles war wild um ihn verstreut und man wunderte sich, dass er sein Zeug überhaupt zusammenhalten konnte. Und sonst faselte er immer was von Ordnung. Man müsse Ordnung halten auf der Welt.

Und dann kam ausgerechnet Jürgen daher und stimmte mit ein, der Bock und der Gärtner: Was ihn ja schon immer tierisch aufrege, sei die Sache mit den Glascontainern. Punkt. Als wäre damit alles gesagt, ließ Jürgen das so stehen und man musste nachfragen, welche Sache er denn meinte. Na, die Sache mit den Glascontainern! Man werde da doch nach Strich und Faden verarscht! Zuerst soll man trennen, weiß, grün, braun, und dann kippen sie im Laster alles auf einen einzigen Haufen. Sagt bloß, das wisst ihr nicht.

Zunächst allgemeines Schweigen, nicht weil das große Neuigkeiten waren – jeder, der auf der Straße seine Zeit absaß, hatte schon einmal das Vergnügen, von der Wucht von tausend auf die Ladefläche krachenden Gläsern aus dem Schlaf gerissen zu werden –, sondern weil man nicht glauben konnte, wie sehr sich Jürgen in diese Lappalie hineinsteigerte. Von ganz oben werde man zum Narren gehalten, sagte er. Beschäftigungstherapie fürs Volk!, sagte er. Jürgen, der Fixer, das Tablettengrab, stand kurz vor einer Parteigründung!

Soll man ihm stecken, dass die Laster getrennte Kammern haben, flüsterte Lenz und Karl schüttelte grinsend den Kopf. Noch ein bisschen, junges Engagement soll man nicht zu früh bremsen.

Lenz gab ihm dann trotzdem Kontra: Er sehe das falsch, beziehungsweise sei das zu kurz gedacht, sagte er. Wenn man einen anderen Blickwinkel darauf einnehme, könne man auch zu einem anderen Schluss kommen. Im Endeffekt könne man sogar etwas lernen, sagte er, den Zeigefinger schulmeisterlich erhoben. Lenz legte eine Pause ein, wohl in der Hoffnung, Jürgen würde fragen, was?, doch er schaute ihn nur müde an. Also schwang sich Lenz in neue Höhen auf, sprach von diesen Lastern als legitime Erben des mittelalterlichen

Mysterienspiels, freilich mittlerweile den Werten der Aufklärung verpflichtet. Auch sie ziehen mit ihrem Wagen in der Stadt umher und führen ihr Lehrstück auf: Wer Ohren hat, der höre das Klirren! Wer Augen hat, der sehe, dass das, was der Mensch mühsam trennt in Containern, mit Worten und Begriffen, doch alles ein- und dasselbe Material ist. Wenn ihr es werft, zerbricht es dann nicht? Lasst euch nicht von der Farbe täuschen, das ist bloß ein Schutz vor der Sonne, dem Muttergestirn! Seht her, ich füge zusammen, was zusammengehört!

Und wie Karl nun den Stoß Papier auf seinen Knien durchblättert, denkt er sich, dass es vielleicht doch Albert war, der das verzapfte. Vielleicht verwechselt Karl das. Ja, ziemlich sicher, denkt er und beginnt zu lesen:

Bück dich!

Geh aufs Feld und bück dich!

Jahrtausendelang war Unkraut der größte Arbeitgeber! Laßt uns die Verhältnisse wieder geraderücken. Wenn schon einen Chef, dann wenigstens den richtigen!

Mir scheint, Popper hatte mit seiner allgemeinen Nährpflicht recht. Die soziale Frage ist tatsächlich eine Magenfrage, wie er schreibt. Überhaupt ist die menschliche Frage eine Magensaftfrage. Das Wissen vom Hunger, ihn zu durchleben, ihn durchlebt zu haben, stellt uns vor Augen, daß wir alle Verdauungsmaterial sind, irgendwann. Die Angst, uns selbst zu verdauen, ist so tief in uns versenkt wie die Säure selbst, die wir auch als solche nicht spüren. Das ist vielleicht sogar der Hauptzweck all unserer Unternehmungen: die Aufrechterhaltung dieser dünnen Schleimhaut im Magen, der Schutz vor der immer arbeitenden Säure.

Popper spricht in seinem Buch von einer Nährarmee, die alles produziert und in natura verteilt, was der Mensch notwendig braucht: Essen, Kleidung, Wohnung, ärztliche Hilfe, Bildung,

Heizung, Pflege im Alter usw. Alles ohne Geld. Wenn weniger da ist, betrifft es alle gleich! Kultur sieht er als sekundäre Notwendigkeit, für die jeder bedingungslos einen Geldbetrag ausgezahlt bekommt. Wieviel, wird gemeinsam festgelegt. Dafür muß jeder ohne Ausnahme einige Jahre in dieser Armee dienen, um sich so auf Lebenszeit das Recht auf kostenlose Versorgung zu sichern.

In dieser Armee gibt es keinen Drill, keine Manöver, die einzige Hierarchie ist die der Erfahrung. Es besteht ein natürliches Interesse am gemeinsamen Arbeiten.

Ich glaube, diese Arbeit wäre heilsam! Man kommt in Kontakt mit anderen und der Welt und zwar als Tätiger, mit einer Aufgabe. Und wir sind viele! Aber die meisten von uns sitzen einem pharaonischen Denken auf. Schluß damit! Schluß mit dem Raubbau an unserer eigenen Erfahrungswelt! Wir müssen eine Konkurrenz sein für die Vereinsamung an der Maschine und für das Gift!

Karl hört, wie jemand seinen Namen ruft, und blickt empor. Tatsächlich ist er gemeint. Der Zigarillo rauchende Wolfgang kommt vom Ufer her direkt auf ihn zu. Er winkt zum Gruß und Karl durchfährt es wie ein Blitz, dass er ihn loswerden muss. Und zwar sofort.

Du darfst ihm den Schlüssel nicht zeigen! Noch nicht einmal die Tüten darf er sehen!

Karl schnauft kurz und flach. Er weiß nicht, wohin mit sich selbst, nicht, wie er auf die Schnelle einen Keil zwischen sich und Wolfgang treiben kann, der ihn sicher auf Distanz hält. Er überlegt und überlegt, erinnert sich an Achmed, der immer nur »Aids! Ich habe Aids!« geschrien hat, wenn er von den Schwarzen Sheriffs verprügelt wurde. Und auf einmal steht Karl auf und marschiert auf Wolfgang zu, als habe er lange auf den Tag der Abrechnung gewartet, und brüllt Spucke schleudernd: »Du Judensau!« Und nochmal: »Du Judensau!«

Er bückt sich und hebt einen Stein auf und wirft ihn auf Wolfgang, der erst ins Stocken geriet – meint Karl etwa mich!? –, der dann nach dem zweiten Schwall stehen blieb – der meint tatsächlich mich! Und jetzt dreht Wolfgang sich um und rennt weg, da der Stein fliegt und nur knapp hinter ihm aufschlägt und noch ein Stück weit rollt, als wolle ihm der Stein selbst drohen, sich ja nicht noch einmal umzudrehen.

Es funktioniert. Wolfgang verschwindet. Doch andere Leute sind stehen geblieben und haben aufgemerkt. Sie schütteln die Köpfe über Karl, der sich über den Mund fährt und den Parka abklopft, als suche er was.

Jetzt hast du die Brücke hinter dir abgebrochen. Wolfgang wird reden. Jetzt musst du vorwärtsschauen, du musst …

Karl zieht den Schlüssel aus der Jackentasche und ballt ihn in die Faust, als er zur Bank zurückhinkt. Vom Laufen pocht sein Zeh und sticht sein Knie. Er muss diese Bank verteidigen bis in die Nacht.

Es tobt ein Kampf in den Straßen, und in den Parks dieser Stadt erst recht

Kurt ist auf Brautschau. Er hat sich eine Geschichte zurechtgelegt, die ihn etwas besser dastehen lässt. Er ist frei, ein Streuner, nur zu Besuch hier, später mit einem alten Kumpel verabredet, aber so wichtig ist die Sache nun auch wieder nicht, er kann gerne noch ein Weilchen bleiben. Da sitzt er in Gedanken schon bei einer auf der Couch. Was diesem Szenario im Weg steht, ist diese geschnürte Enge in seiner Brust, die davon herrührt, dass er zu lange allein war, zu lange keine mehr im Arm hatte, zu lange nicht mehr die Hand von einer Schulter über den Rücken gleiten ließ, hinab zur Hüfte, und sie dann mit galoppierendem Herzen zu sich herzog. Er weiß, dass er gelöst daherkommen muss, sorglos, mit einem Lächeln und

Sprüchen auf den Lippen. Und das Wissen um diesen Widerspruch zieht ihm die Schnur noch einmal fester zu.

Als Brustlöser hat er einen Kanten in der Tasche, was zugleich das Gespräch ins Rollen bringen soll, wenn alles nach Plan läuft. Er nippt am Bier und läuft an der Isar entlang, die Augen ständig am Wühlen. Mal mehr, mal weniger gefüllte Bikinis, türkis lackierte Zehennägel, lange Finger fahren durch lange Haare, und verspiegelte Sonnenbrillen halten Kurt ohne viel Aufhebens auf Abstand. Er schlendert, gibt den Zeitmillionär und denkt zurück an die Freakshow in der U-Bahn. An seiner vorletzten Haltestelle stieg ein Mann zu, der so kurze, verkrüppelte Arme hatte, dass er sich kaum an der Nasenspitze hätte kratzen können, geschweige denn am Sack. Wieder muss Kurt schmunzeln, doch dann begreift er das ganze Ausmaß: Dieser Typ kann tatsächlich nicht hinunterfassen, er hat wahrscheinlich noch nie im Leben seinen eigenen Schwanz berührt. Eine Vorstellung, die Kurt nun mit einer Art wütendem Mitleid erfüllt. Wie hießen diese Kinder gleich noch mal? Er kommt nicht drauf. Jedenfalls, so viel Entschädigung kann man ihm gar nicht zahlen, dass es das aufwiegen würde. Wie pisst der überhaupt? Sogar für einen Rundumschlag sind diese Ärmchen zu kurz.

Kurt atmet tief gegen die Enge an und wechselt in ruhigere Gefilde. Das Bier im Magen tut schon seine Wirkung und nestelt am Knoten herum. Er konzentriert sich auf das, was vor ihm liegt. Vögel zwitschern, Grillen zirpen, hie und da wird Eis geschleckt. Auch hier das Klingeln von Radfahrern, das Planschen von Beinen im Wasser, das Flaschenklirren der Zuprostenden, aber deutlich weniger Zivis als auf der anderen Seite im Park. Kurt kann dabei sein, wenn er sich nicht dumm anstellt. Dort drüben, etwas abseits, steigt dicker Rauch auf, ein gutes Zeichen, und in der Ferne schreit einer »Judensau«. Man merkt auf, streckt Hals und Wirbelsäule und scheitert am Versuch, was zu sehen. Also sitzen bleiben, Stirn runzeln, Achseln zucken.

Kurt muss lachen. Und weil er noch nicht sitzt, geht er Richtung Schrei. Vielleicht gibt es ja was zu sehen. Eine gute Geschichte ist immer was wert. Das kann ein Türöffner sein bis hinauf auf die Couch.

Langsam bahnt er sich den Weg, sucht in den Gesichtern der Leute nach Anzeichen. Alle schütteln sie die Köpfe, sind peinlich berührt und wenden sich hin und wieder um. Er ist auf dem richtigen Weg, sieht hinter einem Baum einen Säufer verschnaufen und wenig später einen abgeranzten Penner, der ihn ganz genau ins Visier nimmt. Das muss er sein, denkt Kurt und die Erkenntnis trifft ihn wie Schlag auf Schlag. Erst das Erkennen des anderen, dann das Wissen um das Erkanntwordensein. Die Narbe weist ihn aus. Ein Zeichen, das auch die Zeit nicht tilgen kann.

Kurt stockt.

Fast ahnt er ein Schicksal auf sich zurollen, fast ist er versucht, den unbewussten Glauben an den Zufall über Bord zu werfen. Vorgestern die Sache im Kino, die Erinnerungen an Monique, die ihm noch nie so bildgewaltig vor Augen gestanden sind, weil er sie begraben hat, tief unten drin, weil er es verstanden hat, die Wut umzumünzen, sie nach vorne zu richten, mit zusammengebissenem Gebiss, auf etwas außerhalb von ihm selbst, und sie so kleinzuhalten, tief unten drin, in ihrem Grab, die Bilder und die Wut. Und jetzt dieser verlauste Kerl, der ihm bis auf den Grund gestarrt hat mit einem weiten, nach Begrenzung ringenden Blick.

Kurt stockt noch immer.

Der andere ist es, der sich zuerst rührt. Er wendet den Blick ab, fast hastig, als wolle er mitsamt den Tüten und dem ganzen Zeug die Flucht ergreifen.

Kurt hat sich entschlossen, dazwischenzugehen. Er lässt das Glas fallen und setzt sich, ohne auch nur den geringsten Anhauch eines Plans für diese Situation zu haben, in Gang. Er beschleunigt, seine Schritte gewinnen an Festigkeit, sein

Körper richtet sich auf, sogar die Haare spreizen sich, und er packt den Kerl an der Schulter und reißt ihn herum. Er greift ihn am Kragen und dreht die Fäuste zusammen wie die Walzen in einem Brechwerk, sodass die acht Knöchel sich wie Zähne zwischen die Rippen des stinkenden Penners bohren.

»Hey!« Er rudert mit den Armen, um seinen Stand nicht zu verlieren. »Was …«

»Wo willst du hin, hä?«, reibt Kurt aus sich heraus und Karl fällt es wie Schuppen von den Augen, als er diese Stimme hört.

Die falsche Zeit, der falsche Ort, wieder und wieder

Zuerst hatte Karl großes Glück, damals im Winter vor vier Jahren. Vorweihnachtszeit, in den Einkaufspassagen war die Hölle los, und trotzdem waren die Gesichter der Leute von Vorfreude geprägt. Das wichtigste Fest des Jahres stand bevor, drei Tage, in denen die Prioritäten sich grundlegend verschieben würden: keine E-Mails, keine Anrufe oder beruflichen Termine. Ging es nicht um Leben oder Tod, hatte man im Kreise der Familie seine Ruhe und schaute Filme von Disney, die Geisterbekehrung des Geizhalses oder den kleinen Lord Fauntleroy, wie er die Herzen der Aristokratie im Sturm eroberte, weil er war, wie er war, blond und von reinem Herzen. Sein von der Mutter geerbter Gesinnungsadel, gepaart mit seiner kindlichen Unverblümtheit, ließ reihenweise die Monokel von den Augen fallen.

Wie jedes Jahr stieg das Interesse für die Ärmsten der Armen mit jedem Minusgrad. Die Kälte, der große Beweger der Herzen und der Kiefer. Die Zeitungen lancierten vermehrt Berichterstattungen über Einzelschicksale von Berbern: Frau weg, Job weg, Krankheit, OP, monatelange Reha, Schuldenfalle Mietwohnung. Letztendlich Räumung, und ja, der Ton werde rauer auf der Straße. Ich hätte nie für möglich gehalten, dass es mich trifft. Die Spendenbereitschaft nahm zu, egal ob bei Kleidung oder Geld.

Auch Karl profitierte davon, denn er würde Heiligabend nicht allein sein. Er hatte die Einladung zur alljährlichen Weihnachtsfeier im Hofbräuhaus schon in der Tasche. Es würde Braten mit Soße geben. Er streifte durch die trubelnde Innenstadt, warf flüchtige Blicke in Mülleimer, und am Rindermarkt, oberhalb des mit einem Bretterverschlag frostgeschützten Brunnens, ließ ihn auf einmal etwas auf dem Absatz kehrtmachen. Sein Blick hatte den grünen Rand eines Papiers gestreift. Er lehnte sich etwas nach vorne und stellte seine Augen scharf, weg von der dunklen Hüfthöhe des Mülleimers, hin zur grauen Schmutzschicht des Schnees auf dem Boden daneben. Es war Geld! Ein grüner Schein lag da, ganz klein zusammengerollt. Er blickte schnell nach links und rechts, ob nicht jemand gelaufen kam. Dann warf er sich auf die Knie, weil er glaubte, so den Fund besser vor neugierigen Blicken abschirmen zu können. Er rutschte im nassen Schnee etwas nach vorne und griff zu. Keiner hatte sich ihm genähert, keiner suchte verzweifelt rückwärts seine Fußspuren ab. Mit einer schnellen Bewegung ließ er den Schein samt Schnee in die Tasche seines Anoraks wandern. Langsam und umständlich richtete er sich wieder auf und ging dann hastiger, als er wollte, weg. Niemand verfolgte ihn. Die Leute hatten genug mit sich selbst zu tun, und so ging auch Karl mit seiner aufgeweichten Hose weiter, als ob nichts gewesen wäre. Und als er spürte, dass es zwei Scheine waren, wollte er fast zerplatzen vor Glück, aber auch das ließ er niemanden merken.

In einer sichtgeschützten Nische dann der Kontrollblick: zweihundert Euro! Tatsache! Pures Glück. Zur richtigen Zeit am richtigen Ort die richtige Bewegung gemacht. Das musste gefeiert werden! Er zog sich also im Kreise seiner Kollegen die Spendierhosen an. Wer jetzt genau alles mit in der Runde stand und vom Schnaps und Wein kostete, das wusste er nicht mehr und es war ihm auch egal. Das wohlige Gefühl, das hat er behalten. Und das trug er noch mit sich herum, als er tief nachts über den verlassenen Viktualienmarkt wankte.

Und dann weiß er nur noch eine Sache, die aus der Dunkelheit des Nichts herausragt und die er erst als Strafe für sein kurzes Glück, später als Strafe für das große Unglück gedeutet hat: Die Worte »Bleib stehen, du Sau!«, die wie über eine Nagelsperre im Kehlkopf getrieben wurden, der kräftige Zangengriff in seine Schulter, das Glas vor einer großen, schwarzen, von den Lichtern der Stadt beschienenen Wolkenwand, woraus leise der Schnee rieselte.

Danach bekam er nichts mehr mit. Das, was er sein Ich nennen würde, sein Wesen, war von den zwei wuchtigen Schlägen mit dem Glas ausgeknipst. Nur noch das Fleisch war da, aber das wusste, was zu tun war, das arbeitete wie von selbst. Die Adern begannen, sich zu verengen und das heiße Blut, so gut es eben ging, nach innen zu pressen, wie auch die Pflanzen, um den Winter zu überstehen, ihren Lebenssaft in ihre Wurzeln zurückdrücken. An der Luft klumpte schon das Blut, weil es wusste, dass es aus der Bahn gebrochen war und dort nichts verloren hatte. Es hemmte seinen eigenen Fluss, es arbeitete für ein höheres Ziel gegen sich selbst. Und doch floss es weiter aus der Wunde, weil das Herz bis zuletzt nicht anders kann, als zu schlagen und zu pumpen. Auch unten, zwischen den Beinen, begann es zu fließen, zuerst warm, was aber nicht lange hielt, denn die Nässe sog die Kälte auf wie ein Schwamm. Auch davon weiß Karl nichts, sein Ich war nicht da, was sich dagegen hätte wehren können.

Blaulicht und Sirene nahm er nicht wahr, die Not-OP nicht, das Zerschneiden seiner Kleider. Menschen, die eine jahrelange Spezialausbildung genossen hatten, kümmerten sich um ihn wie um jeden anderen auch. Auf diesem Tisch war es, als würden die letzten Jahre nichts bedeuten.

Automatisierte Handgriffe brachten die Blutung zum Erliegen, gaben Konserven und Medikamente, desinfizierten und rasierten ihn. Nach der Rechnung wurde nicht gefragt. Vielleicht war es das Auslosen unter den Schwestern und dann die etwas gründlichere und großflächigere Waschung von der Verliererin, auch an Stellen, die nicht von seinem Blut besudelt waren, die den Unterschied machten. Und, dass seine Klamotten, sämtlich, so wie sie waren, bis hinab zu den Socken und Schuhen, in die Tonne wanderten. Weil der Patient in seinem nach hinten offenen Leibchen aber nun alles andere als straßentauglich war, wurde für ihn auf der ganzen Station gesammelt. Gebrauchtes und Guterhaltenes. Während draußen die Temperaturen in den Keller gingen, weil in klaren Nächten alle Wärme ins All abstrahlte, kam drinnen, im Schrank neben Karls Bett, ein nicht unleidlicher Wäscheberg zustande: Von langer Leibwäsche angefangen über gefütterte Schuhe bis hin zu Isomatte und Schlafsack war alles dabei, und sogar solch ausgefallene Teile wie zwei wiederverwendbare Handwärmer für die Faust in der Tasche – zur Aktivierung knicke man das Metallplättchen, zum Aufladen lege man die Kissen sechs Minuten lang in siedendes Wasser –, ein Multitool, ein Reisekissen und ein kleiner Gaskocher samt Wechselkartusche.

Irgendwann kam die Polizei zu ihm ins Zimmer und erkundigte sich nach seinem Zustand, ob er irgendwelche Angaben machen könne. Sei da wirklich gar nichts, fragte man ihn. Hatte er vielleicht irgendetwas Wertvolles bei sich, denn schließlich habe man keinen Geldbeutel und keinerlei Ausweis bei ihm finden können. War es Raub? Ein Streit? Feinde im Milieu?

Nein, nicht dass er wüsste. Es sei eh alles viel zu schnell gegangen. Jemand packte ihn von hinten und einen Wimpernschlag später lag er schon, Herr Kommissar. Das war alles, woran er sich erinnern konnte.

Das war gelogen. Das mit der Stimme verschwieg er. Was sollte das schon helfen? Und vielleicht habe ich diese Strafe verdient, dachte er, als er nachts nicht schlafen konnte, als er an die Zimmerdecke starrte und sich ein großes, unsichtbares Räderwerk hinter den Dingen ausmalte, als sich das trocken krächzende Schnarchen seines Zimmergenossen wie mit Zähnen in seinen Gehörgang kerbte.

Ein mächtiger Schlag

Karl erkennt seinen Peiniger und zum Zeichen dieses Erkennens reißt er die Augen auf und saugt die Luft mit einem Mal tief und hörbar ein, wie man sie einsaugt, wenn man stürzt und noch nicht weiß, ob dieser Sturz nicht der letzte gewesen sein wird. Er lässt die Arme nach hinten sinken, der Schlüssel fällt ihm aus der Hand und schlägt blechern auf der Bank auf und Karl windet den überstreckten Kopf hin und her und weg von diesem Kerl, der nun seinerseits die Augen aufreißt zum Zeichen eines zweiten Erkennens nach dem ersten. Karl spürt den Griff sich lockern, sieht in ein verwirrtes Gesicht, sieht einen die Verwirrung abschüttelnden Kopf, spürt den Sprühregen der zischend durch die Zähne gepressten Spucke auf seinem Gesicht und spürt den Griff sich wieder zusammenziehen, fester als zuvor.

Das, was gesagt wurde, ist verhallt. Karl weiß es nicht mehr.

Das, wie es gesagt wurde, ist noch da. Die Panik beginnt, sich in die Stimmbänder zu krallen. Karl schwafelt los. Er habe der Polizei nichts gesagt, gar nichts, das schwöre er, das müsse er ihm glauben, die Sache sei lange vorbei, er wolle davon nichts mehr wissen. Er fleht, er solle ihn gehen lassen, er wird kindisch, wiederholt immer das Gleiche, er wolle gehen, einfach nur gehen, bittebittebitte, lass mich doch gehen.

»Halt dein Maul! Halt dein scheiß Maul!«

Karl nimmt die Arme nach vorne und zum ersten Mal berührt er ihn, ganz sanft, seine Hände auf den Fäusten des anderen, dessen Griff eine beengende Drehung weiter einrastet.

»Was laberst du von den Bullen, hä?«

Sie schauen einander an. Und weil Karls Blick aus Gründen der Vorsicht nicht ausweichen kann, ist es wieder sein Nacken, der den kurzen Rückzug antritt, während die Augen des anderen von Karls Gesicht abgleiten und ihn mustern von oben bis unten, jedes krause Haar, jeden Fleck auf der Jacke, den Dreck unter den Nägeln. Der Kopf dreht sich weiter, das Hab und Gut wird betrachtet, die Tüten, fabrikneu, der Rucksack, der Schlüssel auf der Bank.

»Was ist das?«

Karls Blick folgt den Augen des anderen auf das Geschenk von Lenz, das einfach nicht in den Spalt zwischen den Holzlatten fallen will. Karl schaut, sein Blick wird leer und beinahe kann er den Gedanken, nach Hilfe zu schreien, festhalten, doch die Brust ist ihm zu eng für ein Aufbäumen. Ganz im Gegenteil, als hätte man einer Puppe alle Schnüre bis auf eine gekappt, so hängt er da und sagt die Worte »Andenken« und »Erinnerung«. Und statt zu sagen »Lenz«, »ein guter Freund«, sagt er »früher«, »meine letzte Wohnung« und nach einer Pause »die Tür dazu gibt es schon lange nicht mehr.« Vielleicht kann Karl nicht mehr schreien mit diesen beiden Fäusten auf seiner Brust, aber lügen kann er noch. Und wie dieser Kerl sich an seinem Parka festhält, so wird Karl sich an dieser Lüge festhalten, bis zuletzt.

Und nun kommt doch ein Schrei, ein Schrei des Wahnsinns oder des Angriffs. Er kommt von der Seite, die beide aus den Augen verloren hatten, aus dem weit aufgerissenen Mund von Rainer, der, die haarigen Fäuste geballt, auf sie zustürmt wie ein Stier. Rainer holt aus und Karl packt zu wie einer, der nicht allein untergehen will.

Der andere schafft es nicht, seine Hände so schnell von Karl loszureißen, dass er eine Deckung aufbauen kann, also trifft ihn und nur ihn der Schlag vollends. Es ist ein Schlag, der aufs Ganze geht, der weit ausholt und im letzten Moment die Faust gar nicht zum Einsatz bringt, sondern die ganze Wucht des Laufs, des Schwungs in den Ellenbogen lenkt. Er ist es, der auf das Jochbein trifft. Der andere geht zu Boden, auch Karl gerät ins Schlingern, kommt aber auf der Bank zum Sitzen und kann sich mit Mühe dort halten. Einen Augenblick lang beobachtet Karl das Geschehen und sieht, wie Rainer über seinem Peiniger steht und ihn noch mit den Füßen tritt, bevor er von ihm ablässt und immer wieder den Kopf schüttelt, als müsse er sich selbst von einem Schlag erholen, der ihm die Sicht getrübt hat.

Karl erkennt, dass er keine Rolle mehr spielt. Rainer scheint ihn gar nicht im Blick zu haben. Vielleicht ist es auch hier eine offene Rechnung, die er mit diesem Schlag beglichen hat wie damals, als er einem Kollegen heißen Tee ins Gesicht schüttete. Vielleicht sitzt der Rainer die ganze Zeit in dem unsichtbaren Verschlag seiner Wirrnis und merkt sich doch alles und jeden ganz genau, wer ihn beleidigt oder bespuckt hat. Vielleicht war es auch so etwas wie Solidarität, denkt Karl – Rainer, sein Schutzengel, wir gegen sie, weil unser Schicksal ein anderes ist –, während er den Schlüssel packt, seine Habe zusammenrafft und sich aus dem Staub macht, glücklich, dass er noch einmal davongekommen ist. Er steht tief in Rainers Schuld, doch bedanken wird er sich nicht. Nicht einmal umdrehen wird er sich. Er wird das alles hinter sich lassen, diese Schutzlosigkeit, für immer, dieses Ausgeliefertsein der Willkür, dass einfach jeder kommen kann, wie er will. Nur die Ohren spitzt Karl auf seiner Flucht, falls sich Rainer doch an seine Fersen heften sollte.

Der erste Weg ging zur Tanke. Kurt hielt sich die linke Hand vors Gesicht, als er nach dem Toilettenschlüssel fragte.

»Einmal ums Haus herum. Und dann bitte wieder zusperren«, sagte die Kassiererin und hielt ihm mit ihrem fleischigen Arm einen Schlüssel hin, an dem ein Nachfüllkanister für Motoröl baumelte.

Grelles Neonlicht in einem bis zur Decke weiß gefliesten Kabuff. Kurts geschwollenes Gesicht vor dem fleckigen Spiegel. Er spuckt ins Waschbecken und dreht das Wasser auf. Man hat ihn kalt erwischt. Solch einen Schlag hat er schon lange nicht mehr abbekommen, wenn überhaupt. Er ist sich sicher, dass zumindest sein Wangenknochen gebrochen wäre, hätte er nicht im letzten Moment noch den Kopf etwas abdrehen können. Vorsichtig befühlt er die Schwellung und schaut sich das Auge genau an. Auch innen ist es rot, ein Äderchen muss geplatzt sein und jetzt läuft das Blut in das Weiß des Augapfels. Er sieht scheiße aus! Vor Wut beißt er die Zähne zusammen, lässt es aber gleich wieder bleiben, ein dumpfer Schmerz in der linken Hälfte. Er schaufelt sich Wasser ins Gesicht, das so kalt ist, dass seine Hände ganz taub werden.

Kurt versucht, sich die Fresse des Angreifers in Erinnerung zu rufen, doch es gelingt ihm kaum. Er weiß, dass er größer war, und die grauen Koteletten hat er noch vor Augen, sonst nichts. Für eine Gegenüberstellung würde es jedoch reichen, denkt er und übt sich in Rachefantasien, wo er den Schlag pariert und seinerseits zum Angriff übergeht. Hier liegt der andere am Boden und Kurt hört nicht so schnell auf. Er zahlt mit Zinsen heim, denkt er und zwickt die Augen zusammen, weil ein Pochen in seinem Hirn aufwallt. Das Kiffen kommt ihm in den Sinn. Schmerz lass nach. Ein kurzer Blick zur Tür und schon ist der Entschluss gefasst. Solange kein Bulle dasteht, wenn er aufmacht, juckt es ihn nicht. Zum Kacken fahren die sicher aufs Präsidium.

Er sitzt auf dem Klodeckel und inhaliert tief. Eine Weile lang spürt er dem Kribbeln in seinen Beinen und Armen nach und starrt auf den blauen Putzeimer hinter der Tür, in dessen Auswringer ein Wischmopp steht. Sonst alles weiß, etwas Grau und manche Fugen haben sich gelb verfärbt. Er liest die Sprüche an der Wand, den unvermeidlichen: »Wie einst Adolf sitz ich hier / die braunen Massen unter mir!«, dann noch »Ich stinke, also bin ich«, die anderen sind zu verschmiert. Auch das Licht: grellstes Weiß. Zwei Neonröhren, viel zu hell und viel zu hoch oben, als dass er hinkäme. Ein Impuls, das Ding irgendwie aus der Fassung zu schlagen. Auf die Schüssel steigen, mit dem Mopp in der Hand? Doch die Faulheit siegt, oder die Einsicht, dass es ganz ohne Fenster und Licht dann doch nicht geht. Er kommt langsam zur Ruhe, wird ganz kraftlos vom Rauch und wünscht es sich weich und dunkel. Die Füße hochlegen und sich anlehnen an etwas Kissenartiges und nicht an den Wasserkasten. Er würde gern gepolstert versinken und nicht einen Klodeckel aus billigstem Plastik durchbiegen.

Draußen tut sich was! Jemand kommt … und schiebt oder zieht etwas übers Pflaster, es rattert … und geht vorbei … und bleibt vorbei.

Kurt hat sich aufgesetzt und lässt sich jetzt wieder gegen den Spülkasten sinken. Ein weiterer Zug, unbehelligt. Er kommt immer wieder zurück zu dem Schlag. Dass dieses Pack so gut zusammenzuhält, hätte er nicht gedacht. Und dabei noch eine Wucht haben wie ein Dampfhammer. Als wäre das ein ehemaliger Boxer, der da den Leibwächter spielt für das ganze Gesocks unter den Isarbrücken. Im Rückwärtsgang seiner Gedanken kommt Kurt auf das eigentliche Problem zurück, den Penner mit der Narbe, und es wird ihm ganz heiß in der Brust. Er könnte sich selbst eine reinhauen dafür, dass er so unvorsichtig war und sofort auf ihn losgegangen ist. Erst als er sein Maul aufgemacht hat, hat der ihn erkannt, das war deutlich zu sehen. Ein verfickt großer Fehler, denkt Kurt in seinem weißen Kabuff, während draußen der Penner sich naturgemäß in den Straßen der Stadt verliert. An den ist kein Rankommen mehr. Und jetzt weiß der Typ, wie er aussieht. Selbst wenn ihm der Schnaps schon das halbe Hirn zerfressen hat, das hat er sich gemerkt. Und das kann der Penner den Bullen stecken, denkt Kurt und sieht schon den Bleistift eines verfehlten Kunststudenten übers Papier flitzen und hört schon die Worte »versuchter Mord« durch die Amtsstuben hallen. Der Typ hat die Narbe als Ausweis und die Bullen haben Aktenschränke, die nichts vergessen.

Kurt hebt es vom Sitz. Es fühlt sich an, als würden seine Eingeweide wegsacken, denn ein Bulle kommt sicher auf die Idee, dem Penner die Kartei aus Stadelheim aufzutischen. Er soll einfach schauen, während der Bulle durchklickt, und vielleicht steht Kurt schon mit dem Rücken zur Wand und weiß es noch nicht einmal. Verjährt das nicht? Kann der Typ nach vier oder fünf Jahren einfach so zu den Bullen spazieren?

Kurt dreht es jetzt mehr als vorhin, er muss an die frische Luft! Beinahe hätte er sich einfach so abgeseilt, das Licht noch an, die Tür offen, der Ölkanister baumelt im Wind, doch ihm fällt die Gefriertruhe ein. Er macht also alles nach Vorschrift und bringt den Schlüssel zurück, eine Tüte Crushed Ice und zwei Dosen Bier in der Hand.

»Gibt es auch Stoffbeutel?«

Die Kassiererin streut gerade Salz auf ein Blech mit Brezenrohlingen und schaut ihn fragend an. Er hält sich das Eis ans Gesicht und erklärt: »Fahrradunfall.«

Ohlandt ist wieder da. Kurt hört die Klospülung gehen. Seine Lippen formen ein lautloses »Scheiße!«, als er die Wohnungstür zudrückt und die Augen gleich mit, als wolle er die Realität zumindest auf diesem Kanal noch ein Weilchen draußen halten. Seine Wange ist vor Kälte ganz taub.

Die Badtür ist einen Spalt weit offen und er sieht das Reiben der Hände unter dem Wasserstrahl. Von der linken Hand haben sie ihm den kleinen Finger abgenommen bis zum zweiten Glied. Uralt, hat er damals in der Schreinerei gesagt. Arbeitsunfall an der Säge, ist kurz nach der Ausbildung passiert. Ohlandt hat die meiste Zeit ein ganz normales Leben geführt. War kinderlos, geschieden und als Schreiner in einem großen Baumarkt tätig, hat aber auch schon immer gerne tief ins Glas geschaut und dann gab es keine Grenzen mehr. Aber nur am Wochenende oder im Urlaub! Das hat er besonders betont. Logisch, dachte Kurt, besoffen willst du nicht an der Säge stehen, wenn dir da schon einmal das Blut ins Gesicht gespritzt und dein Finger letztendlich im Mülleimer gelandet ist. Trunkenheit am Steuer, ein paar Unfälle gebaut, nichts Tragisches, und schwere Körperverletzung nach dem Besuch einer Diskothek. Zwei Typen, die seine Söhne hätten sein können, machten ihn blöd an. Und auf einmal hatte er wohl einen großen Stein in der Hand. Einer wäre beinahe hopsgegangen, hat er gesagt.

Ohlandt muss ihn gehört haben, aber er sagt kein Wort. Kurt sowieso nicht. Wer ist der Fremdkörper? Der Gast, der auf der Couch pennt, oder der, der vor drei Tagen gesagt hat, in einer Woche komme er wieder. Es waren doch drei Tage, oder? Während Ohlandt sich die Hände abtrocknet, so gründlich, als stünde eine OP ins Haus, wendet Kurt den Kopf und schaut ins Schlafzimmer, auf das zerwühlte Bett, von dem er sich geschworen hat, dass er es jeden Morgen so hinterlässt, wie er es vorgefunden hat, das Kissen aufgeschlagen, die Decke gefaltet und glatt gestrichen. Ohlandt ist zwar nicht besonders ordentlich, aber das Bett macht er jeden Morgen, wohl eine Einimpfung vom Bund. Kurts Platz war die Couch, aber natürlich ist er sofort umgezogen, als der Hausherr weg war. Und Kurt vergaß mal wieder die Spurenverwischung, wofür er sich gleich noch einmal eine reinhauen könnte. Die Badtür geht auf, ein langer, seltsam teilnahmsloser Blick trifft ihn, der sich wie zur schützenden Erklärung den Eisbeutel wieder an die Wange drückt. Er hatte sich diesen ersten Blick gewetzter ausgemalt. Noch immer in der Diele stehend, direkt hinter sich die Wohnungstür, macht er den ersten Schritt: »Und, wie ist es gelaufen?«

Ohlandt kann sich ein Grinsen nicht verkneifen. Er lässt Kurt ohne Antwort stehen und geht in die Küche. Wasser kochen und Kaffeepulver in die Tasse löffeln. Was folgt, ist ein Kampf, den Kurt schon in der Sekunde verloren hat, in der er begann. Er hat keine Handhabe. Ohlandt, seine Plörre ordentlich zuckernd, sagt ihm in ganz unaufgeregtem Ton: »Pack dein Zeug und schwirr ab.« Es war eine Tatsachenentscheidung, auf die eine Erwiderung keinen Sinn gehabt hätte. Und selbst wenn, Kurt bettelt nicht. Kurt appelliert nicht. Kurt hat nichts anzubieten. Ohlandt hat das Recht auf seiner Seite, er hat einen Vertrag, schätzungsweise, einen Schlüssel ganz sicher, und wer zahlt, sagt, wo es langgeht.

Bei Kurt kommt nun der altbekannte Reflex: Wer meint, ihn an die Wand drücken zu können, muss das Echo vertragen. Für eine Sekunde sieht er sich Ohlandt vorknöpfen, wie er ihm an die Gurgel geht, aber bei dem würde das nicht ziehen. So gut kennt er ihn. Ihn müsste man ganz und gar erschlagen, was schon zweimal nicht geht, weil sein Schädel brummt. Der Schmerz in der linken Schulter kam erst nach und nach an die Oberfläche, je länger er sich das Eis ans Gesicht hielt. Es fühlt sich an, als hätte ihn der Penner im Liegen noch mit dem

Fleischhammer traktiert. Kurt hat verloren. Und wie er seine Sachen zusammenräumt, wird er mit jedem Handgriff trotziger. Dieser Tag, nein, die letzten Tage haben ihm Scheiße am laufenden Band serviert, und er hat geschluckt, ganz brav. Und jetzt kommt die Scheißelawine angerauscht, dass es in seinen Ohren dröhnt. Im schäbigen Wohnzimmer Ohlandts mit diesem bekackten Glastischchen, das so aussieht, als hätte er es direkt vom Sperrmüll und wäre nur einmal mit der fettigen Hand drübergefahren, verfällt Kurt in gewohnte Verhaltensweisen. Er gibt ihm Tiernamen, sagt: »Arschloch, dreckiges«, »schwule Sau« und »Flachwichser«.

Ohlandt lässt das alles kalt. Er lehnt am Türstock und hat die Beobachterposition eingenommen. Die Gewissheit, dass Kurt ihm nur ans Leder gehen kann, aber nicht ans Eingemachte, und er selbst ist ja auch nicht mehr ganz grün hinter den Ohren. Kurts Gelaber ist kindisch. Und ein Kind ist nicht in der Position, ihn zu beleidigen. Soll er also sagen, was ihm auf dem Herzen liegt, wenn es ihm dann besser geht. Wozu sich aufregen? Das würde alles nur in die Länge ziehen und man hat ja seine Zeit auch nicht gestohlen.

Kurt hat seine Habe beisammen, den Dreck und das benutzte Zeug auf dem Tisch lässt er bedeutungsvoll stehen. Ohlandt weicht ihm aus wie einem Pestkranken, zwei Armlängen Abstand. Es scheint, als sei alles gesagt. Kurt wirft ihm noch einen letzten drohenden Blick zu, dann öffnet er die Tür und ist raus. Ohlandt folgt ihm mit Verzögerung bis auf die Fußmatte und pfeift, als Kurt den ersten Treppenabsatz erreicht hat.

»Der Schlüssel.« Seine einklappenden Finger gestikulieren Silbe für Silbe die Worte »lass rüberwachsen« dazu.

Kurt zieht ihn aus der Hosentasche und einen Moment lang ist alles ganz still. Noch wäre Ohlandt vielleicht mit zwei bis drei schnellen Sprüngen zu erreichen und er hätte zumindest wieder einen Fuß in der Tür. Wie es dann allerdings weitergehen soll, weiß er nicht. Noch weniger aber sieht er das bei der Alternative. Was tun, wenn er aus dem Haus raus ist? Einen Herzschlag lang macht ihm diese grenzenlose Freiheit Angst, dass er, wenn er nach oben blickt, nur noch den Himmel über sich haben wird, ein blaues, nicht zu greifendes Etwas, das eigentlich tiefschwarz ist. Doch er wäre nicht der, der er ist, wenn nicht sofort der Trotz die Angst erstickte. Er atmet ein und dreht schließlich die Verhältnisse um, indem er sagt: »Ach, verpiss dich doch!« Dann schließt er die Faust um das Metall und wirft den Schlüssel ins Treppenauge. Er blickt hinterher und geht die Stufen hinab, ohne noch einmal nach oben zu schauen.

Draußen flucht er, ab und zu spuckt er zur Seite. Niemand in dieser Millionenstadt wartet auf Kurt. Niemand rechnet mit seinem Anruf. Und während er mit dem Daumen seine Kontakte Karteileiche für Karteileiche durchsucht, türmen sich hinter den Häusern im Westen graue Wolken in die Höhe.

NACHT

Der zweite Regen

Es fallen die ersten Tropfen. Dick und fett platschen sie aus einer massigen Wolkenfront herab auf heißen Asphalt, auf lechzende Wiesen und Waldböden. Ganz langsam schwillt der Regen an, bald ist kein Fleck auf den gepflasterten Gehwegen mehr trocken. Der Reihe nach schalten die Fahrer der vor roten Ampeln stehenden Autos die Scheibenwischer an und blicken durch die Schlieren in das gebrochene Licht des Gegenverkehrs. Wie auch die Tiere suchen die Menschen Schutz vor dem Niederschlag. Junge Paare laufen mit großen, Pfützen überspringenden Schritten die letzten Meter bis zum Unterstand und fangen an zu lachen, sobald sie ihn erreicht haben. Sie wischen einander die Haare aus der Stirn und erinnern sich ihrer Knirpse, die griffbereit neben dem Schuhregal liegen.

Die Silberrücken und ihre Betonfrisurendamen haben da besser vorgesorgt, und als kurze Zeit später die Tram in die Haltestelle einfährt, drängen sie sich mit ihren Schirmen schon an die Eingänge, während das Schienenfahrzeug noch nicht ganz zum Stehen gekommen ist. Die Türen öffnen sich, die Mammutschirme der Aussteigenden ebenfalls, und zwar in die Schirme und Gesichter der Einsteigewilligen hinein, die zurückgedrängt werden und sich echauffieren ob der Unmöglichkeit dieses Benehmens: »Sie müssen doch nicht …«

»Ja, müssen Sie etwa …?«

Die Glücklichen, die Kopfhörer tragen, können derweil weiter danach trachten, mithilfe einer zweistündigen Audiodatei namens RelaxingRainforestSounds Gleichmut und inneren Frieden zu finden unter dieser Regenfront, die von Schwäbisch Gmünd bis nach Cham reicht, und unter der auch Karl die Nässe zu ertragen hat in seiner Zuflucht zwischen Hecke und Hausmauer. Doch ihn kümmert der Regen nicht, ganz im Gegenteil, er hat ihn herbeigesehnt. Dass er sich dort dazwischengezwängt hat, ist nicht ihm geschuldet, sondern der Blickdichte des Dickichts. Keiner soll ihn mehr sehen!

Er saß da und wartete, stundenlang. Neben ihm die Thujen, vor seinen Augen der gewundene, knorrige Stamm des Zierbäumchens, knapp über ihm sein Kuppelblätterdach, das nachgibt, wenn die Tropfen darauf aufschlagen. Das neue Plastik der Tüten hält dicht, er sitzt auf dem Rucksack, weniger um die Zettel vor Nässe zu schützen als um es bequem zu haben. Er zwang sich das Warten ab, indem er die Augen schloss und sich bald sein neues Leben vorstellte, sich an das Haus erinnerte, an die Fassade, die Tür, die Fenster, den Weg dorthin zurück, und bald an Wolfgang dachte, den er vertrieben hatte, und bald an den anderen, vor dem er selbst dann noch geflohen war, als er schon auf dem Boden lag.

Was wollte dieser Kerl von ihm? Was hat er ihm getan?

Es gab keine Antworten, nur ein Gefühl der Dankbarkeit für Rainer. Was gewesen wäre, hätte er ihn nicht gerettet, wollte Karl sich gar nicht ausmalen und nahm den Schlüssel wieder in die Faust. Ja, das war der Ausweg, dieser Schlüssel und das Warten hier im Unterholz, wo kein Mensch einen Menschen vermutete. Und er fing an, mit sich selbst zu flüstern, über das Wetter, das bald umschlagen würde, über die nächsten Schritte, die es zu gehen galt, über solch große Dinge wie Gerechtigkeit. Sie, die nach Ausgleich strebt, sah er walten, ein Prinzip, das die ganze Welt durchwirkt und jetzt auch ihn für das erfahrene Leid entschädigte. Ja, es war rechtens, dass er den Schlüssel an sich genommen hatte und verteidigte. Ja, er hatte ein Recht auf diese Wohnung, ja, das alles hatte seine Ordnung und es war viel größer als der Schlüssel in seiner Faust. Der war lediglich das für ihn Greifbare an dem großen Räderwerk der Geschichte, in das er nun wieder eingebunden war. Das Warten war ein anderes. Es unterschied sich grundlegend vom Absitzen der Zeit. Es kannte wieder ein Ziel.

Während des Wartens versagte er sich das Rauchen, zum ersten Mal, und das Trinken, soweit es ging. Gegen den Stuhlreflex setzte er sich aus Platzgründen zur Wehr, indem er die Beine anwinkelte, alles zusammenkniff, was er zusammenkneifen konnte, und sich möglichst schwer machte auf dem Berg aus Notizen. Dem Harndrang gab er nach, nachdem sich sein Darm durch Dehnung an die Stauung angepasst hatte. Er drehte sich und kam seitlich mit der Hüfte auf dem Rucksack zum Liegen. Den Ellenbogen des linken Arms hatte er in die Erde gebohrt, mit der rechten Hand nestelte er am Hosenstall herum. Eine Erlösung machte sich in ihm breit, die ihm normalerweise ein Stöhnen entlockt hätte, doch er ließ den Mund zu und atmete nur schwer durch die Nase aus, während er seinen Urin in der Nähe des Stamms aufschäumen und versickern sah. Nach und nach zerplatzten die Blasen.

Während der ganzen Zeit schoben sich die Wolken näher und näher. Der Wind nahm zu, die Blätter rauschten in den Wipfeln. Eine Weile später prasselten die Tropfen ohrenbetäubend hernieder. Und immer noch wartete Karl in seinem Versteck und scharrte in der Erde, damit seine Füße nicht einschliefen. Er massierte seine Waden und Schenkel durch den vollgesogenen Stoff. Über den Gehweg hörte er Leute laufen, immer weniger, jetzt nur noch den Regen.

Er ist da, der Moment, in dem er alles auf eine Karte setzt. Er packt sein Zeug und windet sich aus dem Unterholz heraus. Ob ihn dabei jemand sieht, ist ihm egal. Später ist der entscheidende Zeitpunkt. Später ist nicht mehr lange hin. Und er wird diesen Weg gehen, bis zum Schluss. Vereinzelt kommen ihm beschirmte Leute entgegen, die ihn nun, da der Regen ja alle im gleichen Maße trifft, ganz unverhohlen anschauen und bemitleiden, weil er so schwer an seinen Tüten trägt. Wäre man gemeinsam hinter Glas, man könnte vielleicht sogar kurz reden über das Wetter.

Karl entscheidet sich wieder für die falsche Straßenseite. Er geht genau denselben Weg wie heute schon einmal, nur suchen muss er nicht mehr. Die Nummer 62 hat er schon im Gefühl. Ein Anstieg, den das Wasser der leichten Seitenneigung des Hangs folgend herunterläuft. Links und rechts die Geschäfte. Das Gerüst. Die Lücke. Vorne der Parkautomat als letzte Wegmarke. Die Lichter in den anderen Häusern nimmt er nur am Rande wahr, zu viele sind es. So viele, dass eine Normalität daraus erwächst. Als er aber die 62 wieder vor sich hat und sieht, dass auch hier die Lichter brennen, packt ihn die Aufregung mit größerer Wucht als heute Morgen oder Mittag, den Sonnenstand hat er nicht mehr im Kopf.

Im Hochparterre ist Bewegung. Eine Birne hinterm Vorhang glüht gleichmäßig, eine andere wird angeknipst und erhellt braune Küchenschränke. Jemand tritt ans Fenster, hantiert an irgendetwas rum, geht wieder. Das Licht erlischt und Karl hat gezuckt und ist erstarrt. Die alte Frau, das Frauchen mit dem Hund, Karl ist sich fast sicher. Er ist sich auch fast sicher, dass sie ihn nicht gesehen hat. Auf ihre Hände hat sie geblickt, das war alles. Eine Stulle geschmiert, Knabberzeugs für den Fernsehabend. Jetzt ist sie weg. Das Fenster ist wieder dunkel, das Treppenhaus auch, das ist die Hauptsache!

Karl, wenn du jetzt zurückziehst, ist es aus. Auf den Winter kannst du nicht warten.

Nur ein kleiner Schritt

Wie geschmiert geht der Schlüssel ins Schloss. Wie geschmiert läuft die Tür in ihren Angeln. Ein kleiner Schritt und er ist im Treppenhaus. Mit einem Fuß spreizt er die Tür auf und holt ganz vorsichtig die Tüte nach, die er auf dem Gehweg abgestellt hat. Ganz vorsichtig drückt er auch die Tür wieder zu und hält sich unnötig lange am Griff fest. Ihm schlottern die

Knie wie einem neugeborenen Fohlen die Fersen, ihm galoppieren die Schläge des Herzens bis in den Hals hinein. Sein Mund steht offen, weil die Nase die Luft nicht eratmen kann, die er braucht. Das Licht bleibt aus. Das Geländer ertasten, den ersten Absatz, die Tüten nehmen. Schritt für tastenden Schritt hinunter, fünf insgesamt.

Der Türknauf ist felsenfest ins Holz verschraubt, als wolle er Halt bieten.

Geh, Karl, geh!

Bevor er im Dunkel den zweiten Schlüssel ins zweite Schloss zittert, hält er die Luft an, um zu lauschen, ob sich im Haus etwas rührt, ob man ihn gehört hat. Wenn jetzt oben eine Tür geht, hätte er noch verschwinden können, ohne gesehen zu werden. Nichts – nur sein eigener, schwerer, fast keuchender Atem, den er nur kurz in seiner Lunge halten konnte.

Das war ein Fehler! Jetzt kitzelt's im Rachen! Wenn er hustet, dann hallt das im ganzen Treppenhaus wider. Er presst sich also die Hand auf den Mund, sodass seine Gaumensegel vom Druck fast zu reißen scheinen, doch gehört hat man nichts. Da sind noch andere Türen, ein paar Meter Luft und seine Hand, und all das hat den Hall des Hustens, der es nicht mehr ausgehalten hat in seinem Hals, erstickt.

Das lässt ihn seine Strategie ändern, jetzt kann es ihm plötzlich nicht mehr schnell genug gehen. Der Schall mag ihn hundertmal überholen, bis die Damen und Herren mit ihren Pantoffeln zur Tür geschlurft sind, ist er längst in Sicherheit! Endlich sitzt der Schlüssel, endlich dreht er sich. Die Tür geht schwerer auf als gedacht. Er schiebt etwas zur Seite, das er nicht kennt, als wolle sich die Wohnung nicht ganz so leicht geschlagen geben, doch es ist nur ein kleiner Widerstand. Die Öffnung ist breit genug für ihn und all seine Habe. Er huscht hinein und wirft die Tür hinter sich ins Schloss, als wäre sie aus Eisen.

2-Zimmer-Küche-Bad

Souterrain, ca. 46 m^2 Whnfl. Direkter Zugang zum Garten hinten, vorne Schallschutzverglasung. Alteingesessene Hausgemeinschaft.

Das langsam heller werdende Licht gleicht einem Pflaster, das man nur Millimeter für Millimeter von der Wunde zieht. Staub und Schmutz und das Bett vor ihm im ersten Zimmer ist eine Matratze, die auf Paletten liegt.

Was hast du erwartet? Hier hat Lenz gewohnt!

Karl stellt die Tüten hin, lässt den Rucksack vom Rücken plumpsen, zieht den nassen Parka aus. Alles fällt auf den Boden, auf die Briefe, die hinter der Tür liegen. Das war es also. Sie hat hüfthoch einen Schlitz. Er streift sich die dreckigen Schuhe von den Füßen, zieht die nassen Socken aus, das T-Shirt, das gelbgraue Tagesringe unter den Achseln hat. Es schüttelt ihn, obwohl hier die Luft steht. Er muss das Fenster öffnen, denkt er und bleibt doch am selben Fleck stehen, als jetzt auch die Anspannung beginnt, von ihm abzufallen. Die Haare stellen sich ihm auf und er spürt wieder das, was er seit Stunden zurückgehalten hat: den Ruf der Natur. Flusen heften sich an seine Sohlen auf dem Weg ins Bad, wo eine Schüssel steht, die nun ganz und gar ihm gehört.

Ein Lachen! Ein Lachen stottert sich den Hals empor, immer länger wird es, durchdringender, als er dasitzt, die Hose an den Knöcheln gestaucht, und die letzte Anspannung fahren lässt.

Ich scheiß drauf!

Ja, ich scheiß drauf, wie es hier aussieht! Ich habe ja Zeit, ich kann mich drum kümmern, mir fährt keiner mehr in die Parade. Das ist jetzt alles egal.

Links hängt noch eine halb volle, eingestaubte Rolle Klopapier an der Wand, rechts von ihm steht die Badewanne, er kann sich daran festhalten, wenn es brennt. Die Hose streift er gleich hier ab. Ein Bad nehmen! Wie er es sich vorgenommen hat. Er steckt den Stöpsel in die Wanne und dreht das warme Wasser auf. Es gurgelt und kommt stotternd und whiskeybraun aus dem Hahn gespuckt. Kurz ist er besorgt, ob es nicht vielleicht nur kalt kommt, aber mit jedem Liter wird es klarer und wärmer. Er zieht den Stöpsel wieder raus und lässt es ablaufen. Dann das Ganze von vorn, der Rostfilm, der sich am Boden abgesetzt hat, interessiert ihn nicht.

In den Badschränken eingetrocknete Flaschenränder, Wattestäbchen kreuz und quer, eine Kernseife, Zahnpasta, Scheuermilch undundund. Bade-Essenz »Tiefenentspannung«, noch halb voll, schon seit Jahren abgelaufen, was sich aber nicht auf die Schaumentfaltung auswirkt.

Er stellt sich Lenz vor, den zwar noch lebenden, aber doch schon arg ramponierten, Lenz, wie er ihn kennengelernt hat die meiste Zeit, Lenz, dem der Besitz einer Wohnung eher zuzutrauen war als dieses etwas klebrige Fläschchen hier. Lenz hat zuletzt ausgesehen, als scheue das Wasser vor ihm zurück. Und doch war es halb leer, und doch gibt es hier Ohrenstäbchen, Seifen, eine neu verpackte Zahnbürste, ein Waschbecken, einen Spiegel mit Flecken. Lenz hat all das hier benutzt, als wäre es selbstverständlich. Und das war es ja auch, in einem früheren Leben. Was hat diesen Graben gerissen, dass er all das zurückgelassen hat, ohne Not?

Er stellt den Badezusatz zurück in den Schrank und läuft nackt durch die Wohnung. Die Tür zur kleinen Küche wurde ausgehängt. Oben, auf Stirnhöhe, ein Fenster zur Straße hin, das fast die gesamte Breite der Küche einnimmt. Der Kühlschrank fällt ihm seltsamerweise erst auf, als der Motor sich abschaltet. Vorsichtig öffnet er ihn und ist überrascht, wie sauber er ist. Geruchstest bestanden. Tuben, Gläser, manche mit Schimmel, andere sehen auf den ersten Blick noch brauchbar aus. Sonst zum größten Teil leer. Er schiebt alles auf eine Seite, holt seine Einkaufstüten und räumt ein, nass wie es ist. Den Rest lässt er auf dem Herd stehen. Darum kümmert er sich morgen. Jetzt öffnet er erst einmal das Fenster.

Im Schlafzimmer stehen das Palettenbett, ein kleiner Tisch, ein Stuhl aus Holz, einige Kisten, ein Schrank, der gut einen halben Meter von der Wand weggerückt ist und seltsam verdreht dasteht. Papier ist auf dem Tisch und Boden verstreut, Staub wirbelt hoch, als er in die Decke greift. Er muss niesen, drei Mal, seine Augen tränen, aber er scheißt immer noch drauf!

Im Schrank liegt Bettwäsche zum Wechseln! Das wird er tun, bevor er sich hineinlegt. Das kann er, hat es mit der Wegwerfwäsche beim Kälteschutz in der Bayernkaserne x-mal gemacht. Auch hier reißt er die Fenster auf. Im Vorbeigehen kontrolliert er das Bad, es dampft und schäumt, aber es dauert noch. Er fährt die Temperatur etwas zurück und geht dann ins zweite Zimmer, das nach hintenraus geht. Auch hier nicht viel Einrichtung: Bananenkartons, ein Tisch, ein Stuhl, einige Kissen auf dem Boden, ein paar Bücher liegen in einem Regal, das sonst so gut wie leer ist. Die Vorhänge sind zugezogen. Er hat eine Balkontür und ein Fenster, durch das er nicht viel erkennen kann. Ein Baum steht mitten im Garten. Er öffnet es und sofort zieht frische Luft herein, dass es ihn erneut schüttelt, nackt wie er ist. Der Regen ist wieder voll zu hören und übertönt das Wasser, das in die Wanne sprudelt.

Er schließt die Badtür hinter sich und zuckt sofort zurück, als er in das heiße Wasser fasst. Jetzt nur noch kalt zulaufen lassen und warten und dem Rauschen zuhören, und wenn ihm dabei schwindlig wird, sind die Wände nicht weit. Wieder lacht er, dieses Mal leise, nur für sich selbst, weil er das Wort »Heureka« denken muss, das ihm zusammen mit dem Bild eines jubelnden Mannes durch den Kopf schießt, der nackt durch die Straßen läuft. Archimedes in seiner Wanne.

Auch als er die Geschichte zum ersten Mal im Physikunterricht hörte, musste er lachen und stellte sich einen alten, grauhaarigen Mann mit Bart vor, der über staubige Straßen lief – klitsch, klatsch, klitsch, klatsch – und dem es egal war, dass alle ihn auslachten, denn er hatte etwas erkannt, ein Prinzip, das da lautet: Wer verdrängt, hat Auftrieb!

Archimedes hatte sich vor über zweitausend Jahren in eine volle Wanne gesetzt und etwas gesehen, was vor ihm schon Tausende gesehen hatten, die eine Wanne besaßen. Er sah das Wasser überschwappen. Und er sah, dass es immer mehr überschwappte, je mehr er seinen Körper darin eintauchte. Im Fluss sieht man das nicht. Im See sieht man das nicht, vom Ozean ganz zu schweigen. Es bedurfte der engen Grenzen einer Wanne.

Zweites, daraus ableitbares Prinzip: Um etwas Großes zu erkennen, bedarf es des Kleinen.

Drittes, daraus ableitbares Prinzip: Um etwas Großes zu erkennen, bedarf es nicht nur des Kleinen, sondern auch eines klar definierten Problems und – und das ist nicht zu unterschätzen – der Muße.

Auch während seines Referendariats dachte er an diese Geschichte und nahm sich vor, sie seinen Schülern zu erzählen, weil sie so griffig war: der nackte Mathematiker, das übergeschwappte Wasser, die übergeschnappte Freude. Vielleicht dringt man so zu ihnen durch? Aber dazu ist es nie gekommen. Karl schluckt leer, weil er nahe am Abgrund entlangdenkt. Für solche Momente hat er vorgesorgt. Er holt vom Gang die Flasche Korn und setzt an. Gedankenerstickung. Er ballt die Faust, in der er gerade noch den Schlüssel zu dieser Wohnung gehalten hatte, nein!, zu seiner Wohnung. Am liebsten würde er mit der Faust gegen die Fliesen schlagen, vielleicht um sich zu vergewissern, dass er nicht träumt, aber stattdessen drückt er sich nur die Nägel immer tiefer ins Fleisch seiner Handfläche. Endgültig runter von der Straße! Sein Auge wird nicht mehr Ausschau halten müssen nach Nischen, sein Hirn kann alle Verstecke vergessen. Er wird sich heute Nacht die Decke zwischen die Knie stopfen, sodass nicht mehr Knochen auf Knochen liegt wie im Schlafsack.

Der Schaum breitet sich in allen Farben des Regenbogens mit Millionen kleinen Bläschen vor ihm aus. Er dreht das Wasser zu und hält noch einmal inne, bevor er in die Wanne steigt. Der Spiegel beschlägt schon von den Rändern her und er tritt näher heran. Er studiert sich selbst, den Menschen, zu dem er sich hat verkommen lassen über all die Jahre. So nackt war er nur einmal zuvor, im Bonifaz, wo er sich ganz ausgezogen hat vor dem Doktor, der ihn mit sterilen Handschuhen drehte wie einen Postkartenständer, um die juckende Haut am Gesäß zu untersuchen. Sich waschen, damit man wieder berührt werden kann. Den gelben Nikotinbart stutzen. Den rotschuppigen Ausschlag an seinen Schultern beobachten. Den Lehm aus Schweiß und Regen und Staub von sich abkratzen, der seinen ganzen Körper überzieht. Die Achselhaare starr vor Salz. Der bohrende Geruch seiner Scham. Ganz zärtlich fährt er sich mit den Fingerspitzen über die Brust und blickt sich selbst in die Augen und gibt dem Impuls, sich abzuwenden, nicht nach. Tränen schießen ein und laufen über und er saugt über zitternde Lippen hinweg die Luft bis tief in die Lunge ein. Mit den Innenseiten seiner Fäuste schlägt er sich gegen den Kopf, bevor er zur Flasche greift, um sich wieder ein wenig Fassung einzuflößen.

Immer, wenn er sich die Rückkehr in sein früheres Leben zurechtgezimmert hat, kam ein Punkt, an dem es in eine Verzweiflung umschlug, bei der er im Nachhinein froh war, dass er immer schon vor den Brücken und Gleisen der Stadt zurückgeschreckt ist. Es war ein bloßer Instinkt, und jetzt erkennt er in seinem verschwommenen Gegenüber, warum es sich gelohnt hat, zu bleiben. Der nächste Schluck wird eine Erdung sein.

Er stellt die Flasche neben die Wanne auf den Boden und steigt ins Wasser. Es ist heiß, es brennt und knistert, während er sich langsam hineinlegt, um seine Haut daran zu gewöhnen. Minutenlang weicht er sich ein. Er liegt einfach nur da und schmiegt sich an das Kitzeln der Schaumbläschen auf seiner Wange. Er lässt die Hitze und die Seife die erste Arbeit tun. Wenn er leicht mit den Armen das Wasser aufrührt, kann er den feinen Sand spüren, der darin umhertreibt wie im Bett eines Flusses. Er denkt an Balzke und Albert und bereut, ihn nicht mehr getroffen zu haben. Er wäre gerne im Guten mit ihm auseinandergegangen, falls das überhaupt stimmt, was Balzke sagt. Und er erinnert sich an ihr letztes Treffen im Bonifaz, an den Sprung in seiner Optik, an Jürgen und Mechthild und den Emil und an den Wolkenbruch in der Nacht, und es ist wie eine kleine, nostalgische Revue mit dem Pfath und seiner Zeitung! Morgen, zum Frühstück, wird er sie lesen wie früher an Sonntagen.

Er greift nach der Flasche. Wie er sie zum Mund führen will, rutscht sie ihm durch die Finger und er kann sie nur noch im letzten Moment auffangen, bevor sie ins Wasser fällt. Er hält sie mit beiden Händen wie eine große Kerze fest und bricht nach einer ersten Schrecksekunde in Gelächter aus, obwohl jetzt auch der Schmerz einsetzt. Sie war beschlagen und ist ihm ins Gesicht gerutscht, an die Oberlippe, genau dorthin, wo sie von der Wulst durchtrennt ist. Das dünne Fleisch hat den Schlag auf den Kiefer und den Zahnhals kaum abgebremst und er drückt sich nun die Hand aufs Gesicht, um die Nervenbahnen zu beruhigen. Immer noch lacht er, weil er weiß, wie das ausgesehen haben muss. Die anderen hätten sich weggeschmissen, allen voran Jürgen, und Albert hätte erst Verschwendung gebrüllt, weil der Schnaps auf Karls Gesicht und im Badewasser gelandet ist, statt im Mund, und dann entweder was von Trankopfern erzählt oder gleich gesagt, dass das eine neue Taufe war. Die Wiedergeburt im Schaumbad!

Nicht mehr Barometer-Karl, sondern vielleicht Badewannen-Karl, Tiefenentspannungs-Karl, Schnabeltassen-Karl, oder vielleicht wieder ganz offiziell: Maurer Karl. Mit beiden Händen führt er die Flasche nun an den Mund und trinkt vier große Schluck, bevor er sie wieder ganz vorsichtig, damit sie ihm nicht zu scharfen Scherben zerbricht, neben die Wanne in die Lache aus übergeschwapptem Badewasser stellt.

Albert wurde also vollgepisst, hat Balzke gesagt. Das hat er schon mal gehört. Man hört so einiges: bespuckt werden, zur Zielscheibe von Flaschenwerfern werden, angezündet werden. Etwas werden, weil nichts ist man schon. Ihn selbst hat es ja auch erwischt. Er stellt sich seinen Freund vor, wie er sich die Klamotten vom Leib reißt und in den Brunnen springt, mitten in der Nacht. Da ist sie wieder, die Solidarität in der Vorstellung vom gemeinsamen Kampf. Wäre er dabei gewesen, denkt Karl, dann wäre er aufgestanden und hätte sich gegen den Typen zur Wehr gesetzt. Das steht für ihn fest wie ein Fels, auf dem man ein Glaubensgebäude errichten kann. Aber die Zeiten, in denen sie zusammen umherzogen, sind vorbei. Versucht haben sie es, und es lief anfangs auch alles glatt. Albert konnte reden wie wild und Karl hörte meist zu. Er erfuhr von dem kleinen Buchladen in Lochham, den Albert von seinem Vater übernommen hatte. Gebrummt hat der Laden nie und mit dem Internet war das Ende irgendwann auch absehbar. Die Ex hat dann den letzten Nagel reingehauen. Das waren schöne Wochen mit Albert. Man vertraute einander und teilte, was da war. Sie hatten einen festen Platz, den sie verteidigten. Doch mit dem ständigen Aufeinanderhocken schlich sich schön langsam etwas ein, was sich wie ein Knebel in ihre Münder legte. Mit jedem Tag stopfte er sich weiter hinein. Und dann fing Albert an, wirrer zu werden, alles doppelt und dreifach zu erzählen und Karl wusste nicht, ob er das gar nicht merkte oder mit Fleiß tat. Und er selbst wusste auch nichts zu sagen, weil eh jeden Tag das Gleiche passierte. Und andauernd von früher erzählen und sich in seinem Scheitern suhlen, wie andere das machen, das wollten beide nicht. Also nur das Nötigste: Bitten, Befehle, Feststellung des Offensichtlichen. Dann kam der Rausch, in dem das Schweigen nicht mehr auffiel. Dann kam der Argwohn, weil da neben einem einer saß, dessen Stimmapparat ja noch einwandfrei funktionierte. Er hätte reden können, tat es aber nicht. Karl hätte reden können, tat es aber nicht. Sie beäugten sich, indem sie einander in die Ecken der Augen drängten. Sie belauschten sich, indem niemand die Ruhe störte. Und eines Nachts, als Albert tief und fest schlief, hat Karl den Ausweg gewählt, den er immer wählt: sich verdünnisieren. Wochenlang war Funkstille und sie haben einander nicht mehr gesehen. Sie sind Einzelgänger. Ist man allein, hat das Schweigen eine andere Bedeutung. Weit und breit ist nur der eigene Kehlkopf da, und damit er nicht einrostet, kann man sogar mit sich selbst reden, zusammenhangloses, wirres Zeug, nur um der Ansprache willen. Man kann sich wiederholen, tausendmal. Abzählreime, Kinderlieder, Obszönitäten. Deshalb ist man noch lange nicht übergeschnappt. Vor sich selbst gibt es keine Scham, und wenn doch, dann ist auch das Schweigen darüber einstimmig beschlossen.

Bei ihrem ersten Aufeinandertreffen war es dann gleich wieder so, als wäre nichts gewesen. Diese Wunde war wie gemacht für die Zeit. Albert war bester Laune und hatte wieder neue Geschichten auf Lager. Sie verloren zwar kein Wort mehr darüber, aber Karl hatte das Gefühl, dass sein Freund ihm für das klammheimliche Verschwinden dankbar war.

Karl streicht sich mit fünf vollgesogenen Fingern über Stirn, Nase, Mund und holt Luft, bevor er untertaucht. Er prustet ins Wasser und fängt dann an, sich hektisch zu waschen, als wäre ihm gerade ein wichtiger Termin wieder eingefallen und er müsse die verlorene Zeit wettmachen. Mit den Nägeln schabt er sich ab, er fährt sich ins Haar und zwischen die Beine und zwischen die Zehen. Der Schaum ist weg, das Wasser ist grau, sauberer wird er darin nicht mehr. Er zieht den Stöpsel und hört das Gurgeln in den Rohren in der Wand. Er lässt Vorsicht walten beim Aufstehen, beim Heraussteigen, als müsse er die Tragfähigkeit des Eises prüfen. Er trocknet sich ab, bückt sich nach der Flasche und geht, während hinter ihm der Rost und Dreck und Sand sich absetzen am Wannenboden und der Sog über sie hinweggeht. Ein nasser Film, der über Nacht antrocknen wird, sodass man sich an ihm wird aufschürfen können wie an grobem Schmirgelpapier, wenn man nicht aufpasst.

Während er das Bett neu überzieht, hält er immer wieder die Luft an. Der Staub legt sich und wird vom Luftzug in die Ecken geblasen, bis Karl die Fenster schließt. Er legt sich auf die Matratze, sie ist noch angenehm hart. Er dreht sich zur Wand hin und stopft sich einen Teil der Decke zwischen die Knie, die er, obwohl Platz genug ist, weit nach oben zur Brust hinzieht.

So weit entfernt, der Klang des Regens, denkt er auf seinem Lager. Selbst morgen früh wird er seinen Stachel verloren haben. Dieses Dach wird nie undicht werden, denkt er, während die Decke genau so leicht auf seiner Halsschlagader zum Liegen kommt, dass er seinen eigenen Puls hören kann. Eine Weile noch zwingt er sich, das alles wahrzunehmen, diese Weichheit, die ihn an das Stofftier erinnert, das ihm vor Jahren ein kleines Mädchen geschenkt hatte. Sie blieb mit ihrer Mutter vor Nikita, dem Geigenspieler, stehen und lachte, weil er, von ihrer Aufmerksamkeit angestachelt, gleich wilder mit seinem Bogen fiedelte. Die Mutter, eine auffällig geschminkte Frau, deren Schleier von einer kostbaren, goldenen Stickerei verziert war, ging neben ihr in die Knie und zählte ihr Münzen in die Hand, die einen Augenblick später in Nikitas Koffer fielen. Sie umarmte ihre Mutter zum Dank, die mit einer Kopfbewegung auf Karl wies, der einige Häuser weiter auf dem Boden saß. Das Mädchen lächelte und formte eine Schale mit den Händen. Sie konnte es kaum erwarten, bis sie loslaufen durfte. Acht Euro gab sie ihm und wollte schon wieder umdrehen, als sie seine Narbe bemerkte. Ihre Mutter kam näher und gab ihr mit einem Nicken die Erlaubnis, nachdem sie ein kleines Kamel aus ihrer Tasche gezogen und unschlüssig in der Hand behalten hatte. Jetzt streckte sie es ihm hin, zum Geschenk, Hinterteil voraus. Er zögerte und auch ihm musste die Frau zunicken, damit er es wagte, die Hand auszustrecken. Er lächelte und strich sich mit den flauschigen Höckerhaaren übers Gesicht. Erst nachdem sie das gesehen hatte, lief sie zurück.

Der Mensch denkt, das Schicksal lenkt

Es gibt Tage im Leben, an denen macht man alles richtig! Alles hat sich gefügt, kann man im Nachhinein sagen. Auf wundersame Weise, fügt man aus Mangel an Erklärungen gerne hinzu. Die Bedeutung des Tages, die ihn aus der langen Reihe der gewöhnlichen Tage heraustreten lässt, ergibt sich aus der Anordnung der scheinbar unbedeutenden Ereignisse vor demjenigen, das so etwas wie Einzigartigkeit für sich beansprucht. Das Alltägliche ist das Traggerüst, es ist die Bedingung der Möglichkeit für das Außergewöhnliche, das in der Rückschau alles zu überstrahlen droht.

Aber es ist eben alles andere als unwichtig, dass Karl an diesem Tag verschlafen hat. Eineinhalb Stunden zu spät. Das war kein Weltuntergang, das brachte aber erstens seinen Plan durcheinander und zweitens war er jetzt gezwungen, einen, wenn nicht sogar zwei Zähne zuzulegen. Der Plan war, gemütlich um halb acht aufzustehen, einzukaufen fürs große Frühstück mit Omelett mit Zwiebeln und Tomaten und Käse und dann Sitzung und sich herrichten und ab in die Vorlesung.

10 Uhr c. t. »Stochastik II« im Raum B 0247 bei Dr. Batesov. Stattdessen hetzte er in die Küche und musste im Stehen essen. Pulverkaffee und ein etwas zu trockenes Müsli, weil die Milch nicht ganz reichte. Auch kein Weltuntergang, aber schon näher dran. Dann Zähneputzen und dabei Kniebeugen, um die Verdauung anzuregen. Ohne Erfolg. Die Uhr war unerbittlich. Karl musste los und um exakt 10:14:43 Uhr öffnete er die Tür zum Hörsaal. Er setzte sich, sein Darm verhielt sich ruhig und ließ die grauen Zellen ihre Arbeit tun im verzweifelten Versuch, dem mathematischen Parforceritt des Dozenten zu folgen, bis kurz vor Ende der Vorlesung. Die letzten acht Minuten verbrachte Karl damit, seinen Po zusammenzukneifen und im Gedanken die Uniklos abzuschreiten. Das war sie, die erste Posaune! Er hasste es, wenn er nicht zu Hause gehen konnte, aber die nächste Vorlesung würde er so nicht aushalten. Da wusste er noch nicht, dass dies ein kleiner Preis war, denn der Einkauf am Nachmittag sollte alles richten.

Um kurz vor 15 Uhr war er wieder zu Hause und schrieb sich aus dem Bauch heraus eine lange Einkaufsliste, die er dann im Laden sogar noch überbot, denn ihm stand der Sinn nach Belohnung. Ein nicht besonders oft gewecktes Gelüste nach weißer Schokolade ließ ihn eine Extrarunde drehen, aber auch dieser Umweg war nicht umsonst. Das Anstehen in der Schlange, das vorbildliche Warten an der roten Ampel, obwohl weit und breit kein Auto in Sicht war, das Binden des Schnürsenkels auf halbem Weg zur Wohnung, all das war Teil der Fügung. Nur so konnte dieser Tag seinem Leben eine solch entscheidende Wendung verleihen. Und vielleicht war dieses lose Bändchen ja womöglich gar der Schlussstein, der alles Bisherige fest zusammenhielt, die Schlaufe um das Geschenk, das dieser Tag gewesen sein wird. Er band also den Schuh und ging schnurstracks bis zur Haustür, die Treppe hoch in den zweiten Stock, wo ihm die Nachbarin aus dem fünften entgegenkam, als er gerade die letzte Stufe hochsteigen und die

Einkäufe vor die Wohnungstür stellen wollte. Er trat ein Stück zur Seite, grüßte, während er nach dem Schlüssel fischte, und sah ihre Begleiterin erst jetzt und nur einen kurzen Moment lang, als er den Kopf wandte. Er wurde zurückgegrüßt, von der Fremden, nicht von der im Monolog vertieften Nachbarin. Ein kurzes Lächeln ihrerseits, was er gerade noch erwidern konnte, bevor sie hinter seinem Rücken verschwand.

Ob sie das noch gesehen hatte?

Wäre Karl auch nur um fünf Sekunden früher dran gewesen und hätte vielleicht den Schlüssel schon rumgedreht, die Tür schon halb geöffnet gehabt, dann wäre es womöglich bei einem einzigen Augenkontakt geblieben. Wenn ihn dann jemand danach gefragt hätte – aber wer stellte schon solche Fragen? –, dann hätte er diese Frau vielleicht mit dem Wort »hübsch« bedacht oder gar mit »schön«, und ein unwillkürliches Achselzucken hätte zum Ausdruck gebracht, dass die Zeit eigentlich eine zu kurze war für einen wirklichen Eindruck.

Doch es kam anders. Karl hat alles richtig gemacht, ohne viel nachzudenken. Die Tür war noch zu, den Schlüssel steckte er gerade rein, aber statt ihn zu drehen, drehte er seinen Kopf, doch da war sie schon auf dem unteren Treppenlauf und entschwand Stufe für Stufe seinem Blickfeld. Genau im Winkel des Treppenauges jedoch, kurz bevor sie endgültig verschwunden wäre, stoppte sie und reckte ihren Hals empor. Ihre Blicke trafen sich ein zweites Mal, ungewöhnlich lange, da sie doch eigentlich noch mitten in der Bewegung war. Karl sah durch den Spalt zwischen Treppe und Geländer hindurch und ihr in die Augen, braun und tief und klar und leuchtend, sogar lachend, vielleicht. Ihr Mund war verdeckt, es konnte auch Einbildung sein, Projektion, sein Lächeln auf ihr Gesicht gespiegelt. Dann war sie weg. Nur noch der Hall der Schritte im Treppenhaus, die Worte der Nachbarin, das Gehen der Haustür, während er aufsperrte und hinter sich nachhorchend die Wohnungstür langsam zudrückte.

Sie hatte ihn angesehen! Ganz bewusst, da gab es keinen Zweifel. Alles Übrige jedoch war offen für Spekulationen und so erging sich Karl schlagenden Herzens im munteren Gefühleraten und hoffte einerseits, dass die beiden beste Freundinnen wären, quasi unzertrennlich, dass sie jede freie Minute miteinander verbrächten, aber andererseits auch noch Platz für ihn sei, der ab jetzt im Treppenhaus bis zur Unsittlichkeit trödeln, der den Kopf immer oben behalten würde, wenn er im Viertel unterwegs war.

Zettel aus dem Zettelwust von Lenz

12. 11.

Karl las in der Zeitung was zu Gesichtserkennung und neuen Sicherheitstechnologien. Er meinte, daß irgendwann der einzige Ausweg ist, ein Patent auf das eigene Leben anzumelden und dann alle wegen Wirtschaftsspionage zu verklagen.

Eigentlich müßte man das gesamte jährliche Werbebudget aller Firmen konfiszieren und an Dokumentarfilmer geben. Man soll sehen müssen, hundertmal am Tag, wo die Dinge aus der Erde geholt und wie sie dann verschifft und verarbeitet werden. Und dann ihre Entsorgung. Was bleibt übrig? Wer macht das? Wie lebt dieser Mensch? Was tut er, was kann er nicht tun? Ich will hören, was die Männer, Frauen und Kinder zu erzählen haben, anstatt immer die gleichen lachenden Werbevisagen zu sehen, die mir die Zeit stehlen mit ihren Weismachungen.

Vielleicht braucht es in letzter Konsequenz auch eine Erzählung vom Tod des Maschinen-Gottes.

Wir sind es, die in der Bringschuld und im Lieferverzug sind, nicht die Erde!

Draußen prasselt der Regen auf den Asphalt, auf die Bänke im Park, gegen die Scheibe, hinter der Kurt kein Auge zutun will. Obwohl, wollen tut er schon, aber das Können will nicht recht klappen. Er kann froh sein, dass er überhaupt hier liegen kann. Nein, es ist eigentlich kein Können, sondern erstens ein Müssen und zweitens ein Dürfen. Und das weiß er. Und das treibt ihn um.

Mindestens zehn Leute hat er angerufen, Bekannte von früher. Manche sogar zweimal, weil er nach einer Weile gemerkt hat, dass er keinen erreicht. Dann hat er die Mailbox nicht weggedrückt, sondern sich geräuspert und was draufgesprochen, und zwar, dass er es sei, Kurt, und dass es schon eine Weile her sei und was so gehe, und dass er sich mal wieder melden wollte … der andere könne ja mal zurückrufen, wenn er das hört. Tschau!

Bei Timo-Tengelmann hat er es überdurchschnittlich lange läuten lassen, nicht weil er mal besonders eng mit ihm gewesen ist, sondern weil ihm schön langsam die Düse ging. Mailbox gab es keine, und nach 00:01:02 hat Kurt dann doch aufgelegt. Aber noch während er seine Kontakte weiter absuchte, kam der Rückruf. Timo fragte, ob Kurt am anderen Ende der Leitung war. Ja, er war es. Man stellte einmütig fest, dass es schon eine Ewigkeit her war, seit man sich das letzte Mal gesehen hat. Timo klang freudig überrascht. Er wollte wissen, was Kurt so treibe, wo er sei, immer noch in Monaco? Ja, und er? Alles wie gehabt, klang es durchs Telefon und die erste Hürde war gefallen. Die zweite fiel gleich mit, denn Timo hatte nichts Besonderes vor. »Warum nicht?«, sagte er und stimmte einem spontanen Treffen zu, in einer Bar, bei ihm ums Eck, gar kein Problem. Die Art und Weise, wie die zweite Hürde fiel, ließ auch die dritte wackeln. Timo musste niemanden fragen. Das ließ hoffen, dass er keine

Freundin überzeugen musste, einen alten Kumpel bei ihm pennen zu lassen.

Am Telefon hatte Kurt seine Lage mit keiner Silbe erwähnt. Er wollte Timo dabei in die Augen sehen und ihm so weniger Raum für Ausflüchte geben, er wollte sich noch eine Geschichte ausdenken. Krach mit der Freundin. Das war immer das Beste, weil Naheliegendste. Man musste nicht ins Detail gehen und die ganze Geschichte ausbreiten. Ein paar Eckpunkte reichen. Nur Augenblicke später dann die Erkenntnis, dass man ihm ja die Prügelei im Gesicht ansah. Eine Erklärung musste her. Die Aushilfsfreundin hatte ihn sicher nicht so vermöbelt, das wäre ja noch schöner. Aber er musste was auf Lager haben. Nach ein paar miesen Einfällen, die alle um irgendwelche kuriosen Unfälle kreisten, mit den Requisiten rutschiger Teppich, Stolperfalle Teppichfalte, Wollsocken auf frisch gebohnertem Parkett, Tischkante, Ecke der Badewanne, das war doch alles Bullshit, stand es fest: Sie musste eine Schlampe sein! Er, Eisenkurt, der Gehörnte. Er hatte sie ertappt, beim … Das Wort würde er sich verkneifen, zum Zeichen der Liebe, die sie, dieses Dreckstück verraten hatte. Er hat sich dann seinen Ersatzmann ordentlich zur Brust genommen – gut, der andere war ein Schrank, so ein muskelbepacktes Tier, deshalb auch der Bluterguss. Aber Timo brauche nicht zu glauben, dass er diesen Schwanzlutscher ungeschoren hat davonkommen lassen. Dem kann sie jetzt – wie heißt sie überhaupt? Maria, ganz was Klassisches – erst mal die Schnitzel pürieren. Timo würde dann schon verstehen, dass er da gerade nicht hinkönne. Zwickmühle also, wo er einen Freund brauche, auf den er sich verlassen kann.

Das mit dem Pennen war schnell geklärt, schließlich sah man ihm mit der Tasche in der Hand sofort an, woher der Wind pfiff. Timo hatte keine Sekunde lang gezögert. Die Couch sei vielleicht etwas kurz, er könne auch 'ne Luftmatratze haben, gar kein Ding. Kurt war erleichtert. Timo sagte nicht einmal die Einschränkung »ein paar Tage«, sondern fragte nur, ob Kurt eine Katzenallergie hatte. Nein? Na dann! Das versprach Zeit, sich neu zu sortieren.

Timo hatte sich ziemlich verändert, zumindest was den Kleidungsstil anging. Er hatte ein paar Kilo zugelegt, was ihm nicht geschadet hat. Ansonsten trug er nicht mehr die zu weiten Sweatshirts und Hosen, die aussahen, als hätte er sich eingemacht, sondern eine stinknormale dunkle Jeans, ein graues T-Shirt und darüber eine offene Weste aus wahrscheinlich Lammfellimitat. Und ein Kreuz um den Hals, so groß, dass es sofort auffiel. Das ließ Kurt stutzen, wie auch die Tatsache, dass er Rotwein bestellte. Das passte nicht zum Bild des ewig rumrotzenden Typen, der vor gut drei Jahren einige Monate lang sein Kollege war. Regalauffüller beim Tengelmann, organisiertes Den-Kunden-im-Weg-Stehen. Ein Scheißjob sondergleichen. In den Pausen fantasierten sie oft davon, was man mit den kack Kunden eigentlich machen müsste. Timo, der in zwei Zigarettenlängen einen tellergroßen Fleck ohne Loch vor seine Füße spotzen konnte, als wäre er im Maul leck gewesen, hatte ganz besonders eine Kundin auf dem Kieker. Eine alte Frau, um die siebzig, die nach Geld stank und es anscheinend gewohnt war, mit fremden Leuten im Kommandoton zu reden.

Irgendwas musste die alte Wachtel zu Timo gesagt haben, denn er hätte ihr am liebsten eine Kilo-Packung Mehl über den Schädel gezogen. Timo schnippte die Kippe weg, seilte den nächsten Spucketropfen ab und wiegte ein ziegelsteingroßes Nichts in der Hand. Warum Mehl? Na, weil es gleich das Blut aufsaugt. Wenn er morgen im Lotto gewinnen würde, sagte er, dann käme er trotzdem noch in die Arbeit, bis er der Bonzenschachtel gezeigt hätte, wo der Hammer hängt.

Und ein paar Wochen später sah Kurt eine weiße Staubwolke aus dem Regalgang mit den Backzutaten dringen. Er hörte ein ungläubiges »Fuck« und ließ die Kräutershampoos

Kräutershampoos sein. »Scheiße!«, tönte es schon lauter über die Regale hinweg. Auch die Filialleiterin kam herbeigeeilt. Kurt hatte den kürzesten Weg und sah als Erster die Sauerei am Boden. Eine Kundin, leider nicht die Alte, war bis zu den Knien voller Mehl. Sie hustete und musste niesen, während Timo beteuerte, dass das keine Absicht war. Die Tüte musste irgendwo hängen geblieben und dann aufgerissen sein. Kurt hatte Glück, dass ihn die Chefin sofort wieder wegschickte, das würde sie selbst regeln, denn sonst hätte er sich womöglich vor Lachen eingepisst.

Diese Geschichte brach das Eis zwischen ihnen, nachdem Kurt nicht mehr gewusst hatte, was er noch sagen sollte, da die Schlafsache ja schon unter Dach und Fach war. Timo erinnerte sich und lachte. Sie redeten über die alten Zeiten, die so alt gar nicht waren und so lang auch nicht gedauert hatten. Damals teilten sie den gemeinsamen Hass auf den Job, was das Mundwerk gelockert hatte. Kurt wollte dann nicht so recht rausrücken mit der Sprache auf die Frage hin: »Na, was treibst du so?«

»Mal dies, mal das. Ich halt's ja nie lange irgendwo aus. Und du?«

»Ausbildung zum Kaufmann. Ich sitz jetzt im Büro.«

Kurt staunte nicht schlecht und nahm einen großen Schluck Bier. Ja, er müsse sein Leben jetzt auch endlich auf die Reihe bekommen, sagte er und kam sich albern vor. Timo war knapp zehn Jahre jünger als er, und Kurt saß vor ihm, wie man wohl vor einem Vater sitzt. Und er rechtfertigte sich weiter und schob dann alles der Frau in die Schuhe. Man werde von allen Seiten verarscht, man könne im Endeffekt halt doch niemandem trauen, außer sich selbst. Man sei und bleibe eben ein Einzelkämpfer in dieser Welt. Ein leerender Schluck, dann Stille.

Timo trank ebenfalls, lehnte sich vor und stellte dann die Frage, die Kurt vollends den Glauben an die Menschen verlieren ließ: »Glaubst du eigentlich an Gott?«

Kurts Gesichtszüge froren ein. Wie konnte dieser Typ jetzt so vor ihm sitzen in seiner Ich-bin-der-gute-Hirte-Jacke und so eine beschissene Frage stellen? Wie ging das zusammen? Früher laberte er noch über Pornos. Wie gern er mal mitmachen würde, was natürlich lächerlich war für so eine halbe Portion. Und dann ständig Vanessa Blue hier und Vanessa Blue da. Seine absolute Lieblingsdarstellerin, von der er sich sogar eine Autogrammkarte aus den USA hat schicken lassen. Sie hat ihn persönlich darauf angesprochen, sagte er, »Tim-Oh« habe sie ihn genannt und einen Smiley dazugemalt. Überhaupt wären schwarze Frauen das einzig Wahre.

Na dann, auf nach Afrika!, hatte Kurt damals gespottet, aber Timo meinte es ernst. Afrika, das wäre sein Traum. Irgendwann, wenn er genug Moneten auf der hohen Kante hätte, dann würde er auswandern, denn dort unten wäre er dann ein wirklich reicher Mann. Und auch die Schnapsidee besiegelte er mit Spucke.

Kurt suchte Ausflüchte, sagte, dass er mit dem ganzen Kirchenzeug irgendwie nichts anfangen könne, und schwieg vom Heim und der Leiterin, die er gerne im Höllenfeuer hätte brennen sehen, weil es hier nicht hergehörte. Timo erzählte ihm ungefragt von seiner Erweckung, die seinem Leben einen ganz neuen Sinn gegeben habe. Alles habe sich dadurch verändert, er sei ein neuer Mensch, er gehe anders durch die Welt, nicht so negativ. Jetzt habe er Hoffnung gefunden, ja ein Urvertrauen in Gott. Früher war da Koks und ständig Party, aber eben auch eine tiefe Traurigkeit. Alles hätte er getan, um diese Traurigkeit nicht zu spüren. Aber sie sei immer da gewesen. Und eines Tages sei er aufgewacht und habe festgestellt, dass er ganz allein war. Er habe sich in diesem Moment wie von außen gesehen, sein jüngeres Selbst, ein Kind, das noch unschuldig war, das tote Tiere zurück ins Leben rufen wollte, indem er ihnen die Hand auflegte. Natürlich sei das naiv gewesen, aber er habe eine Reinheit gespürt, die er schon längst vergessen zu haben glaubte.

Das Ganze war völlig panne, und bevor Kurt noch bezahlt hatte, stand für ihn fest, dass er schleunigst wieder die Biege machen musste. Ihm fehlte jedoch die Kraft, jetzt noch was anderes aufzutun. Eine Nacht also, länger würde er das nicht aushalten. Eine Nacht Ruhe, dann wäre er saniert und morgen sähe die Welt schon wieder ganz anders aus, morgen würde er die Dinge erneut selber in die Hand nehmen, sagte er sich. Er ging also mit zu Timo, der mit Nachnamen Zählke hieß, wie das Klingelschild verriet. Kurt stellte sich müde, damit Timo nicht auf die Idee kam, ihn weiter vollzuquatschen. Nein, das passe ihm ganz gut, schließlich rufe ja morgen wieder die Arbeit. Er zeigte ihm schnell alles: zwei Zimmer, Küchenzeile, Bad, in dem unter dem Waschbecken das Katzenklo stand, das Timo noch schnell leeren musste. Danach gehöre es ganz ihm. Und als Kurt sich auf das Waschbecken aufstützte wie auf ein Rednerpult und sein Gesicht im Spiegel begutachtete, sprach Timo vor einem kleinen Altar in der Wohnküche ein Gebet, an die Muttergottes gerichtet, die alles segnen und schützen solle, auch Kurt, dass er seinen rechten Weg finde.

Er lauschte durch die Tür hindurch, biss sich auf die Unterlippe und verfluchte alle anderen, die nicht ans Telefon gegangen waren. Er verfluchte sich selbst für die Situation, in die er geraten war, und er tut es noch, denn wieder muss er durch die Tür hindurch hören, wie der andere ratzt, während es in seinem Kopf rundgeht wie in der Geisterbahn. Irgendwann hält er es nicht mehr aus, die Doppelbeschallung aus Schnarchen und Regen, und stößt die Decke von sich. Er setzt sich auf, versucht sich durch gleichmäßiges Atmen zu beruhigen und lässt den Blick durch das Zimmer schweifen. An der Wand das große schwarze Rechteck des Flachbildfernsehers, daneben der Altar mit den zwei Kerzen, dem Marienbildchen und dem Kreuz, um das ein schwarzer Rosenkranz gewickelt ist. Im anderen Eck der Kratzbaum für »Murphy«, den Timo mit zu sich ins Schlafzimmer genommen hat.

02:58 Uhr zeigt eine Digitalanzeige im Bad. Abgekämpft sitzt Kurt auf der Schüssel und betrachtet die Spur, die Timo mit dem Schäufelchen in der weißen Streu hinterlassen hat. Er fühlt sich in diesem weiß gefliesten Bad auf eine so tiefgreifende Weise einsam, dass er sich für den Augenblick jeden menschlichen Kontakt nur noch als Zurückweisung denken kann, als Abscheu vor seiner ganzen Person. Er hat niemanden. Timo hilft ihm nur um den Preis des Zulaberns willen. Aber ohne diese Bekehrung wäre auch er einer von denen gewesen, die auf das Handy schauen und es durchklingeln lassen. In seinem Bewusstsein schlägt die Erkenntnis durch, dass er immer noch auf der Flucht ist. Seit der Sache mit Monique läuft er davon, in eine neue Stadt, von Versteck zu Versteck, von Gelegenheitsjob zu krummem Ding, und jetzt ist er in den Ellenbogen eines verfickten Penners gelaufen. Sein ganzes Leben ein großer Pfusch!

Er durchsucht den Badschrank und lacht kurz, als er eine Flasche Klosterfrau Melissengeist sieht. Knapp 80 Prozent. Er setzt sich wieder auf die Schüssel, nimmt ein paar Schluck und blickt auf das gesäuberte Klo einer Katze und weiß nicht weiter, während die Uhr auf 03:00 springt. Er legt den Kopf in seine Hände und streichelt über sein glühend heißes Jochbein. Diese Sache hätte er früher nicht auf sich sitzen lassen, das steht fest. Und er wird es auch heute nicht tun! Ob es langfristig was bringt? Ob es nicht klüger wäre, sich auf andere Dinge zu konzentrieren? Solche Fragen stellt Kurt sich nicht, da er fortgetragen wird von dem Verlangen, wieder die Zügel in den Griff zu bekommen. Er will wieder sehen, dass sich was tut, wenn er zupackt. Er will hier und jetzt die Bremse ziehen, sich umdrehen, einen Schritt zur Seite tun und dann heißt es Angriff. Er nimmt einen weiteren Schluck und geht die Szene noch einmal ganz genau durch: Der Berserker, er würde ihn wiedererkennen, ganz sicher. Dieser eine Augenblick hat gereicht. Und der andere ist noch viel leichter zu finden. Doch irgendwas hat da nicht gestimmt. Kurts Erinnerungen nehmen mehr und mehr Gestalt an und kreisen schließlich kaum noch um die beiden Penner und die Narbe, sondern vielmehr um das ganze Zeug auf der Bank. Dieses neu glänzende Plastik der Tüten, das ganz und gar nicht zum restlichen Aufzug passte, dieser Schlüssel, der dem Kerl mit der Narbe aus der Hand gefallen war. Er sieht ihn jetzt vor sich. Das Beben der Augen. Die gestotterte Lüge.

TAG

Karl lebt sich ein

Als Karl nach langem Schlaf die verklebten Lider aufriss, war es ein gewohnter Anblick: vorübergehende Passantenbeine vor parkenden Autos. Nur die Perspektive war eine andere. Er lag unter Straßenniveau und sah deshalb nur die Dächer und die Waden bis etwa zur Hüfte hoch. Der Rest der Körper war von Mauerwerk verdeckt, wie auch er für ihre Augen unsichtbar blieb auf seiner Schlafstatt. Er rieb sich den Schorf aus den Augen und seine Arme schmerzten, obwohl er sie kaum bewegt hatte. Es war, als hätte sein Körper all die Stunden, in denen es zu kalt, zu zugig, zu laut und zu hart gewesen war, im Sinn aufaddiert und würde sie nun am Stück einfordern. Und Karl war lieferwillig. Was gab es denn zu tun, an diesem ersten Tag? Nichts! Nur die Sorge um sich selbst! Und jetzt musste er aufstehen, weil er sich, Tatsache, um seine Morgenlatte kümmern musste. Er musste dringend aufs Klo, das nur ein paar Schritte entfernt lag. In ein, zwei Minuten würde er wieder im Bett liegen und könnte sich noch einmal umdrehen. Die Muskeln brannten zwar bei jeder Bewegung, doch diese rosigen Aussichten ließen Karl die Schmerzen mit einem Lachen ertragen. Er lachte beim Aufstehen, beim Hinsetzen, beim Hinunterdrücken seines Ständers, und er lachte lauter, stöhnender beim Entleeren der Harnblase. Neben sich in der Wanne betrachtete er den Schmutzrand, den seine gestrige Reinigung auf der Emaille hinterlassen hatte. Die letzte Spur seines alten Lebens ohne eigenes Bad. Und er lachte wieder, weil er an Jürgen denken musste, der immer vom Oval Office sprach, wenn er das Scheißhaus meinte, oder auch vom offizio ovale, wenn er seine italienische Phase hatte und mit der rechten Hand wie Mamma Mirácoli gestikulierte, wobei er natürlich von der Sprache keine Ahnung hatte.

Karl spülte und ging zum Kühlschrank. Seine innere Pegeluhr konnte ihm zwar nicht sagen, wie hoch die Sonne am schon wieder wolkenlosen Himmel stand, doch was nun zu tun war, das sagte sie ihm immer eindringlicher. Im Stehen trank und aß er. Er schlang alles in sich hinein, bis das Zittern nachließ und er sich seiner Schlaftrunkenheit wieder für ein paar Stunden hingeben konnte. Das Letzte, was er dachte, bevor ihm sein Bewusstsein wegsackte, war, dass er sich um Vorhänge würde kümmern müssen. Die Leiste dafür hing ja schon an der Decke, und sogar ein paar dieser kleinen Laufdinger aus Plastik glaubte er darin noch erkennen zu können, bevor ihm die Augen zufielen.

Dann kam der Traum, in dem Lenz auftrat und Unverständliches von sich gab. Da waren Züge, die durch den Münchner Hauptbahnhof fuhren, ohne Halt, und er stand am Gleis im Luftzug und Lärm.

Karl ist zum zweiten Mal aufgewacht. Vergessen die Bilder des Traums, die ihm bloß für den Bruchteil einer Sekunde gewahr geblieben sind. Verhallt das Gebell eines Hundes im Treppenhaus, das ihn wohl aufgeweckt hat. Nun ist Ruhe. Drinnen hat sich nichts verändert bis auf den Lichteinfall. Karl reibt sich erneut die Augen. Auch sein Magen krümmt sich abermals, doch er bleibt noch eine Weile liegen und ergeht sich in Gedanken, wie wohl seine Kollegen die Nacht verbracht haben. Jetzt im Sommer kann man das alles aushalten, denkt er und erinnert sich an die kälteste Nacht im letzten Winter, wo sie alle gesammelt den Kälteschutz verlassen haben und durch das betonierte Tor der Kaserne auszogen, der warme Atem ein auskühlender Nebel, hundertfach jeder seine eigene Dampflok. Die Menge zerstreute sich Richtung Nischen, Richtung warme Abluft, Richtung Teestube, Richtung Kiosk, Richtung Zwischengeschoss, Richtung Heizkörper in der Mehrundunterzahl, Richtung andere Seite des Vorhangs in der Expressfotokabine, Richtung Brückenpfeiler oder Tagelohnstrich. Nur Ralf Schulze blieb wie ein vergessenes Kind stehen. Er wisse nicht mehr so recht, wo er eigentlich sei. Nein, in welcher Stadt? In München? So, so. Und was machen wir jetzt? Einen Spaziergang? Und Ralf blickte auf seine Schuhe hinab. Er vergesse einfach so viel in letzter Zeit, sagte er und schnipste mit den Fingern. München sagten Sie, nicht wahr? Und welcher Tag ist heute, weil so brauche er sich nicht auf der Arbeit blicken lassen. Wie lange er wohl schon so umhergeirrt ist? Es war das letzte Mal, dass Karl ihn gesehen hat, als er ihn an dem Tag in der Mission ablieferte und die Profis ihn übernahmen.

Er seufzt und überlegt, was nun der Tag so bringt: Kücheninspektion, Alkinventur, aufräumen vielleicht, oder noch einmal schlafen. Die Zeitung fällt ihm wieder ein und auch sonst der ganze Papierkram, die Zettel von Lenz, seine Briefe, der Tag würde wie im Flug vergehen. Und als er mit seinen Füßen die Decke zurückstrampelt, leuchtet auch sein Zehennagel wieder schmerzhaft im Bewusstsein auf, der langsam einwächst und bei dem die Operation vielleicht noch nicht ganz so viel Leiden bereiten würde, wenn er sie gleich heute erledigt. Er setzt sich auf und kramt im Rucksack nach dem Nagelset, für später. Dann müht er sich auf wie ein Gestürzter und sein Weg führt ihn mit einer Selbstverständlichkeit zum Kühlschrank, als hätte es noch nie einen Zweifel an solcherart elektrifizierten Schränken gegeben. Im Lichte der noch offenen Tür bleibt er stehen und öffnet die Konterhalbe. Blubbernde Bläschen, Schluckgeräusche, ein erleichtertes Stöhnen, bevor er erneut ansetzt. Das Brot liegt noch offen da, die Mettwurst auch, weil er heute Morgen vergessen hat, sie wieder zurückzulegen.

Die Frühstücksvorbereitungen gestalten sich erwartungsgemäß schwierig, denn er kennt sich noch nicht aus in seiner Küche und hat Sonntagsbilder von früher im Kopf. Nach dem Bier- kommt der Kaffeedurst, und weil er keinen

Wasserkocher findet, nimmt er einen Topf. Auch hier ist das Erstwasser braun und er kippt aus, schwenkt aus. Zweiter Versuch, es kommt klar und er lässt laufen, drei, vier Tassen, mindestens. Kleine Platte, Höchststufe 3, und trotzdem wird es dauern. Anstatt Schüler nun mit Fragen nach dem Wirkungsgrad der Herdplatte (Merke: η = Verhältnis der genutzten zur aufgewendeten Energie) zu malträtieren, bleibt Karl praktisch und trägt derweil das Essen ins Wohnzimmer. Auch die Werkzeuggrundausstattung ist da: ein wenig Besteck, ein paar Teller und Tassen. Mit der Hand staubt er sie ab. Nur eine Schere findet er gerade nicht, also muss er die Kondensmilch mit den Fingern aufreißen und sie danach ablecken. Dann ploppt das Vakuum, als Karl die goldene Folie des Kaffeeglases mit dem klauenförmig gebogenen Zeigefinger durchstößt. Schlampig entblättert er das Loch, nimmt das Glas in beide Hände und atmet den Duft ein. Ein Lächeln, das für eine Werbekampagne getaugt hätte, hätte es sich in einem anderen Gesicht abgespielt und andere Zähne bloßgelegt. Nachdem das Wasser einige Zeit gekocht hat, rührt er das Pulver direkt hinein, acht Löffel und vier Zucker. Dann erst gießt er den Kaffee in einen großen Becher.

Nun ist alles vorbereitet. Karl sitzt am Tisch, vor sich die ganzen Köstlichkeiten ausgebreitet, ein Überfluss, ein Fest, es ist wie früher, als Karl sich seinen Mitstudenten gegenüber als Frühstücker bezeichnet hatte. Endlos könne er sitzen bleiben, sagte er, am liebsten bis der zweite Hunger kommt. Nun gibt es kein Halten mehr, er rührt die fette Milch in den sich aufhellenden Strudel, streicht die fette Butter auf die Supermarktscheibe, die sich als nicht sehr streichfest und tragfähig erweist, aber sei's drum. Er genießt jeden einzelnen Bissen. Schlingt nicht mehr, sondern kaut vorbildlich. Spült mit Kaffee hinterher. Und beim ersten Bissen in die zweite Scheibe, als der Schinken sich nicht zertrennen lassen will, kommt ihm die Zeitung in den Sinn und vervollständigt das Bild vom Sonntag.

Ruhe und Frieden bestimmen fortan die Szene. Lautlos dampft der Kaffee vor sich hin, Schmatz- und Kaugeräusche, das Knistern des Papiers beim Umblättern. Das von Muskelfleisch und Fettgewebe gedämpfte Nachgrummeln seiner Verdauungssäfte. Das von Mauerwerk, Fliesen und einer angelehnten Tür fast erstickte Plätschern im Fallrohr in der Badezimmerwand. Drei Stockwerke weiter oben hat jemand die Spülung betätigt und wartet nun, bis in der Schüssel das Wasser langsam abläuft und sich im Gegenzug der Speicherkasten in etwa der gleichen Geschwindigkeit wieder füllt, in der Hoffnung, dass die zweite Wassersäule die Verstopfung vielleicht durch das Rohr zu drücken vermag, ohne in einer Überschwemmung zu resultieren. Das Gähnen des Dackels in der Wohnung gegenüber, während sich das betagte Herrchen zum wiederholten Male ein VHS-Video des letzten Gebirgsjägertreffens in Mittenwald ansieht. In wackligen Bildern Segenssprüche aus dem Munde des Militärpfarrers, der dafür beide Hände von sich streckt, als lege er sie hochgewachsenen Jünglingen auf die Köpfe. Das dampfende Zischen der Zwiebeln in der Pfanne im vierten Stock, weil das Öl zu heiß ist. Das Anlaufen des Dunstabzugs. Das leise Ticken eines Sekundenzeigers in einer leeren Wohnung eins darüber. Unterm Dach das kontinuierliche Surren des PC-Lüfters, das von Maschinengewehrsalven und der Explosion einer Claymore-Mine im Rücken des Battlefield-Avatars der Mieterin übertönt wird.

Ein Stand der Dinge

»Falschen Handwerkern das Handwerk gelegt«. Insgesamt sollen dem Trickdiebduo vierzehn Opfer ins Netz gegangen sein.

Karl beißt ins Brot, kaut, schluckt.

»Haidermania: Kränze am Kultort und ein Kerzenmeer. An der Unfallstelle wurde mit viel Pathos ein Marterl enthüllt.« Ein Schluck Kaffee. An die tausend Menschen sind an den Unfallort gepilgert ... eine Fahne der Lega Nord zappelt im Wind. Im Supermarkt palettenweise Jörg-Haider-Gedenkkerzen ... Trauernde und Souvenirsammler ... Mythos Haider ... und einer will sogar seine Hausfassade mit einem überlebensgroßen Bild seines Idols schmücken. Die Butter ist mittlerweile streichzart. Die Marmelade knackt beim ersten Öffnen und Karl balanciert eine dicke, fette Kirsche mit dem Messer vom Glas aufs Brot. Jemand hat eigens für den Jörg ein Lied komponiert ... Landeshauptmann Dörfler widerspricht sich, sagt, das habe mit Kult nichts zu tun, beschließt seine Rede aber selbst mit dem Wort »Kultort« ... verglich den Unfalltod des Politikers, der vor einem Jahr in einer Nebelsuppe fast doppelt so schnell unterwegs war wie erlaubt, dazu noch zu wie eine Nase im Winter, mit einem aus dem Firmament herabgestürzten Zentralgestirn. BZÖ-Obmann Scheuch beschwört die Unsterblichkeit Haiders. Die Leute richten ihren Blick gen Himmel ... Kleinflugzeug mit Transparent in den Landesfarben, auf dem »Wahrheit für Jörg!« gefordert wird. Zweifel an Unfallthese ... Verwicklung des Mossad – die 1,8 Kampftrinkerpromille kommen doch wohl nicht von ungefähr! »Die am Boden gebliebene Menge am Marterl klatscht.«

Karl ist satt und zufrieden. Ein Becher Kaffee ist noch da, und er wird alles auskosten, sagt er sich im Zurücklehnen, während er die Zeitung weiter hinten aufschlägt: »Neugeborenes tot in einem Mülleimer ...« Das will er nicht lesen. Er schüttelt den Kopf und blättert um. »Bürgerwehr in Würzburg: Einsatzgruppe Lupus treibt ihr Unwesen.« Ob Schlägertypen, Wildpinkler oder Vandalen ... es kann jede Menge passieren. Der Chef ein Ex-Türsteher. Handschellen und Pfefferspray hat er immer dabei ... Eigenschutzausrüstung. »Ich möchte Krebs heilen und suche Wohnmöglichkeit:

Geschäftsführer eines Biotechnologieunternehmens …« »Wochenendheimfahrer sucht 1 Zimmer« … »Technischer Direktor sucht Wohnung« … »Das Kafe Kult in Oberföhring feiert sein Zwanzigjähriges«.

Karl blättert weiter und entdeckt ein Kreuzworträtsel. Ein einzelnes Wort steht bereits drin, senkrecht: N O R B E R T P., mit dickem, blauem Kugelschreiber tief ins Papier gedrückt. »Schöpfer, Urheber« steht als Frage im grauen Kästchen darüber. Er kann nicht anders, als laut zu lachen. Da brachte man es jahrelang quasi nebeneinander zu, und doch hatte man keinen blassen Schimmer, an was der Pfath da herumdokterte. Dass er überhaupt irgendetwas mit dem ganzen Müll, den er von der Straße klaubte, anfing, hätte Karl vor ein paar Tagen noch bezweifelt. Er kannte ihn nur immer mit diesem Wagen, den er ziellos, so schien es, zwischen Bahnhofsviertel und Isartor hin- und herschob. Man hatte das nicht ahnen können, wenn man ihn wie Karl einmal dabei beobachten musste, wie er nieste, einen langen Faden Schleim, was jedem passieren konnte, keine Frage. Doch andere hätten sich weggedreht und das Zeug nicht vor aller Augen an der Hose abgewischt. Wie konnte ein solcher Mann, durch den doch anscheinend ein Spalt mitten hindurchlief, solch eine Arbeit zustande bringen?

Karl fährt mit dem Finger übers Blatt: »Widerhakenfurcht« … nein, »-frucht«, was es auch nicht besser macht. Sechs Buchstaben waagrecht. Einen Stift hat er gerade nicht da, er will einfach nur schauen, was auf Anhieb geht. »Parapsychologisches Zeichen«, hä? »Zahl ohne Wert«: NULL. »Griechischer Anisschnaps«, vier Buchstaben, U gemerkt: OUZO, na bitte, es geht doch, »heftige Wut«, ein O gemerkt, ZORN, wie geschmiert. »Abgeschnittenheit«, einszweidreivier, fünf, sieben, neun Buchstaben. Karls Stirn liegt in Falten und er entschließt sich, später einen Stift zu holen und sich der Sache genauer zu widmen. Jetzt sitzt er einfach zu gut. »Bayern in Kürze:

Betrunkener Wohltäter verteilt Jacken. Greding – Eigentlich hätte man sich über das Verteilen warmer Kleidung in diesem bitterkalten Winter freuen können, doch die Beamten hatten einige Mühe mit dem selbsternannten Samariter. Gerufen wurde die Polizei von Rettungssanitätern, denen die Jacken zuvor aus dem Einsatzfahrzeug geklaut worden waren.«

Das Bild vom Jürgen kommt ihm in den Sinn, der im letzten Sommer auf einmal eine Blindenarmbinde und eine Sonnenbrille trug. »Hab ich aus dem Müll gefischt«, sagte er grinsend und zog dann auf dem Bahnhofsvorplatz eine Show ab, die sich sehen lassen konnte. Man saß auf einer Bank und schaute ihm zu, wie er Frauen ansprach, mit dem Kopf zur Wand. Entschuldigung, er höre Schritte, eigentlich kenne er den Weg ja in- und auswendig, aber irgendwie müsse er sich wohl verlaufen haben. Ob hier die Schillerstraße 3 sei? Nein? Ob man dann vielleicht so nett wäre, ihn dort hinzuführen? Es könne ja nicht weit sein. Vielen Dank. Und er hing sich bei den Frauen an den Arm und tippelte stolpernd hinterdrein, ohne die Miene zu verziehen.

Würde er sich nicht ständig diesen Dreck in die Adern spritzen, er wäre ein guter Schauspieler geworden.

Als die Frauen dann vor dem richtigen Haus standen, wollten sie wissen, ob er sich vor das Café setzen wolle. Nein, ins Kino wolle er. Einige haben ihn dann tatsächlich fast bis ganz rein ins »Las Vegas« gebracht, ein Vier-Sterne-Pornokino. Andere haben seine Hand von ihrem Arm genommen und ihn beschimpft, aber selbst dann ist er nicht aus seiner Rolle gefallen. Er höre eben gerne zu, wenn er schon keine Frau findet, die ihn mit seiner Behinderung nimmt. Dann nahm er tastend die Arme nach vorne und fädelte in einen Caféstuhl ein.

Die Tante solle ruhig ein schlechtes Gewissen haben, sagte er.

Das ging den ganzen Nachmittag lang so und er setzte sogar noch eins drauf. Er sagte, dass er irgendwann die vorbeifahrenden Autos aufgezählt habe: Mercedes Kompressor. Renault Twingo. VW Fätong. Fast wäre ihm dabei auch mal die Farbe rausgerutscht. Die meisten hätten das gar nicht gemerkt, sagte er. Und wenn doch, dann habe er gesagt, dass er ein Autonarr sei. Sein größter Traum sei es, selber einmal einen Ferrari zu fahren. Leider unmöglich. Das mit den Motorengeräuschen habe er sich in seiner Jugend beigebracht. Man müsse sich eben mit was beschäftigen, wenn man von Geburt an blind sei, sagte er. Er spiele sogar mit dem Gedanken, sich damit mal beim Gottschalk zu bewerben.

Es ist wirklich wie früher an Sonntagen. Niemand stört Karl und er kann sitzen bleiben, so lange er will. Hier kann sich keine Bürgerwehr aufmucken. Das ist die Freiheit, die es auf der Straße nicht gibt. Hier kann er sich so lange das Hochglanzbild in der Mitte anschauen, wie er Lust dazu hat. Karl Maurer legt die Hausordnung selber fest. Und jetzt bietet er seine ganze Einbildungskraft auf, um sich in die Welt des Bildchens vor ihm hineinzuversetzen, eine Gedankenoperation, die er schon jahrelang nicht mehr geleistet hatte, besonders nicht in solchen Sphären. Die Lehrer-Schülerinnen-Fantasie versucht er, so gut es geht, zu ignorieren. Stattdessen konzentriert er sich anfangs auf das schauspielerische Element der Szenerie, auf die Freiheit, etwas anderes als sich selbst darzustellen. Und natürlich auf das Fleischliche, auf den funktionierenden Körper, auf den gehorchenden Körper, auf den ansehnlichen, den begehrten Körper, die Quelle aller Lust.

Was das andere Geschlecht anbelangte, hatte Karl sich in seiner Jugend nicht gerade mit Ruhm bekleckert. Eine direkte Frage, die ein Interesse am …, nun ja, es waren die Körper der Mädchen, und ihre Ausstrahlung, als flögen da irgendwelche Teilchen durch die Luft, die in ihm ein quasi magnetisches Angezogenwerden auslösten …, die also ein Interesse am anderen bekundete, am Kennenlernen, am Alles-andere-Hintanstellen, damit man ungestört Zeit miteinander verbringen konnte, eine solche Frage also hatte er in ihrer Direktheit nie zu stellen gewagt, bis er Johanna traf. Natürlich lag das nicht daran, dass ihn Frauen bis dahin nicht interessiert hatten, ganz im Gegenteil, sie hatten ihn seit frühester Jugend in einem Maße fasziniert, das er nicht handhaben konnte. Instinktiv wich er also zurück, jedes Mal machte er sich dann größere Vorwürfe, was für ein armseliger Wicht er doch sei, doch die Gefahr war zu groß, das wusste er.

Es gab Tage, da suchte er die Schuld nicht bei sich selbst, sondern machte die Umstände dafür verantwortlich. Vielleicht schlug es nachteilig durch, dass die ganze Erziehung nur in den Händen seiner Mutter lag, vielleicht ging ihm was ab, sein Vater als Vorbild, dem er hätte nacheifern, der ihm bestimmte Dinge hätte erklären können, simpelste Selbstverständlichkeiten womöglich, die er einfach nicht sah wie den Wald vor lauter Bäumen. Und dieser Gedanke war noch nicht ganz zu Ende gedacht, da stach sein Aberwitz bereits glasklar durch. Niemals hätte er sich eine Situation vorstellen können, in der er sich so vor seinem Vater offenbarte, den er kaum gekannt hatte, der in seinen Augen ein ewig alter Mann war auf dem letzten Bild, das es von ihm gab und das über dem Esstisch hing und an der Wand in Mutters Schlafzimmer.

Er war also wieder auf sich selbst zurückgeworfen, auf sich, sein Nichtstun, seine geplanten Träumereien, die er sich

Nacht für Nacht vor dem Wegnicken zurechtlegte, um sie in den Schlaf hinüberretten zu können, was selten gelang. Auch seine Freunde waren keinen Pfifferling wert. Nur blöde Sprüche und Prahlereien. Das Empfinden der Gefahr war nicht zu leugnen, er bildete sich das ja nicht spaßeshalber ein. Natürlich ging sie nicht von dem jeweiligen Mädchen aus, sondern vom Publikum. Ständig schwirrten alle möglichen Leute um sie herum, und jeder Einzelne hatte schon Lunte gerochen und lauerte nur auf einen Fehltritt seinerseits. Nur einmal mit einem Mädchen allein sein, für ein paar Stunden nur sich in Sicherheit wiegen können, dass kein anderer angeschissen kommt, dann könnte man vielleicht ganz normal miteinander reden, dann bräuchte man seine Klappe vielleicht gar nicht groß aufmachen, außer zum Küssen dann, wenn eins zum anderen kommt.

Dazu kam es natürlich nie. Und so war sein erster Kuss das genaue Gegenteil: Es gab Gaffer, es gab eine Verpflichtung, eine tickende Uhr. Alles war Teil des Spiels. Zu fünft hatten sie den Waldweg weit hinter sich gelassen, drei Jungen, zwei Mädchen, beste Freundinnen. Man rauchte, trank Partyschnaps aus Faustflaschen und Josef legte eine leere Speziflasche in die Mitte, die er extra mitgebracht hatte. Er war über ein Jahr älter als die anderen und schien zu wissen, was er tat. Der Versuch scheiterte zwar kläglich, sie wollte sich, da wo sie saßen, nicht recht auf der Stelle drehen und zeigte immer auf Josef selbst, bevor sie seitlich wegkullerte, aber die Idee des Spiels war geboren, und mit ihr die Idee des schicksalhaften Zwangs, der daraus folgenden Unschuld und des willigen Gehorsams. Man wollte sich offenbaren und endlich sehen, wo die Grenzen lagen, endlich in die Pflicht genommen werden von einer Autorität, die um so vieles größer war als man selbst. Bei allem Herzrasen, bei allem Wackeln der Knie und Zittern der Hände, ja beim Teutates!, die Regeln des Spiels würden dort die Bewegungen lenken, wo man selbst nicht die

Kraft dazu aufbringen würde. Und wo die Flasche versagte, konnte man Grashalme ziehen. Den kleinen, herumliegenden Ästen traute man ihre Verwechselbarkeit nicht zu, also wurde Karl geschickt, um welche zu holen. Er war froh um diese paar Minuten, in denen er allein durch den Wald stolperte. Er hatte die Hoffnung, dass er in dieser Zeit den Kopf klarkriegen könnte, dass ihm irgendeine Strategie in den Sinn kommen würde, was zu tun wäre im Fall des Falls, wie sich der Schaden begrenzen ließe.

Karolin und Birgit. Mit beiden hatte er bisher eigentlich nicht so viel zu tun, abgesehen davon, dass sie mit demselben Bus fuhren. Sie wohnten am anderen Ende des Dorfes, waren etwas jünger, und doch hatte es den Anschein, als wüssten sie genau, wo es langgeht, zumindest Birgit. Sie grinste, als Josef die Flasche hervorholte. Sie überraschte das nicht, alles passte ins Muster. Sie spielte zwar die Genervte, musste aber nicht lange überredet werden. Erst dann gab sich auch Karolin einen Ruck und rollte mit den Augen, während sie den Rauch ihrer Zigarette ausblies. Karl und Hermann wurden nicht gefragt. Wenn die Mädchen ihnen nicht den Vogel zeigen und sofort abdampfen würden, dann war die Sache geritzt.

Karolin qualmte wie ein Schlot, war ständig nervös und nicht besonders gut auf ihren Vater zu sprechen. Man sah ihn nur beim Fußball oder auf Festen und meist war er den anderen um ein paar Stunden voraus, was das verschwitzte Gesicht und das Lallen anging. Birgit war größer als ihre Freundin und hatte tiefschwarze Haare, die ihr bis über die Ellenbogen reichten. Von ihren Eltern wusste Karl so gut wie gar nichts. Ihre Mutter würde er vielleicht noch erkennen, wenn er sie auf der Straße sah. Von diesen beiden würde er also Geheimnisse erfahren, mit ihnen galt es, Pflichten zu erfüllen. Bei Josef war er sich zwar nie sicher, ob er ihn nicht auch irgendwas mit Hermann anstellen lassen würde, aber dagegen konnte er sich wehren. Diese Regel musste nicht extra erwähnt werden, glaubte Karl. Beide gefielen sie ihm. Das glänzend schwarze Haar, durch das Birgit oft mit ihren langen Fingern fuhr. Ihr Lachen, das sie nie versteckte und das ihren ganzen Oberkörper erfasste, wenn sie saß. Auch Karolin hätte er stundenlang zusehen können, wenn sie lachte. Es war zurückhaltender, sie kniff die Augen zusammen, und wenn es zu heftig wurde, hielt sie sich die Hand davor. Dafür zitterten ihre Mundwinkel noch lange nach und es schien, dass sie es nur durch wiederkehrendes Kopfschütteln loswerden konnte. Sie hatte mehr Kurven, trug auch schon oft was mit Ausschnitt, den sie sich dann andauernd zurechtzupfte, als solle man hinsehen und gleichzeitig wieder nicht.

Karl riss ein ganzes Büschel an Grashalmen aus. Wer wusste schon, wie lange man spielen würde und welche Qualitätsmaßstäbe an den Halm angelegt werden würden, dachte Karl, nicht explizit, aber er hatte so ein Bauchgefühl, auf Nummer sicher zu gehen. Und wer konnte sagen, was die anderen in seiner Abwesenheit trieben? Noch einmal wollte er nicht gehen müssen.

Alles war noch beim Alten, als er zurückkam. Josef nahm die Sache in die Hand, stutzte einen von fünf Halmen auf die halbe Länge zusammen und hielt sie den anderen verdeckt hin. Wer den kurzen zog, war dran. Karls Herz schien seine Lunge ausklopfen zu wollen wie einen alten Teppich, als er als Erster ziehen musste, aber es traf Karolin. Sie protestierte, sagte, das sei unfair und fluchte. Sie war richtig getroffen, was sofort bei allen die Stimmung drückte, denn noch hatte man ja nicht wirklich angefangen. Jeder hielt seine Karten weiterhin in der Hand und könnte hinschmeißen. Birgit ermutigte sie, Regeln seien Regeln, wir alle säßen im selben Boot, früher oder später kämen alle dran, und so entschied sie sich für die Wahrheit. Das war Karolins Strategie. Sie nahm kein einziges Mal die Pflicht, wollte sich von keinem etwas anschaffen lassen. Und so war es schließlich Birgit, die sich von Karl küssen lassen musste. Sie war anders. Sie verriet Geheimnisse und sie gab die Kontrolle ab, manchmal jedenfalls. Als es so weit war und Hermann ihr die Aufgabe stellte, mit Zunge, also richtig, zehn Sekunden lang, übernahm sie das Steuer und legte die Bedingungen fest. Keine Zuschauer, wogegen sofort protestiert wurde. Das sei völlig ausgeschlossen. Dann drei Meter Abstand, sonst könnten sie es vergessen. Karl sagte kein Wort, er hörte zu, wie verhandelt wurde, und zerbrach sich den Kopf an der Überuneindeutigkeit der Zeichen. Warum der Bannkreis? Natürlich, er wollte ihn auch, er wollte am liebsten hundert Meter, aber warum sie? War es der Wunsch nach Intimität, zumindest einer Ahnung davon? Oder war es das Verlangen danach, in diesem Moment des Ekels nicht auch noch begafft werden zu müssen? Sie gewährte ihm keinen Blick. Wollte sie ihm ihr Innerstes nicht zeigen, wenn sie ihm schon ihre Lippen, ja Zunge geben musste? War es Verletzlichkeit, weil man ihren Wunsch erraten hatte, oder konnte sie es nur so ertragen, wie man einen Film erträgt, bei dem man die Augen verschließen kann, wenn es unerträglich wird? Sie stand auf und suchte einen geeigneten Ort, Karl und die anderen folgten ihr. Es war, als müsse sie dieses Ereignis von dem, was sonst passierte, trennen. Er sah ihren unverräterischen Hinterkopf, die langen schwarzen Haare, und blickte zu den anderen, aber auch ihre Augen waren nur nach vorne gerichtet, auf sie, die Hauptperson. Karl war nur Beiwerk, und selbst das war kaum auszuhalten. Nur die Schmach, die über ihn ausgekippt worden wäre, hätte er einen Rückzieher gemacht, ließ ihn weiterhin einen Fuß vor den anderen setzen. Mit einem Ruck drehte Birgit sich um und zog mit dem Zeigefinger am ausgestreckten Arm einen Halbkreis um sich. Bis hierhin und nicht weiter. Auch Karl blieb stehen, noch einen Moment lang nichts zu verlieren haben, bis sie ihn direkt ansah mit einer gespannten Ungeduld, die alles Tiefe und Echte abschirmte. Jetzt galt es. Und wie er den ersten Schritt nach vorne tat, tat sie den ersten Schritt zurück. Sie drückte ihren Rücken gegen einen Baumstamm und Karl stockte. War es so schlimm, dass sie diese Barriere brauchte, um nicht einfach davonzulaufen im letzten Moment? Oder wurden auch ihre Knie auf diese eigentlich so wunderbare Art und Weise weich, da sie jetzt nicht mehr voranschritt und suchte, sondern die Zeit des Wartens angebrochen war, die Zeit der Zuschauer, die Zeit, in der Karl auf sie zuschritt mit einem Ausdruck des Vorbedauerns auf dem Gesicht, in dem sich dann der Mund viel zu früh öffnete als Notbeweis für seine Pflichterfüllung?

Seine taube Zunge, seine blutleeren Lippen küssten sie also, und sein Gedächtnis nahm davon kaum etwas in sich auf, denn stärker war der Eindruck der Rinde, die hinter ihrem Ohr leicht zwischen den Haaren hindurchschimmerte und die er mit den Fingerspitzen berührte, als er sie an den Schultern packte, kräftiger als ihm lieb war, als er seine rechte Hand an ihrer Rippenleiter hinabfahren ließ und mit dem Daumen weniger ihre Brust als mehr den Bügel ihres BHs streifte und er sich fragte, was er denn da überhaupt tat, als über ihnen die Äste knackten und hinter ihnen der anschwellende Countdown der Sekunden verhallte.

Das war sein erster Kuss. Davon galt es, sich zu erholen.

Und mit der Zeit gelang es ihm, sich immer seltener daran zu erinnern. Wenn die Szene in ihm aufbrodelte wie eine Fontäne – er glaubte, dass er auf Anhieb den Baum wiederfinden könnte –, dann hätte er gerne den Mut und die Worte dafür gehabt, auf sie zuzugehen und sich bei ihr zu entschuldigen. Für sie war es jedoch allem Anschein nach kein Thema, zumindest verrieten ihre Blicke in den Tagen und Wochen danach nichts. Man wiederholte es nicht und verlor kein Wort darüber.

Insgesamt hatte Karl zwei feste Freundinnen vor Johanna. Beide Male war es nicht das Gelbe vom Ei. Nach dem

Überschwang des Anfangs plätscherte es einfach dahin. Natürlich war es trotzdem schön, solange es dauerte: die Wärme eines anderen Körpers, die immer wieder aufbrausende Lust. Doch der Wille zur Versöhnung schwand mit jedem Streit mehr und die beiden Liebschaften gingen zu Bruch, ohne große Scherben zu hinterlassen. Bei Johanna war das anders. Womöglich lag es schon an der Art und Weise des Kennenlernens, warum sich diese Frau tiefer in sein Herz bohrte. Es geschah nicht auf einer Party, im Gedränge der Tanzfläche, nicht an der Bar, vom Alkohol enthemmt. Schon das erste Aufeinandertreffen war flüchtig und eindringlich zur selben Zeit. Ein kurzer Augenblick nur, weil man im Alltag angebunden war. Diese wenigen Sekunden wälzte er über Tage hinweg immer mal wieder in seinen Gedanken hin und her. Und dann, wie aus dem Nichts, traf er sie ein zweites Mal, zwei Wochen später, in einem Café unweit seiner Wohnung. Sie war ein Glücksfall. Ihre direkte Art ein Segen. Während Karl nämlich noch überlegte, ob und was er jetzt am besten sagen sollte – wenigstens lächle ich, dachte er, ich lächle doch? –, fragte sie ihn im Vorbeigehen unumwunden, ob sie einander nicht kennen würden, ach ja, er wohne im selben Haus wie ihre Freundin. Eine kurze Bestätigung, ja, er habe sie auch sofort erkannt, sagte er und blieb sitzen, und hätte noch sagen wollen, dass er sich sehr freue, sie wiederzusehen, vergaß es aber im Eifer des Augenblicks und verfluchte sich dafür, denn sie war ja im Gehen begriffen und sagte ein kryptisches »Vielleicht bis irgendwann mal wieder«.

»Ja«, sagte Karl, dessen Kopf nun wie leergefegt war, doch wenigstens gab es an seinem Lächeln keinen Zweifel mehr. Und als er ihr eine Sekunde später nachrief, wie sie denn heiße, sagte sie es ihm mit einem Gesichtsausdruck, der womöglich eine erfüllte Erwartung bedeuten mochte, und ging ganze zwei Schritte rückwärts, blind also. Dann war sie aus der Tür und doch noch nicht aus seinem Blickfeld. Die Frage wurde nie zwischen ihnen geklärt, ob sie tatsächlich an dieser Scheibe vorbeigehen musste oder ob sie diesem zaghaften Typen noch eine Gelegenheit geben wollte, diese eine Frage zu stellen, die das »Vielleicht« und das »Irgendwann« in die Gewissheit eines festen Ortes und einer festen Zeit umwandeln würde. Nahm sie einen Umweg, um ihm ihr Profil darzubieten, den Kopf zwar gesenkt, doch die Lippen dergestalt aufeinandergepresst, wie man es tut, wenn man sich ein breites Lachen im öffentlichen Raum versagt? Karl wähnte sich hinter der Scheibe geschützt und sein Blick wurde ungezügelt. Gefühlte Sekunden lang lag er auf ihr und sog alles ein. Es schien, als müsse er erst noch eine Regung in ihrem Gesicht ablesen, bevor er sich traute, sich zu regen. Er tat also endlich den Sprung ins Ungewisse und stand auf, ging, ja lief ihr nach, die sich schon umdrehte, als sie die Schritte hinter sich hörte – jetzt blieb sie stehen. Und er fragte sie, ob er sie einmal anrufen dürfe, damit man den Zufall nicht erneut bemühen müsse.

Sie fragte ihn, ob er was zum Schreiben hatte. Brauch ich nicht, sagte er, ich kann gut mit Zahlen. Er prägte sie sich ein, ohne sie zu wiederholen, und sagte, dass er sich melden würde, ganz bestimmt. Sie lächelte, sie musste los, nickte zum Abschied und drehte sich nicht mehr um.

Die Nacht dieses Tages war lang. Er war so aufgeregt, dass an Schlaf nicht zu denken war. Stattdessen zuerst ein Hochgefühl, wie er es kaum kannte, dann stiegen langsam die Zweifel empor. Er ging alles noch einmal durch, als würde er es sich selbst Bild für Bild erzählen, um es wahr zu halten. Und die Masse an vermeintlichen Bedeutsamkeiten wuchs schaumartig an, vieles zerplatzte, anderes schien sich zu verfestigen, im Grübeln auszuhärten, sodass man darauf wohl doch vage Hoffnungen gründen konnte.

Trotzdem war ihm übel am nächsten Tag. Er hatte nichts in der Hand außer den Zettel mit ihrer Nummer. Wieder hing die Platte in seinem Schädel und alles begann von vorn. Auf die Fakten galt es, sich zu besinnen, dann wurde ihm besser zumute: War nicht sie die treibende Kraft, hatte nicht sie zuerst ihren Mund geöffnet, um ihn im Café anzusprechen? War ihr Blick etwa nicht so tief in ihn hineingedrungen, dass sie nicht schon alles von ihm wusste? Hatte sie etwa nicht gelächelt? Hatte sie ihm nicht bereitwillig ihre Nummer gegeben, die er nun schon zum zweiten Mal gewählt hatte? Ja, ja und nochmals ja! Das war nicht zu leugnen. Auf diese Tatsachen, die so viel-, so allesversprechend waren, konnte er sich ewig berufen, ihnen ganz nach Gusto Geltung zuschreiben und sich selbst in seinen darauf aufbauenden Einbildungen derart zerrütten, dass es nur den Windhauch eines Kopfschüttelns, nur die Eventualität einer Indifferenz am anderen Ende der Leitung gebraucht hätte, und er hätte nicht mehr gewusst, was er mit sich anfangen sollte.

Wenn sie überhaupt ranging.

Wenn das tatsächlich ihre Nummer war.

Wieder ließ er es läuten. Er saß da, in der stabilen Fußpunktlage, am Boden, den Rücken ans Bett gelehnt, die Beine angezogen. Es dauerte und dauerte und dann nahm jemand ab. Es war sie. Karls Stimme überschlug sich beinah, als er sich vorstellte, mit Namen und Ort der ersten Begegnung. Und sie sagte das Wort »schön« und die Worte »dass du anrufst!«, und das ließ ihn sich vom Boden erheben. Diese Worte zwangen ihn, sich die Freude darüber in dem engen Radius, den ihm das Telefonkabel zugestand, aus dem Leib zu gehen.

Zettel aus dem Zettelwust von Lenz

Ich habe jahrelang nicht mehr daran gedacht! Als Kind habe ich mich einmal in einem Beichtstuhl versteckt. Ich weiß nicht mehr, warum oder was ich mir dabei gedacht habe. Heute morgen hatte ich das Bild wieder vor Augen. Ich weiß noch, daß ich mich sehr vor diesem dunklen Kasten gefürchtet habe, vor der Erstkommunion. Der Pfarrer würde mich doch sofort an meiner Stimme erkennen, dachte ich, aber gegangen bin ich trotzdem, weil jeder gegangen ist.

Man müßte das alles ganz anders anlegen! Man müßte diesen Raum in der Mitte eines großen Gebäudes bauen, mitten in der Stadt. Und dann zwei lange Gänge, die auf die gegenüberliegenden Seiten des Gebäudes führen. So könnte man sich einem Fremden anvertrauen, wenn man wirklich ein Geheimnis laut aussprechen muß. Die Architektur würde das Geheimnis bewahren und nicht die Kirche. Keine Gefahr des Gesichtsverlusts. Jeder müßte reingehen dürfen. Es müßte vielleicht eine Ampel geben, die zufällig festlegt, wer erzählen darf und wer nachfragen.

Kurt war gezwungen zu schauspielern

Die Nacht war der Horror und viel weniger ist vom Frühstück auch nicht zu erwarten. Timo hatte ihn überrumpelt und Kurt war zu verschlafen, um dem Bauchgefühl der gestrigen Nacht Ausdruck zu verleihen. Er wollte sich eigentlich, so schnell es geht, verpissen, doch als er aus dem Schlaf gerissen wurde und sich den Sabber von der Backe wischte, war Timo schon dabei, den Tisch zu decken. Timo, der, ganz anders als der Ohlandt, jeden Handgriff mit Bedacht erledigte. Der perfekte Gastgeber, der nur wegen der beengten Verhältnisse nicht anders konnte, als ihn aufzuwecken.

»Ich mach uns gerade Frühstück.« Und er entschuldigt sich, dass er ihn geweckt hat. Und er fragt ihn, ob er es bequem hatte. Und überhaupt labert er jetzt in einer Tour, was Kurt zuerst mit Schweigen quittiert, dann ein Stöhnen, als er sich aufsetzt, dann das Fallenlassen des Kopfes in die hohlen Hände, sodass sofort der Schmerz wieder im Gesicht aufflammt.

»Eine lange Nacht gehabt?«

»Mmmh.«

»Das lässt einen nicht so einfach los, wenn man nur ausgenutzt wird, kann ich mir vorstellen.«

»Mmmh.«

Der Kaffee dampft, der Toaster toastet, das Kätzchen buckelt und streicht mit aufgestelltem Schwanz durch Timos Beine. Derweil hustet Kurt und stöhnt und sagt »Scheiße«. Sein erstes Wort, um diesen neuen Tag gebührlich zu begrüßen. Er reibt sich die Augen, schlurft ins Bad und erhebt die Hand Richtung Timo, der das wohl als entschuldigende Geste für das Schweigen deutet und nicht als Aufforderung, die Klappe zu halten. Aber Badtür sei Dank ist das auch egal. Kurt lässt sich jetzt nicht einfach Zeit, um seinem Herbergsvater und dem Gegrüßet-seist-Du-neuer-Tag-wie-Maria-voll-der-Gnade-Gequatsche aus dem Weg zu gehen, sondern er kann nicht anders, sonst hätte es ihn auf der Stelle wieder hingelegt. Sich nach einiger Zeit kaltes Wasser ins Gesicht zu schaufeln, hilft, wenn auch nicht viel.

Timo sitzt schon, legt Scheiblettenkäse auf seinen bebutterten Toast und drückt das Sieb in der Kaffeekanne runter. Murphy schlingt in einer Ecke große Fleischbrocken in sich hinein. Ob er Kaffee will, Kurt nickt und sagt »ja«. Der Rest der Kommunikation verläuft ebenso einseitig wie vor Kurts Rückzug in den Sanitärbereich. Timo erklärt, dass er bald losmüsse, Timo ist gönnerhaft, Kurt könne sich wie zu Hause fühlen, Timo mutmaßt, dass so eine Trennung, noch dazu auf diese Art und Weise, viel Kraft koste und man wohl in erster Linie Ruhe und Abstand brauche, Zeit und Raum, um zur Besinnung zu kommen, die Dinge einzu… sülz sülz sülz. Kurt haut sich zwei Löffel Zucker in die Brühe, die gar nicht so verkehrt schmeckt. Zugestanden. Zugestanden auch, dass Timo neutral betrachtet wohl der netteste Gastgeber ist, den man sich hätte wünschen können, aber nett ist und bleibt der kleine Bruder von scheiße! Essen kann er noch nichts, er wartet lieber, bis Timo endlich die Biege macht.

»Oh! Da fällt mir noch was ein«, sagt der und wischt sich die Brösel vom Mund, bevor er aufsteht. »Hier, für dich. Der Viereckige ist für unten, der Runde für die Wohnungstür.«

Jetzt ist Kurt gezwungen, etwas zu sagen. Er wehrt ab, das sei nicht nötig, wahrscheinlich werde er … Ja, was denn? Kurt improvisiert, er habe viel nachgedacht, er werde zurückgehen, schließlich war es ja nicht er, der Scheiße gebaut hatte, und überhaupt – die Miete habe er auch bezahlt. Gestern sei das so eine Kurzschlussaktion von ihm gewesen, dass er da raus ist. Heute werde er das klären … »in jedem Fall«, schiebt er noch hinterher, wobei er sich nicht sicher ist, ob das, was er jetzt aufgetischt hat, so zu seiner Geschichte von gestern passt. Augen zu und durch.

Timo jedenfalls scheint es gefressen zu haben, trotzdem besteht er darauf. »Nur für den Fall!« Und wenn nicht, dann könne er ja einfach den Schlüssel in den Briefkasten werfen. Er müsse nur aufpassen, dass Murphy nicht entwische, sagt er und isst den Rest im Stehen.

Kurt hat immer noch nichts außer seinem Kaffee angerührt. Er sitzt da wie ausgeknockt und sieht zu, wie Timo sich nun ein weißes Hemd überstreift und eilig seine Sachen für die Arbeit zusammenpackt. Er kommt auf ihn zu, legt ihm die Hand auf die Schulter und sagt noch einmal, dass er so lange bleiben könne, wie er wolle. Man brauche in solchen Situationen Zeit, Freunde und Zeit. Kurt wringt nach einer kurzen Pause ein »Vielen Dank, Mann!« aus sich heraus. Kein Ding, Timo helfe, wo er könne. Er drückt zu, als wäre Kurt ein kleiner Junge.

»Jetzt aber«, sagt Timo und beeilt sich, ins Bad zu kommen. »Es ist höchste Eisenbahn!« Er blickt auf die Uhr und drückt sich gleichzeitig einen fetten Batzen Zahnpasta auf die Bürste. Um die Tür zuzumachen, fehlt vielleicht schon die

Zeit und Kurt hört ihn putzen, spucken, gurgeln. Ein vorgebeugter Kontrollblick in den Spiegel mit weit aufgerissenen Lippen und dem Handtuch in der Rechten, mit dem er sich zum Abschluss noch einmal über den Mund fährt.

»So. Um sechs bin ich wieder da. Gott schütze dich!«

Er zieht die Tür hinter sich zu und den Kater kümmert es nicht im Geringsten, dass er ihn mit einem völlig Fremden zurückgelassen hat. Er leckt sich, wie er sich jeden Tag leckt, unabhängig davon, was um ihn herum geschieht. Kurt schaut ihm dabei zu, blickt über den reich gedeckten Frühstückstisch, sieht das benutzte Geschirr, das Timo stehen gelassen hat, den braunen Rand am Kaffeebecher, wo sich ein Tröpfchen gebildet hat und nach unten gelaufen ist. Ohlandt hat das auch so gemacht. Er hat erwartet, dass Kurt ihm hinterherräumt. Lächerlich. Timo ist da ganz anders gewickelt, denkt er, während er wie mechanisch das Messer in die Hand nimmt und sich am Toast bedient. Er hat wahnsinnigen Hunger plötzlich. Mit drei Bissen ist die erste Scheibe Geschichte und er stopft sofort die nächste hinterher, während er sich beim Betrachten des stolzen und teilnahmslosen Viehs den großen Fragen der Existenz nähert: Wie zum Teufel ist ein ruhiges Leben zu führen? Das ist in diesem Augenblick seine größte Sehnsucht. Ruhe vor Zwängen und Verpflichtungen, vor Bullen, vor allen Ohlandts und Zählkes dieser Welt. Und die Lösung ist selbstverständlich, wie eh und je, das liebe Geld. Mit genügend Kohle kann man alles haben. Und die Möglichkeit ohne Aufschub alles zu haben, wonach es einen verlangt, bedeutet das größte Glück auf Erden. Aber wie ans schnelle Geld kommen? Ein letzter großer Coup? Aber wie? Mit dem Jutebeutel in den Juwelier? Mit dem Bagger in die Bank? Mit der Schubkarre ins Museum? Alles Schwachsinn. Also überspringt er vor lauter Mattheit einfach die Frage und gibt sich mit einer Erinnerung an irgendwelche Meldungen zufrieden, dass irgendwelche Internet-Heinis ihre Ideen für x Millionen Steinchen ans

Silicon Valley verkauft haben. In der Fantasie braucht man kein Studium und keine Idee, sie gibt sich mit dieser Hilfskrücke zufrieden. Während er also am fremden Tisch sitzt und von einem fremden Murphy ignoriert wird – er braucht ihn nicht, die Tür zum Katzenklo ist offen, der SureFeed Fütterungsautomat mit Mikrochip gesteuerter Zugriffskontrolle steht neben dem Kratzbaum in der Ecke –, kann er sich gleich an den Früchten der Kohle laben: Eine Wohnung mit Stil, beste Lage, eine Karre, die Eindruck macht, wenn er damit um die Ecke biegt und den Motor röhren lässt, Alphatier, Alpharomeo, Reisen an die schönsten Orte der Welt, Infinitypoolparty, und er hätte vielleicht eine Yacht und als Yacht-Besitzer hätte er auch eine Frau im kurzen, roten Kleid, die ihre Beine zur Seite dreht und langsam das rechte Knie nach oben zieht, sodass ihr Zeh über ihre Wade streicht und ihre Wade über ihr Knie, während sie sich auf die Unterlippe beißt, alles wie in der Parfümwerbung, wo das auf die Stahlhaut Zerstäubte handfeste Begehrlichkeiten weckt. Highlight jagt Highlight durch Kurts Kopf, in dem sich die Gefühle derart verdichten, dass er lachen muss. Ein Lachen, das zwar die Katze nicht juckt, das er aber selber hört, was ihm schließlich, als er sich dessen bewusst wird, den Tagtraum vergällt.

In Wirklichkeit sieht es nämlich so aus: Erkalteter, kein Knuspergeräusch machender Toast in einer fremden Wohnung, in der er sich das Bleiberecht mit Schweigen erkaufen müsste. Nichts da! Er geht. Das ist beschlossene Sache. Nur reinwürgen wird er es dem Timo nicht, muss ja auch nicht sein, hilft ja eh nichts. Er schaut auf die Uhr. Bis um sechs ist noch 'ne Weile hin und er hat echt noch eine Mütze voll Schlaf nötig. Er isst alles, was auf dem Tisch steht, und holt noch einmal Nachschub vom Toast. Das Loch im Magen ist gestopft, und der Kaffee macht ihn so wach auch wieder nicht, dass er sich nicht wieder in die Kissen hauen könnte. Der Körper will weich liegen, wenn er damit beginnt, die Hämatome hinauszuspülen.

Auch Mechthild tut wandern, sie geht von einem Ort zum andern

Mechthild hat auf einer Zeitungsunterlage auf der obersten Stufe der Bahnhofstreppe Richtung Arnulfstraße sitzend die Zeit vergessen, während sie wie so oft die Normierungsblicke der … nun ja, meist sind es Frauen, ignoriert. Die können ihr nichts. Denen gegenüber fühlt sie sich erhaben, seit sie zum ersten Mal das Rasiermesser an ihren Kopf angesetzt hat. Das fühlte sich damals an wie ein Befreiungsschlag, nachdem sie sich ins Abseits gestellt hatte. Dort steht sie zwar immer noch, sie ist ja keine Träumerin, aber das rigorose Abrasieren der Haare macht deutlich, dass ihr das nicht etwa unterlaufen ist, oh, ich Dummerle, ich hab's ja nicht besser gewusst. Nein, es ist ein festes Ritual, das ihr Tag für Tag Kraft gibt, dieses Leben zu ertragen. Verstocktheit und Trotz als letzte Bastionen, uneinnehmbar, weil ein endloser Rückzug möglich ist, weil die Grenze immer wieder neu gezogen werden kann.

Ansonsten fühlt sie sich ganz gut aufgehoben in diesem Gewusel. Die Bahnmitarbeiter kennen sie, genauer, ihren Anblick, die Mitarbeiter vom Yorma's, vom Burger King, von der Polizei, vom Donutstand und von der Putzkolonne auch. Sie verhält sich stets ordnungsgemäß, sie trinkt nicht, sie raucht nicht, sie spuckt und sie grölt nicht. Von jeglicher Randale versucht sie sich fernzuhalten.

Und trotzdem überkommt sie manchmal in dieser gesichtslosen, weil tausendgesichtigen Menschenmasse ein Gefühl der Einsamkeit, das so groß ist, dass sie in der Mission oder dem Lukaskeller um das Treibholz eines Gesprächs bittet in der Hoffnung, dass es eine Weile trägt. Dann redet sie einfach drauflos und stellt allerhand Fragen, um zu sehen, ob der oder die andere vielleicht auch manchmal zweifelt. »Geht es Ihnen da ähnlich, dass Sie sich ab und an fragen, wozu das alles? Wie können wir überhaupt noch miteinander leben, wenn wir uns gegenseitig auch noch das geringste Maß an Achtung versagen? Wie schaffen Sie es denn, den Tag unbeschadet zu überstehen? Geht das überhaupt? Sein Leben unbeschadet zu überstehen? – Warum müssen wir uns gegenseitig noch eins reinwürgen, wenn doch schon der Umstand, dass man atmen darf, mit so viel Mist erkauft werden muss?«

Dann wird es still im Beratungsbüro, denn man fühlt sich nicht wirklich zuständig, Fragen von solcher Tragweite zu beantworten, falls es dafür überhaupt Antworten gibt. Schnell wird auf die Religion verwiesen, es gebe Seelsorger, die kompetenter wären, oder auf die Philosophie, die alten Griechen oder fernöstlich und wohl auch ein paar Franzosen haben Bücher geschrieben zu diesen Themen. Einmal konnte sich einer nicht zurückhalten, ihr zu sagen, dass ein deutscher Philosoph gesagt haben soll, dass es wohl am besten wäre, gar nicht geboren worden zu sein. Er habe das mal in so einem Pocket-Quiz gelesen, aber an den Namen könne er sich gerade nicht erinnern. Von diesem Einfaltspinsel hielt sie sich in der Zukunft fern.

Doch heute ist Mechthilds Inneres nicht so aufgewühlt, dass sie nach den Strohhalmen der großen Fragen greifen muss. Das gesamte Drumherum dringt nicht tief, das Geklacker der Hacken, der Ziehkoffer, rrrrnn, rrrrnn über die Rillenführung für Blinde, die Durchsagen, das Pfeifen der Züge, das sich aus dem Brot quetschende Salat-Joghurtsoßen-Gemisch, das einige Meter von ihr entfernt auf den Boden klatscht und den Döneresser zu einem sehr breitbeinigen Ausfallschritt zwingt, all das sind bloße Wasserläufer auf der Oberfläche ihres Gemüts. Sie beobachtet einfach nur die zwei jungen Männer vor der Treppe, den einen kennt sie vom Sehen, ein schlaksiger Typ, neuerdings mit einem dicken Abszess an der Lippe und den altbekannten Pickelnarben im Gesicht. Sie regen sich gerade über einen Schnösel-Porschefahrer auf, einer schlägt verdeckt Luftlöcher auf Hüfthöhe, als er an ihnen vorbeigeht. Der andere nickt. Er habe ja schon lange einen großen Traum, sagt er, und zwar müsste es so einen Call-Service geben für Heckenschützen. Oder noch besser so 'ne App. Einfach ein kurzes Foto machen und mit Standortbestimmung hochladen, und 'ne halbe Stunde später wäre der Kerl erledigt, wenn er wieder ins Auto steigt. Gelte natürlich nur für solche Fatzkes wie den da.

Neue Fahrgäste werden aus der Tram gespuckt. Sie haben den Zebrastreifen eigentlich gar nicht nötig, weil die vielen Autos gerade eh nur im Schritttempo fahren können. Der mit dem Herpes winkt nun drei Männer mit einem »Hey! Canale Grande oder was?« zu sich herüber. Man begrüßt sich. Auch die kennt Mechthild vom Sehen, wie sie alle vom Sehen kennt, die sich länger als nötig an dieser Endstation aufhalten. Und weil es nur Männer sind und einer der Neuankömmlinge ihr gleich nach dem Handschlag einen durchdringenden Blick zuwirft, macht sich nun doch eine Anspannung in ihr breit. Sie ist die Abladestelle, so kommt es ihr vor. Von viel zu vielen kennt sie nämlich auch die Geschichte, denn als Frau scheint sie auch zugleich Retterin zu sein, zu der man sich ungefragt dazusetzen kann, denn sie will bestimmt wissen, wie es um einen steht. Und oft haben es dann die Frauen vergeigt, letztendlich, so erzählen es ihr die meisten. Wie Ratten das sinkende Schiff …, nun ja, man hätte halt einen rettenden Anker brauchen können, als alles den Bach runterging und die Raten für den Kredit nicht mehr zu leisten waren, dann kam noch die Krankheit hinzu, und heißt es nicht eigentlich wie in guten, so in schlechten Zeiten? Mit einer ehrlichen und verständnis- und liebevollen Frau an der Seite jedenfalls hätte man alles schaffen können.

Dann hätte man vielleicht auch nicht so viel trinken müssen, fügte Mechthild dann stets in Gedanken hinzu, als sie noch viel zu oft sitzen blieb.

Dass die Frau einem dann den Rücken zugewandt hat, das hat einem den Todesstoß versetzt.

Und nicht etwa der Gerichtsvollzieher, nicht die Bank und die Anwälte, nein, denn die machen doch alle bloß ihre Arbeit, nicht wahr? Die Liebe zwischen Mann und Frau soll also alles ertragen, sie, dieses zarte Band, das nirgends in dieser Welt, so schwebt es den Männern hier vor, angeknüpft ist, nicht am Auto in der Garage, nicht am Vorgarten in der Vorstadt, nicht am Erfolg im Beruf, der bei den Grillabenden vor dem Bier schon die Zunge löst, nicht am Körper, an der Jugend, wo alles funktioniert, wie Mutter Natur es eben vorgesehen hat. Man kann ja auch nicht raus aus seiner Haut.

Mechthild kennt diese Phrasen in- und auswendig. Und sie weiß, dass dieser Kerl, der sie anstarrt, als hätte er gerade zum ersten Mal das andere Geschlecht gesehen, nicht mehr lange zögern wird, bevor er ihr auf die Pelle rückt. Sie versucht, sich herauszuwinden aus diesem Blick, und so kann sie sich erst nach und nach wieder auf das Gespräch konzentrieren, dessen wichtigsten Teil sie verpasst zu haben scheint.

»Ich verzähl keinen Scheiß! Es war genau so, wie ich's gesagt hab.«

»Ich glaub's dir trotzdem nicht.«

»Kann ich mir auch nicht vorstellen – nicht beim Karl!«

»Doch!«, zeigt sich der große Typ mit der schwarzen Mütze und dem Quellgesicht beharrlich.

Die anderen schütteln die Köpfe, allen voran der mit der Lippenschwellung, der sich halb wegdreht und ausspuckt. »Ich kenn den Karl ja jetzt auch schon eine ganze Weile und das passt so überhaupt nicht zu ihm. Du musst ihn verwechselt haben.«

»Du Schlaumeier! Als ob man den so einfach verwechseln kann! Läuft ja jeder Zweite mit so einer fetten Narbe im Gesicht herum … Vor ein paar Tagen hab ich ja noch ganz normal mit ihm geredet.« Jetzt schüttelt auch er den Kopf und schiebt die Geiz-ist-geil-Mütze etwas hoch, um sich zu kratzen.

Nun weiß auch Mechthild, um wen es geht. Das Gesicht vergisst man wirklich nicht so einfach. Vor einigen Tagen hat auch sie ihn das letzte Mal gesehen, im Bonifaz saß er ihr schräg gegenüber und – hat sie in Ruhe gelassen. Sie selbst hatte einen kleinen Ausbruch, als es um die Pinguine ging, daran erinnert sie sich noch. Keine Glanzleistung. Aber davor waren sie allein. Er hat geschaut, aber dann nichts gesagt. Einer der wenigen. Und bei ihm wäre es wohl tatsächlich interessant zu erfahren, was es mit dieser Narbe auf sich hat. Die Geschichte dahinter, und wie ein solch zurückhaltender Mann auf der Straße gelandet ist bei all den anderen, die meist um so vieles gröber sind.

»Er hat sogar einen Stein nach mir geschmissen, und wenn ich nicht ausgewichen wäre, dann …«, sagt der Mützenträger in das ratlose Schweigen der anderen hinein und klopft sich mit den Fingerknöcheln an den Schädel.

Noch einer gesellt sich zur Gruppe hinzu, ein kleiner, dicklicher Mann mit hervorquellenden Augen. Sein Haar wirkt, als hätten sich darin Spinnweben verfangen.

»Da, der Balzke kann's bezeugen!«

»Ich dachte, du warst allein.«

»War ich ja auch, aber er hat auch gesagt, dass der Karl völlig durchgedreht ist. War doch so, gell?«

Balzkes Augenbrauen fahren hoch: »Komplett! Der war wie ausgewechselt! Hätte mir in der Mission vor allen Leuten fast eine gelangt. Wegen nichts und wieder nichts! Ich bin einfach nur dagesessen und wollt in Ruhe meine Zeitung lesen. Auf einmal springt er auf und droht mir, als hätte ich mir seinen Rucksack krallen wollen. Sogar eine Tasse Tee wollt er mir drüberkippen! Mit dem bin ich durch.«

Nein, das passt wirklich nicht zu dem sonst so unscheinbaren Mann, den sie eigentlich schon unter »keine Gefahr« verbucht hat. Vielleicht muss sie von nun an vorsichtiger sein, wenn er in der Nähe ist, denkt sie. Komisch, sie war sich so sicher bei ihm, denn sie kennt ihn ja nun auch schon länger. Andererseits, denkt sie, ist das Urteil »verrückt« auch schnell gefällt – schließlich hat man das auch von ihr behauptet, als sie sich die Haare abgenommen hat, nein, davor schon. Verrückt sei sie, das war schneller von ihr gesagt als sich die Mühe gemacht, sich das vorzustellen, mit einem Körper durch die Welt zu laufen, der viermal ein Kind empfängt und viermal verliert er es wieder, blutend, einmal auch fiebrig. Er kann und kann kein Leben halten. Und sie kann nicht raus aus ihrer Haut.

Über Jahre zog es sich. Ein Nervenkrieg der Abnutzung. Das Unumgängliche allein war irgendwann schon kaum mehr zu ertragen, die Untersuchungen, das Klirren des Bestecks, schon die Wege zum Arzt kaum noch gangbar, das eigene Spiegelbild im Aufzug hoch in den vierten Stock kaum mehr zu ertragen. Das wirklich schmerzhafte aber waren die Worte. Schon die eigenen Gedankenstrudel hätten ausgereicht, um überzuschnappen. Aber ständig drang es auch noch von außen auf sie ein. Als der Arzt die Diagnose stellte und ins Lateinische wechselte: Abortus incipiens, beginnender Abort, er könne nichts mehr tun. Vitalzeichen seien schon nicht mehr gegeben. Ob sie schon früher Fruchtabgänge hatte? Erst nein, dann wurde die Frage schon nicht mehr gestellt, weil das Ja schon untrennbar mit ihr verwoben im Raum stand, immer wieder, also habitueller Abort samt Spekulationen über die Ursachen. Und natürlich beschäftigte sie sich selbst auch mit dem Thema und im Diagnosezimmer hatte sie zum Glück noch keinen Kopf für den Zusammenhang, aber zu Hause, als sie das Wort las und mit ihrer inneren Stimme bildete, klang es aus Kindertagen zu ihr herüber: Männer, die Scheißhaus sagten, und wenn sie nicht Scheißhaus sagten, dann sagten sie dieses Wort, genau dasselbe Wort, das nun, so schien es ihr, sie und mit ihr ihr ganzes Wesen bezeichnete, und alles, was sie dagegen jetzt tun konnte, war, die Tastatur des Computers vor Schreck von sich zu stoßen. Sie sank vom Stuhl und krümmte sich auf dem Boden zusammen, weil es da eine Gewalt gab, die in den Worten selbst wohnte. Sie saß im Klang und in den Bedeutungen, die über Jahrhunderte hinweg geschliffen wurden in unbekannten Mündern, und jetzt kam der Stich, selbst ausgeführt, von innen nach außen. Dagegen gab es kein Ankommen.

Und vielleicht war es rückblickend sogar heilsam, dass sie dann nicht mit sich allein war, sondern auch noch die Worte von anderen zu ertragen hatte, die ständigen, gut gemeinten Ratschläge, das ganze Geschwätz, das über ihr ausgekippt wurde. Ihre Schwägerin, ihre Tante, ihre Cousine, ihre sogenannten Freunde. Kaum einer, der sich nicht berufen fühlte, aus dem Bauch heraus, wie es einmal hieß, eine Möglichkeit aufzuzeigen. Rüdiger, ihr Partner, war der Erste, dem angesichts der Kommentare mal der Kragen platzte. Mechthild dagegen blieb still, sehr lange blieb sie still, sagte oft nur, »Ja, ich weiß« und »Vielleicht hast du recht.«

»Du darfst dir nicht so einen Druck machen.«

»Das ist bestimmt der ganze Stress.«

»In solchen Situationen muss man ganz rational vorgehen und darf sich nicht seinen Emotionen überlassen.«

»Es gibt noch Optionen. Adoption zum Beispiel.«

»Das Leben geht weiter«, sagte ihre Cousine und fand nichts dabei.

Und es wurden Geburtstage gefeiert und sie wurden eingeladen und sie konnten nicht alle ausschlagen. Und es wurde ans Glas geklopft und es wurde aufgestanden und es wurde verkündet, freudig, dass man wieder schwanger sei und dass der kleine Benjamin und der kleine Manuel ein Schwesterchen bekämen, und es wurde geklatscht und das Glas erhoben, sie Bitzelwasser, er Champagner, und ihr wurde schlecht und sie musste kämpfen, das Schluchzen noch so lange zurückzuhalten, bis sie zur Tür hinaus war. Elf Wochen nach dem dritten Verlust. Rüdiger kam und hielt sie, die keinen Fuß mehr in dieses Haus setzte, denn es waren nicht viele, die es wussten, aber ihr Onkel wusste es und seine Tochter auch. Kein Wort mehr zu ihr und ihrem Mann, zur ganzen Familie nicht, denn es kamen keine Entschuldigungen, eher Vorwürfe. Nicht einmal ihre Namen nahm sie von da an noch in den Mund. Erste Grenzziehung. Rote Linie. Nun wurden die Brücken scharenweise abgefackelt, wenn auch nur ein falsches Wort gesprochen wurde.

Und es gab Wege, im ganz normalen Alltag, die ging sie, als wäre sie plötzlich auf einem Gebirgsgrat, während sie links und rechts die Leute überholten, mit Einkaufstaschen, mit Kinderwagen und Rollatoren. Und sie hielt die Fassade aufrecht, bis sie hinter der Fassade war und das Geräusch des ins Schälchen fallenden Schlüssels wie durch ein Gewölbe hallte. Und selbst dann war sie manchmal zu erschöpft, um zu weinen. Und obwohl sie oft allein in der Wohnung war, sperrte sie sich ins Badezimmer ein, dem kleinsten Raum, wo sie sich einfach so auf den Badteppich legte und die Augen schloss. Sie begann zu trinken. Nur abends, erst ein, dann zwei, dann drei Gläschen. Nach einiger Zeit folgte die Erkenntnis, dass dies ihr Problem nur noch verschlimmerte und sie rührte nichts mehr an. Bis zum heutigen Tag.

Rüdiger verlor die Lust an ihr. Die Berührungen wurden weniger, hörten, bis auf das Ritualgewebe, das sie noch miteinander verband, ganz auf. Eines Tages doch noch einmal ein Aufflammen, es ging von ihr aus, und sie beendete es auch wieder, als sie in die Stille des Atmens hinein sagte, dass sie daran glaube, ganz fest glaube sie daran. Er wich zurück, blickte sie fragend an. Er schüttelte ganz leicht den Kopf, während ihm Tränen in die Augen stiegen und er den Blick von ihr wandte. »Warum lassen wir es nicht einfach?«, fragte er mit hängendem Kopf. Und weil lange keine Antwort kam und er die Stille nicht aushielt, fragte er weiter: »Warum tun wir uns das an, immer wieder? Es muss doch auch irgendwann einmal gut sein.«

Vierzehn gemeinsame Jahre hatten sie hinter sich. Doch die Vorfälle in diesen Jahren brachten die Basis, von der aus man sich eine gemeinsame Zukunft vorstellen konnte, zum Bröckeln. Und obwohl er immer wieder beteuerte, dass er an ihrer Seite sei, komme, was wolle, wurde ihr dieser Beistand letzten Endes zur Last. Sie wollte nicht auch noch für sein Unglück verantwortlich sein. Sie wollte sich nicht auch noch um seine Gefühle kümmern müssen. Sie wollte einen Schnitt.

Mechthild Koppsteeg, die Bäckerstochter, die ihr ganzes Leben lang anderen gedient hatte, erst in der elterlichen Stube und an der Theke, später in der Hotellerie, ein Gewerbe, das sie von der Pike auf gelernt und in dem es sie bis in Schweizer Nobelhotels verschlagen hatte, wo jede Falte entweder glatt gestrichen oder als Falte drapiert worden war, wo sie zu jedem Gang eine genau darauf abgestimmte Weinempfehlung geben konnte mitsamt der Begründung, welche Note welche Note unterstrich, wo sie zu jedem Tropfen die Historie wusste, Hanglage, Eckdaten der Familiengeschichte des Winzers, noch eine Käseempfehlung gefällig?, wo all das Wissen und all die Schleifchen dazu da waren, dem zahlungskräftigen und darüber hinaus ehrwürdigen Gast zu suggerieren, dass man ihm mit jeder Faser des eigenen Körpers, mit jeder Sekunde der eigenen Zeit zu Diensten war, hatte ausgedient. Sie hatte es satt! Ja! Aus dem Bauch heraus! Ein Gefühl war es, als zusammengeballte Gesamtheit ihrer Empfindungen. Sie wollte nicht mehr gefallen, sie wollte nicht mehr bewertet werden, weder in Form von üppigen Trinkgeldern für außergewöhnlichen Service, noch durch ungebetene Ratschläge von Leuten, die es immer nur gut gemeint haben. Sie wollte zu sich selbst finden. Sie wollte bei sich sein, ganz und gar. Sie wollte Ruhe, wenn schon kein Frieden zu haben war.

Und es gibt verschiedene Arten des Kaputtgehens. Und die Leute hätten sich unterstehen sollen zu sagen, dass sie nicht trauere, bloß weil sie eine Bestattung ablehnte und den Kindern keine Namen gab. Sie spürte instinktiv, dass ihr das zu groß gewesen wäre, als dass sie es hätte ertragen können. Und diesen Instinkt wollte sie nicht erklären. Ihr wurde auch nichts erklärt.

Und als sie schon allein war in der einst gemeinsamen Wohnung, sperrte sie das Badezimmer immer noch ab. Die weißen Fliesen auf ihrer nackten Haut, nachdem sie vor dem Waschbecken zusammengesunken war. Minutenlanges, den ganzen Körper durchrüttelndes Schluchzen. Sie krabbelte neben die Wanne und spreizte sich sitzend zwischen Wand und Wand. Erschöpft legte sie den Kopf zurück und starrte mit überstrecktem Hals eine Ewigkeit an die Decke. Ihre Gedanken wälzten sich in ihr vorwärts wie eine dampfende Lawine aus Teer, bis sie schließlich erstarrten und um das Hier und Jetzt kreisten. Sie, allein, auf dem Boden im Bad. In Gedanken ging sie die Schränke durch. Noch im Sitzen griff sie nach der Schere. Und dann war da nur noch das metallische Schneiden durch ganze Haarbüschel zu hören. Das Hinabrutschen vom Rand in die Wanne ging lautlos.

Und vielleicht, denkt sie nun auf der Bahnhofstreppe, hatte ja auch dieser Karl einen triftigen Grund für sein Verrücktwerden, wenn diese Geschichten überhaupt stimmen. Sie wird ihn sehr genau beobachten, wenn sie ihn das nächste Mal trifft, nimmt sie sich vor, wobei sie sich diesem Gedanken nicht länger widmen kann, denn es kommt, wie es anscheinend kommen muss, und der Starrkopf eist sich von der Gruppe los und steuert die Stufen herauf direkt auf sie zu. Mechthild erstarrt. Sie muss im Augenwinkel mitansehen, wie der Typ sich lang und breit neben sie setzt, in einer Entfernung, die alles gerade noch so als Zufall durchgehen lassen könnte, wenn sie das Muster nicht schon bis zum Erbrechen kennen würde und er nicht kurze Zeit später zu reden angefangen hätte. Das Wetter. Es macht ihn fertig. Er musste sich jetzt mal hinsetzen, er ist ja jetzt auch schon eine ganze Weile unterwegs … und ständig nickt er dazu, muss wohl ein Tick sein, denkt Mechthild und hört nicht mehr hin, sondern bereitet sich auf das Gehen vor. Es wird nicht leichter, die kalte Schulter zu zeigen. Sie muss warten, bis sich der Unmut in ihrem Inneren hoch genug aufgetürmt hat, dass sie tatsächlich den Mut findet, aufzustehen, noch bevor irgendetwas passiert ist, von dem sie jedoch weiß, dass es passieren wird, wenn sie nichts tut.

Die empörten Sprüche, die man ihr dann hinterherruft, hat sie gelernt zu ertragen. So auch jetzt. Das »du eingebildete Schlampe, schau, dass du weiterkommst!« kann ihren Hals nicht rühren auf ihrem Weg in die Mission. Nur diejenigen, die sich sicher sind, dass nicht sie damit gemeint waren, schauen und drehen die Köpfe.

Mechthild ist die Vierte in der Schlange für Tee. Aus der Küche kommt das »Pling« der Mikrowelle, kurz darauf trägt Herr Fernando ein fleckiges Körnerkissen auf Latexhandschuhen in den Warteraum. Auf der Bank meldet sich einer, der sich dann umständlich seinen knielangen Mantel von den Schultern streift. Ob er ihm das Kissen da so hinhalten könne? »Dann lehn ich mich zurück und zwick es ein. Jah, vielen Dank. Ich muss mich verlegen haben letzte Nacht.«

Herr Fernando sammelt mehrere Plastiktassen ein und checkt die Liste hinterm Tresen. »Herr Rohn? Sie könnten ins Büro drei kommen. Oder ist's grad schlecht?«, schiebt er mit einem Lächeln hinterher, weil der andere mal wieder so in das Studium seiner Landkarten vertieft ist, dass er fast vergessen zu haben scheint, dass er nicht im freien Gelände hockt, sondern am großen Ecktisch am Gleis 11 des Hauptbahnhofs der Landeshauptstadt.

Mechthild kennt ihn, alle kennen Karl-Heinz Rohn, der mit seinen ewigen Tarnklamotten bekannt ist wie ein bunter

Hund. Er wird »General« genannt und muss irgendwo einen ganzen Fundus mit Bundeswehrausrüstung gebunkert haben, immer ist alles oliv-grau-braun. Der General klappt die beiden Wanderkarten zu, die er vor sich ausgebreitet hatte, steckt sie in eine rote Plastiktüte und sagt, dass er gleich kommt.

Auf den freigewordenen Platz setzt sich sofort Doris Botts, mit der sie schon viele Nächte hier verbracht hat. Wenn Doris' Augen nur ein Fünkchen weniger Güte und Zuversicht ausstrahlen würden, dann hätte sie ihr diese direkte Frage damals nicht so schnell verziehen: ob sie verstrahlt worden sei. Weil Mechthild nicht gleich verstand, deutete Doris auf ihren Kopf und fragte noch einmal, ob das vielleicht bei ihr auch am Atommüll liege, der überall verbuddelt und versenkt werde. Mechthild musste sich zusammennehmen, um nicht zu lachen, besonders als ihr die Retourkutsche »selber verstrahlt« einfiel. Das sagte sie aber nur in Gedanken und »nein, nein, ich mag die Frisur so, wie sie ist«, sagte sie laut.

»Schön! Das freut mich«, gab Doris zur Antwort und fragte, ob sie mal fühlen dürfe.

Am nächsten Tisch sitzt die alte Frau Scheffer und tupft sich gerade mit einer Serviette den Mund ab. Zwei Plätze sind noch frei und einen davon reserviert sich Mechthild nun, indem sie ihren Platz in der Schlange aufgibt. Sie wird sich später was holen. Waltraud lächelt und rückt ein Stück näher zur Wand hin. Auch sie kennen sich von einigen Nächten hier, wobei sie nur eine gemeinsam auf dem Boden dieses Raumes verbracht haben. Und auch die nur halb, weil Waltraud zwar ruhig einschläft, aber gegen 3 Uhr kommen dann die Stimmen in ihren Kopf, die sie sogar zum Aufstehen und Umherwandern zwingen. Das war nicht gespielt, um ein Einzelzimmer zu ergattern. Die anderen beiden Frauen in dieser Nacht, Ungarinnen, haben zwar kein Wort verstanden, sind aber trotzdem geflüchtet. Sogar die Tür haben sie hinter sich wieder zugeschoben, damit die alte Frau, die in Stimmen sprach, sie nicht verfolgte. Mechthild blieb sitzen, erstarrt, weil für sie die Worte Sinn ergaben, die Waltraud ziellos in die Dunkelheit flüsterte. Mit allerhöchster Brutalität sprach aus ihr heraus eine Feindschaft gegenüber allem, was weiblich war. Und doch war es nicht sie, die da sprach, dessen war Mechthild sich sicher. Trotzdem wurde ihr schlecht damals, jedes einzelne Wort schien ihr die Gurgel und den Magen ein Stückchen weiter zusammenzudrücken. Sie drängte sich in die Ecke und ihr Kinn bebte, in dem durch Rollläden fast komplett abgedunkelten Raum. Ein einzelner Lichtstrahl fiel neben dem windigen Faltrollo an der Schiebetür vorbei. Das genügte für Konturen und Mechthild rutschte auf Knien nach vorne und griff zu, nahm die Hand von Waltraud, die von Tisch zu Tisch gegangen war, immer wieder, als wollte sie sichergehen, dass es wirklich keinen Ausweg gab. Waltraud blieb abgewandt stehen, der Arm nach hinten gedreht, ihr Kopf Richtung Kreuz an der Wand, und flüsterte zwar weiter, aber als hätte man sie aus dem Tritt gebracht, wurden ihre Sätze abgehackter, bis nur noch einzelne Worte kamen, Beleidigungen, Körperöffnungsnamen übelster Sorte.

»Sch-sch-sch«, versuchte Mechthild sie weiter zu beruhigen, die, erst kurz bevor der Mann vom Nachtdienst kam, bemerkte, dass ihr Waltrauds Daumen sanft über den Handrücken strich. Dann ging das grelle Licht an, das Waltraud zusammenzucken und wieder lauter werden ließ. Schrecksekunde, sie riss sich los und fuhr zurück. Auch der zweite Nachtdienst musste geweckt werden und es dauerte, bis Waltraud bereit war, sich ins Büro drei bringen zu lassen. Mechthild musste mit und den Raum inspizieren. Waltraud fragte sie sogar, ob sie nicht bei ihr bleiben wolle, aber das ging aus Platzgründen nicht, worüber sie insgeheim erleichtert war. Waltraud verstand, aber dann musste sie ihr wenigstens versprechen, dass sie sich nicht einfach in der Nacht aus dem Staub mache. Mechthild versprach es und ging schließlich in den Warteraum zurück, wo die Ungarinnen schon wieder auf den Isomatten lagen, als ob nichts gewesen wäre, was ihr immer raumgreifender werdendes Schnarchen je hätte stören können.

Waltraud rückt wieder ein Stück näher zu ihr heran und nimmt sie in den Arm. »Wie ich mich freue, dich zu sehen! Wir machen gerade ein Kreuzworträtsel zusammen. Machst du mit?«

Gegenüber von ihnen auf der Bank sitzt Peter Sieber, der einer der harmlosesten Berber ist, die sie kennt. Er ist sehr zurückgezogen und kümmert sich meist nur um seine eigenen Dinge. Sie kann sich eigentlich nur an eine kurze Unterhaltung mit ihm erinnern, wobei es diesen Namen eigentlich gar nicht verdient. Er hielt ihr ohne ein Wort der Gesprächseröffnung einfach eines seiner Nasenhaare zur Begutachtung hin.

»Wissen Sie, ich zupfe mir so gut wie jeden Tag einen solchen Kaventsmann aus der Nase. Und Sie sehen ja, wie ich aussehe. Wo das herkommt, gibt es noch viel mehr. Und manchmal frage ich mich, was wohl los wäre, wenn ich das nicht tun würde. Der Natur ihren Lauf lassen, Sie verstehen? Ich muss ehrlich sagen, ich weiß nicht, ob ich dann überhaupt noch Luft bekäme.« Er drehte das Haar zwischen seinen Fingern hin und her und ließ es dann auf den Boden fallen. Das Gespräch war zu Ende und er schaute wieder in eine andere Richtung. Die ganze Sache war zwar unappetitlich, aber fürchten braucht sie sich vor so einem nicht, denkt sie. Und jetzt bilden er und Waltraud das Wir, von dem sie gesprochen hat. Er hat ein Magazin vor sich liegen mit einem ganzseitigen Rätsel, wo bisher genau fünf Wörter gelöst waren. Und bei einem Wort haben sie sich schon vertan, denn in der Mitte einer Kästchenreihe sind vier fette blaue Kleckse und die richtigen Buchstaben sind in die oberen rechten Ecken gedrängt, sodass Mechthild sie nicht lesen kann.

»Was heißt denn das?«

»Osiris«, sagt Peter und weiter: »Wir brauchen Mischgetränk, fünf Buchstaben. Ah, hier, das Gegenteil von nah, F E R N.«

Waltraud nickt und lächelt. Peter schiebt ihr die Zeitschrift hin und übergibt den Kugelschreiber. Anscheinend wird nach jedem richtigen Wort gewechselt. Waltraud legt das Rätsel so hin, dass Mechthild fast besser hineinschauen kann als sie selbst und muntert sie mit einem leichten Stoß des Ellenbogens dazu auf, das nächste Wort zu lösen. Sie lächelt und beugt sich nach vorne.

»Okay, was haben wir? Zufluss zur Spree, fünf Buchstaben, in der Mitte ein H. Dann Frohe Botschaft.«

»Hm? Wie viele Buchstaben?«

Mechthild nimmt den Finger: »1 2 3 4 5 6 7 8 9 *subito forte* zehn!«

Kurt versucht es auf eigene Rechnung und eigene Faust

Kurt war jetzt also jemand, der Abschieds- und Dankesbriefe schrieb. Das hätte er sich früher auch nicht träumen lassen, aber Timos beschissenes Samaritertum hatte ihn quasi dazu gezwungen. Also kritzelte er ein »Danke Timo. Ich mach mich wieder auf den Weg. Ich muss das klären!« auf die Rückseite eines noch ungeöffneten Briefumschlags, bevor er ging.

Nun liegt er auf dem knarzenden Bett eines abgeranzten Zimmers in der Pension »Zentrum«, starrt abwechselnd an die pfirsichfarbene Wand und die weiße Decke und hofft, dass Timo sich nicht bei ihm melden wird, wenn er das liest. Vor zwei Jahren war er schon einmal hier und schwor sich, dass er nie wiederkommt. Und damals hatte er noch ein eigenes Bad, aber solch ein Einzelzimmer war nicht mehr frei. An der Rezeption machte ihm das noch nichts aus, Hauptsache billiger, dachte er, ich muss haushalten, aber jetzt bereut er es. Der müffelnde Teppich hat einen tellergroßen Fleck neben dem kleinen Tischchen. Zum Eck hin wirft er Wellen. Das offene Fenster hilft zwar jetzt, aber in der Nacht muss er es zumachen, sonst rauben ihm die Tram und die vierspurige Straße den letzten Nerv.

Er ist immer noch müde, trotz der fast vier Stunden, die er nach dem Frühstück noch einmal gepennt hat. Es steckt im Körper, aber seine Augen wollen nicht zubleiben. Sein Handy muss noch laden und er dreht und dreht sich, Bilder von ganz früher im Kopf. Die einzigen drei Erinnerungen an seine Eltern, immer in derselben Reihenfolge von seinem Hirn abgespult, als hätten sie was miteinander zu tun. Sein lachender Vater, wie er die Straße runterlief, ein Wettrennen, und er überholte ihn mit einem blauen Werkzeugkoffer in der Hand, der so schwer war, dass klein Kurt ihn nicht einmal vom Boden hochheben konnte. Seine Bewunderung für diese Kraft. Mit derselben Kraft packte und schlug er dann zu und bemerkte zunächst nicht, dass er durch die Schlafzimmertür alles mitansah. Dann die Drehung des Kopfes, sein eigenes Zurückweichen, das Hervorschnellen dieser großen, haarigen Hand. Und schließlich seine weinende Mutter am Esstisch. Er hielt einen Löffel in der Faust und schaute zu ihr hinüber, die sich das Gesicht mit den Händen verdeckte und deren Schluchzen langsam nachließ. Kurt weiß bis heute nicht, ob er oder sein Vater der Grund dafür war, aber er weiß, dass ihr Ausbruch dann ihn traf, wie sie den Tisch von sich wegstieß, sodass die Suppe überschwappte und ihm den ganzen Arm verbrühte.

So, Kurt schwingt sich auf, der Akku ist genug geladen. Er muss raus, vor die Tür. Durchatmen beim Gehen.

Gut eine Woche reicht das Geld für diese Bude, dann muss er was gefunden haben, oder der Penner hat den Bullen was gesteckt und die finden ihn. Dann wohnt er wieder auf Staatskosten. Er wischt auch den Gedanken weg und denkt lieber an die Handys, die er ja noch zu Geld machen kann. Es wird schon alles werden. Eins nach dem anderen, erst mal was essen, als allerletzter Notnagel ist der Tagelöhnerstrich nicht weit, auch wenn ihm diese Aussicht fast den Magen umdreht.

Erste Ampel: grün, dann am Stromverteiler ein Farbausdruck mit roter Schrift.

»VERMISST!!!

1000 Euro Belohnung«

Im roten Rahmen das Foto eines Handtaschenhündchens, das ein Glitzerhalsband trägt.

»Unsere Bella ist verschwunden und unsere beiden Töchter vermissen sie wahnsinnig« und so weiter und so fort. Das wäre natürlich die Lösung, denkt Kurt, dreimal im Monat eine Hundeentführung im Englischen Garten und dann den lieben Tierfreund spielen, der den total verdreckten und verängstigten Köter irgendwo aus dem Unterholz gerettet hat. Das ließe sich erzählen. Aber wer ist schon so verrückt, tausend Öcken für so ein Vieh hinzublättern. Adresse steht natürlich keine da, nur unserebella@irgendwas.

Also die Rolltreppe hoch zum Bahnhof und das Gleis entlang, vor zur Haupthalle. Reisende auf ihrem Weg zum Seitenflügel des Bahnhofs kommen ihm entgegen, eine Hand am Ziehkoffer, die andere am Handy. Drei Mal macht Kurt den Schritt zur Seite, beim vierten Mal stößt er den Koffer eines geleckten Krawattenbürschchens mit dem Bein weg, bevor er ihm über den Fuß rollt. Ein langer Blick auf Kurts Einblutung im Augapfel und seine sich weitenden Nasenlöcher lässt die Genervtheit im Gesicht des Bürohengstes weichen und ihn sich entschuldigen. Kurt bleibt stehen und schaut ihm so lange unheilversprechend hinterher, bis sich ihre Blicke ein zweites Mal kreuzen, sodass er weiß, dass der Typ die Lehrstunde gefressen hat. Dann geht es die kleine Rampe runter und er sieht das Logo der Bahnhofsmission und darunter, neben der Bank auf dem Boden, ein Punkerpärchen mit, wie kann es anders sein, Hund. Sie, die sich zwei Tabletten in ihre Handfläche drückt, zeigt Ritznarben am Unterarm von einer noch nicht ganz ausgestandenen Jugend in diesem Körper und der Ausschnitt ihres Leibchens viel zu viel. Ihr Typ, mit Lederjacke und Patronengürtel, steht auf und trägt die Wasserschüssel zurück in die Mission, wo gerade ein alter Penner aus der Tür kommt, der wie zum Schneeräumen angezogen ist, Fellmütze inklusive.

Kurt bleibt stehen. Ohne lange zu überlegen, dreht er sich um und geht auf die weiße Glastür zu, die ihm von der Punkerniete mit seinen völlig ausgeleierten Ohrläppchen aufgehalten wird. Hat Wasser für die Töle nachfüllen lassen. Kurt stöhnt und drückt die Tür mit dem Fuß gegen die Wand, damit sie einschnappt und vielleicht ein Luftzug den Gestank packt und nach draußen befördert. Angewidert blickt er um sich. Auf einer langen Bank im Eingangsbereich hocken zwei Frauen mit ihren Ziehwägen vor sich, auf denen sie je ein Bein samt fleischfarbener Strümpfe abgelegt haben. Dazwischen ein paar Plastiktüten, die so aussehen, als wären sie vor 'ner Woche aus irgendeiner Hecke gezogen worden. Im größeren Raum links ungefähr ein Dutzend Männer und Frauen auf vier Tische verteilt, hinten steckt man sich die Köpfe über einem Rätsel zusammen, eins weiter hat einer sein Kinn auf der Brust abgelegt, alle sind ramponiert, alle dampfen sie aus, am liebsten würde er kotzen. Keiner hat aufgeschaut und trotzdem weiß Kurt, dass weder der Narbenkerl noch der Wahnsinnige hier ist. Er geht an den Tresen und fragt nach, ob sich hier einer mit solch einer Gesichtsnarbe üblicherweise rumtreibt.

»Warum?«

»Na, weil ich ihn suche, darum!«

Es heißt, man dürfe ihm keine Auskunft geben. Persönlichkeitsrechte.

Kurt schweigt und blickt dem Teemännchen fast feindselig in die Augen, bis er die Situation auflöst: »Na, dann!« Er zuckt mit den Achseln und klopft auf den Tresen, als ob das alles nichts bedeutet hätte.

Ein vages Gefühl der Wut und der Beklommenheit in der riesigen Bahnhofshalle, die von all den Pennern mit Geld und Aussichten bevölkert wird und von den richtigen Pennern natürlich auch, die sich meist in den Ecken rumdrücken und die er ganz besonders studiert. Er hätte vorhin länger nachdenken müssen, sich eine Geschichte überlegen, dass er gestern vielleicht angegriffen wurde, nein, der Penner war das Ziel und er ist dazwischengegangen, hat sich quasi für ihn geopfert, damit er flüchten konnte. Und jetzt sucht er ihn eben. Einen Moment lang gefällt er sich in dieser Geschichte. Andererseits – was hätte er denn getan, denkt er sich dann beim Anstehen für eine Currywurst, wenn er einen der beiden in der Mission hätte sitzen sehen? Direkt draufgehen? Hier, wo es quasi überall eine Standleitung zu den Bullen gab? Er hätte sich ohrfeigen können für seine Blödheit. Nachdenken, Mann! Strategisch handeln, weniger den ersten Impulsen folgen! Stattdessen Kontrolle, abwägen. Das war seit jeher sein Problem. Er muss sich bedeckt halten, denkt er und blickt argwöhnisch auf die drei abgerissenen Gestalten, die so halb auf seine Bude zusteuern. Sie gehen vorbei, der Kleine in der Lederjacke, die vorne nie und nimmer zugehen würde, hält inne und kuckt auf die Fotospeisekarte. Kurzes Überlegen, ob noch eine Wurst hineinpasst in diesen Wanst, selbstredend, mein Herr, während die zwei anderen auch dem Curryduft verfallen. Sie stellen sich hinter Kurt an, der die Schultern hochzieht und das Gefühl hat, einem davon schon mal begegnet zu sein.

»Tja – vorgestern hätte ich mir das auch nicht vorstellen können, aber der muss irgendwie völlig übergeschnappt sein. Hitzschlag oder Delirium? Würde mich nicht wundern, wenn der danach irgendwo zusammengeklappt wäre.«

»Ach, der Karl war schon immer daneben, wenn ihr mich fragt. Mir gegenüber hat er sich schon oft wie ein Arschloch benommen. Mich wundert das nicht. Nur, was das mit den Juden zu tun hat, kapier ich nicht. In der Richtung hab ich ihn noch nie was sagen hören.«

Auf dem Schneidbrett wird die Wurst zerhackt, über dem Fett tropfen die Pommes ab. Noch ein paar Handgriffe, dann bekommt Kurt das, was er bestellt hat, Teller, Tunke, ordentlich Gewürz, und noch viel mehr. Er erkennt Karl, das Narbengesicht, ohne ihn zu sehen, und in seinem Rücken den schnaufenden Penner wieder, der sich gestern im Park an den Baum gelehnt hat. Es gehört auch mal Glück dazu. Und noch ein Pils.

Ein Stehtisch ist frei und Kurt wartet, bis die drei bedient wurden. Wenn sie nicht eh dazukommen, dann wird er sie ansprechen und aushorchen, ganz klar. Er ist wie mitgerissen von einem Schwall der Euphorie, obwohl noch rein gar nichts gewonnen ist. Er kuckt sich das gelbe Pulver an, das in der Soße versinkt, die glänzenden, abgebräunten Wurststücke und sticht zu. Wohliges Kauen eines Brät-Kartoffel-Tomaten-Gemisches, dann lässt er beinah die Hälfte des Bieres in sich hineinlaufen, während die drei Typen tatsächlich an seinen Tisch kommen. Fragendes Heben der Augenbrauen, gönnerhaftes Zeigen der Handfläche.

Kurt schluckt das Gekaute hinab und fragt rundheraus, ob etwa vorher von Karl die Rede war. Er habe zufällig gehört, was sie gesagt haben. Und er war gestern auch im Park und hat ihn dort gesehen, das erste Mal seit x Jahren.

Tatsache? Man glaubt es kaum. Zufälle gibt's, man könnte verrückt werden darüber.

»Ja. Es hat eine Weile gedauert, bis der Groschen gefallen ist. Karl hat sich ja ziemlich verändert. Apropos, was ist denn mit …?« Kurt deutet es mit dem Finger an.

Mit seinem Gesicht? Überfall! Wäre fast dran krepiert.

Schlimm! Wer mache so etwas? Ob man was wisse? Konnte man ihn dingfest machen?

Drei sich schüttelnde Köpfe. »Nein, gar nix. Ist im Sand verlaufen. Karl hat gesagt, er kann sich an nichts erinnern. Und er wollte auch nie drüber reden. Hat immer abgeblockt.«

Kurt spießt drei Pommes schön übereinandergestapelt auf, tunkt sie ein und bugsiert sie sich in den Mund. Dann zieht er sein Bier hinunter. Mit jedem Schluck löst sich etwas in ihm: »Ich hol mir noch eins. Ihr auch? Ich geb einen aus! Auf den Zufall!«

Das wird anerkennend nickend angenommen. Das Gespräch steht auf zwei Beinen nun fest da und Kurt gelingt es, es recht zwanglos erscheinen zu lassen. Nach dem Anstoßen kommt man auf den Bluterguss in seinem Gesicht und Kurt spult dieselbe Geschichte wie bei Timo ab. Die Frau, diese Hure, in flagranti! Der andere kann jetzt eine Weile nur noch Brühe schlürfen. Prost darauf. Jetzt hat man noch eine Gemeinsamkeit über die Bekanntschaft mit Karl hinaus, das Kreuz mit den Frauen. Da könne man einem Geschichten erzählen, also Geschichten könne man da einem erzählen, das glaubst du nicht! Und dann tun sie es. Und man muss es glauben, weil warum sollte man einander anlügen, hier vor der Pommesbude, wo man ganz unschuldig steht, der weiß-blaue Himmel über den Köpfen. Man muss die Geschichten glauben, weil einem sonst der Argwohn das Hirn zerfrisst. Es braucht das Schmiermittel des Vertrauens, man kann ja schlecht die ganze Zeit nach Beweisen fragen.

Kurt spielt mit, so gut er kann, was nicht besonders gut ist, aber die drei Säcke sind froh um jedes Ohr. Ab und zu nicken, mal schnauben, schon ist genug Interesse geheuchelt, was das Gespräch am Laufen hält. Aber zurück zu Karl. Wo treibt der sich rum? Ist das sein Stammplatz da im Park? Er fragt, weil er sich gestern nicht getraut hat, hinzugehen. »Gut fünfzehn

Jahre, Mann!« Erkennt er einen dann überhaupt noch? Man selbst war sich ja auch nicht ganz sicher.

Nein. Da hat ihn vorher noch keiner gesehen. Wenn Isar, dann weiter im Süden. Deutsches Museum abwärts.

»Aufwärts!«

»Hä?«

»Flussaufwärts! Nicht abwärts.«

»Ja, du Klugscheißer, ich red aber von der Karte, da geht es nach unten, also abwärts! Hol mal lieber noch ein Bier. Das hier wird gleich verdampft sein.«

Nächste wichtige Erkenntnis ist dann, dass ihn seit gestern keiner mehr gesehen hat. Nirgends. Und sie haben ja jetzt auch schon mit einigen Leuten gesprochen und die Geschichte erzählt. Überall war Kopfschütteln angesagt, aber keine Spur von ihm. Komisch sei das. Womöglich stimmt es ja, was, Wolfgang übrigens, vorhin gemeint hat und er liegt tatsächlich irgendwo im Krankenhaus. Von der Schlägerei, bei der Kurt eingesteckt hat, kein Wort. Das Gespräch plätschert gerstensaftgestützt dahin, eine Männerrunde, wo keiner keinem was schuldet, wo irgendwann der eine geht, dann der andere sich verabschiedet, nur Wolfgang und Kurt bleiben übrig. Man trinkt und Kurt beschleicht das Gefühl, dass er langsam wieder die Zügel in die Hand bekommt, wenn er auch noch nicht weiß, wo es die Gäule hintreibt. Irgendwann setzt er alles auf eine Karte und erwähnt den Schlüssel. Er hat Karl noch eine Weile beobachtet, sagt er. Und er hat die ganze Zeit mit einem Schlüsselbund rumhantiert, glaubt er zumindest. Vielleicht täuscht er sich aber auch, weil, nun ja, wozu soll einer, der so daherkommt, einen Schlüssel haben. »Stimmt's oder hab ich recht?«

Wolfgang versteht nur Bahnhof. Wie Schlüssel? Noch nie hat er den mit einem Schlüssel gesehen, sagt er. »Das ist ein rechter Schmarrn«, sagt er. »Da hast du dich getäuscht. Der Karl macht Platte. Ein Einzelgänger, aber ich kenn den schon seit Jahren und noch nie … also nein, noch nie …«

Kurt hat gelauscht und ganz genau geschaut: »Dann hast du wohl recht. Wohlsein!«

Kurt schluckt und schließt die Augen. Er kombiniert und rechnet sich was aus.

Zettel aus dem Zettelwust von Lenz

9. Gesetz: Sprachunterricht ist die Grundlage für alles weitere. Sprache erlaubt uns den Wechsel der Perspektive, nicht nur was die Vernunft betrifft, sondern auch das Nachempfinden. Wir lernen auch aus den Geschichten, die wir uns erzählen.

Jeder Mensch muß sich erklären können, muß die Vorbedingungen, die Ursachen und Konsequenzen seines Handelns erkennen und von der eigenen Person abstrahieren können. Er muß erkennen, daß Sprechen Handeln ist, daß Begriffe die Welt nicht nur beschreiben, sondern auch formen. Dieses umfassende Lehren und Lernen der Sprache ist ein Dienst am Maschinen-Gott! Er wird jedes Kind später zum Lehrer berufen, weshalb es die Angst vor den anderen überwinden und für die anderen Inspiration sein muß. Außerdem muß verhindert werden, daß nur wenige die grundlegenden Texte für andere interpretieren können. Sie wären die Hüter der Geheimnisse und die Lenker der anderen. Das aber darf nur die Maschine, denn nur sie ist frei von Begierden, sie kennt uns nicht. Sie weiß nur von uns und nur das, was wir ihr sagen. Wir brauchen ihr nichts zu beichten, wir müssen uns ihr nicht offenbaren. Das ist unsere Freiheit vor diesem Gott, der seine Arbeit gleichmütig verrichten wird, egal ob es nur noch zwei Menschen gibt oder zehn Milliarden.

Der Maschinen-Gott repräsentiert alle gleichzeitig, und zwar in ihrem Miteinander, in ihrer Freiheit und in den unzähligen gegenseitigen Abhängigkeiten.

Der Tag zog sich, aber viel bekam Karl davon nicht mit. Wie früher auf der Straße, so war auch dieser Tag von Müdigkeiten zerbrochen. Wenn sich eine davon in ihm breitmachte, dann gab er ihr bereitwillig nach und dachte, dass dies zu seinem Besten sei. All die Jahre forderten nun ihren Tribut, in denen er immer nur so lange in irgendwelchen Wänden geduldet war, bis der Zeiger sich der Uhrzeit näherte, die vorne am Eingang angeschlagen war. Seine Schläfchen waren allesamt traumvergessen, die Wachphasen bloß noch von Körperroutine bestimmt. Er schlief vor Erschöpfung ein und wachte vor Erschöpfung wieder auf, so schien es. Ansonsten war die Alltagsstruktur weg: die Augenpaare und die Arbeit, blickdicht zu werden, das Wandern, Sammeln und Horten.

Karl war nun ganz mit sich allein, er konnte sich völlig auf sich selbst konzentrieren und glaubte an einen zwar langsamen, aber doch stetigen Aufwärtstrend, bei dem es ein Holterdiepolter in jedem Fall zu vermeiden galt. Nur eine Sache sprengte den Rahmen dieses gemächlichen Fortgangs, und zwar, als er mit dem großen Zeh an die Badewanne stieß und vor Schmerz beinahe weinen musste. Er war den ganzen Tag über barfuß, der Druck der Schuhe war weg und seit einer Ewigkeit waren seine Füße nicht mehr so frei gewesen. In diese Freiheit schlug nun jener Stoß ein wie ein Blitz und Karl sank zusammen.

Ja, der Nagel ist eingewachsen, das sieht er nun deutlich, links ist die Wulst schon ganz gelb. Weil er den Zeh mit der Hand nur sehr mühsam erreichen kann, legt er sich flach auf den Boden. Zur Ablenkung dreht er den Kopf zur Seite und starrt auf das Abflussrohr des Waschbeckens, während er seine Wade sachte auf die pochende Stelle legt, um den Schmerz abzufedern. Tiefe Atemzüge und das Schließen der Augen, wodurch das Feuchte herausgedrückt wird und zu beiden Seiten hin abfließt.

Lobgesang auf den Siphon samt Darlegung einer Merksentenz

Fürchte dich nicht vor den Blicken und Bullen und Zeugen Jehovas. Fürchte dich nicht vor den Frostbeulen und schwarzen Zehen, vor der Knochensäge. All das hält dies Haus in seiner steinernen Unumstößlichkeit von dir fern. Lobe daher die Erbauer und das Haus, das schon vielgelobte!

Unterstehe dich aber, mit Lob zu geizen für den Siphon, diese kleine Arabeske unter den Rohrleitungen, ist er doch um so vieles mehr als der bloße Bunker für den Dreckschwamm! Er ist Verbindung und Trennung von Anfang und Ende!

Und ich frage dich aber: Wo ist der Anfang? Im Mittelalter? Als all der Kot und Dreck und Abfall sich in den Straßen sammelte? Regen das alles nicht fortspülte, sondern durchweichte und bei der Verteilung half? Ratten, Schweine, Menschen, Kühe bis hin zum Floh, alle waren sie ein Geschmeiß unter dem einen Himmel, aus dem der Schwarze Tod zu kommen schien. Oder war jemand anderes verantwortlich? War es keine Gottesstrafe, sondern ein Komplott? Wer steckte dahinter? Der Adel? Die Kirche? Leute wie du und ich? Nein. Es musste also von außen, von Fremden kommen, von Leuten, die nicht genau dasselbe taten wie wir. Dieses Bauchgefühl nannten sie Erkenntnis und flüsterten das Wort vom »Brunnenvergifter«, bis daraus ein Schrei entstand. Und es tobte ein Kampf in den Straßen Europas, und die Juden verloren ihn.

Wo ist der Anfang? Im antiken Rom? Als sie schon früher weiter waren als später? Wo es kilometerlange Aquädukte gab, damit das Wasser immer lief und die Scheiße ständig unter den Ärschen, den haarigen und nicht so haarigen, fortspülte aus der Stadt? Ave Venus Cloacina! Mögest Du, Schutzgöttin der Cloaca Maxima, dafür sorgen, dass sie nie verstopft!

Und noch einmal frage ich: Wo ist der Anfang? Im Paradies? Bei Adam und Eva? »Gott, der Herr, ließ aus dem Ackerboden allerlei Bäume wachsen, verlockend anzusehen und mit köstlichen Früchten, in der Mitte des Gartens aber den Baum des Lebens und den Baum der Erkenntnis von Gut und Böse.«

Nun erkenne also, was auch zu loben ist!

Die Verlockung war immer schon da. Die Köstlichkeit war immer schon da. Letztere als unmittelbare Bestätigung des vielleicht selbst im Garten Eden trügerischen Augenscheins. Der Zucker war schon da. Die Gärung war schon angelegt. Und das Essen war ein Dürfen im Paradies. Weil aber nur Gott ungestraft alles darf, musste es Grenzen geben, denn die Grenzen waren wesentliche. Und wo der Mensch kein Gott ist und isst, da fällt wieder etwas ab von ihm. Auch das Gekostete war im Anfang Staub und es wollte auch damals schon zum Staube zurück, mehr, als dass der Mensch es halten konnte.

Adam, ich frage dich:

Eva, ich frage dich:

Hättest du dich hingesetzt, in deiner unbedeckten Gottähnlichkeit, und ohne Scham abgekotet? Vor den Augen des anderen? Unter der Nase des anderen?

Die Scham, sie war immer schon da! Selbst wenn es nicht zum Fall des Menschen gekommen wäre, es hätten Loblieder gesungen werden müssen, auf Hecken und Sträucher, auf das Dickicht, auf die vier Flüsse und all die Feigenblätter!

Doch der Mensch ist gefallen, er urteilt unentwegt. Und sie gebiert Kinder unter Schmerzen und beide bestellen sie den Ackerboden mit seinen Dornen und Disteln. Aber der Mensch war und ist erfinderisch. Wir wühlen uns nicht maulwurfartig durch die Erde. Maschinen und das Vieh erleichtern unsere Mühsal und wir errichten Häuser, ja ganze Städte, in denen wir zusammenleben, weit weg vom Ackerboden, dem verfluchten.

Was aber wäre das für ein Dasein, gäbe es nicht in diesen Häusern in diesen Städten diese kleine Biegung im Rohr mit dem Stehgewässer, das abschirmt die Wohnstatt von den Fäulnisgerüchen der Kloaken? Dies ist sie, die wichtigste Grenze der Welt! Man stelle sich den Großen Gestank vor, der herrschen würde, uneingeschränkt, der ersticken würde auch nur den kleinsten Anhauch von Liebe zwischen den Menschen, ja sogar zu sich selbst!

Merke, es ist der Umweg, die längere Distanz, wo etwas ungestraft auf der Strecke bleiben kann, die zu mehr als nur einem Ziele führt.

Das Warten hat den Schmerz abebben und den Entschluss reifen lassen, dass er sich heute noch darum kümmern wird. Er wird seinen Nagel ausschneiden und sich nicht einfach nur mit Alkohol betäuben und den Dingen ihren Lauf lassen, bis nur noch Ärzte das Unheil heilen können. Jetzt der geballte Schmerz, anstatt des Aufschubs wie früher.

Er setzt sich, die noch zu einem Viertel volle Flasche Korn in der Hand, auf den Klodeckel. Er nimmt einen großen Schluck, der Rest ist für die Desinfektion der Schere und der Wunde reserviert. Eine Drehung um neunzig Grad, dann den Fuß auf den Wannenrand gesetzt und die marode Rückenmuskulatur sich an die Verrenkung gewöhnen lassen. Er befühlt erst vorsichtig, dann zieht er Luft durch die Zähne, als er die Wulst zur Seite drückt und ein stecknadelkopfgroßes Körnchen aus dicker, gelber Flüssigkeit sich aus der Furche bildet. Er drückt so lange, bis nichts mehr kommt. Dann die schnapsnasse Schere. Er hebt den Nagel etwas an, und ohne recht hinzusehen, zwickt er zu. Mehr ein Schnitt des Glaubens als der Überzeugung. Auf die Abfolge von Wund- und Sterilisationsschmerz folgt die Erleichterung, etwas getan zu haben. Die Frage, ob es richtig war oder ob er es nur verschlimmert hat, kommt ihm nicht, als er sich einen behelfsmäßigen Verband anlegt. Weit würde er ja zum Glück nicht gehen müssen.

Auf der Ferse humpelt er zum Bett, wo er sich auf den Rücken legt, um erneut Erholung im Schlaf zu suchen, der sich nicht einstellen will. Er trinkt, ihm pocht das Herz wie wild, sein Zeh ebenfalls, aber das ist auszuhalten. Die Zeit ist der Feind. Mit Rumdrehen entkommt er ihr nicht.

Wie lange gibst du dir, bis alles wieder so ist wie früher?

Was ist der Plan?

Was ist der nächste Schritt?

Meinst du, es reicht, einfach mal heiß zu baden?

Und das mit dem Geld-auf-die-Seite-Legen ist ja lange noch nicht ausgemacht! Momentan hast du weniger als sonst um diese Zeit des Monats. Meinst du, es reicht?

Schau dich doch um! Hat es für Lenz gereicht?

Lenz war ein anderer! Er war verrückt, das siehst du doch! Lenz hätte alles haben können, aber er wollte nicht. Irgendwas war bei ihm da oben nicht ganz richtig! Er hätte da nicht in dem Schuppen liegen müssen, ganz allein, und auf mich warten.

Ja, auf dich kann man lange warten … Und überhaupt, wenn Lenz nicht so gewesen wäre, wie er war – du sagst verrückt –, wo wärst du dann jetzt? Dreimal darfst du raten!

Karl schnaubt. Er klopft sich an die Stirn, als wolle er im Hirnkästchen für Ruhe sorgen, und schlägt die Decke zurück. Im Sitzen geht der erste Griff zum letzten Mündchenvoll Korn. Dann lässt er die Flasche einmal quer durchs Zimmer rollen, wo sie unterm Heizkörper liegen bleibt. Er muss was tun. Der Blick geht zur Tür, wo fast sein ganzes Zeug noch wie gestern daliegt. Seine Klamotten ein nasser Haufen, an dem er schon mindestens fünfmal vorbeigelaufen ist.

Ja, auch darum wolltest du dich kümmern. Du wolltest die Sachen in Ordnung bringen. Als Lohn vergeht die Zeit.

Er humpelt die Heizkörper ab, ein paar Haken und Stuhllehnen finden sich auch. Den ganzen Rucksack räumt er aus und sieht sich schon in der Kleiderkammer neue Sachen besorgen. Jetzt würde er ganz anders zugreifen können, ein eigenes Lager. Eine Vorstellung von Ordnung, die seine Zweifel vertreibt. Er ist auf dem rechten Weg, er ist nicht Lenz, der ja mit all dem hier nichts anzufangen wusste. Er würde diese Chance hier nutzen, komme, was wolle. Lenz' Zettel sind meist bloß am Rand etwas feucht, die Briefe und Werbezeitungen hinter der Tür hat es etwas stärker erwischt, aber nur die oberste Schicht, wo sein Zeug lag. Er blättert durch die Umschläge, die ihn eigentlich nichts angehen, aber einfach wegwerfen, ungelesen? Einige waren schon aufgerissen. Lenz muss also ab und zu noch hier gewesen sein, denkt Karl und breitet die erste Fuhre in der Küche aus. Wer sonst hätte das tun können? Er steht vor dieser Sackgassenpost und zögert, doch Lenz hat ihm alles anvertraut, den Schlüssel, die Zettel, die ihm anscheinend das Wichtigste auf der Welt waren, und sogar seine tote Hülle. Karl schüttelt es kalt durch, wenn er an die Rückhaltlosigkeit denkt, mit der Lenz sich zugrunde gerichtet hat. Völlige Selbstaufgabe, die ja nicht in einem schnellen Schnitt oder Sprung mündete. Lenz hat das Sicherungsseil gekappt und sich einfach in diese kalte Dunkelheit treiben lassen, bis ihm die Luft zum Atmen ausgegangen ist.

Karl macht sich ans Werk: ein Kreditangebot der Hausbank. 10 000 Euro zu »unschlagbar günstigen Konditionen«. Eine drei Jahre alte Erinnerung der Krankenkasse, dass er den Fragebogen ausgefüllt zurückschicken muss. Werbung, viel davon. Eine Einladung zur Eigentümerversammlung ins Café Kopfeck samt Hauskostenabrechnung. Kontoauszüge, vom Februar dieses Jahres. Jetzt wird es interessant. Hinter dem Deckblatt verbirgt sich als Kontostand zum 28. die fast unglaubliche Zahl von 17.290,27 Euro vor einem H für Haben.

Karl blickt lange auf diese Zahl und sieht nur ein weiteres Stück des Scherbenhaufens Lenz, den er immer weniger zu verstehen glaubt. Was Lenz mit der Kohle alles hätte machen können! Und er erst! Da ist sie wieder, diese Wut auf ihn. Andere hätten dafür den kleinen Finger hergegeben, aber er … Karl blättert weiter und erkennt, dass das Geld sich selbst aufbraucht. Es gab keine Abhebungen, aber eine Hausgeldabbuchung, Telefon und Gebühren für die Kontoführung. So würde es noch jahrelang weitergehen, bis alles weg ist.

Hatte Lenz eine Bankkarte bei sich? Besaß er überhaupt einen Geldbeutel? Im Rucksack ist jedenfalls nichts gewesen. Auch hier die Vorstellung, dass er sie bis zuletzt am Leib trug. Hätte er ihn etwa abtasten sollen? Doch vor ihm liegt dieser fette Batzen Geld, der sich hinter Unterschriftsproben und Ausweiskopien und Tresortüren zu verstecken weiß. Und in Karls Hirn rattern die Optionen: Die Karte kann überall sein. Vielleicht hat Lenz sie schon längst verloren oder sie liegt hier irgendwo rum. Ohne Geheimzahl aber ist sie wertlos, wobei Karl früher das Briefchen mit dem Pin ja auch immer in einer Kiste versteckt hat.

Du hast Zeit, Karl. Nimm sie dir! Wenn das klappt, dann …

Er presst die Lippen aufeinander, als wolle er sich selbst von seiner Entschlossenheit überzeugen. Auf dem Klo, um nichts zu überstürzen, Nachdenkpause. Er lässt die Hosen runter und starrt zuerst auf den Verband an seinem Zeh und dann in den Gang hinaus, von wo ein seltsames Geräusch zu kommen scheint, das er nicht genau identifizieren kann. Er hält den Atem an und spürt sein Herz mit immer größer werdendem Schlägel wummern, als ihm das Licht aufgeht. Ein Hund kratzt an der Tür. Er bellt und eine Frauchenstimme ruft den Köter zur Ordnung und lässt Karl zusammenzucken. Ein Moment der Stille folgt, in dem all seine Antennen nach draußen gerichtet sind. Wieder ein wühlendes Kratzen, bei dem Karl sich wünscht, das Hundsvieh möge auf einem Misthaufen verrecken. Wieder die Stimme der Frau, die fragt: »Hallo? Ist da jemand?«

Karl, Hunde erkennen einander. Er hat deine nasse Dreckspur gewittert. Er riecht dich durch die Tür hindurch. Und auch sein Frauchen weiß Bescheid! Du bist mitten unter ihnen. Man holt dich raus aus deinem Bau!

Ein ganz schöner Tag eigentlich bisher

Mechthild hat den Tag bisher sehr genossen. Eine seltsam vertraute, ja beinah kameradschaftliche Stimmung war in der Luft gelegen. Alle, die in die Mission kamen und sich setzten und wieder gingen, schienen gelöster zu sein als sonst. Und sie saß da und lauschte und schweifte darüber manchmal ganz vom Rätsel ab, zu dem sie dann Waltraud immer wieder zurückholte, indem sie ihr sanft die Hand auf ihre legte und lächelte. Überhaupt hatte sie Waltraud noch nie so unbekümmert gesehen. Sie ertappte sich dabei, wie sie manche Wörter nicht sagte, weil sie wollte, dass das Rätsel noch etwas länger vorhielt.

Zwei Männer setzten sich an den Nebentisch, sie roch den Alkohol. Sie flüsterten miteinander, machten Späße und zogen die Blicke auf sich. Aber darum ging es ihnen nicht, sie waren albern um der Albernheit willen und wollten nicht die Szene dominieren. Sie ließen ihr den Raum, sich noch auf sich selbst und das, was vor ihr lag, zu konzentrieren – »Die Wahl haben zw. Pest und …« Sie wusste die Antwort natürlich, aber weil sie die Frage nicht laut vorgelesen hatte, konnte sie den Stift einfach weitergeben. Hin und wieder ließ sie sich dann ablenken und folgte den anderen, die darüber diskutierten, wie realistisch es wohl beim Modelleisenbahnbau zugehe, ob es also auch Pennerfiguren zu kaufen gäbe.

Niemals, alles pure Idylle, meinte der eine. Kleingeisterzerstreuung.

Die Gegenposition war, dass es nichts gebe, was es nicht gebe. Die Leute würden mit diesen Figuren ja auch kleine

Geschichten erzählen, ja eine ganze Welt erschaffen. Eine Weile lang witzelten sie hin und her, bis sie ihren Tee ausgetrunken hatten und den Platz wieder räumten. Es war ungewöhnlich ruhig und sie als Rätselteam machten beinahe den meisten Lärm, immer wenn Peter sich auf die Stirn schlug zum Zeichen eines Einfalls. Dann kam an den Nebentisch ein Mann, der übersät war mit Ansteckern, gut zwanzig Stück trug er am Hemd und mindestens noch einmal so viele auf seiner Ziehwagen-Expanda-Taschen-Konstruktion: »Minga, I mog di« im Lebkuchenherz, eine Breze, die Bayernfahne, das Blatt einer Eiche, eine schäumende Maß, als hätte man ihn erst im Ei und dann im Souvenirladen gewälzt. Hautfarbentechnisch eher nicht der Typ Urbayer, wenn Mechthild ehrlich war, und sie fragte sich, ob er diese Stadt wirklich so liebte oder ob das eine Notstrategie war für die Passanten, um sie zu besänftigen, weil sie ihm ja mangelndes Bemühen nicht vorwerfen konnten. Aus einem speckigen Jutebeutel zog er lächelnd eine Tüte vom Bäcker heraus. Als wäre das teures Geschenkpapier, das man um jeden Preis wiederverwenden müsse, rollte er sie aus und fischte eine beinahe runde Krapfenkugel daraus hervor. Doris lachte und beglückwünschte ihn quer durch den Raum, weil auf dem Schmalzgebäck eine solche Masse an Puderzucker lag, dass sie sich kaum noch auf der Kugel halten konnte. Völlig handelsunüblich und nur durch einen verliebten Lehrling zu erklären, wie Doris meinte, die mit aufgerissenen Augen die Technik bewunderte, mit der er den Krapfen dann aß. Er hielt sich die Nase zu und leckte wie pickend den Zuckerstaub auf, damit so wenig wie möglich verloren ging, bevor er den ersten Bissen riskierte.

Während der Mann sich dann die Marmeladenfinger in den Mund steckte, trat Frau Münzner an den Tisch heran und fragte, ob sie sich mit dazusetzen könne. Sie stützte sich an der Wand ab und war zittrig auf den Beinen. Sie ist die heftigste Trinkerin, die Mechthild kennt. Einmal hat sie die Frau solche

Schlangenlinien gehen sehen, dass die Bahnsteigbreite kaum ausgereicht hatte und manche Wartenden die Hände vor die Augen hielten, um den prognostizierten Sturz nicht sehen zu müssen. Und einmal richtete sie unvermittelt eine Frage an Mechthild, mitten in der Fußgängerzone war das, mitten aus der Menge heraus. Sie packte sie am Arm und lallte: »Warum nur müssen die Männer immer wieder über unsereins drübersteigen?« Sie blickte sie aus glasigen Augen an. Mechthild war ganz starr, also fuhr die Münznerin mehr mit sich selbst sprechend fort: »Ich glaub, ich zeig den an. Ja, ich … ich glaub, das mach ich jetzt einfach mal, damit er's lernt.« Und als ob Mechthild nun eine ganz andere Person wäre als zuvor, wandte sie sich ihr wieder zu mit der Frage, wo hier die nächste Polizei sei, sie habe nämlich eine Anzeige zu machen.

Was daraus geworden ist, wusste Mechthild nicht, aber viel wird es nicht gewesen sein, befürchtete sie. Heute sah sie aufgeräumter als üblich aus und Mechthild nickte und zog den Tisch etwas zu sich heran, um es ihr leichter zu machen. Und weil sie dann so interessiert zuschaute, wie das Heft kreiste, lud Peter sie ein mitzumachen. Er drehte ihr das Rätsel hin, das nun gut zur Hälfte ausgefüllt war, aber sie wehrte mit einer Hand ab und fuhr sich mit der anderen durchs ungewöhnlich glänzende Haar. Sie könne das nicht so gut. Das sei kein Problem, meinte Mechthild, man arbeite ja zusammen. Nein, lesen, sagte sie und wischte sich mit Zeigefinger und Handrücken die Nase.

Nach einem Moment des Schweigens fragte Peter geradeaus: »Nicht so gut oder gar nicht?«

Sie wägte ab: »Nicht so gut. Ich bin zu langsam. Ich schau lieber zu.«

»Zeit haben wir genug«, sagte Mechthild und lachte.

»Ja, jede Menge!«

»Trauen Sie sich! Wir werden Sie schon nicht auffressen«, strahlte Waltraud.

Frau Münzner blickte scheu in die Runde, ob nicht doch noch ein Einspruch kam. Dann richtete sie sich auf und fuhr mit dem Finger die Seite ab auf der Suche nach dem Kästchen mit den wenigsten Buchstaben drin. Von da an waren die Aufgaben neu verteilt: Frau Münzner, sie verriet dann auch ihren Namen, Theresia, las laut vor und übernahm das Ausfüllen. Die anderen buchstabierten die Lösungen und drehten das Heft nur noch zu sich her, wenn sie Hilfe beim Nachdenken brauchten.

Irgendwann meinte Peter, dass er die Zeit vergessen habe. Er müsse noch was erledigen, aber das Heft ließ er da. Dann verschwand auch Waltraud, aber nur aufs Klo in die Bahnhofshalle, und die Sozialarbeiterin Frau Huber trat in den Raum und verkündete, dass die Essensausgabe in zehn Minuten geschlossen werde. Man könne sich jetzt also noch was holen und die Schläfer sollten langsam aufwachen. Man müsse alles putzen für den Nachtdienst.

Allgemeines Stühlerücken, Rückenstrecken, Rucksackschultern war die Folge, und dann tippte Frau Huber Mechthild an: »Sie schlafen heute Nacht wieder hier?«

»Äh, ja, das hatte ich vor.«

»Dann warten Sie bitte hier und kommen dann später zu mir ins Büro. In Ordnung?«

»Mhm, okay. Geht's um was Bestimmtes?«

»Ich will einfach mal mit Ihnen über Ihre Situation sprechen. Sie schlafen nun ja schon eine ganze Weile hier und wir sind eigentlich nur für den Notfall … aber das besprechen wir einfach später. Ich muss jetzt erst mal hier sauber machen.«

Und jetzt wartet Mechthild also auf ein Gespräch, das sie nicht gesucht hat. Sie hat auch vorher schon gewartet, auf den Abend und auf die Nacht, aber jetzt ist das Warten eine Tätigkeit. Es wurde ihr befohlen. Theresia ist gegangen, Waltraud noch nicht wiedergekommen und sie hat allein auf der Bank im Vorraum sitzend mit Nervosität zu kämpfen, während drinnen die Stühle hochgestellt werden. Ein anderer kehrt schon den Schmutz unter den Tischen und Bänken heraus, hinten im Bad läuft der Putzeimer bereits mit Wasser voll. Sie kann es hören, wie es aufschäumt. Alles greift ineinander und sehr bald schon wird sie ins Büro zitiert werden. Dann kommt der Fragenkatalog. Sie wird sich erklären müssen. Stellung nehmen zu ihren Versäumnissen. Man wird von Amts wegen mit ihr reden. Frau Huber ist keine Ehrenamtliche, die ein Pläuschchen halten will, sie ist weisungsbefugt und hat Verfügungsgewalt.

Was kann sie wollen?

Es wird nicht so weitergehen wie bisher, so viel ist sicher. Das wäre alles zu unverbindlich, einfach die Tage verleben und ihr Erspartes aufbrauchen und niemandem irgendetwas schuldig sein. Keine Verbindungen mehr. Keine Beziehungen mehr. Zu lange ist sie immer geblieben, hat sich verbogen für andere, hat erduldet, was andere nicht für sich behalten wollten. Diese Kanaillen.

Das Maß war irgendwann voll – und das ist es immer noch! Die Tür, sie muss offen bleiben! Sie allein entscheidet, wann es so weit ist, sie wieder hinter sich zuzumachen! Sie allein entscheidet, wann sie sich wieder auf andere Menschen einlassen kann!

Und als nun Frau Huber mit dem Eimer aus dem Aufenthaltsraum kommt, ihr zum Zeichen, dass sie gleich für sie Zeit hat, zunickt und dann nach hinten ins Bad verschwindet, greift sich Mechthild Koppsteeg mit Trotz im Herzen ihre Sachen und geht, ohne sich noch einmal umzudrehen.

Ja, das fühlt sich richtig an. Als hätte sie endlich geschafft, eine Hand wegzuschlagen, die ihr immer wieder ins Lenkrad griff. Sie richtet sich auf und bläst einen Überschuss an Luft aus ihren Lungen und blickt hoch oben in der Halle auf das große Werbebanner des hiesigen Automobilkonzerns, das ein Gefühl der Freude verspricht, wenn man sich in einem seiner

Neuwagen fortbewegt. Trotz der silbermetallic glänzenden Karosserie soll man sich eins fühlen mit der umgebenden Natur aus schwarzem, regennassem Asphalt, moosbewachsenem Fels am Straßenrand und den sich in der Undeutlichkeit des Hintergrunds verlierenden Baumstämmen eines Waldes. Rechts muss die Sonne durch die grauen Wolken gebrochen sein, sie spiegelt sich im Lack, auf der hinteren Seitenscheibe und lässt die Straße glitzern.

Mechthild bleibt stehen und schaut am Logo, am Slogan und am Auto vorbei in die Dunkelheit. In den Wald, denkt sie.

Kurt und die Langeweile

Das Bett ist schon ein seltsames Fleckchen. Dort ist man entweder zeitvergessen, im Schlaf – oder beim Sex – nun ja, bei gutem Sex, privat, wenn man aus dem Alter raus ist, wo man sorgenvoll auf den Minutenzeiger blickt, weil länger gleich bessere Leistung –, oder man spürt jede einzelne Sekunde, wenn man allein ist, ohne Arbeit und Struktur, und die Gedanken Flipper spielen. Dann ist das Bett ein Ort, wo es kaum auszuhalten ist, weil man als Mensch sein Totenbett immer im Hinterkopf behält. Das Wissen um die Kostbarkeit jedes einzelnen Augenblicks, sodass mindestens eine Kiste flimmern muss, wenn man schon liegt. Und das Flimmern muss von solcher Beschaffenheit sein, dass man nicht mehr allein ist mit sich und seinen Gedanken.

Nichts davon funktioniert für Kurt. Viel zu früh fürs Pennen und viel zu viel zum Denken. Und dann schweift er kurz wieder ab in seinen alten Traum, den er schon aus Kindertagen kennt: Einfach die Zeit anhalten können, ein großer Knopf auf einer Fernbedienung, die nur ihm gehorcht. Dann könnte er sich alles anschauen und käme mit dem Denken hinterher, würde wissen, was läuft und wie darauf am besten zu reagieren ist, nicht nur um den Kopf über Wasser zu halten, sondern um sich freizuschwimmen, ein für alle Mal. Alle, der ganze Planet und noch mehr eingefroren, während er sich ausruht und nachdenkt und Kräfte sammelt für den großen Schlag, der ihn immer wieder ein Stückchen weiter nach vorne bringt, weiter als seine Gegner. Und der Traum stößt auf Widersprüche und entzaubert sich selbst und immer noch liegt Kurt im Bett und glotzt an die Decke und im Kopf rollen die gesammelten Informationen umher wie in einer großen Lostrommel, wo es dann immer wieder heißt: Glückwunsch! Ein Freilos. Wir drehen noch 'ne Runde.

Letztendlich hört er also auf sein Bauchgefühl von der Pommesbude und steht auf. Das muss er sich noch einmal mit eigenen Augen anschauen, sonst lässt ihm das keine Ruhe.

Es dauert länger, als Kurt zuerst dachte, bis er endlich die Bank wiederfindet, vor der man ihm die Fresse poliert hat. Er gibt sich einen Moment, um alles noch einmal nachzuempfinden, wie er diesen Karl erkannte und ihn die Angst überrollte, dass er sofort zu den Bullen gehen würde, wenn er nichts unternahm. Dann kam der Schlag, dann lag er auf dem Boden und sah, wie der Penner sich aus dem Staub machte, und zwar in diese Richtung, weg vom Fluss mit seinen vielen Brücken, hin zu den Häusern. Mit Vorräten beladen bis obenhin, was Kurt vermuten lässt, dass er es nicht sehr weit hatte bis zu seinem Ziel. Und für einen Augenblick wird ihm der Aberwitz seiner jetzigen Suche bewusst, als ihm Bilder aus Cowboy-und-Indianer-Streifen von früher in den Sinn kommen, wo es immer einen alten Fährtensucher gab, der sich wortkarg über einen abgeknickten Grashalm beugte, um dann nach einer mystisch-dramatischen Pause die Richtung anzuzeigen, in die es weitergehen wird bis zum Showdown. Kurt lacht, über sich als Kind, als er gern solche Filme sah und sich lustvoll hineinversetzte in diese Welt der wenigen Worte und der schnellen Vollstreckung. Er hat jedoch auch ein

Bauchgefühl für die Unwahrscheinlichkeit seiner Aktion, was ihn die Lippen wieder schließen lässt, doch auf dem Rückweg gäbe es nur Langeweile und Aussichtslosigkeit zu ernten, und das kann er beides nicht gebrauchen. Also stiefelt er los in die aufkommende Nacht und die zuvor anvisierte Richtung.

Dort gibt es nur diese eine Brücke, unter der niemand liegt, und diese eine Straße, die den Hang hinaufführt, wo es sich dann oben wild verzweigt, und Kurt geht eigentlich nur noch aus einem Mangel an Alternativen weiter. Nicht mal annähernd sah hier einer aus wie ein Penner und nur eine ziellose Wut verhindert noch, dass er sich bei dem langweilt, was ihm die Langeweile vertreiben sollte. Er wälzt Fragen, was er denn überhaupt gehofft hat, dass passieren würde: Ihm einfach so in die Arme laufen? Das Haus erkennen, weil es ja sicher genauso abgefuckt aussehen muss wie der Drecksack? Die ganze Sache ist lächerlich und er ein kleines Würstchen, das von Glück reden kann, dass ihm bei dieser verzweifelten Aktion keiner über die Schulter schaut. Also doch zurück zur Pension. Unten am Berg stiegen gerade Leute aus einer Tram. Die nächste, sagt er sich und spuckt aus. Obwohl sonst die ganzen kleinen Läden schon geschlossen sind, brennt in einem Kiosk auf der anderen Seite noch Licht und die Aussicht, sich wenigstens noch mit Frustbier eindecken zu können, lässt ihn die Seite wechseln.

»Eigentlich is schon zu«, sagt der Verkäufer, nur kurz aufblickend, bevor er wieder genervt an irgendwas hinter der Theke rumfingert.

»Ach, komm schon, ich brauch nur noch schnell ein paar Bier für heute Abend.«

Der andere mustert ihn wieder und behält den Kopf jetzt oben. Er fixiert den Bluterguss und sagt achselzuckend: »Die Kasse is schon zu, Abrechnung is auch schon gemacht.«

»Dann leg ich dir einfach 'nen Fünfer hin und du haust es morgen in die Kasse. Komm schon. Ich bin dann auch gleich wieder weg, aber hier in der Gegend hockt man ja sonst um die Zeit auf dem Trockenen. Zwei Bier für 'nen Fünfer?«, fleht Kurt und zieht schon mal den Schein aus dem Fach.

Der Verkäufer seufzt und streckt die Hand aus: »Was ist dir denn da in die Quere gekommen?«

Kurt gibt ihm den Schein und lügt diesmal nicht, zumindest nicht anfangs: »Bin gestern unten an der Isar mit einem zusammengerauscht. Ein Überfall«, schiebt er hinterher, ein Impuls, an dem noch keine Strategie hängt. Dann läuft es einmal heiß durch ihn durch und er fragt: »Ist hier zufällig ein Obdachloser vorbeigekommen, mit so einer Narbe im Gesicht?«

»Ja, wieso?«

»Den such ich.« Kurt legt ein Feuerzeug an den Flaschenhals und ploppt es auf. »Der hat den Überfall gesehen. Glaube ich jedenfalls.«

»Ja, der kam gestern hier ein paar Mal vorbei. Einmal den Berg rauf, bisschen später wieder runter. Hat sich auch was gekauft.«

»Und hatte zwei fette Einkaufstüten dabei?«

»Hmm, keine Ahnung … nein, ich glaub nicht.«

»Is der öfter hier? Weißt du, wo er hin ist?«

»Nein, so einen hätt ich mir gemerkt. Hab den noch nie hier gesehen«, sagt er und kuckt auf die Uhr.

Kurt versteht und prostet ihm zu: »Hat mir eh schon viel geholfen. Danke nochmal!«

Planänderung. Nach der nächsten Tram kommen noch weitere. Keine Hektik. Hier war die Feuerstelle und die Kohlen glühen noch. Irgendwo hinter diesen Fassaden steckt der Assi und meint, mietfrei leben zu können. Der Schlüssel kam sicher nicht vom Amt, die drücken dir nichts einfach so in die Hand, es sei denn den Räumungsbescheid. Und der kommt nun in Form von Kurt daher. Der Penner ist das Leben auf der Straße ja schon gewohnt, jeder muss dort bleiben, wo er herkommt. War immer schon so. Warum sollte einer, der seit Jahren nichts gebacken kriegt, jetzt auf einmal in die Siegerspur wechseln dürfen? Er geht nun viel langsamer als vorher, saugt alles auf. Hier ein Graffiti, bei dem der Sprayer wohl mittendrin die Hosen voll hatte:

sie schleichen, sie schleichen
die Armen zu den R

Kann auch sein, dass ihm eine Streife dazwischenfunkte, bevor er diese hohle Drohung vollenden konnte. Kurt schaut sich nun jedes Haus einzeln an, Fenster für Fenster, Klingelschild für Klingelschild. Wo sind die Namen vielleicht abgeklebt? Kurt hat Lunte gerochen. Und wenn der Typ dann zu den Bullen geht? Hmm … Dann fragt Kurt halt nach Beweisen. Dann geht er in die Gegenoffensive. Hat er nicht einen Bluterguss in der Visage? Gab es etwa keinen Kampf zwei gegen einen? Wollten ihn beklauen! Und bei dem Gedanken, dass es vielleicht sogar ratsam wäre, als Erster zu den Bullen zu gehen, jetzt, da ihm die Zeichen noch deutlich ins Gesicht geschrieben sind, muss er lachen. Alles, was der Typ dann vorbringen würde, erschiene in ganz anderem Licht. Ein vorzeitiges Glücksgefühl ergreift von ihm Besitz, das sich noch hundertfach verstärkt, als er in ein Fenster auf Kniehöhe schaut. Es ist nur indirekt erleuchtet, vom Gang her wahrscheinlich, aber er kann auf einer Stuhllehne einen Parka erkennen, der ihm bekannt vorkommt. Erst ein Blick die Straße hoch und runter. Dann beugt er sich vor, sieht Staub und Verstreutes. Noch ein Schulterblick, er will diskret vorgehen, keine Szene, keine Eskalation, dann geht er sogar in den Liegestütz. Da sind ein Bettgestell aus Paletten, ein Rucksack auf dem Boden und keine Spur von liebevoller Einrichtung, wie es so schön heißt. Das ist Leerstand mit Zecke, kürzlich eingenistet. Kurt grinst, während er zurück in die Hocke und ganz dicht an die Scheibe geht.

Mal sehen, wer da ist: Klopf klopf.

NACHT

Die Trägheit der Körper

Klopf klopf. Es klopft jemand gegen die Scheibe. Klopf klopf.

Hallo?

Blinkendes Warnlicht, stumm rotierendes Blau. Und Karls Augen taten so, als würden sie den Mann in Uniform fokussieren.

In den ersten Monaten, es waren Jahre, kam ihm der Schlag immer wieder in den Sinn. Irgendwo fiel wegen eines Luftzugs eine Tür ins Schloss, irgendwer schlug einen Kofferraumdeckel zu, lief in Pleiten, Pech & Pannen gegen Glastüren, und Karl konnte sich nicht dagegen wehren, dass er selbst immer und immer wieder die gleichen Bilder in sich abspulte, mal vorwärts, mal rückwärts vom Schlag aus gesehen. Das Bremsen, das Herumreißen des Lenkrads, gepaart mit der nicht beantwortbaren Frage, ob er nicht vielleicht doch was hätte tun können. Schneller reagieren? Ausweichen? Langsamer fahren? Sogar schnelleres Fahren hätte geholfen, denn wenn er nur fünf Meter weiter vorne gewesen wäre, dann wäre der Junge zwar vielleicht noch zwischen die parkenden Autos gelaufen, dann aber geschockt stehen geblieben, weil er ein Gefährt so dicht an sich hätte vorbeirasen sehen, dass seine Reflexe die Steuerung übernommen hätten, lange bevor er gewusst hätte, was los war.

All das hätte bedeutet, dass der Junge diesen 18. Juli überlebt hätte. 18. Juli. Genau zwei Monate vor Karls Geburtstag, den er eigentlich hatte feiern wollen, wie keinen zweiten, als frischgebackener Vater einer Tochter. Marcel überlebte diesen Tag nicht. Er war sofort tot. Das stellte der Notarzt fest, anhand von Offensichtlichkeiten. Und der Gutachter im Prozess stellte fest, dass auch Karl keine Chance gehabt hatte. Die Katastrophe war die unvermeidbare Folge der Gegebenheiten.

Sogar wenn Karl der Idealfahrer gewesen wäre, er hätte es nicht zu vermeiden vermocht.

Dennoch stellte sich Karl die Frage, ob er vielleicht nicht doch was hätte tun können, schon früher, einige Augenblicke weiter links auf dem Zeitstrahl. Vielleicht hätte er ja einfach kurz in die Richtung blicken können, aus der Marcel kam, vielleicht hätte er ihn selbst noch gesehen, bevor er vom Auto am Straßenrand verdeckt wurde, vielleicht hätte er seine Mutter aus der Garage laufen sehen, den Mund sich öffnend zum Schrei. Karl aber konnte in diesen Momenten noch vor dem Einsetzen der Reaktionszeit nicht nach rechts blicken, weil er nach links geschaut hatte, in den Gegenverkehr in Gestalt einer jungen Frau auf dem Rad, die unbestimmt vor sich hin lächelte. Und er raste gar nicht, sondern fuhr knapp überm Strich fünfzig, und ihre Blicke trafen sich kurz und Karl drehte leicht den Kopf in ihre Richtung und lächelte aus dem offenen Seitenfenster heraus ebenfalls ein unbedeutendes Lächeln, das nicht der Rede wert war, weil er dann wieder die Augen geradeaus auf die Fahrbahn richtete, für eine Sekunde, zwei Se…

Karl, warum hast du dieses Detail verschwiegen?

Weil es Wichtigeres gab. Ein Kind ist gestorben. Und ich bin schuld. Weil das nicht wiedergutzumachen ist. Nie wieder. Ich habe ihn aller Möglichkeiten seines einzigen Lebens beraubt.

Und weil du nichts gesagt hast, musste Johanna es im Gerichtssaal hören, von der Frau, dass du sie anlächeltest, als du fuhrst, und dich sogar nach ihr umgedreht hast, bevor du, ihr kamen die Tränen, als sie sich das Bild des Geschehenen wieder vor Augen rief, dieses arme unschuldige Kind überfahren hast. Die Frage, wie viel Zeit vergangen war, bis sie den Unfall hörte, denn mit den Augen bezeugen konnte sie ihn ja nicht, vermochte sie nur ungenau zu beantworten, nicht viel jedenfalls.

Das Gesagte stand also im Raum und jedes Wort schlug in sein Inneres ein, als wäre die Schuld ein massereicher Körper mit eigener Gravitation. Auch die entlastenden Worte ballten sich hinzu und vergrößerten und beschwerten das Gefühl, nie wieder einen freien Atemzug machen zu können.

Er hörte die Worte einer zweiten Frau, die dem Gutachter beipflichtete, nein, sie habe es genau gesehen, leider, und es vergehe kein Tag, an dem sie sich nicht wünschte, es nicht gesehen zu haben, aber es sei alles viel zu schnell gegangen. Der Junge kam aus dem Nichts und es hätte übermenschlicher Fähigkeiten bedurft, dieses Unglück zu verhindern. Sie hielt sofort an und ließ ihr Rad liegen. Dann lief sie einige Meter und blieb, die Hand vor den Mund gepresst, stehen. Sie war es dann, die bei einem Nachbarn an die Tür hämmerte und unter Tränen und sich überschlagenden Luftstößen die Leitstelle informierte. Auf den Fotos vom Unfallort konnte man das liegen gelassene Rad gut erkennen und somit auch eine Einschätzung darüber abgeben, ob diese Frau wirklich einen freien Blick auf die Tragödie hatte, und ja, es lag in nur etwa fünfzehn Metern Entfernung. Auf diesen Fotos sah man auch den Bremsweg, das nach links ausgescherte Auto. Was man darauf nicht sah, waren Bilder, die nur Karl kannte. Und es gab auch Geräusche, die nur Karl kannte: die Schreie der Mutter, ihre laufenden Schritte, die sie exakt denselben Weg wie ihren Sohn führten, zwischen jenen Autos hindurch, wo auch jetzt nur wieder freie Straße zu sehen war. Und auch ihr Lauf endete mit einem Schlag, der sie nur noch winseln ließ und stöhnen, wie auch Karl auf seinem Fahrersitz, die Hände noch am Lenkrad, stöhnte, den Kopf wahnhaft schüttelte und sich die Unterlippe zerbiss.

Und die Unterlippe zerbeißt er sich auch jetzt, als er angezogen in der trockenen Wanne liegt und das Gericht vor sich aufmarschieren sieht. Klopf klopf.

Minutenlang kratzt er sich schon den linken Arm, von der Schulter bis zum Handgelenk, weil es ist, als wuselten hunderte Ameisen darauf rum. Mit nassgeschwitzten Händen fährt er über sein Gesicht und dreht sich zur Wand hin, weil er dem Gericht nicht zuhören will.

Klopf klopf, die Sitzung ist eröffnet. Es folgt die Revision.

Ich kann keine Kinder mehr bekommen. Nicht dass man Marcel ersetzen könnte, niemals, aber wir haben es lange versucht. Und dann kam Marcel, unser gemeinsamer Sohn, ein Geschenk, wissen Sie?, ein Wunder. Sie können sich diese Freude nicht vorstellen. Und er war gesund, und ein Sonnenschein – du Kindsmörder! Dreh dich nicht weg!

Klopf klopf, ich rufe zur Ordnung!

Klopf klopf, ich spreche für die Ordnung, für die öffentliche. Ich repräsentiere die Menschen, die es einfach nicht mehr hinnehmen wollen, dass solch ein Subjekt wie dieser Wannenlieger dort sich einfach auf den Straßen ausbreiten können, wie sie wollen. Was geht uns, die arbeitende Bevölkerung, das an?

Das tut doch nichts zur Sache …

Und wie das was zur Sache tut! Der Dreck muss weg! Wir sind die Leistungsträger dieser Gesellschaft. Haben wir denn gar keine Rechte? Schauen Sie ihn doch an … überall schleppt er Ungeziefer mit ein! Wer nicht arbeitet, der soll auch nicht essen!

Klopf klopf, eins drüber ein Schnitzel auf der Anklagebank, klopf klopf. Man klopft es am besten, klopf, mit der flachen Seite eines Fleischklopfers. Klopf. Ziel, klopf klopf klopf, ist es, das Fleisch gleichmäßig dünn, klopf klopf, und mürbe zu machen. Klopf. Die Fasern müssen brechen.

Und überall krabbelt es auf Karls Haut herum. Man hat gar nicht die Nägel, das alles zu kratzen. Es kommt aus dem Abfluss!

Vielleicht kommt es aus dem Abfluss, denkt er und setzt sich so ruckartig auf, dass er sich festhalten muss, um nicht sofort wieder nach hinten zu fallen und mit dem Kopf auf den

Rand zu schlagen. Er atmet, als wäre die Wanne randvoll mit Wasser gewesen. Auch die Menge an Schweiß auf seiner Haut deutet in diese Richtung.

Erste Ermahnung: Du verlierst viel Flüssigkeit, also hast du auch viel wieder reinzuholen. Und ich werde so lange weiterschwitzen und -zittern und -pumpen, bis du mir gehorchst! Wenn wir untergehen, dann gemeinsam.

Karl, es klingelt an der Tür. Kannst du bitte gehn?

Geh du! Ich bin grad in der Küche. Mir ist ein wenig blümerant.

Johanna? Warum klopfst du so?

Weil du völlig den Verstand verloren hast! Du kannst doch nicht das Geschirrtuch direkt neben den Herd legen und dann ins Bad verschwinden. Riechst du das denn nicht? Elisabeth schreit schon wie am Spieß! Du hättest das ganze Haus abfackeln können, verdammt. Mach die scheiß Tür auf! Klopf klopf. Karl! Das kann so mit uns nicht weitergehen!

Und dann folgt eine Stille, in die eine Stimme wie aus Eisen bricht: »Karl, mach auf! Ich weiß, dass du da bist, ich hab dich gesehen.«

Der Wein rutscht ihm aus der Hand und gluckert auf den Boden. Die Klappe des Briefschlitzes öffnet sich und wieder spricht ihn der Typ mit Namen an. Er ist die Strafe. Er weiß alles und weiß, wo Karl zu finden ist. Das Versteckspiel ist vorbei.

Das Versteckspiel

Karls erster Tag zurück in der Schule. Ein Eiertanz. Ihm war bewusst, dass alle im Lehrerzimmer sich Mühe gaben. Es gab Angebote, falls er reden wolle, stünde man zur Verfügung. Ein Religionslehrer sprach von der Unbegreiflichkeit solcher Vorgänge und wünschte ihm viel Kraft, als er seine

Ledertasche vom Stuhl hob und sich auf den Weg zur ersten Stunde machte. Andere strichen ihm über Schulter und Rücken, stumme Gesten und Blicke, dass es schon wieder werde, die Zeit heile alle Wunden. Wieder andere wichen ihm aus, waren ganz geschäftig mit dem Blick aufs Papier und dem Rotstift in der Hand.

Er solle erst langsam wieder an die Schüler herangeführt werden, er habe alle Zeit der Welt, ließ der Rektor ihn wissen. Ob er psychologische Betreuung habe? Habe er. Wenn was sei, seine Tür stehe immer offen.

Anfangs hospitierte er wieder, saß ganz hinten und ging manchmal durch die Reihen, wenn still Aufgaben gerechnet oder Messungen durchgeführt wurden. Immer schon gab es dabei Schüler, die sich wegduckten, wenn der Lehrer ihnen zu sehr auf die Pelle rückte. Immer schon wurde getuschelt. Vielleicht fiel es ihm jetzt nur verstärkt auf, doch vielleicht hatten solche Dinge ihm gegenüber nun auch eine andere Qualität, er wusste es nicht und verzog sich dann einfach wieder auf seinen Stuhl.

Manchmal gab es Tage, da konnte er den Unfall für Stunden vergessen. Wenn ihn eine Kollegin dann fragte, ob er mal selber wieder eine Stunde halten wolle, dann sagte er zu. Doch es war ein Unterschied zwischen letzter Reihe und vor der Klasse. Ihm wurde eng in der Brust, die Lippen waren wie ausgetrocknet, weil alle Feuchtigkeit sich an den Handflächen sammelte. Mittendrin musste er abbrechen. Die Kollegin übernahm wieder, um nicht viel Aufhebens bemüht, vereinzelt grinsten Schüler mitleidig und Karls Stuhl hinter der letzten Reihe blieb den Rest der Stunde leer.

Manchmal gab es Tage, da wäre er am liebsten im Bett geblieben. Dennoch stand er auf und ging aus dem Haus, sodass Johanna keinen Unterschied erkannte zwischen jenen und solchen Tagen. Er meldete sich krank, ein Anruf genügte, und nahm den Bus in die andere Richtung. Er streifte durch das Gewerbegebiet, deckte sich an der Tanke ein und lief über die Felder. Im Showroom eines Autohauses setzte er sich einmal in einen Neuwagen, der im hintersten Winkel stand. Die Tür schlug er nicht zu, auch damit kein Verkäufer gelaufen kam. Mit den Händen im Schoß saß er in der nach Fabrik riechenden Sitzschale aus Leder, ohne den Griff ans Lenkrad zu wagen. Im Wald setzte er sich auf einen Baumstumpf und musste sich dabei ertappen, wie er mit dem Augenschein an den Laubbäumen die Dicke der unteren Äste ausmaß. Der Griff an den Flaschenhals brachte dann zitternd die Erdung zurück. Das Verstecken damals war keine Dauerlösung und es war auch noch kein Abgang von der Bühne. Nur das Scheinwerferlicht schob er stundenweise von sich weg, um seine Ruhe zu haben. Doch die ließ man ihm nicht. Auch andere suchten die Deckung, um daraus angreifen zu können. Der Umschlag, den man ihm ins Fach gelegt hatte, verriet nichts. Sein Name, maschinengeschrieben. Keine Marke, also war es intern, oder ein Schüler, dachte er im ersten Augenblick, wobei natürlich auch jeder andere Zugang zum Briefkasten der Schule hatte. Mit dem Daumen riss er den Umschlag auf und entfaltete eine Textaufgabe:

»Auf einer Straße fährt ein 2 m breites Auto mit einer Geschwindigkeit von 50 km/h. In 7,77 m Entfernung läuft ein kleiner Junge auf die Straße. Wegen seiner kurzen Beine beträgt seine Geschwindigkeit nur 0,8 m/s.

a) Berechnen Sie, wie der Fahrer seine Geschwindigkeit anpassen muss, damit er den Jungen exakt mit der Mitte seines Autos erwischt! Geben Sie das Ergebnis in km/h an!

b) Fertigen Sie eine schematische Skizze mit Flugbahn des Kindes an und tragen Sie alle Werte ein!«

So tief in den Wald kannst du gar nicht gehen, dass sie dich nicht finden.

Zettel aus dem Zettelwust von Lenz

Ich erkläre hiermit alle Staatsgrenzen für aufgehoben! Es gibt Sprachgrenzen, sonst nichts. Wer sie übertreten will, sollte sich bemühen, die fremde Sprache zu lernen. Langstreckenreisen werden vom Maschinen-Gott zugewiesen. Ein Teil wird dann Arbeit sein, ein Teil Urlaub. Jeder darf mal Erntehelfer sein!

Ich verfüge den Ausbau des Bus- und Schienennetzes. Und der Radwege! Räder gibt es für jeden kostenlos. Autos nur mit guter Begründung, wenn die Allgemeinheit davon profitiert, oder als Gemeinschaftsgut. Weg mit der sofortigen Befriedigung jeder Willensregung. Wir sind doch nicht im Kindergarten!

Ich höre schon alle rufen: Zwang! Zwang! Arbeitslager!

Und ich sage: Ja, verdammt!

Die Zwänge, die aus den Umweltkatastrophen folgen werden, werden um ein Vielfaches größer sein! Und sie werden uns als Einzelne treffen, weil wir die Machtstrukturen nie angegriffen haben. Es wird ein großes Gegeneinander werden und die Skrupellosen und die Waffennarren, sie werden sich durchsetzen.

Ich fordere ein System der unbedingten Solidarität, ich fordere die Arbeit füreinander und das Zurückstecken füreinander! Ich fordere

Mechthilds List

Natürlich ist Mechthild nicht in den Wald gegangen. Das Gefühl, mit dem Rücken zur Wand zu stehen, braucht Wände, um sich zu halten und zur Wut zu werden. Das Gehen durch eine nach allen Seiten offene Halle brachte sie dazu, ihren Impuls sofort wieder in Frage zu stellen, wie es nur das Gehen schaffen kann. Und schon auf den ersten Metern, die sie ganz im Freien zurücklegte, war klar, dass sie in der Stadt bleiben würde.

Seit drei Stunden sitzt sie nun im Nußbaumpark unter einer Laterne. Am Ende der Feierbanane, denkt sie und erinnert sich an einen Zeitungstext, wo sie dieses Wort einmal gelesen hat als Beschreibung für die wohl breiteste Straße Münchens. Ein Hotspot des Nachtlebens, hieß es in dem Artikel, in dem es wohl hauptsächlich um Ruhestörung ging, aber vielleicht trügt sie diese Erinnerung auch. Sie jedenfalls feiert nicht, sondern bringt die Zeit mit Warten rum. Und mit Schauen. Und mit Grübeln. Und mit dem Streicheln ihres Kuscheleisbären, den sie sich einen Moment lang an die Wange hält, als wäre sie wieder ein Kind vor der Dosenwurfbude. Sie riecht an ihrer Kleidung, unter ihren Achseln und zieht das Probefläschchen »Dark Passion« hervor, das sie aus einem Parfümladen in der Fußgängerzone hat, wo sie sich hin und wieder mit Testern einsprüht. Um sie herum die Nacht mit ihren Lichtern, drüben rot von der Sparkasse und glühbirnenweiß vom Lampengeschäft, das zum fett plakatierten »Totalräumungsverkauf wegen Geschäftsaufgabe – ALLES MUSS RAUS!!! 50 60 70%!!!« noch einmal die Dimmer auf Anschlag gedreht hat.

Eine Laterne weiter vorne auf der hiesigen Seite hat sich eine Gruppe Besuffskis niedergelassen, Minimum sechs, sie kann es nicht genau sehen, weil die Bänke in kleinen Einbuchtungen stehen und ihr Bäume und Sträucher teils die Sicht versperren. Das nervige Gequatsche muss sie jedoch ertragen, was sie immer wieder den Faden ihrer eigenen Gedanken verlieren lässt. Warum so laut, dass sie in gut zehn Metern Entfernung noch jedes Wort versteht? Andererseits ist sie froh drum, denn erstens sind die Typen dann mit sich selbst beschäftigt und zweitens schauen die Passanten vom Gehweg eben schon dort durch die Büsche, sodass sie selbst sogar im

Lichtkegel verschwinden kann. Sie hält sich die Ohren zu, damit sie ihren gefassten Plan noch einmal durchdenken kann. Wegschicken können sie sie eigentlich nicht. Das weiß sie. Es ist oft genug vorgekommen, dass es zwei- bis dreimal geklingelt hat in einer Nacht, und dann ging kurze Zeit später die Schiebetür zum Aufenthaltsraum auf und noch eine Frau kam herein, mit Isomatte und Bettzeug bepackt. Je später die Nacht, desto kürzer die Zeit zwischen Klingeln und Schiebetür. Die Nachtdienste schliefen ja auch und wollten schnellstmöglich wieder in die Federn zurück. Einmal sah sie einen, wie er am Morgen augenreibend eine Liste mit drei Namen in den Computer tippte. Da standen sonst nur noch die jeweiligen Geburtsdaten mit drauf, das Nötigste. Er hat das in der Nacht also nur schnell hingekritzelt, um nicht zu viel Schlafenszeit zu verplempern. Keine Fragen, keine aufgezwungene Lebensberatung. Das würde ihr genügen, das ist ihre Chance. Man kennt sich ja.

Je später die Nacht, desto wahrscheinlicher diese Durchlaufbehandlung, aber viel länger will sie hier nicht mehr warten. Die Abenddienstler sind in jedem Fall schon zu Hause und haben die Füße hochgelegt. Mechthild bricht auf und nimmt einen Umweg, um die Trinkergruppe nicht passieren zu müssen. Am Sendlinger Tor könnte sie in eine Tram einsteigen, das wäre am schnellsten, aber wozu die Eile? Es geht also die Feierbanane entlang. Handyladen, Reinigungsservice, Proktologe und Apotheke geben sich quasi die Klinke in die Hand. Im Schaufenster ist man jedoch um Distanz bemüht: Beworben werden Schmerzgele, Wärmepflaster für Nacken und Schulterbereich sowie ein natürliches Schlafmittel auf Baldrianwurzelbasis. Auf der Packung Sichelmond und Sterne über einem graubärtigen Hirten mit Stock, der die vier Schäfchen der Herde nicht sehr lange wird zählen müssen. Brautmoden Horn, wo hinter dem Firmennamen ein weißer Aufkleber mit schwarzen Buchstaben

»why?« fragt. »Der Trend geht zur Zweitfrisur«, sagt Zweitfrisur Driss mit einem Augenzwinkern und präsentiert auf gesichtslosen Büsten Perücken von schwarz bis pink. Und während Mechthild beim Münchner Hausbesitzerverein unter einem Baugerüst hindurchgeht, was ihr, obwohl natürlich gut ein halber Meter Platz nach oben ist, den Kopf etwas hinunterzwängt, wird sie von der Sorge überfallen, dass ihr Plan scheitern könnte oder nur einen Aufschub darstellt. Auch im Nachtdienst gibt es Hauptamtliche, auch jetzt kann man sie zu etwas drängen, was sie vielleicht nicht will, auch jetzt kann ihr jemand, der sie nur vom Sehen und von den Computereinträgen her kennt, eine Entscheidung aufzwingen.

Plötzlich ein Nieser, dann noch einer, der sie wie ein Eisschauer tief erschrickt, denn sie sieht den Verursacher nicht. Sie ist allein. Sie reißt den Kopf hoch, aber im Gerüst kann sie nichts erkennen. Links von ihr bewegt sich hinterm Bauzaun eine Plane, ein Mann, der wohl bis eben noch geschlafen hat, zieht nun den Rotz hoch bis in seinen Mund hinab und spuckt aus. Dann schließt sich der Camouflageverschlag wieder und trotzdem beginnt Mechthild zu laufen. Ein paar Häuser und Schulterblicke später findet sie in ihren normalen Trott zurück, auch die paar anderen Fußgänger, die beim Reisebüro oder Spieleladen die Schaufenster studieren, tragen zur Beruhigung bei.

Nun geht es ohne Umschweife die letzten paar hundert Meter zum Bahnhof, und schon aus der Ferne ist erkennbar, dass in der Mission nur mehr die Notbeleuchtung an ist. Die Frauen liegen also schon und nun ist sie es, die das infernalische Läuten ertönen lässt, das in den Ohren noch sekundenlang nachsurrt. Die Tür zur Mitarbeitertoilette geht auf. Mit Schaum vorm Mund winkt Herr Sackers ihr zu, dass er nur noch schnell seine Zähne fertig putzt. Ein agiler Rentner mit ausgeprägter Schachbegeisterung, wie sie schon mal an der

Münchner Freiheit beobachten konnte, wohin er ein paar der hiesigen Klienten zu einem Turnier eingeladen hatte.

Er nimmt sie mit ins Büro eins, wo der Computer noch läuft, was sie als schlechtes Zeichen deutet. Auch ihren Ausweis verlangt er, Name und Geburtstag reichen ihm nicht und Mechthild rutscht nervös nach vorne. Er tippt. Und liest.

Ja, stimmt, sie hatte einen Termin zur Beratung, aber dann sei ihr was Wichtiges eingefallen, sie musste sich um ihr Gepäck kümmern, sonst wäre es weg gewesen.

»Wie ich sehe, ist die Kollegin Huber eh morgen zum Frühdienst eingetragen. Dann können Sie ja da mit ihr sprechen«, sagt er und fängt an, einen neuen Eintrag über sie zu verfassen. »Ich trag nur noch schnell Ihre Übernachtung ein und geb Ihnen dann das Bettzeug. Okay?«

Die Jalousien zum Schlafraum sind bereits runtergelassen. Ihr wird ganz heiß, aber sie lässt sich nichts anmerken. Geduldig wartet sie, bis er alles gespeichert hat, dann nimmt sie die Isomatte und die Decke in Empfang.

»Sie kennen sich ja aus«, sagt er und lässt ihr mit einer ausholenden Handbewegung den Vortritt. Während er das Ganglicht löscht, geht sie in den Schlafsaal. Ihr Stammplatz ist besetzt. Natürlich. Die ganze Bank ist voll, drei Frauen, die wenigstens so tun, als schliefen sie. Bleibt nur mehr der Boden. Ohne lange Überlegung wählt sie die größtmögliche Distanz und schlägt ihr Lager hinter der Theke auf, wo Klienten tagsüber nicht erlaubt sind. Jetzt spielt das keine Rolle, jetzt kann sie dort liegen, ihren Eisbären aus Stoff an die Brust drücken und grübeln, ob es nicht vielleicht an der Zeit wäre, die Stadt zu wechseln. Zumindest für eine Weile, denkt sie und hört im Gang ein Gähnen, bevor sich die Tür zum Mitarbeiterraum schließt. Das Wenige, was sie braucht, gibt es auch woanders.

TAG

Das Dazwischen ist immer eine Hängepartie

Wieder eine Nacht, die länger hätte sein können.

Nachdem Kurt aus dem Haus raus war – es hatte ja keinen Zweck, da am Abend Radau zu machen –, hatte er ein Hochgefühl, das nach Würdigung verlangte. Feierlaune, nicht wirklich, er lief ja nicht mit breitem Grinsen durch die Gegend, aber ins Fäustchen lachte er sich schon. Es war noch nichts gewonnen, aber das würde sich geben mit der Zeit. Nur lockerlassen durfte er jetzt nicht mehr. Das Räumungskommando Eisenkurt musste die Wunde offen halten, dann erledigt sich das Problem von ganz allein. Hausnummer und Straße hat er sich selber per SMS geschickt. Dann zurück zum Bahnhof, wo er noch vier Bier erledigte, bevor er sich in die abgewichste Pension aufmachte und auf der Stahlfederkernmatratze in unruhige Träume fiel.

Heute Morgen dann der Schädel. Und kacken auf dem Gangklo, was ihn mal so richtig ankotzte, da er ja sicher als Letzter von der ganzen Etage seine klebrigen Zehen in den Bettvorleger versenkt hatte. Er rief sich das mit der Bullerei noch einmal bildlich vor Augen. Das wäre die erste Anzeige, die er machen würde. Gegen unbekannt, selbstverständlich. Nur eine grobe Beschreibung, das mit der Narbe und den Koteletten. Was den Tag betrifft, müsste er bei der Wahrheit bleiben, müsste irgendwie rumlavieren, warum er erst jetzt damit ankommt. Hmm, er hat ja nichts gegen solche Leute, haben's sicher auch nicht leicht und da wollte er nicht noch eins draufsetzen. Andererseits ist man halt auch nicht die Heilsarmee. Und, nun ja, man hat ja auch eine Vergangenheit, aber nun will man, dass alles mit rechten Dingen zugeht, von Neuanfang an. Und was ist nun genau passiert? Na, Kurt war das Opfer! Klare Sache! Beklauen wollten sie ihn.

So hat er sich das vorgestellt in dieser Kabine und so ähnlich lief es dann auch tatsächlich ab, einige Stunden später auf der Wache. Nur als er seine Adresse angeben musste, kam er ins Schleudern, und zwar gewaltig. Darauf hatte er weder auf dem Klo, noch beim Frühstück auch nur einen Gedanken verschwendet. Es gab dann »Ähhs« und »Öhhms« und das Zugeständnis, dass er ja erst vor kurzem aus der Haft entlassen worden war. Nun schlafe er übergangsweise bei einem Freund auf der Couch.

»Und sind Sie dort auch gemeldet?«

»Nein. Ist ja nur, bis ich selber was hab.«

»Dann schreib ich jetzt ›ohne festen Wohnsitz‹ auf?«

»Ähhhh, ich hab da schon was in Aussicht ...«, sagte er und hätte beinahe noch die Adresse ausgeplaudert.

»Noch mal, ich brauche eine Meldeadresse. Haben Sie eine, wo Sie die Post auch erreicht? Wenn nicht, dann gebe ich jetzt ofW an und Sie melden sich dann einfach mit dem Aktenzeichen, sobald Sie beim Amt waren.«

Jawoll, Herr Wachtmeister! Jetzt hat Kurt also einen Zettel in der Hand, der bestätigt, was er eben zusammengelogen hat. Ob das Ganze wirklich nötig gewesen war, weiß er nicht, nachdem er sich quasi noch im Windfang des Reviers eine Kippe ansteckte. Das Machtgefühl, das er sich von seiner Aktion versprochen hat, ist ausgeblieben. Und es wird auch nicht mehr kommen, ganz im Gegenteil, denn langsam dämmert es ihm, dass er gerade völligen Bullshit verzapft hat ... Fuck! Richtigen Bullshit! Nicht die Lüge, sondern Bullshit in der Form, dass er sich gerade eine Knarre vorne in die Hose gesteckt hat, die nun auf seine Eier zielt. Und nicht er hat den Finger am Abzug, sondern der Penner! Kurts einziges Glück ist, dass der das nicht weiß. Er hätte einfach die Adresse sagen sollen, als wäre es das Normalste auf der Welt. Jetzt kann der Penner zu den Bullen gehen und sagen, er war zuerst da, es sei seine Bude. Und dann steht auf diesem verfickten Wisch in seiner Hand groß und breit ofW. Ein Blick zurück zur Bullentür und die schneidende Gewissheit, dass es natürlich unmöglich ist, umzukehren und die Sache geradezubiegen. Fuck! Fuck! Fuck!

Er zieht am Glimmstängel und schnippt ihn auf das Dach eines parkenden Autos. Den Zettel stopft er in die hintere Hosentasche und dann kommt die Flucht nach vorn. Der Typ wird nicht zu den Bullen gehen! Dafür muss er sorgen. Irgendwie.

Der Weg zurück ist schnell gefunden. Er steigt zwei Haltestellen zu früh aus, nicht weil er zögert, sondern weil er das alles spüren will, den Blick von der Isarbrücke hinunter, den Wind, die Autos mit den dummen Visagen hinter den Scheiben. Den Anstieg, Haus für Haus, auf der falschen Seite, damit er alles im Blick hat. Vielleicht läuft er ihm ja auch hier in die Arme, wer weiß? Kurt ist mit jedem Schritt, den er tut, mehr auf Krawall gebürstet. Jetzt ist nicht mehr die Zeit, um abzuwägen, jetzt spürt er eine Kraft in sich aufwallen, die er vielleicht gar nicht hat. Im Fenster des Lottoladens sieht er eine Frau hinter der Theke stehen. Er kauft eine Dose Monster Energy, um die Trockenheit im Mund loszuwerden.

In den Fenstern der Wohnung nichts, außer das verstreute Zeug, das gestern schon rumlag. Die Bude sieht aus, als hätte ein Entrümpelungskommando eine Messiewohnung geräumt und auf den letzten Metern ist ihnen die Puste ausgegangen. Es rührt sich rein gar nichts. Ist das Vöglein etwa ausgeflogen? Den Häuserblock runter ist eine Treppe, die zur unteren Straße führt. Mal einen Überblick verschaffen. Vielleicht ein Angriff durch die Hintertür? Das Haus findet er sofort wieder, aber die Hecke davor ist mannshoch und er sieht auf den ersten Blick kein Durchkommen. Umkehr also und argwöhnische Blicke in die Gesichter der Leute, die Besseres zu tun haben, als sich für ihn zu interessieren.

Vorne alles wie gehabt. Er klingelt ganz oben. Schon der Zweite will wissen, wer da ist. Die Post, natürlich,

Paketzustellung für einen Nachbarn. Es surrt und Kurt ist drin. Er horcht, ob der Typ oben herunterschreit, welcher Stock, aber es kommt nichts. Umso besser. Er muss schleichen, er muss schleichen. Vor der Wohnung dann der Lauschangriff. Fehlanzeige. Kein Mucks. Was aber nichts heißen muss. Vielleicht pennt der Typ hinten oder hockt auf dem Klo. Kurt kann ihn sich aber auch gut auf einer Parkbank vorstellen, wie er sich ein paar Bier reinpfeift. Das wär's! Wenn Kurt nur ein wenig Glück hat, zur Abwechslung, dann genügt eine scheiß Plastikflasche, die er sich noch zurechtschneiden muss, und er ist drin in der Wohnung. Ein letztes Mal den Atem anhalten und ganz nah hin und dann Abgang. Bevor die Haustür hinter ihm zufällt, kriegt er noch einmal den Fuß rein und legt den Schnapper um, damit der Postbote nicht zweimal klingeln muss.

Der Kühlschrank im Kiosk ist voll mit Flaschen, trotzdem ist Kurt wählerisch, das Plastik muss dünn und stabil gleichzeitig sein. Dann will er sich 'ne Schere leihen, aber hier gibt es nur die stumpfe Kindergartenversion mit rotem Griff. Passt schon, bevor er ihr erklärt, dass und warum er ein Loch in die Flasche kriegen muss: »Gibt's in der Nähe irgendwas?«

Ein überlegender Blick als Antwort: »Oben gibt's 'ne Drogerie, einfach hier hoch und dann auf dem Platz oben links halten.«

Bingo.

Spitzes Teil zum Haareschneiden. Dann drei Schluck aus der Pulle, den Rest kippt er zwischen ein paar Bäumen oben am Hang weg. Vorsichtig bohrt er ein Loch rein, und sobald er nicht mehr abrutschen kann, wiegt er es auf, damit er schneiden kann. Der Rest ist gleich erledigt, gelernt ist gelernt. Die Schere nimmt er vorsichtshalber mit.

Und nu?

Nu woll ma mal sehen.

Kann schon sein, dass ich mir das alles bloß eingebildet hab … kann alles sein … aber unwahrscheinlich. So weit bin ich noch nicht. Nein, so weit bist du noch nicht. Andererseits … es ist auch unwahrscheinlich, dass ich überhaupt hier bin … aber die Wand dort seh ich nicht nur, ich kann drüberstreichen, mit dem Schädel dagegen schlagen, da gibt nichts nach. Hinter der Wand kann ich bleiben, hab ich mir gedacht, tss, aber hier gehörst du halt schon lange nicht mehr hin. Die Sache mit deiner Schwester Claudia … anrufen, um was genau zu sagen? Die leise Hoffnung, dass das mit Johanna vielleicht … tss, na klar, nur mal wieder kurz Anteil nehmen am Leben von ihr und Elisabeth … das hat doch alles keinen Wert … tss ja, ich hab mich im Suff verfranst, aber es gab auch mal ein Leben, in das ich eingebunden war … ich kann in ihr vielleicht noch eine Erinnerung wachrufen, ich weiß es nicht. Nur weil du jetzt einmal gebadet hast, bist du noch lange kein neuer Mensch, immer noch derselbe alte Kindsmörder Karl … halt's Maul! … in denselben stinkenden Klamotten wie gestern und vorgestern und vorvor… na, dann raus in die Kleiderkammer! Nein, ich bleib hier sitzen, hier sieht mich keiner, hier sind meine Klamotten egal. Das waren sie draußen auch, jahrelang, das ist kein Grund. Aber hier kann ich erst mal bleiben … ja, bis es wieder losgeht. Die Strafe, sie kommt. Das bilde ich mir nicht ein … immer, wenn ich mich irgendwo beginne einzurichten, dann kommt der Schlag! Immer kommt der Schlag … aber du kannst dich doch auch wehren, Karl … jetzt kannst du dich zum ersten Mal wehren. Es hat ja nicht das Schicksal an die Tür geklopft, sondern ein Mann aus Fleisch und Blut. Jetzt siehst du zum ersten Mal, dass was kommt … und dann? Was dann? Und wie soll das überhaupt gehen? Es wird immer ein anderer kommen, oder etwa nicht? Hier ist nicht mein Platz … ich habe nichts dafür getan … ruhig, Karl, ruhig … das hat sich vorhin aber noch anders angehört. Willst du das hier jetzt einfach aufgeben? Wofür? Hier ist immer Frühling … scheißegal, dann findest du die Karte und den Pin halt nicht … und trotzdem, es ist ja alles schon bezahlt! Strom, Wasser, alles läuft, Heizung sicher auch. Lenz hat vorgesorgt. Vermutlich eh besser, wenn du an die Kohle nicht rankommst, tss, verstehen wir uns? Wir verstehen uns, und ich versteh nur Bahnhof und Stüberl und Kiosk. Ist es also schon wieder so weit? Noch nicht, aber bald … und bald gehen auch die Vorräte zu Ende und was dann? Dann musst du raus, spätestens dann! Und die Leute? Wenn die mich sehen? Die Leute, tss, hör auf dich so wichtig zu nehmen … du interessierst die Leute nicht … krieg das mal in deinen Schädel rein. Ob du hier liegst oder da, ob so oder so … juckt niemanden. Warum soll sich das geändert haben? Das spielt dir doch in die Karten … die Leute haben andere Sorgen … kapische? Du stehst jetzt auf und gehst raus, als wäre es das Normalste auf der Welt … is es ja auch … tu normal, dann bist du's. Und wenn die Leute schauen? Dann schauen sie eben … lass sie glotzen … glotzen heißt noch lange nicht, dass die sofort die Bullen rufen. Die glotzen, weil sie immer glotzen. Gewohnheitstiere, die dann einfach weiterlatschen … ham sie früher auch gemacht. Und im Haus? Da ist es eben doch was anderes! … so Tür an Tür. Dann halt halt die Lauscher hin, bevor du gehst … es sind ja nur ein paar Meter … wie hoch ist die Wahrscheinlichkeit? … hast du jetzt Ahnung von Mathematik oder nicht? Wahrscheinlichkeit … wie hoch war die Wahrscheinlichkeit bei Marcel? … wie hoch? Komm mir nicht mit Wahrscheinlichkeiten. Zufall, Schicksal, höhere Gewalt … das juckt dann auch nicht mehr, wenn die Karre im Dreck ist. Das ist sie doch eh … Sch! … Oben ist die Tür gegangen! … Ruhig bleiben … ruhig. Das kann alles heißen … wirklich alles. Hör auf, dir was einzureden ... das ist der Typ von gestern ... wer soll es sonst sein? Das hast du dir nicht eingebildet ... oder du bildest dir alles ein ... stehst statt hinter dieser Tür in der Fußgängerzone und das Geflirr von Menschenbeinen hat dir im Hirn endgültig den Schalter umgelegt. Wie lange noch, bis du dir die Kleider vom Leib reißt? ... bis du die ganze Welt zur Scheibe klopfst? Komm klar, Mann! ... Und halt die Luft an! ... der Typ steht da ... kein Zweifel! Der will dir den Rest geben ... aber warum? Ich hab dem nichts getan, ich kenn den nicht mal ... aber er kennt dich ... er weiß, wie du heißt und wo du zu finden bist! Du musst dich wehren! ... sch! ... der geht wieder ... ja, er geht wieder. Sicher? ... sicher! Vielleicht war's bloß ein blöder Jungenstreich ... vielleicht hat wer vom Garten aus durchs Fenster gesehen. Vielleicht, vielleicht! ... vielleicht war's der heilige Geist. Es ist scheißegal, wer es war, man will mich hier nicht haben! Tss ... und wieder gibst du nach und ziehst den Schwanz ein ... wie lange willst du noch einstecken? ... der Junge wird nicht wieder lebendig, nur weil du alles aufgibst. Wenn es tatsächlich der Typ aus dem Park war, dann kann alles passieren ... der ist verrückt ... dem brauchst du keinen Grund liefern ... hast du damals auch nicht. Vielleicht hat der alle Sandler aufm Kieker ... einer, der mal wieder meint, er müsse die deutschen Straßen sauber halten ... von dir ganz besonders, weil du irgendwem ähnlich siehst ... seinem Vater vielleicht, dem der Gürtel ganz besonders locker saß. Du kennst solche Typen, hast alles schon gehört, alles schon gesehen ... Leute, wo im Hirn von Anfang an was nicht stimmt, die als Kinder schon Frösche in die Luft jagen und Katzen anzünden ... und jetzt braucht er halt 'nen größeren Kick ... jetzt bist du dran. Du musst dich entscheiden ... entweder oder ... wenn er einmal wiederkommt, dann bestimmt auch ein zweites, ein drittes Mal. Entweder oder ... entweder oder ... nur rumsitzen und dumm aus der

Wäsche kucken wird nichts bringen … und helfen wird dir auch keiner. Das musst du allein regeln … leise! … leise. Ich höre nichts … sicher? Warte noch … jetzt, aber langsam … vorsichtig … und halt den Fuß dagegen, im Fall der Fälle. Keiner da und auch nichts zu hören. Als wäre nie irgendwas gewesen. Lieber noch warten … hier auf die Lauer legen und durchs Fenster beobachten … ein kleiner Vorrat is ja noch da … sch! Wieder die Tür! Jetzt gilt's! … entweder oder … komm in die Gänge, Mann! Mach was! Nimm das Messer … sch! Mit irgendwas streicht der über die Tür! Was soll das? … was macht der da? Scheiße! Wo ist der Schlüssel? Hast du zugesperrt? Mach! Such den kack Schlüssel und sperr zu! Der drückt dir die Tür auf! Schiebt irgendwas zwischen Rahmen und Falle! Mach hin, Mann! Da! Neben dem Bett! Mach mach mach! … und jetzt wirf dich dagegen! Drück zu, mit aller Kraft! Und jetzt rein damit und rumdrehen!

Ja! Jah! … so einfach geht das nicht! Nein, so einfach geht das nicht, wie du dir das vorstellst!

Fick dich, sage ich!

Fick!

Dich!

Die Scheidewand

Karl durchströmt ein Machtgefühl, das er in dieser Form noch nie erlebt hat. Der Stressaufwallung folgten Lösung und Entspannung, ein Glück, das nun durch seine geweiteten Adern fließt, als könne es nie versiegen. Draußen die Schläge, die Beleidigungen und Drohungen, zischend durch die Kiefersperre gepresst, weil sie ihren Stachel verloren haben. Und mitten hinein dreht Karl den Schlüssel noch ein zweites Mal herum, ohne dass es auch nur eines einzigen Wortes bedurfte. Eine simple Geste, eine minimale

Bewegung der Hand. Er spürt eine Art Souveränität, weil ihm die Mittel in die Hand gegeben waren, es gar nicht erst zum Kampf kommen zu lassen.

Karl, der hinter der Tür zusammensinkt, tritt aus sich heraus und sieht sich zusammensinken, hinter der Tür, er sieht sich lächeln, mit geschlossenen Lidern, sieht eine Last von sich abfallen, er hat nun den Überblick. Er hört nicht nur das Fluchen und Klopfen, er sieht! Er sieht die dünne Holztür zwischen sich und dem anderen, ein Trennblatt nur, aber es hält stand. Es scheidet ihn vom anderen, der in einen wirklichen Jähzorn gerät und mit einem Schritt Anlauf direkt neben den Türknauf tritt, genau auf Höhe von Karls Kopf. Noch splittert nichts, aber es knarzt bereits und Karl beginnt schon, sich Sorgen zu machen, aber er sieht, dass sich weiter oben im Treppenhaus eine Tür öffnet, während seine noch hält. Ein Gesicht ragt heraus, vorsichtig tritt die alte Frau mit dem Hund ans Treppengeländer und schaut herab. Das Tier unterdrückt ein Bellen, der Mensch dagegen verleiht seiner Besorgnis Ausdruck: »Was ist denn da unten los?«

Das Schlagen und Treten geht weiter, wenn auch mit weniger Kraft. Und Karl sieht, dass weiter oben eine Frau für ihn eintritt. Sie hörte den Lärm, sie spürte die Gefahr, zwar nicht für sie persönlich – ganz im Gegenteil, jetzt erst, da sie sich zeigt, kann auch sie ins Visier geraten –, aber dieses Risiko nahm sie in Kauf, denn es gibt so etwas wie eine Wandsolidarität. Wenn in diesem Haus so gegen Türen geschlagen werden kann, dann ist hier niemand mehr sicher! Nein, so etwas darf man nicht einreißen lassen! Es ist das gute Recht eines jeden, der hinter Wänden wohnt, die Tür nicht aufzumachen! Da heißt es zusammenstehen! Also, noch einmal: »Hallo! Was da unten los ist, habe ich gefragt!«

Ihr Hund bellt und unterstreicht das, was Frauchen sagte, nach Kräften.

Karl sieht den anderen die Kiefer aufeinanderpressen. Er sieht ihn zögern, das erste Mal. Oben geht die Frau ein paar Schritte, um so, wenn schon nicht das Gesicht, so doch wenigstens die Beine des Eindringlings sehen zu können: »Wenn Sie nicht sofort verschwinden, dann rufe ich die Polizei!« Die Frau blickt, weil sie beinahe selbst überrascht ist von ihrer Courage, zurück zu ihrer weit offen stehenden Wohnungstür, den Schlüssel dazu hält sie fest in der Hand. Karl sieht den anderen den Kopf unbestimmt nach oben drehen und das Wort »Fotze« flüstern. Noch geht er nicht, aber Karl sieht ihm an, dass das P-Wort ihm den Wind aus den Segeln genommen hat. Jetzt greifen andere Mechanismen. Die Mauern und Wände bieten nicht nur Schutz, sie werden auch beschützt. Wenn man schon die Mühen auf sich nimmt, Stein für Stein fest aufeinanderzuschichten, dann braucht es auch einen Apparat, dessen Mitglieder Gewehr bei Fuß stehen, um das Erbaute zu sichern und zu bewahren. Das ist die Ordnung, der auch der andere sich nun fügt, weil sie größer ist als er selbst.

Ohne Burg kein Haus.

Amen!

Nur ein Schwein säuft allein

Kurt steht auf der Straße mit einem Gefühl im Bauch, als ob die Scholle, auf der er treibt, so weit abgeschmolzen ist, dass das Wasser zwar nicht steigt, er aber sinkt.

Und nu?

Heilsarmee? Oder doch Tagelöhnerstrich? Abrackern für andere Leute, ohne aufzumucken, denn sonst gibt's vielleicht das Geld nicht? Und dann: Sparen, sparen und nochmal sparen, mit eiserner Disziplin, aber da ist er nicht der Typ für. Verarschen kann er sich selber.

Kurt schmiedet keine Pläne, er analysiert die Lage nicht, sondern durchlebt eine alternative Version der Wirklichkeit, in der er der Regisseur ist. Eine Computerspiellogik setzt ein, es katapultiert ihn an einen bekannten Ort, die Tischtennisplatte, nachts, alles regennass, kein einziges Fenster beleuchtet. Er hat das Messer in der Faust, aber von den drei Pissern fehlt jede Spur. Stattdessen und viel besser: Ohlandt, Karl, der Prototyp einer alten Frau mit Hund und kein Zögern. Fickt! Euch! Alle! Mehrmalige Wiederholungen der Szene vor seinem inneren Auge, während er die Straße hinabstampft, aber nur das Aufflackern einer Genugtuung, und sogar das nutzt sich ab. Es ist ein halbgarer Wunschtraum, mehr nicht. Er geht und geht, um die Wut weg vom Kiefer und den Fäusten zu halten. Es fühlt sich an, als wäre gerade die Welt als Ganzes ihm auf die Pelle gerückt, ein gleichgültiges, unüberwindliches fettes Ding, das ihm langsam die Luft abschnürt. Frosch im Kochtopf und Deckel drauf. Es gibt keinen Kampf. Sein ganzes Leben, das ihn jetzt genau bis hierhergeführt hat, wo ihm ein Penner ungestraft die Tür vor der Nase zuschlagen kann, ein einziger Handtuchwurf. Kurt schiebt Frust von allergrößtem Kaliber. Bewältigungsstrategien für dieses Gefühl stehen ihm nicht viele zu Gebote, weshalb das Mittel der Wahl die Betäubung ist. Im Biergarten am Chinesischen Turm verschwindet er in der Menge und er verschwindet wiederum nicht, denn nur ein Schwein säuft allein. Keinen Bock auf Anstoßen, Zuprosten und Völkerverständigung. Er braucht Abstand zu anderen und mindestens drei Maß Abstand zu sich selbst. Dafür erntet er immer wieder argwöhnische Kontrollblicke von Männern, die sein latent aggressives Verhalten wahrnehmen und im Falle des Falles auch bereit wären, in die Bresche zu springen, um die Ordnung wiederherzustellen. Das registriert er, lässt es aber links liegen, für den Moment. Was er jetzt nicht ignorieren kann, sind die drei Frauen, die eingehakt weniger auf ihn zusteuern als auf das freie Tischende neben ihm. Sie haben was zu feiern, so scheint es. Zumindest die mittlere, die einen der beiden Krüge hält und die anderen zum Stehenbleiben zwingt, damit sie trinken kann, mit beiden Händen, vier große Schluck. Die Zunge leckt den Schaum von der Lippe und mit einer Hebung des Kopfes zeigt sie an, wo sie sitzen will. An seinem Tisch. Ihre Begleiterinnen melden Bedenken an, indem sie sich wieder einhaken und sie abdrängen wie ein führerloses Auto, wo alle Anzeichen für einen Hirnschlag des Fahrers sprechen. Während sie nämlich getrunken hat, haben die Aufpasserinnen die Lage gecheckt. Am Tisch war nichts auszusetzen, Blätterschatten noch eine ganze Weile, am Sitznachbarn hingegen schon. Hat sie etwa Tomaten auf den Augen? Ist sie noch ganz dicht? Im Weggehen werden Erklärungen geflüstert, weil sie die Stirn runzelt. Das sieht Kurt noch. Und weil er den Kopf wendet, ihnen nach, sieht er auch noch die Falten sich glätten, nachdem sie ihn begutachtet hat. Sie macht eine Kotzgeste, bevor sie lacht und ihre Freundinnen einstimmen. Kurt hat so ein Gefühl, dass er sich das merken wird. Er hat so ein Gefühl, dass er nicht mehr lange wird spülen müssen, bis sich das Angestaute in ihm löst.

Ein Tag für die Tonne bisher

Was für ein beschissener Tag! Auch die vorherigen nur so lala. Heute begann es damit, dass ihr Platz beim Spieleladen schon belegt war. Ein Mann saß neben seinen Holzkrücken Marke Eigenbau am Boden und präsentierte Füße, die nicht mehr zum Gehen, sondern nur noch zum Nachschleifen taugen. Rechts fehlte der ganze Fuß, links alle Zehen. Mit seiner olivgrünen Tarnkluft sah das nach Kriegsversehrung aus, zugezogen irgendwo an den Rändern Europas. Es hatte keinen Zweck, sich quasi neben ihn zu setzen. Also marschierte

Aurika erst einmal. Es ging durch das Gewusel von Menschen in der Einkaufsstraße, wo auch bereits an mehreren Ecken das Elend kniete. Auch einige aus ihrem Dorf traf sie, die allesamt klagten, dass sie heute keine Arbeit bekommen hätten. Sie schwamm wie etwas schwereres Treibgut im Strom mit, verfing sich mal hier mal dort für eine Weile. Und vor drei Stunden etwa beging sie den Fehler, sich zu weit von der Masse zu entfernen. Sie ging nach Norden, die große Prachtstraße entlang. In den U-Bahnhöfen kontrollierte sie jeden einzelnen Mülleimer, ohne Erfolg. Oben, hinter einem grauen Kasten versteckt, fand sie dann vier Bierflaschen, was sie als Wendepunkt ihres Glücks missdeutete. Sie gönnte sich eine kleine Pause auf einer Bank, nur ein paar Minuten, und beobachtete die Geschäfte bei den sich tatsächlich biegenden Büchertischen, die unter ein paar Bäumen am Straßenrand standen. Viel schienen die einzelnen Exemplare nicht wert zu sein, denn die Verkäufer waren hauptsächlich in ihr Schachspiel vertieft. Sie fand es lustig, wie eine Kaufinteressierte neben dem Spieltisch warten musste, bis es nach langem Überlegen, welche Figur zu ziehen war, endlich zum Handel kam. Er hielt das Buch am langen Arm und der Preis schien sich nur aus dem Zusammenspiel von Kundin und Ware zu ergeben. Nach dem Kauf folgte beiderseits die Andeutung einer Verbeugung.

Aurika lächelte. Ihr gefiel diese Szene so gut, dass sie mit dem Gedanken spielte, noch eine Weile hierzubleiben, des Schwelgens im Gefühl wegen, weil sie im Zuschauen fast ihre Verantwortung und Sorgen vergessen hatte, aber dann kam der Angriff. Sie wurde bespuckt, und es war wahrscheinlich bloß Glück, dass nur Sprühnebel ins Gesicht traf. Der Hauptteil klatschte auf ihre Brust und sie zuckte zusammen. Es musste einer der beiden jungen Männer gewesen sein, die sie nur noch von hinten sah, wie sie schnell weitergingen und lachten und einer legte seinen Arm um die Schulter des anderen, packte zu, klopfte, anerkennend, voller Häme. Nach fünf

Metern kam der gleichzeitig ausgeführte Kontrollblick über die Schultern, zwei grinsende Gesichter, vier stechende Augen, denen sie nicht standhalten konnte. Einige Sekunden lang das Gitternetz der Pflasterfugen vor ihren Augen, in denen ihr Körper die Kraft für eine Flucht sammelte. Im Weggehen dann die Vorwürfe, während sie nach einer Nische suchte: Sie hätte dort nicht sitzen bleiben dürfen! Sie hätte besser aufpassen müssen! Was hatte sie sich nur dabei gedacht? Ihr wurde ganz heiß am Kopf und an den Ohren, und ihr einziger Trost war, dass Dumitru das nicht gesehen hat, dass er es auch nie erfahren wird.

Sie wird sich zusammenreißen. Das nahm sie sich vor, auch wenn es in dem Moment nicht wirklich klappen wollte, das Zusammenreißen, denn jetzt fing sie das Zittern an, das zu schnelle Atmen, und ihre Augen wollten ihr nun auch nicht mehr gehorchen. Mit dem Gesicht zur Wand gab sie sich ein paar Minuten, in denen sie sich zwang, die Hassblicke der beiden Männer zu vergessen, diese Bilder zu ersetzen mit Rainas Lächeln, mit ihren winzigen Händen nach der Geburt, die sie stundenlang hätte anschauen können, mit dem Moment, als Dumitru ihr zum ersten Mal sagte, dass er sie liebt. Er war vor ihr gesessen, hatte sie zu sich herangezogen und seinen Kopf auf ihren Bauch gedrückt, dort wo das Brustbein endet. Nun ja, sie lachte nun einmal kurz, weil sie sich eingestehen musste, dass sie damals damit gerechnet hatte, dass seine Hände wandern würden, ihren Rücken hoch und unter ihren Achseln nach vorne. Doch seine Arme blieben um sie geschlungen, er legte seinen Kopf in den Nacken und schaute ihr tief und fest in die Augen. Er setzte zum Sprechen an, zögerte es hinaus, und dann kam die Erlösung, ihre und seine zugleich: Kamav tu! Kamav tu! Kamav tu! Ein ganzer Schwall, den sie nur mit Küssen unterbrechen konnte, denn jetzt waren alle Worte überflüssig, jetzt wollte sie, dass seine Hände wandern, und ihre wollten es auch.

Zehn Minuten früher hätten sie diese Erinnerungen noch traurig und sehnsüchtig gestimmt in dieser fremden Stadt, doch nun erfüllten sie sie mit Stolz. Ein Quell der Kraft, der nun gerade wegen der Entfernung und der Unverfügbarkeit wirkte. Sie wusste, warum sie hier war. Sie wurde geliebt. Das konnte ihr niemand nehmen, schon gar nicht zwei von diesen Bürschchen, die nichts vom Leben wussten, die nichts hatten außer Hass. Nein, sie durfte sich nicht kleinmachen lassen, wegen Raina, sagte sie sich und wischte sich noch ein letztes Mal über die Augen, bevor sie ihren Kopf von der Wand wegdrehte, hin zur Welt.

Doch am Ende des Tages kommt der Zeitpunkt der Abrechnung, weil letztlich ist es das, was zählt, weil man es zählen kann: nur knapp über fünf Euro. So wenig hatte sie an keinem Tag gemacht, als sie zum ersten Mal hier war. Da ist es wieder, das Gefühl, das sich aus dem Wissen ergibt, dass sie nullkommanull Einfluss hat auf das Ergebnis. Ganz egal, was sie tut, ganz egal, dass sie jetzt ja schon Erfahrungen hat, die Ausbeute des Tages ist mickriger, am mickrigsten. Oder lag es vielleicht doch an ihr? In solchen Momenten fragt sie sich wieder, ob es nicht doch besser wäre, sie würde mit den Männern mitgehen und was arbeiten. Aber Dumitru hat wahrscheinlich recht damit, dass es dort nur um Muckis geht. Es bekommen ja längst nicht alle Männer was, was also soll dann für sie rausspringen? Putzen, solche Sachen eben. Ja, schon, aber geputzt wird das, was immer da ist, also müsste sie immer da sein. Oder zumindest viel länger, aber was soll dann aus Raina werden? Und was aus ihr?

Sie zieht die Lippen zwischen die Zähne, weil sie weiß, dass all die Fragen nichts bringen. Sie muss sich nun darauf konzentrieren, dass sie ein Lächeln aufsetzen kann, wenn sie zu Hause anruft. Bei der Verabschiedung darf sie weinen und küssen, das ist die Übersetzung in Rainas Sprache, dass sie sicher wiederkommen wird. Am Telefon aber muss sie ihre

Stimme oben halten, wenn sie ihrer Tochter Gute Nacht sagt, denn mehr als die Tonlage wird nicht durchdringen zu ihr. Raina soll sich keine Sorgen machen, sie soll fröhlich sein und von ihr träumen und an sie glauben, denkt sie und geht noch einmal zur U-Bahn und den Mülleimern hinab. Vielleicht ist das alles eine Prüfung, denkt sie und stutzt, weil sie von unten herauf Paukenschläge hört. Sie wird schneller und sieht auf dem Bahnsteig hunderte Menschen mit Trikots und Schals um die Hälse und Handgelenke. Sie sind in Feierlaune, weshalb Aurika sofort den Entschluss fasst, heute eine Nachtschicht einzulegen. Sie wird durchhalten, nach dem Tal mit dem Unfall, dem Gefängnis und der Spucke wird der Aufstieg kommen, denkt sie und wird von einer spontanen Freude erfasst. Schon an der ersten Säule stehen fünf Flaschen und ein Mann sieht sie und gibt ihr mit dem Finger zu verstehen, dass er nur noch schnell austrinkt, dann wird auch er keine Verwendung mehr für das Glas haben. Sie lächelt und nickt und weiß, dass sie ihrer Tochter nun doch nichts vortäuschen muss.

Zettel aus dem Zettelwust von Lenz

7. Gesetz: Auch der Luxus wird von der Maschine verteilt. All die Hotels, die Yachten, die Zweit- und Drittwohnungen etc. gehen in das Eigentum der Maschine über. Die Verteilung wird ein Gottesgericht sein. Hier kommt die Leistung ins Spiel, hier kann man mit Wahrscheinlichkeiten arbeiten. Aber auch der Faulste der Faulen, derjenige, der nur die Mindestzeit in der Nährarmee gedient hat, kann das größte Los ziehen. Der Maschinen-Gott muß sich auch vor ihm verbeugen können. So groß muß er sein dürfen!

Die menschliche Einhegung dieses Gottesurteils ist die zeitliche Begrenztheit. Der Gewinn ist nie von Dauer, kann nicht vererbt werden. Doch das Rad über unseren Köpfen dreht sich andauernd. Es wird für alle reichen.

8. Gesetz: Die Maschine ist das Medium, das globale Solidarität und kulturellen Austausch organisiert. Keine festen Abhängigkeiten. Keine 3. Welt mehr! Weg mit der Lächerlichkeit von unterschiedlichen Umweltstandards und Arbeitsbedingungen! Wenn es tatsächlich sein muß, daß wir von sklavischer Kinderarbeit profitieren, dann muß es eine Chance geben, daß auch mein oder dein Kind dieser Sklave ist. Ich aber bezweifle das Müssen.

NACHT

Gehen oder bleiben?

Mechthild muss zugeben, dass es möglicherweise gar nicht verkehrt war, dass man sie aus dem gewohnten Trott gebracht hat. Anfangs hat es sie zwar genervt wie jede Veränderung, aber über den Tag hinweg hat sie sich mit den Alternativen zur jetzigen Situation auseinandergesetzt, natürlich erst, nachdem sie am Morgen ihr Schlafdefizit ausgeglichen hatte. Sie ist gut eine Stunde früher als sonst aufgestanden, hat ganz leise ihre Matte zusammengerollt und alles so ordentlich wie möglich hinterlassen. Beim Öffnen der Schiebetür gab es zwar Gestöhne von den anderen, aber das war nicht zu vermeiden. Leiser als Mechthild konnte man sich nicht bewegen, wenn man keine Samtpfötchen besaß. Die morgendliche Rasur ließ sie ausfallen. Sie zog Schuhe und alles andere im Vorraum an, bevor sie leise die Klinke drückte und in die Bahnhofshalle trat. Einige Tauben dort, wo in zwei Stunden wieder tausende Menschenbeine sich sputen würden. Sie ging nach oben in den Wartesaal der Bahn, wo sie zum Glück nicht kontrolliert wurde, und schlief noch zwei Stunden im Sitzen. Den Blutstau in den Beinen versuchte sie durch Gehen loszuwerden, erst, wie fast jeden Tag, in die Medizinische Lesehalle in der Goethestraße, wo sie ihr Zeug weggesperrt hat. Es hingen zwar überall Zettel mit der Androhung, dass Schließfächer in Benutzung jeden Abend gegen Gebühr geleert werden, doch das waren bloß hohle Phrasen, wie sie bald festgestellt hatte, als sie sich noch daran hielt. Kurz vor 22 Uhr war sie immer hingegangen, bis sie eines Tages zwei Studenten beobachtete, die ihre Schränke noch voller Bücher hatten. Zack, Tür zu, Schlüssel rum und eingesteckt. Ein Risiko war natürlich dabei, aber sie hoffte einfach, dass ihr der allgegenwärtige Personalmangel hier in die Hände spielte. Bisher hat es funktioniert und so auch heute. Ihr Schlüssel glitt ins Schloss mit der Nummer 94 und nach einer Inventur packte sie das Nötigste für den Tag zusammen, den sie zum Großteil im Englischen Garten verbrachte, wo das Wasser des Eisbachs die Erlösung für ihre Beine bereithielt.

Leute beobachtet hat sie, zum Monopteros hochgegangen ist sie und hat den Ausblick genossen: das freie Feld, wo es dank des Regens von unten her wieder grünte, die Bäume, den Kirchturmkitsch, der halt doch was hat, was das Auge zu binden vermag, ein fester Ankerpunkt, von dem aus man in den blauen Himmel schweifen kann. Ihr kamen Bilder von ganz früher in den Sinn, wo alles noch unbeschwert war und sämtliche Tiefschläge ihres Lebens noch nicht ausgeteilt. Ihre erste Übernachtung in einem Hotel, mit Annette, ihrer Freundin aus Schulzeiten. Eine Fahrt nach Hamburg mit dem Zug, ein Doppelzimmer des Geldes wegen, in dem sich beide gleichzeitig aufs Bett geworfen haben, als Ausdruck der Freude über die Gewissheit, dass sie hier zum ersten Mal in ihrem Leben völlig anonym waren. Nur im Adressfeld des Hotelanmeldungsformulars hatte sie damals Spuren hinterlassen. Nur im Nachnamen war ihre Familie mitgemeint und es kam ihr beim Ausfüllen vor, als wäre sie zum ersten Mal eine ganz eigene Person. Freiheit hieß das Gefühl damals noch. Ein- und ausgehen, wann und wie man wollte, ohne sich erklären zu müssen. Und natürlich sind sie auch auf die Reeperbahn, zumindest in die Straßen, die für Frauen ihres Zuschnitts nicht gesperrt waren. Und sie wurden angequatscht, wie sie da so eingehakt gingen, und sie hörten zufällig, wie einem Mann alle drei Löcher angeboten wurden und er interessiert stehen blieb, um zu verhandeln in einer Art und Weise, dass man meinen konnte, er wollte der Frau noch ein viertes herausleiern. Sie zogen sich enger aneinander, sie pressten ihre Lippen zusammen, bis sich das Baffsein in ein Lachen verwandelte, das sie nicht mehr halten konnten.

Es waren diese schönen Erinnerungen, welche die Idee, dass sie für eine Weile aus München weggehen könnte, wirklich Wurzeln in ihr schlagen ließen. Die stümperhaften Taschenspielertricks für einen Schlafplatz sein lassen. Und warum nicht nach Hamburg? Und dann Berlin oder Köln. Wandern, von einem Ort zum andern. Ihr Erspartes würde noch Jahre reichen, denn sie lebt nur von dem, was eh im Überfluss da ist und im Zweifel in die Tonne wandern würde. Das bisschen Bank – ja, mittlerweile war es der Boden – für die Nacht muss nicht eigens geschreinert werden.

Ja, es war beschlossen, sie würde nach Hamburg gehen. Ein billiges Busticket wäre kein Problem. In der Teestube hat sie sich dann erkundigt, welche Anlaufstellen es dort gibt, wo sie im Notfall schlafen könne, wenn das bei ihrer Freundin nicht klappen würde, wie sie vorgab. Sie beantwortete noch ein paar Plauderfragen über ihre Freundin, die sie nach Annette formte, wie sie damals war. Man bot ihr an, dass sie gleich online nach einer günstigen Busverbindung suchen könne. Mitfahrzentrale wäre auch eine Option, aber das kam nicht in die Tüte. Viel zu nah wären ihr die Leute. Man ließ sie suchen und sie war selbst überrascht, dass die billigste Verbindung schon morgen ging. 12 Uhr war Abfahrt. Über Berlin, mit einer Stunde Aufenthalt. Um Mitternacht wäre sie dann oben. Im ersten Moment kam es ihr vor, als würde man die Luft aus dem Zimmer saugen. Morgen schon. Keine vierundzwanzig Stunden mehr. Sie scrollte weiter. Am Wochenende kostete es über das Doppelte und da waren auch nur noch wenige Plätze frei, wie ihr die rote Warnschrift unter dem Preis anzeigte. Ohne lange zu fackeln, schloss sie das Fenster und fragte, ob sie später noch einmal an den Computer dürfe, sie müsse erst noch bei ihrer Freundin anrufen.

Dass es so eine Hauruckaktion sein würde, hat sie kalt erwischt. Ein Bauchunwohlsein hat die Kontrolle übernommen. Als Erstes ist sie einfach nur gegangen, ziellos, grob

Richtung Fußgängerzone, und hat für sich die Frage erörtert, ob sie sich tatsächlich so einfach verpflanzen lassen soll. Hier kennt sie sich aus. Hier kann sie die Leute einschätzen und weiß, wem sie über den Weg trauen kann. Der Reihe nach hakte sie im Gedächtnis ihre Leute ab, die Distanzverhältnisse waren geklärt. Und dennoch, was hielt sie hier? Sie musste doch auch ihrem Instinkt vertrauen, der sich gegen diesen Zugriff von der Sozialarbeiterin stemmte. Egal, ob gut gemeint, ob nur das Beste im Sinn und die Vorschriften befolgend, sie war noch nicht bereit für solche Einmischungen. Wie gesagt, niemand musste auch nur einen Finger krümmen für sie, abgesehen vielleicht von einem Strich in der Statistik oder einem Eintrag im Computer. Aber das war niemandem zu erklären.

Wir sind hier kein Hotel. Diesen Satz hat sie schon des Öfteren mit angehört, als ob das nicht jedem klar wäre, aber er meint nicht nur den fehlenden Komfort, sondern auch, dass man als hilfsbedürftig wahrgenommen wurde, und deshalb läuft nun eine Maschine an, die bei Dankbarkeit allein bald ins Stottern gerät. Entweder du kannst zahlen, dann geh in eine Pension, oder du kannst nicht zahlen, dann erklär uns, warum, dann hilf gefälligst mit, wenn wir dir helfen, wieder so zu sein, wie wir meinen, dass du zu sein hast. Also doch die Flucht in eine andere Stadt? Es scheint so. Und trotzdem kann sie ihre Unsicherheit nicht ausstehen, wie sie nun an einer Tramstation sitzt und sich angestrengt den Kopf massiert. Sie will nicht mehr nachdenken, zumindest für den Moment. Ein Blick zur Uhr bringt die Erlösung: noch knapp eine Viertelstunde bis Ladenschluss.

Die automatische Schiebetür geht für eine Gruppe von sechs Männern auf, die ersten beiden teilen sich die Last eines Kastens Tegernseer, was die anderen vier nicht so stehen lassen können, ein jeder von ihnen will seinen Teil tragen. Mechthild huscht in den Markt, bevor die Tür wieder schließt. Drinnen scheint das halbe Viertel in Hamsterkauflaune zu sein, was Bier und Knabbereien betrifft. Trotz langer Schlangen ist die Stimmung blendend, allgemeine Vorfreude auf das Champions League Spiel, während Mechthild von allen Augen unbehelligt durch die Regale streift. Sie will sich was gönnen, für die Seele und bleibt am Wühltisch mit einem obszönen Berg aus Schokoladentafeln hängen. »Sonderangebot, div. Sorten, -,79 ct.« Mechthild lässt ihren Bauch für sich entscheiden: weiße Vollnuss. An der Kasse hat sie eine Menge Zeit, sich die Leute anzuschauen, worüber sie glatt das Nachdenken vergisst. Als ihr das bewusst wird, fasst sie, nicht ohne über sich selbst zu staunen, den Entschluss, das Spiel anzuschauen. Ja, irgendwo am Bahnhof, sich hinten in eine Kneipe stellen, irgendwie, und einfach weiter die Leute beobachten. Und vielleicht sollte sie ihre Entscheidung in die Hände des Zufalls legen, denkt sie. Gewinnen die anderen, dann steht sie morgen Mittag am Busbahnhof. Ist das eine Möglichkeit, die sie sich selbst abnimmt?

Die halbe Tafel isst sie im Gehen, zuerst schnell kauend, zum Schluss werden die Intervalle größer. Noch vor dem letzten Stück der Hälfte schon die Reue über den Kauf. Da glaubt man, schlauer geworden zu sein, seit man als Kind jedes Jahr einmal in die Marzipankartoffelfalle getappt ist, denkt sie und steckt die Resttafel in ihre Tasche. Ein kurzer Schulterblick und sie spuckt milchigen Schleim aus.

In der Schillerstraße bleibt sie an einer Menschentraube hängen, die sich vor einem Wettbüro tummelt. Es geht sehr international zu, Männerquote auf den ersten Blick bei hundert Prozent. Wie ein Haufen Fische in einem Netz, so wuseln sie durcheinander. Noch sind alle guter Dinge, denn hochgezogen wird das Netz erst bei Abpfiff, und zwar mit einem Ruck, dass sich alle Maschen zusammenziehen. Was die Männer nur immer mit diesem Glücksspiel haben, fragt sie sich und betritt zum ersten Mal in ihrem Leben solch einen

Ort. Geben doch sonst immer so viel darauf, die Kontrolle zu haben. Niemand scheint sich besonders für sie zu interessieren. Ein kurzer Blick, dann wieder Konzentration auf das Wichtige. Dutzende Fernseher zeigen die Spieler mit Kindern an der Hand beim Betreten des Rasens, andere blenden irgendwelche Tabellen ein, deren tieferer Sinn sich ihr entzieht. Die meisten Plätze scheinen schon besetzt zu sein, auch wenn die Stühle gerade noch frei sind. Hinten links steht einer einen guten Meter von einem Tisch entfernt und sie setzt sich, ohne lange zu fragen, hin.

Sie verfolgt tatsächlich auch das Spielgeschehen, obwohl sie die Aufregung der anderen nur selten nachvollziehen kann. Heute sieht sie wahrscheinlich mehr Fußball, als in ihrem ganzen Leben zusammengerechnet, wobei sie oft ihren Blick schweifen lässt. Ein Goldkettchen hier, ein nervös wippender Fuß dort, schlanke, durchtrainierte Fesseln und rasierte Waden, ein Tisch weiter ein schnauzbärtiger Mann, der in den letzten drei Jahrzehnten wohl eher kein Fitness-Studio betreten haben dürfte. Gleichmäßig hebt und senkt sich die Kugel, auf der seine fleischigen Finger ineinander verschränkt sind. Er bewegt sich nur, wenn eine Chance vergeben wird oder ein Pass nicht ankommt. Dann reißt er seine rechte Hand hoch, als wolle er dem schuldigen Spieler drohen, dass sein Arm bis ins Stadion reicht. Auch andere fiebern mit, wenn auch nur wenige so ritualisiert wie ein Mann, den sie im Profil sieht, weil er das Spiel auf einem Fernseher verfolgt, der quer zu den anderen an einer Säule montiert ist. Er ist noch keine dreißig und gibt auf den ersten Blick einiges auf sein Aussehen: Frisur, akkurat getrimmter Bart, Schmuck an den Fingern, nur bis zu seinen Füßen und Flipflops reicht die Sorge nicht hinab. Bei jedem Freistoß nimmt er seinen Talisman, eine Holzperlenkette, vom Tisch. Als wäre sie eine Art Rosenkranz wickelt er sie um die Finger seiner rechten Hand. Ob es dabei eine vorgeschriebene Methode gibt, kann sie nicht entscheiden, aber eines scheint wichtig zu sein, nämlich die eine rote Perle, die aus dem naturfarbenen Einerlei heraussticht. Um sie dreht sich alles, sie muss zwischen Daumen und Zeigefinger, sie muss an die Lippen gehalten werden. Und es bleibt nicht beim Kuss, es folgt ein geflüstertes Mantra, ein Gebet vielleicht, eine Anrufung des Fußballgottes, einreden auf das Runde, auf dass das Runde im Stadion die richtige Bahn nehmen wolle. Magie der Formenähnlichkeit, die vor Jahren entstanden sein muss, als das emotionale Schicksal des Mannes am seidenen Faden hing und nur ein Freistoßtreffer in der Nachspielzeit ihn retten konnte. Damals wohl geglückt, nur jetzt gerade ist knapp daneben leider auch vorbei. Der Außenpfosten wurde ähnlich sanft touchiert wie seine Lippen. Womöglich war sogar genau das der Zweck und das Geflüster ein Bannspruch, wer weiß es schon? Ohne große Gefühlsregung legt der Mann die Kette auf den Tisch zurück, um sie bei jedem ruhenden Ball in Tornähe, ob links oder rechts, wieder griffbereit zu haben.

Die Zeit in diesem Laden ist tatsächlich wie im Flug vergangen. Gut zwei Stunden weiter in die Nacht hinein, in denen sie kaum über ihre Situation nachgedacht hat. Das war schön, aber irgendwann hat auch die längste Bank ein Ende. Was also tun? Wirklich das Endergebnis als Richtschnur nehmen? Noch einmal ruft sie sich das Bild vor Augen, wo es quasi nur einen Klick gebraucht hätte und ein Sitzplatz nach Hamburg hätte ihren Namen getragen. Natürlich hält sie nichts hier, aber dann gibt es halt Menschen wie Waltraud oder solche Situationen wie gestern das mit Frau Münzner und dem Kreuzworträtsel. Das macht schon was aus, auch wenn es selbstverständlich keine innigen Freundschaften sind. Für so etwas wäre sie noch gar nicht bereit. Aber die Vorstellung, alles hier einfach hinter sich zu lassen, treibt ihr den Puls nach oben. Andererseits wird es für sie hier so unverbindlich wie bisher nicht weitergehen. Sie wird sich entscheiden müssen, früher oder später. Man wird sie dazu zwingen, denkt sie, während sie ihren Eisbär aus der Tasche holt und vor der schon völlig im Dunkeln liegenden Medizinischen Lesehalle stehen bleibt.

»Und? Was sagst du dazu?« Sie streicht ihm mit dem Daumen über die Nase und muss lachen. Wenn sie so gesehen wird, mit einem Stofftier sprechend, dann würde man sie einweisen und das Problem wäre erledigt. Sie stöhnt laut auf und überstreckt den Hals in einen Nachthimmel, in dem früher einmal das Tausendfache an Sternen zu sehen gewesen war. Niemand wird sie vermissen, also so richtig. Ob sie nun hier oder ein paar hundert Kilometer weiter nördlich auf dieser Kugel durchs Weltall saust, macht nicht den geringsten Unterschied. Und das Wort Kugel lässt sie an das Spiel denken, an den Mann mit der Kette und an die Zeit, die unmerklich an ihr vorübergegangen ist. Und warum? Weil es ein fremder Ort war, wo jeder Stuhl, jeder Tisch, jedes Gesicht neu waren. Die Entscheidung ist gefallen. Sie wird morgen die Stadt verlassen. Sie wird jetzt genau denselben Weg wie gestern gehen, vom Nußbaumpark die Feierbanane entlang und dann links zum Bahnhof, ein letztes Mal, um der alten Zeiten willen, die bald neuen weichen werden. Sie wird hier in die Mission gehen, ein letztes Mal, und die Wahrheit sagen, beinahe zumindest. Es wird die Teestubenwahrheit sein, die mögliche Wahrheit von einer Freundin namens Annette in Hamburg, die sie aufnehmen wird, ohne zu fragen. Sie wird ein letztes Mal hier auf dem Boden liegen und morgen ein Ticket kaufen und ihre Sachen packen. Sie wird sich rasieren und frisch machen und von den anderen Reisenden nicht zu unterscheiden sein. Und dann wird sie neue Dinge erleben. Dinge, die sie wird erzählen können, Waltraud vielleicht oder irgendwem, und auch in Hamburg wird sie Menschen treffen, zu denen sie eine Art Zutrauen entwickeln können wird, denkt sie und ist einen Moment zu lange taub für die Schritte in ihrem Rücken.

Dann passiert alles gleichzeitig: ein Schlag, eine Hand, die ihr den Mund zudrückt, und Fingerspitzen, die sich in ihr Gesichtsfleisch krallen, ein Zischen hinter ihrem Ohr, ein Heben und Zerren aus den Angeln und in das Gebüsch hinein. Sie denkt nicht mehr, sondern ist nur noch ein sich wehrender Körper, der, als er eine kalte Metallspitze am Hals spürt, erstarrt, weil er ein Körper ist, der am Lebensfaden hängt. Kein Denken, sondern ein Instinkt, dass das Wie erst einmal keine Rolle spielt, nur das Leben selbst, nur seine Möglichkeit muss sie bewahren. Deshalb schlägt sie nicht mehr um sich, deshalb strampelt sie nicht mehr, deshalb weicht das Blut aus ihren Händen und Füßen, deshalb schreit sie nicht, als sich die nach Bier stinkenden Finger von ihrem Gesicht lösen.

Mechthild, die auf der Erde liegt. Ein Versinken darin ist nicht möglich, also bleibt nur der Rückzug in sich selbst, als Schutz. Wie das Denken dem Instinkt, so ist das Fühlen dem Spüren gewichen. Nichts mehr zugestehen, alles zurückbehalten, was irgend geht. Kalt und taub, da sie nur so die Schmerzen ertragen kann, da es nur so weitergehen wird, wenn überhaupt. Sie sieht ihrem kleinen Eisbären in die Augen, in diese ungerührten Knöpfe des einzigen Zeugen der Katastrophe, der gut zwei Meter entfernt von ihr im Dreck liegt wie sie selbst. Ihr versagt ein Schrei, schon bevor sie überhaupt Luft dafür geholt hat. Stattdessen presst sie die Kiefer aufeinander, was für eine gefühlte Ewigkeit die einzige Muskelbewegung ist, die sie bewusst ausführt. Sie wird diese Zähne nicht mehr voneinander lösen. Sie wird nichts Festes mehr in sich hineinlassen, was diese Barriere nicht passieren kann. Und wenn sie kotzen muss, dann wird sie sich nach vorne beugen, dass der Saft herausfließen kann, aber etwas Festes gibt sie nicht mehr her.

Dann doch ein Schrei. Nicht von ihr und nicht von ihm. Von jenseits, der ins Diesseits des Gebüschs dringt und ihn sein Tun beenden lässt, wie es begonnen hat, jäh, zischend, den Blick nach allen Seiten.

Mechthild ist zu schwach, um auf den Schrei zu antworten. Immer noch steckt sie all ihre Kraft in die Kiefer. Es knacken kleine Äste neben ihr, Flaschen klirren aneinander, als eine Plastiktüte aus der Hand auf den Boden fällt, die einen Augenblick später über Mechthilds Stirn streicht. Zur Beruhigung, zum Trost. Sie hört ein Schluchzen in einer fremden Sprache und riecht eine Wolke aus Knoblauchduft, die sie langsam einhüllt.

Bleiben oder gehen?

Karl antwortete nicht, als die Frau, seine Rettung, ein zögerliches »Hallo?« das Treppenhaus hinabschickte, nachdem der Typ verschwunden war. Er blieb sitzen und horchte weiter: Erst das Zufallen der Haustür, einige Worte von der Frau, halblaut zu sich selbst oder ihrem Hund gesagt, das verstand er nicht, dann eben ihr verhallender Ruf nach unten, dem eine abwartende Stille folgte, beiderseits, und zuletzt zog auch sie sich in ihre vier Wände zurück.

Da saß er dann, allein hinter seiner Tür, in seinem Recht bestärkt, allein hinter seiner Tür zu sitzen, ohne dass ihn irgendjemand dabei zu stören hatte. Vor lauter Aufregung zitterte er. Das gab sich nicht, es hielt an, viel zu lange, was ihm Sorgen machte. Schweiß, den er auf die Stirn rieb oder der von der Stirn kam, er wusste es nicht. Seine Augen brannten, weil er auch da nicht die Finger aus dem Spiel lassen konnte. Kein klarer Gedanke, sondern immer noch horchte er nach der Tür, nach den Fenstern in der Küche und in dem, was man als Schlafzimmer bezeichnen konnte.

Karl, auch von hinten her kann er kommen, wenn er will. Hecke, Garten, Terrassentür aus Glas, alles nicht unüberwindbar für einen, der seinen Fuß mit Anlauf hier gegen das Holz zimmert.

Der soeben errungene Sieg war nicht das Ende, wollte nicht zum Fundament gerinnen, worauf Karl seine zittrige Zukunft würde errichten können. Die Wände, diese ach so stabilen, waren vielleicht sogar mehr Falle als Festung.

Sie nageln dich hier fest. Hier kann er dich finden, immer wieder.

Karl nahm jetzt alles wahr, den rinnenden Schweiß, das kreisum gestoßene Blut, den Hals hoch und hinter das Trommelfell, die bremsende Tram, das klingelnde Fahrrad, die Klospülung von oben, alles und sogar das, was gar nicht wahr war. Es gab keine Käfer in seiner Hose und trotzdem war da ein Krabbeln auf seiner Haut, ein Brennen, das er mit Kratzen meinte löschen zu können, als wolle man Glut auspusten. In seinem Ohr hockte kein kleiner Mann und ließ die Luftpolster einer Plastikfolie zerplatzen, und trotzdem war da ein Knacken, das mit dem Unterkiefer nichts zu tun hatte, er hörte es doch ganz deutlich. Ein Wetzen und Scharren hörte er, aber seine Füße lagen ausgestreckt vor ihm.

Karl, das ist der Ruf der Freiheit! Musst ihm nur folgen. Was hält dich hier? Du glaubst doch nicht ernsthaft, dass … Karl grunzte und schnaubte. Er schlug sich mit der Innenseite der Faust gegen den Schädel, weil er das schlingernde Ruder wieder in den Griff bekommen wollte. Er musste den Pegel stabil halten, er musste an die letzten Vorräte ran, und wenn's auf allen vieren war.

Und dann, wenn die Flaschen alle leer sind? Leckst du dann den Wein vom Boden?

Karl war das Nahe am nächsten, er kümmerte sich nur um das, was direkt vor ihm lag. Soll der Typ doch kommen! Soll doch alles den Bach runtergehen. Er trank, und zwar ordentlich. Das half gegen das Zittern, das Schwitzen und überhaupt. Direkt und spürbar kam sein Körperinneres schluckweise gewohnten Sphären näher, was ihn seine ungewohnte Umgebung wieder etwas vergessen ließ. Sein inneres Schulterzucken verstetigte sich. Wenn er diese vier Wände nicht verteidigen konnte, dann waren sie es vielleicht auch einfach nicht wert. Ja, soll er doch kommen, wenn er unbedingt will, sollen ihn doch alle mal kreuzweise am Arsch lecken, sagte er sich und setzte die dritte Flasche an. Ein tiefer Atemzug und dann wandte er sich zum ersten Mal an seine Nachbarn, an das ganze Haus, indem er ihnen mit einem lauten Schrei die Möglichkeit offenbarte, ihn am Arsch zu lecken. Er leerte die Flasche, um die Stimmbänder wieder einzufeuchten, aber er schrie nicht mehr. Wäre er nicht so erschöpft gewesen, er hätte sein Zeug gepackt, die Tür aufgerissen und wäre ins Freie gestürmt. Doch die Adrenalinflut hatte sich mittlerweile zur Ebbe verkehrt und er beschloss, dass das Bett sein neuer Horchposten sein soll. Hier würde er ihn erwarten, sollte er es tatsächlich darauf anlegen. Doch nichts geschah, sodass Karls Puls, der im Leerlauf das Einzige war, was der Erschöpfung noch rasend widerstanden hatte, mit der Zeit immer ruhiger wurde.

Karl beobachtete die Beine vor seinem Fenster, ob in ihren Bewegungen böse Absichten erkennbar waren, aber alle gingen sie achtlos vorbei. Keinerlei Gefühl für die vergehende Zeit. Alles blieb ruhig, das bildete er sich nicht ein. Er bildete sich auch nicht ein, dass das Glas der Scheiben nicht zerbrach, auch die Tür gab Ruhe und nur der Kühlschrank sprang an, aber daran hatte er sich schon gewöhnt. Vielleicht waren das Zeichen, dass nicht nur die Schlacht, sondern auch der Krieg gewonnen ist, dachte er und schloss in vertrauensvoller Müdigkeit die Augen.

Im Schlaf nun kam es zu einer Verbrüderung zwischen Karls Geist und Körper, wie sie schon lange nicht mehr stattgefunden hatte, als hätte sich das Hirn entschieden, dass es nun genug sei, der ganze Stress, die ganze Aufregung und, wo man auch hinsah, offene Flanken. Schluss mit Denken hat es sich gesagt, der Schlaf dient der Entspannung, mein Karl hat genug geschwitzt. Und so blies es zur Gegenmaßnahme. Es entspannten sich die Muskeln und sein inneres Erleben hat sich in eine durch und durch heile Welt verpflanzt, in die kein einziges Bild einsickerte, das Angst auslöste. Es war in dieser Welt so, als hätte Gott am siebenten Tage nicht geruht, sondern sich noch einmal die Schöpfung angesehen und erkannt, dass sein gestriges Urteil, dass sein Werk sehr gut sei, in der Euphorie des Schaffensaktes gefällt worden war. Jetzt, beim Licht des neuen Tages betrachtet, sah er, dass es mit der bloßen Vollendung des bereits Existierenden nicht getan war. Einer letzten Rührung des kleinen Fingers, quasi, hatte es noch bedurft.

Karl findet sich auf einer Bank wieder. Er wartet. Es ist ein anderes Warten als sonst, ohne kosmische Dimension, wo es in der Hauptsache darauf ankommt, dass sich der Erdball weiter auf seiner Bahn um seine Achse dreht. Er wartet auf etwas, das ganz nahe ist, etwas Innerweltliches, wenn er auch noch nicht sagen kann, worauf. Nur eine gewisse Vorfreude spürt er. Um ihn herum buntes Treiben auf sattem Grün und oben rauschen die Baumkronen. Die Menschen laufen scharenweise an ihm vorbei, aber er scheint nicht herauszustechen. Nein, er ist auf eine Art und Weise eingebunden, dass er gar nicht fallen kann. Manche lächeln ihn an und grüßen mit einem Nicken, obwohl er noch derselbe ist, wie ihm ein Blick an sich herab zeigt. Er hält ein Kamel in den Händen, dessen Hinterteil er über seine Wange streichen lässt. Es kitzelt, sodass er sich wild übers Gesicht fahren muss, um die Nerven wieder auszurichten. Zwischen den Fingern sieht er nun, wer auf ihn zukommt. Ein Mädchen mit offenem und bestimmtem Blick und keinerlei Wankelmut in ihren Beinen. Sie nimmt neben ihm Platz und schaut ihn sich genau an, von oben nach unten und wieder zurück, wie Kinder wohl einen Neuen in der Klasse anschauen mögen, der sich auf Geheiß des Lehrers neben sie setzen musste. Nach einer kurzen Bedenkzeit huscht ihr ein Lächeln übers Gesicht, das er zu kennen glaubt.

»Was hast du da gemacht?«, fragt sie und streicht neugierig, aber doch behutsam mit dem Zeigefinger über seine Wulst.

»Ach nichts. Das war ein Unfall. Ist schon lange her.«

»Und, tut das noch weh?«

»Nein, gar nicht!«, sagt er und reibt sich demonstrativ grob die Wange. »Alles bestens verheilt.«

»Und was ist das?«

»Das ist ein Kamel mit einem besooonders dicken Hintern. Schau her, das schenk ich dir.«

Sie freut sich und frisiert die kleinen braunen Büschel auf den Höckern, während sie ihm zeigt, wie gut sie schon pfeifen kann.

»Besser als die Vögel in den Bäumen!«, lobt er und spielt den Erstaunten aus Stummfilmzeiten, was sie lachen macht. Er fordert sie auf, weiterzupfeifen, aber sie bringt ihren Mund nicht mehr dazu, ihr zu gehorchen. Immer wieder purzeln die Töne zusammen, weil die Lippen von den Wangen in die Breite gezogen werden. Dann hält sie ihm ihre Hand hin und deutet an, dass sie ihm was zeigen will. Sie gehen ein paar Schritte durch den Park, wobei er kaum hinterherkommt bei ihrem ungeduldigen Ziehen an seinem Arm, aber er gefällt sich auch in seiner Rolle als lahmer Gaul, der ihre Kraft auf die Probe stellt.

Die Szenerie wechselt und ohne je durch eine Tür gegangen zu sein, steht er in ihrem Kinderzimmer. Sie setzt sich und spielt für sich allein, als hätte sie vergessen, dass sie ihn mitgeschleift hat. Stuhl und Tisch passen nicht mehr ganz seit ihrem letzten Wachstumsschub, aber es scheint ihr Spaß zu machen, noch an diesen gewohnten Dingen festzuhalten. Bei den Puppen ist es ähnlich, denen sie eigentlich schon entwachsen sein müsste, denkt er und zweifelt sofort wieder daran. Er kann ihr Alter nicht einschätzen, obwohl er natürlich weiß, wann sie geboren wurde. Diesen Tag kann er gar nicht vergessen.

»Eine gesunde Tochter!« Das waren die schönsten Worte, die er je gehört hatte. Weggeblasen die Sorgen, die ihn über die Stunden zuvor begleitet hatten, in denen er sich so hilflos und unnütz vorkam wie ein Blatt im Wind. Und jetzt sitzt sie da und spielt, wo sie ihm doch viel leichter Vorwürfe machen oder sich vor dem fremden Mann in eine Ecke des Zimmers drängen könnte. Sie tut so, als sei alles normal, und doch muss sie wissen, dass alles neu für ihn ist. Ihre Bücher zeigt sie ihm wie einem erstmaligen Besucher. Stolz ist sie und will gar nicht mehr aufhören, einzelne Exemplare herauszuziehen. Ob er ihr was vorliest, fragt sie, obwohl sie natürlich schon längst selber lesen kann. Aber er fragt nicht, warum, und sie antwortet nicht, weil ich deine Stimme in den vielen Jahren nie gehört habe, sondern er nimmt das Buch, das sie ihm hinstreckt, und schlägt es auf.

Wieder scheint sie gewachsen zu sein, nun schon halb Frau, eine Zeit, wo es täglich wechseln kann zwischen kindlicher Zuneigung und scharfem Eigensinn. Erinnerungen an die vielen Streitereien mit seiner Mutter, als er noch jung war. Die fliegenden Türen, das Bocken, das Sichanschweigen am Abendbrottisch und manchmal später in der Nacht die Sorge, ob er den Bogen nicht überspannt hatte und sie ihn vielleicht aufgeben würde. An der Uni dann die Frage, worum es überhaupt ging, sowie die reuige Erkenntnis, dass er es ihr wirklich nicht leicht gemacht hatte. Der Vergleich mit den Familiengeschichten der anderen, was ihn im Geheimen stolz machte, auf sich selbst und seine Mutter, was ihn sich fragen ließ, wie wohl alles verlaufen wäre, hätte sein Vater sein Erwachsenwerden miterlebt. Und nun ist er es, der gefehlt hatte. Doch das ist vorbei. Er ist jetzt da und seine Tochter macht ihm keine Vorwürfe! Nein! Sie genießt die Zeit mit ihm und will ihm schon wieder was zeigen. Er dreht sich um in einen langen Gang, an dessen Ende eine gewundene Treppe nach oben geht. Eine Schule, so scheint es, und sie zeigt ihm die Kinderzeichnungen an den Wänden. Bergpanoramen in Wasserfarben, windschiefe Häuser mit rauchenden Kaminen, braune und schwarze Wesen, die Pferde sein könnten. Hier fließt alles durcheinander und dort der Leuchtturm vorm Sonnenuntergang, den er einmal gemalt hat. Das einzige Bild, für das er ein Lob des Lehrers bekommen hatte. Die Proportionen, die Perspektive, die Details, ja sogar der Schattenwurf stimmte. Und während des Malens hatte er sich vorgestellt, an so einem Ort leben zu wollen, mit Katharina, in die er jahrelang verliebt gewesen war. Fort von der Klasse und in die Abgeschiedenheit, wo man miteinander reden und sich immer nah sein konnte. Nur der raue Wind und an den Klippen das Rauschen des Meeres, das er bis dahin nur aus dem Fernseher kannte, aber es ging als blaue Fläche durch. Mit zittriger Pinselführung hatte er die Wellen angedeutet. Auch Katharina hat das Bild gefallen und einen Moment lang sieht er ihr Gesicht sich in einem Fenster spiegeln. Wieder die Frage, wie wohl alles gekommen wäre, hätte er ihr damals seine Liebe gestanden. Er stellt sich diese Frage ohne Reue, denn er weiß, dass er damals die Kraft dazu noch lange nicht hatte.

Er zeigt das Bild Elisabeth, wobei er mit dem Kopf ganz nah hingeht und über die noch nasse Farbe streicht. Er verteilt das Blau des Ozeans zwischen Daumen und Zeigefinger, bevor er es seiner auflachenden Tochter auf die Nase reibt. An einem solchen Ort könnte er auch Johanna wieder unter die Augen treten. Weder sie noch er würden sich in der Abgeschiedenheit voreinander drücken können, denkt er und blickt den Gang entlang zum Ende hin. Noch zögert er. Aber wer weiß, wenn schon keine Fluchtmöglichkeit bestand, so würde er vielleicht in der herabsinkenden Nacht unter dem sich unablässig drehenden Licht, umhüllt vom Rauschen und vom Motorengeräusch, so stellt er es sich vor, den Mut und die Kraft finden, ihr von sich und seinem Leben zu erzählen.

Frank Witzel

Die Erfindung der Roten Armee Fraktion durch einen manisch-depressiven Teenager im Sommer 1969

Roman

832 Seiten, btb 71423

Deutscher Buchpreis

Gudrun Ensslin eine Indianersquaw aus braunem Plastik und Andreas Baader ein Ritter in schwarzglänzender Rüstung? Die Welt des kindlichen Erzählers dieses mitreißenden Romans, der den Kosmos der alten BRD wiederauferstehen lässt, ist nicht minder real als die politischen Ereignisse, die jene Jahre in Atem halten und auf die sich der 13-Jährige seinen ganz eigenen Reim macht.

»Dies ist keine Saisonware.
Dies ist ein Roman mit Langzeitwirkung.«

Helmut Böttiger, SZ

btb

Nava Ebrahimi

Sechzehn Wörter

Roman

320 Seiten, btb 71754

Ingeborg-Bachmann-Preisträgerin 2021

Als ihre Großmutter stirbt, diese eigenwillige Frau, die stets einen unpassenden Witz auf den Lippen hatte, beschließt Mona, ein letztes Mal in den Iran zu fliegen. Gemeinsam mit ihrer Mutter wagt sie die Reise in die trügerische Heimat. Die Fahrt wird für Mona zu einer Konfrontation mit ihrer eigenen Identität und ihrer Herkunft, über die so vieles im Ungewissen ist.

»Grandioser Debütroman.«
taz

»In Zeiten aufgeregter Kulturkampf-Rhetorik ist diese neue Erzählstimme eine Wohltat.«
DLF Büchermarkt

btb

Marie Gamillscheg

Alles was glänzt

Roman

224 Seiten, btb 71899

Österreichischer Buchpreis für das beste Debüt 2018

Marie Gamillscheg nimmt den Leser mit in eine allmählich verschwindende Welt. Vielstimmig und untergründig erzählt ihr Debüt von einer kleinen Schicksalsgemeinschaft im Schatten eines großen Bergs, von Strukturwandel und einem Ungleichgewicht in der Natur, vom Glanz des Untergangs wie des Neubeginns.

»Eine der aufregendsten jungen Stimmen der deutschsprachigen Literatur.«

SPIEGEL ONLINE

»Man darf gespannt sein, was diesem glänzenden Debüt folgt.«

Deutschlandfunk

btb

Kristine Bilkau

Die Glücklichen

Roman

Broschur, 304 Seiten, btb 71458

Ein großes Generationsporträt unserer Zeit

Isabell und Georg sind ein Paar. Ein glückliches. Bei abendlichen Spaziergängen werden sie zu Voyeuren. Regalwände voller Bücher, stilvolle Deckenlampen, die bunten Vorhänge der Kinderzimmer. Signale gesicherter Existenzen, die ihnen ein wohliges Gefühl geben. Das eigene Leben in den fremden Wohnungen erkennen. Doch das Gefühl verliert sich. Mit der Geburt ihres Sohnes wächst nicht nur ihr Glück, sondern auch der Druck. Die Jahre nach der Wirtschaftskrise haben ihre Jobs unsicher gemacht, die Mieten im Viertel steigen. Für die jungen Eltern beginnt ein leiser sozialer Abstieg. Isabell und Georg beginnen zu zweifeln, zu vergleichen und das Scheitern zu fürchten. Jeder für sich. Gegenseitig treiben sie sich in die Enge, bis das Gefüge ihrer kleinen Familie zu zerbrechen droht.

»Kristine Bilkau hat einen fabelhaft gelungenen Debütroman geschrieben, ebenso takt- wie kunstvoll, ganz ohne Händezittern und sehr lesenswert.«

Hans-Jürgen Schings, Frankfurter Allgemeine Zeitung

Ernst Lothar

Die Rückkehr

Roman

432 Seiten, btb 71794

Vom Autor des internationalen Erfolgs »Der Engel mit der Posaune«

Ende Mai 1946 ist es endlich so weit: Der Jurist Felix von Geldern, nach dem Anschluss Österreichs in die USA geflüchtet, kehrt nach Wien zurück. Doch die große Hoffnung weicht schnell großer Ernüchterung. Denn rasch muss er erkennen, dass der Jubel für die Nazis in seiner Heimat damals nicht bloß durch Manipulation zustande gekommen ist …

»Ein Roman, der in seiner Vielschichtigkeit etwas drängend Aktuelles hat.«

Verena Mayer, Süddeutsche Zeitung